Buttgeflüster

Ute Haese, geboren 1958, promovierte Politologin und Historikerin, war als Wissenschaftlerin tätig. Seit 1998 arbeitet sie als freie Autorin und widmet sich dem Krimi- und Satirebereich sowie der Fotografie. Sie lebt mit ihrem Mann am Schönberger Strand bei Kiel.

UTE HAESE

Buttgeflüster

Der siebte Fall für Hanna Hemlokk

KÜSTEN KRIMI

emons:

Bibliografische Information der Deutschen Nationalbibliothek
Die Deutsche Nationalbibliothek verzeichnet diese Publikation in der Deutschen Nationalbibliografie; detaillierte bibliografische Daten sind im Internet über http://dnb.d-nb.de abrufbar.

MIX
Papier aus verantwortungsvollen Quellen
FSC® C083411
FSC
www.fsc.org

Umschlagmotiv: bisgleich/photocase.de
Umschlaggestaltung: Nina Schäfer, Tobias Doetsch
Gestaltung Innenteil: César Satz & Grafik GmbH, Köln
Lektorat: Dr. Marion Heister
Druck und Bindung: CPI – Clausen & Bosse, Leck
Printed in Germany 2017
ISBN 978-3-7408-0181-6
Küsten Krimi
Originalausgabe

Ach Marga …
1955–2016

Glossar norddeutscher T-Wörter

Tach	Guten Tag
Tofälle	Zufälle
tücksch	hinterlistig, tückisch
Tüdelüd	hier: Unsinn, Überflüssiges
tüffelig	unbeholfen, linkisch

EINS

Sie waren überall. Trommelnd, singend, schnatternd und lobpreisend, aber vor allen Dingen lärmend und schallend verstopften sie morgens, mittags und abends die Hauptstraße, wenn sie in kleinen Grüppchen zu Bäcker Matulke zogen, um uns gemeinen Bokauern auch noch die letzte Cremeschnitte vor der Nase wegzuschnappen. Stundenlang hockten sie bei Inge Schiefer vor einer oder, wenn es hochkam, auch mal zwei Tassen Kräutertee und blockierten die Sonnenterrasse des einzigen Dorf-Restaurants mit einer selbstgefälligen Penetranz, die einen mit den Zähnen knirschen ließ. Sie planschten lauthals und ohne Rücksicht auf Verluste im Passader See wie eine Nilpferd-Rotte auf Ausflug und verscheuchten damit zuverlässig alles, was da kreuchte und fleuchte. Und wenn sie nicht Gitarren malträtierten, Pendel schwangen und dazu mit eckigen Verrenkungen auf Wiesen und Feldern herumhüpften – sie nannten es tanzen –, brabbelten sie mit entrückten Gesichtern etwas von Außerirdischen, die uns alle furchtbar lieb hätten, wähnten bei jedem Furz höhere Mächte mit selbstverständlich beispiellosen Energien am Werk und spürten allerorten Schwingungen, die auf Teufel komm raus vibrierten, das Bewusstsein tierisch erweiterten und – Simsalabim! – vom Krebs bis zum gemeinen Fußpilz einfach alles heilten, was geheilt werden musste. Oder auch nicht. Kornkreisgläubige. Esoteriker. Oder einfach nur Neugierige. Es war die Pest.

Mehrere hundert Menschen fielen mittlerweile täglich in Bokau ein, um das Wunder auf Fritjof Plattmanns Weizenfeld zu bestaunen, in und an ihm nach Herzenslust herumzuposieren und sich dabei zu fotografieren, dass die Smartphones rauchten. Die von unserem Dorf ausgehende Selfie-Welle im Netz – Chantal Mustermann strahlend wie ein Filmsternchen vor Halm mit Weizenähre – musste mittlerweile so gigantisch sein wie eine der berüchtigten Monsterwogen, was natürlich unweigerlich dazu führen würde, dass die Hunderte bald in die Tausende gingen. Und das alles nur wegen ein paar streng geometrisch platt gedrückten Getreidehalmen, durch die ein Kreis entstanden war, in dem sich wiederum drei weitere Kreise befanden. Allerdings in Kleeblattformation!

Na und? Die Erklärung lag wahrscheinlich für jeden Menschen, der auch nur über einen Funken Verstand verfügte, auf der Hand und hatte nichts mit irgendwelchen just gelandeten Außerirdischen, dem wiederauferstandenen Mr. Spock oder übersinnlichen Kraftquellen zu tun. Nein, da hatte sich jemand aus dem Dorf einen Spaß erlaubt, und die Leichtgläubigen und gelangweilten Urlauber fielen gleich reihenweise darauf rein.

Tja, immer nur platt wie eine Flunder am Strand zu liegen, um trotz aller Warnungen der Hautärzte so richtig schön broilermäßig braun zu werden, und dabei die Kleinen mit einem Auge beim Quallenvergraben zu beaufsichtigen, haut schließlich eventmäßig auf die Dauer niemanden so richtig vom Hocker. Da kommt ein ordentliches Spektakel, von dem man noch seinen Urenkeln erzählen kann, gerade recht.

Das Ganze hatte sich entweder der Tourismusverein von Bokau ausgedacht oder aber Bauer Plattmann, dem das Feld gehörte. Ich tippte auf Letzteren, denn ich kannte des Bauern Humor – und mochte ihn sehr. Oder aber es gab eine einfache, ganz natürliche Erklärung für die Kreise, die allerdings niemand hören wollte, weil sie völlig unspektakulär war: Rehe befinden sich nämlich im August in der Brunft. Und bei ihnen gehört es zum guten Ton, dass der Bock die Geiß im Kreis herumtreibt, um ihr sein Begehren zu zeigen und ihr klarzumachen, was für ein toller Typ er ist.

Manchmal entstehen dabei eben Muster. Das ist alles. Ganz und gar irdisches Balzverhalten also, nix Übersinnliches weit und breit und damit haargenau so wie bei den »Kornkreisen« auf dem Meeresboden. Da gibt es die Dinger nämlich ebenfalls, wie ich an einem der sonnigen, heißen und deshalb besonders überfüllten Strand-Sonntagnachmittage in aller Ruhe, weil allein in meiner heimischen Villa, in der Zeitung gelesen hatte.

Irgendein Fisch baut seine Nester so, um das Weibchen zu beeindrucken. Nicht mit der Ästhetik eines Kreises selbstverständlich, denn damit hat es ja so ein Kiementier vermutlich eher weniger. Ihm geht's vielmehr knallhart um die Evolution, das heißt um das Weitergeben seiner Gene. Denn die Ränder, die durch sein Geschwimme um die Kreise entstehen, sollen die Eier und damit seine Nachkommen schützen. Und niemand hat dem Fischmännchen für sein Treiben aus einer fernen Galaxis per Strahlung ins Hirn gefunkt; niemand hat ihn in der Tiefe des Ozeans mit irgendwelchen kosmischen Wir-haben-uns-alle-ganz-doll-lieb-Schwingungen traktiert. Niemand, verdammt noch mal. Ich war von dem ganzen Zirkus mittlerweile schwer bis schwerstens genervt.

Was allerdings auch daran lag, wie ich zugeben musste, dass ich bereits den gesamten Sommer hindurch von einem Stalk-Gespenst verfolgt wurde. So etwas macht unweigerlich dünnhäutig. Überall stand es herum, ja manchmal hatte ich bereits das Gefühl, dieses Wesen könne sich zwei- oder gar dreiteilen, um mir an den unterschiedlichsten Orten in Bokau aufzulauern.

Seit Wochen huschte ich deshalb wie mein eigener Schatten durchs Dorf, schielte vorsichtig um jede Ecke, bevor ich mich auf eine Straße wagte. Zu Hause ließ ich die Rollos auch bei hellstem Sonnenschein runter, damit ich zumindest in meiner Villa das Gefühl hatte, unbeobachtet zu sein, und mied meine Gartenbank, weil ich mich dort nicht tot stellen oder so leicht entkommen konnte.

Die Frau hatte sich zu einer richtigen Plage entwickelt und machte mich langsam, aber sicher ganz kirre, weil ich mich bedroht fühlte und sie mein stinknormales Leben komplett durcheinanderbrachte. Ich hatte es zunächst mit freundlichen Worten versucht, war dann zu kalter Ignoranz übergegangen, um zu guter Letzt in einem rüden Ton mit ihr zu sprechen, doch nichts, aber auch gar nichts hatte geholfen. Sie ließ einfach nicht von mir ab.

Zur Weißglut brachte mich bei der ganzen Angelegenheit zusätzlich, dass meine Freunde die Dame nur komisch fanden und sich köstlich amüsierten, wenn ich in der heißesten Augustwoche seit Menschengedenken vermummt und inkognito auf Schleichwegen zum Bäcker eilte oder meinen Mini-Garten und die Umgebung meiner Villa nach ungebetenen Besuchern abscannte, bevor ich hinaustrat. Die Frau sei zwar ohne Frage nervtötend, aber völlig harmlos, hatten mir Marga, Theo, Harry und Johannes nacheinander und in schönster Harmonie mitgeteilt, als ich mich bitter bei ihnen beklagt hatte. Ich solle mich nicht so anstellen, die Stalkerin würde sich schon wieder einkriegen. Das sagten sie mir zwar nicht ins Gesicht, doch ich wusste, dass sie es dachten. Alle vier kannte ich schließlich lange und gut.

Ich war jedoch komplett anderer Meinung. Bei dem Weib war garantiert mehr als nur ein Sparren locker. Denn so verhielt man sich einfach nicht, wenn man sich geistig im Lot befand. Und wer derartige Probleme mit sich herumtrug und sein Ziel nicht erreichte – und das würde diese Person auf keinen Fall, das hatte ich auf alle vier Panzer meines Griechischen-Landschildkröten-Nachwuchses geschworen! –, der verlor bestimmt irgendwann einmal sowohl Contenance als auch Beherrschung und versuchte es mit Gewalt.

Und dann? Ging es mir eventuell an den Kragen, und niemand würde mir helfen.

Nein, ich fühlte mich momentan im wahrsten Sinne des Wortes lediglich »den Umständen entsprechend«, wie die Auskunft im Krankenhaus lautet, wenn der Patient mit dem Kopf unter dem Arm auf der Trage liegt und komatös vor sich hin schnauft. Mir ging es in diesem Sommer sogar dermaßen mäßig, dass ich erstens wenig bis gar keinen Appetit verspürte – wer mich kennt, weiß, dass das allein schon ein echtes Alarmzeichen ist – und dass ich zweitens mit furchtsamem Herzen um Vivian LaRoche bangte.

Unter diesem klangvollen Pseudonym fabriziere ich normalerweise mit schöner Regelmäßigkeit Schmalzheimer oder Sülzletten, das heißt abgeschlossene Liebesromane für die Yellow Press. Mit ihnen bestreite ich nach wie vor einen Teil meines

Lebensunterhalts, füttere vier Kleinschildkröten von der Größe eines Strandknackers durch – auf diesen schönen Namen hört eine in unserer Region überaus populäre Brötchensorte – und ernähre deren Eltern Gustav und Hannelore mit Löwenzahn, Salat und hin und wieder einer Banane. Denn als Privatdetektivin im beschaulichen Bokau verdient man nun einmal nicht die Welt.

Doch der ganze Kladderadatsch um die Hundertschaften von Esoterikern und das stalkende Weibsbild hatte dazu geführt, dass sich das sensible Seelchen Vivian in den letzten Wochen Stück für Stück verabschiedet hatte. Und jetzt saß ich bereits seit geraumer Zeit mutterseelenallein vor dem Computer und versuchte, mit einem Grummeln in der Magengegend, unsere Dauer-Heldin Camilla an die breite und muskulöse Brust des Dauer-Beaus Richard zu schreiben. Vivian nennt Camilla im ersten Arbeitsgang immer Camilla und den Mann aller Männer stets Richard. Das macht es für alle einfacher, weil da mit den Namen nichts vertüdelt wird. Erst beim Korrekturlesen wird *sie* dann ganz individuell zu Friederike und *er* zu Robert.

So läuft es normalerweise, wenn Vivian die Regie übernimmt. Bloß war die Dame, wie gesagt, in den Weiten meiner gequälten Seele entschwunden. Es gelang mir daher auch an diesem Morgen absolut nichts. *Er* muffelte nur ständig vor sich hin wie ein alter Zausel und kriegte die Zähne nicht auseinander, und *sie* war sauer und fand ihn einfach nur blöd und grottenlangweilig, was ich ihr nicht verdenken konnte. Und das lag natürlich ebenfalls daran, dass Hanna Hemlokk nach sechs erfolgreich gelösten Fällen mittlerweile mit Leib und Seele Privatdetektivin war, während Vivian ganz allein für das Liebesgesülze und die dazugehörige Romantik zuständig blieb.

»Blöde Ziege!«

Ich fuhr den Computer herunter und knallte den Laptopdeckel zu, denn langsam begann sich die Ebbe in meiner Börse ernsthaft bemerkbar zu machen: Klar, wer nicht lieferte, verdiente kein Geld und vergrätzte zudem noch die Agentin. Und ein Auftrag als Private Eye, der zudem einen fetten Batzen Knete abwarf, war nicht in Sicht. Ein Stöhnen von epochalen Ausmaßen entrang sich meiner Brust. Manchmal war das Leben einfach nur ungerecht.

Und manchmal geschahen in genau diesem Leben tatsächlich noch Zeichen und Wunder. Gerade nippte ich an dem letzten Schluck meines lauwarmen Earl Grey, als ich Schritte auf dem Weg und kurz darauf die Gartenpforte quietschen hörte.

»Hallo«, rief eine Frau zögernd. Von der Stimme her kannte ich sie nicht. »Ist da jemand?«

Eine verirrte Esoterikerin, die den heiligen Funken ausgerechnet in meiner bescheidenen Villa suchte? Oder mein stalkender Plagegeist mit verstellter Stimme? In einem kurzen Anfall von Panik war ich versucht, ins Bad zu hechten, um mich in der Dusche mit einem Handtuch über dem Kopf zu verstecken. Kindisch, ich weiß. Deshalb gab ich mir einen Ruck, straffte den Rücken, griff mir mein größtes Messer, marschierte zur Tür, riss sie angriffslustig auf – nur um meine Besucherin anschließend ratlos und damit reichlich unprofessionell anzustarren.

Denn sie gehörte eindeutig nicht zu denen, die mit Feldhamstern plauderten, unter geneigten Bäumen menstruierten, Sterne umarmten oder von den Klamotten her zur Walle-walle-Fraktion neigten. Die Dame, schlank und auffallend wohlproportioniert, sah eher nach in sich ruhendem, solidem Mittelstand mit Geld aus als nach einer durchgeschossenen Alien-Gläubigen. Trotz der Hitze trug sie eine hellgraue Bundfaltenhose und dazu eine blütenweiße Bluse. Die dunkelblonden Haare waren halblang geschnitten und verrieten die regelmäßige Pflege durch einen teuren Coiffeur. An ihren Ohrläppchen blitzten dezente Stecker durch die Frisur, die Brauen waren perfekt gezupft, und die Haut schimmerte rosig. Und zwar nicht so aufdringlich wie bei einem Ferkel, sondern genau in dem Roséton, der sich für eine gut durchblutete Menschenwange gehört.

Wir hatten an die dreißig Grad im Schatten, was für ein Land, das quasi an der Packeisgrenze liegt, ziemlich ordentlich ist. Ich schwitzte daher ungeniert trotz Shorts und ärmellosem Top, sie hingegen transpirierte allenfalls, ohne dass man etwas bemerkte.

»Was ist?«, entfuhr es mir misstrauisch. Die Frau wollte mir doch wohl keine Versicherung anschnacken? Oder mich zu einem sauteuren Business- und Schreibseminar für eine vom Pseudonym verlassene Schmalzheimer-Autorin einladen? Ich fasste das Brotmesser, das ich hinter meinem Rücken versteckt hielt, fester.

»Guten Tag. Bin ich hier richtig? Ich meine, sind Sie Frau Hemlokk, die Privatdetektivin?«

Sie blieb wie festgewurzelt an der Gartenpforte stehen und erwiderte meinen Blick unsicher. Ach du meine Güte, winkte da etwa ein neuer Auftrag? Hemlokk, beweg deine Gesichtsmuskeln, befahl ich mir und setzte unverzüglich mein sonnigstes Lächeln auf, inständig hoffend, dass nicht ausgerechnet in diesem Moment die verdammte Stalkerin um die Ecke bog und ich sie mit rüden Worten und einem Messereinsatz verscheuchen musste.

Rasch linste ich über die Schulter meiner Besucherin. Nichts. Nur Silvia äugte, umringt von ein paar anderen kühischen Mädels, neugierig über das Gatter, während sie gelassen wiederkäute. Kuddel, ihr und der anderen Kuhdamen Galan, hielt sich wie meistens im Hintergrund.

»Genau die bin ich«, bestätigte ich erleichtert mit sonorer Stimme. »Hanna Hemlokk, angenehm.«

»Da bin ich aber froh. Es war gar nicht so leicht, Sie zu finden.«

Sie rührte sich immer noch nicht. Also deponierte ich unauffällig das Messer auf der Arbeitsplatte meiner Küchenzeile, trat entschlossen drei Schritte vor – mein Garten gehört eher zu der kleineren Sorte – und reichte ihr die Hand. Ihre war trocken und kühl, meine, na ja, war es nicht.

»Was kann ich für Sie tun? Kommen Sie doch erst einmal herein«, forderte ich sie auf. »Da redet es sich besser. Möchten Sie vielleicht ein Glas Eistee? Oder soll ich uns einen richtigen Tee kochen? Earl Grey hätte ich. Aber Kaffee ist natürlich auch kein Problem.«

Halt endlich die Klappe, Hemlokk, und reiß dich zusammen,

du faselst dich ja um Kopf und Kragen, mahnte eine innere Stimme. So aufregend ist das Ganze nun auch wieder nicht.

»Danke.«

Vorsichtig schritt meine neue Klientin am Salbeibusch mit den darunter dösenden Kröten Gustav und Hannelore vorbei zum Haus, blieb auf der Schwelle stehen und schaute sich, wie mir schien, skeptisch um. Besonders groß ist meine Villa wirklich nicht: Auf exakt zweiundvierzig Quadratmetern befinden sich eine gut ausgerüstete Küchenzeile, weil ich gern koche, ein Mini-Bad mit Dusche, ein roter Dreisitzer und ein Schaukelstuhl. Ich arbeite an meinem Esstisch und esse an meinem Arbeitstisch. Da bin ich flexibel. Ich fühle mich sauwohl hier.

»Klein, aber mein«, bemerkte ich, als sie schwieg. »Das Haus ist zwar nur gemietet, aber ich habe hier garantiert meine Ruhe. Weil es direkt am See liegt und ich keine Nachbarn habe.«

Sie hob die rechte Hand – der breite Ehering entging meinem detektivisch geschulten Blick selbstverständlich nicht – und hüstelte zart.

»Ich kann Ihre Entscheidung ohne Probleme nachvollziehen, Frau Hemlokk. Reinhold und ich …« Sie brach ab und biss sich so heftig auf die Unterlippe, dass die an der Stelle schneeweiß wurde.

Aha. Reinhold hieß er also. Ob es um ihn ging? Bestimmt, irgendwie spürte ich das im Urin. Betrog er sie vielleicht mit ihrer besten Freundin? So etwas kam auch in Bokau und Umgebung vor. Sie war etwa Ende dreißig, er mochte dann gut und gern Mitte vierzig sein; das Alter dafür – Midlife-Crisis! – hatten sie also. Oder war er eines unnatürlichen Todes gestorben, und sein Mörder lief immer noch frei herum? Hemlokk, ermahnte ich mich. Schon als Kind war meine Phantasie leicht, nach Meinung meiner Mutter allzu leicht, ins Kraut geschossen und mit mir durchgegangen.

»Setzen Sie sich doch«, forderte ich meine Besucherin auf und deutete auf das Sofa. Sie gehorchte, ich zog mir den Schaukelstuhl heran und nahm ihr gegenüber Platz.

»Also weder Tee noch Kaffee?«, erkundigte ich mich erneut.

Auf der gegenüberliegenden Wiese fing Silvia an, asthmatisch zu röhren. Das tat sie manchmal, wenn sie Besuch ankündigen wollte. Ich erstarrte. Unwillkürlich wanderte mein Blick zum Messer. Doch gleich darauf zog der schwebende Ton einer Flöte an der Villa vorbei.

»Kornkreisleute«, erklärte ich erleichtert. Und keine durchgeknallte Stalkerin, die sich schreiend auf mich stürzen wollte, um mich zu würgen, hätte ich am liebsten hinzugefügt. Doch das ging meine neue Klientin selbstverständlich nichts an.

»Sie sind momentan überall hier, nicht? Wenn es Ihnen nicht zu viel Umstand bereitet, würde ich sehr gern von Ihrem Eistee kosten«, sagte sie höflich.

Aber immer doch. Ich sprang auf und holte uns rasch das Gewünschte. Wir prosteten uns formvollendet zu und nippten an unseren Bechern. Erst da bemerkte ich, dass ich ihr den mit der verblichenen Lady Di und dem jugendlichen Charles gegeben hatte, den ich damals in London zur Feier des Verkaufs meines ersten Schmalzheimers erworben hatte.

»Hübsch«, bemerkte sie nur.

»Also«, sagte ich, nachdem sie anschließend zweimal versichert hatte, wie überaus köstlich der Tee sei, »was kann ich für Sie tun, Frau … äh …«

»Schmale. Bettina Schmale. Verzeihung.«

Ich stellte meinen Becher ab und wedelte lässig mit der Rechten, was so viel wie »schon okay« bedeuten sollte.

»Frau Schmale. Gut. Wenn Sie mir nun erzählen würden, was ich für Sie tun kann?«

Auch sie stellte jetzt ihren Becher ab. Und zwar dermaßen schwungvoll, dass ein paar Tropfen über Charlys und Dianas gekrönte Häupter hinweg auf die Tischplatte schwappten. Sie bemerkte es nicht, was mir mehr über ihren Seelen- und Gemütszustand verriet als alle wohlgesetzten Worte. Sie war nervös, keine Frage. Und zwar ganz schön ordentlich.

»Es geht um meinen Mann. Er ist tot.« Ihre Stimme klang sachlich und fast ein bisschen monoton, als habe sie auf Autopilot geschaltet. »Reinhold hat sich beim Joggen das Genick gebrochen. Völlig unspektakulär. Vielleicht haben Sie es in der Zeitung gelesen. Nein, wohl eher nicht. Es war nur eine kleine Meldung. Es soll ein Unfall gewesen sein, behauptet die Polizei. Es gäbe keinerlei Hinweise oder Erkenntnisse, die in eine andere Richtung deuteten. Es habe sich ganz zweifellos um einen Unfall gehandelt«, wiederholte sie und malträtierte erneut ihre Lippe.

»Aber Sie glauben das nicht?«, lieferte ich ihr das Stichwort, das sie benötigte.

»Nein, ich glaube das nicht«, erwiderte sie heftig. »Weil ich Reinhold kenne. Also kannte, wollte ich sagen. Er war nicht so.«

Mhm. Das konnte alles und nichts bedeuten, denn was hieß das schon?

»Wie war er dann?«, fragte ich die Witwe behutsam. »Und wo und wann ist es geschehen?«

In weiter Ferne arbeitete sich ein Mähdrescher durchs Feld. Und oben auf der Hauptstraße schob sich ein Trecker mit einem gelegentlichen, für hiesige Verhältnisse geradezu ungeduldigen Hupen durch die esoterischen Menschenmengen. Erntezeit. Wir lauschten, und Bettina Schmale nahm noch einen Schluck Tee zur Stärkung, bevor sie meine Frage beantwortete.

»Reinhold war ein äußerst disziplinierter Mensch, das müssen Sie wissen und immer im Hinterkopf behalten. Sonst versteht man ihn nicht. Er war Ingenieur mit Leib und Seele. Seine Welt waren die Zahlen. Was sich nicht messen ließ, existierte für ihn nicht. Gefühle, Ahnungen oder gar Schwingungen waren ihm ein Gräuel.«

»Für Kornkreise und Aliens hätte er also nichts übriggehabt, meinen Sie?« Es rutschte mir einfach so heraus.

Doch sie fing tatsächlich an zu grinsen. Allein der Gedanke schien für sie dermaßen absurd zu sein, dass sie schließlich sogar schallend losprustete.

»Reinhold und diese Leute da draußen? Nein, nein, er würde die Esoteriker überhaupt nicht ernst nehmen. Schwätzer und Schwachsinnige würde er sie vermutlich nennen. Mit seiner Welt oder besser der Welt, wie er sie sah, haben die nichts zu tun. Er hätte sie für arme Irre gehalten, die in ihrer Gefühlsduseligkeit zudem gefährlich für den Fortschritt der Menschheit seien. Vermutlich hätte er sie am liebsten eingesperrt oder ihnen zumindest das Wahlrecht entzogen.«

Was für ein sympathischer Zeitgenosse, dachte ich im Stillen. Mein Ding waren solche gefühlsarmen Knaben nicht, die sich hinter Zahlenkolonnen und Messwerten versteckten und so taten, als hätten sie auf diese Weise den Fortschritt, die Rationalität und die Weisheit schlechterdings mit Löffeln gefressen. Sie Feiglinge zu nennen traf es meiner Meinung nach eher. Die kniffen doch, wenn es ums Menschliche ging. Denn das entzog sich oft genug der exakten Messerei. Da ging es um Grauzonen und ganz andere Dinge.

In diesem Moment stand ich völlig auf der Seite der Gefühlsgläubigen. Doch selbstredend hielt ich eisern den Mund, auch wenn's mir schwerfiel. Job war schließlich Job, da hatte die persönliche Meinung hintenanzustehen.

Bettina Schmale schien von meinem inneren Kampf nichts zu bemerken.

»Reinhold war schon ein sehr spezieller Mensch«, meinte sie nachdenklich, nachdem sie sich wieder gefangen hatte. War ihr das etwa erst nach dem Tod des Gatten aufgegangen? Es klang fast so.

»Wenn ich Sie richtig verstehe, gehörte Ihr Mann also eher zu dem beherrschten Typ und neigte nicht zu impulsiven Reaktionen. Er war ein Kopf- und kein Bauchmensch.« Ich hatte das lediglich als Zusammenfassung des Gesagten gedacht. Doch sie nickte so voller Eifer, als hätte ich ihr soeben die Weltformel offenbart.

»Das haben Sie wirklich äußerst treffend ausgedrückt. Das würde ich sofort unterschreiben. Und Reinhold auch.«

Nur dass das mit einem Genickbruch nicht so einfach war. Nein, irgendetwas war seltsam an dieser Frau. Ich konnte mir jedoch überhaupt keinen Reim darauf machen, deshalb beobachtete ich sie unauffällig, während sie an ihrem Tee nippte. Weshalb sie diesen Eisblock von Mann wohl geheiratet hatte?

Aus Liebe? Nee, das war eher unwahrscheinlich. Oder hatte er sie als junge Frau mit seinem Faible für Zahlen und alles Messbare so beeindruckt, dass sie dahingeschmolzen war wie Butter in der glutheißen Wüstensonne, als er ihr die Schönheit der Vektorrechnung nahebrachte? Immer noch nee. Auf so einen Richard würde zumindest Vivians Camilla nicht anspringen; dem hätte die Gute den Laufpass gegeben, bevor er ihr auch nur auf Armeslänge nahe gekommen wäre. Blieb also Geld als Basis für diese Ehe.

»Ihr Mann verdiente gut?«

Bettina Schmale linste überrascht über Lady Dis blonder Föhnfrisur zu mir herüber und verzog kaum merklich das Gesicht. Ein Volltreffer also?

»Ja, das kann man wohl so sagen. Er arbeitete an verantwortlicher Stelle als Ingenieur. Er konstruierte Brücken.« Na, da hatte der Mann in Schleswig-Holstein ja goldrichtig gewohnt. Denn die waren in unserem Bundesland mittlerweile alle dermaßen marode, dass sie dringend einer Erneuerung bedurften, sonst musste die EU mächtig viel Geld für Fähren über den Nord-Ostsee-Kanal und die das Land durchschneidenden Flüsse ausspucken. »Aber sollte ich Ihnen nicht berichten, wie er gestorben ist?«

Ich gab einen zustimmenden Brummton von mir. Klar sollte sie das. Denn sicherlich hatte ihn keine steife Brise von seiner neuesten Konstruktion geblasen.

»Reinhold war ein begeisterter Läufer. Er hielt viel davon, fit zu bleiben.« Über ihr Gesicht huschte erneut der Anflug eines Lächelns, das allerdings nicht froh wirkte, sondern eher so, als verzögen sich lediglich aus unerfindlichen Gründen die Wangenmuskeln. »Na ja, eigentlich hielt er alle Leute, die sich nicht sorgfältig um ihren Körper kümmerten, für leichtsinnig und verantwortungslos. Kennen Sie die Steilküste bei Stein?«

»Ja.«

Die kannte hier in der Gegend jeder, der sein Leben nicht ausschließlich im Sessel verbrachte, sondern auch mal spazieren ging oder mit dem Rad die Probstei erkundete. Dort rauschten die großen Pötte hautnah an einem vorbei, wenn sie die Kieler Förde Richtung St. Petersburg, Stockholm oder Helsinki verließen oder umgekehrt ordentlich hintereinander aufgereiht auf das Öffnen der Kanalschleuse warteten, um durch den »Kiel Canal«, so der internationale Name, in die Elbe zu gelangen und von dort aus in die große weite Welt zu starten. Es war immer wieder ein beeindruckender Anblick, der Touristen regelmäßig zu Entzückensschreien hinriss, aber auch Einheimische keineswegs kaltließ.

»Da ist es passiert. Jeden Morgen ist Reinhold dort gelaufen. Exakt um die gleiche Zeit. Man konnte die Uhr nach ihm stellen. Wir wohnen in der Nähe, müssen Sie wissen. Und er mochte diese Strecke.«

»Sie ist ja auch wunderschön.«

Bettina Schmale schüttelte energisch den Kopf.

»Das spielte für Reinhold überhaupt keine Rolle. Nein, sie war ideal für ihn, weil er genau wusste, an welchem Baum, Strauch oder an welcher Bank er in welche Geschwindigkeit überzuwechseln hatte. Er wäre nie woanders gelaufen.«

»Und jeder wusste das.«

»Genau. Das war kein Geheimnis. Sie hätten wirklich die Uhr nach ihm stellen können. Ich sage das nicht bloß so daher. Deshalb wusste ich auch sofort, dass etwas Schlimmes passiert sein musste, als er an dem Morgen nicht pünktlich zurückkam. Er sei unvorsichtig gewesen, sei zu nahe an den Rand der Steilküste getreten, sei abgestürzt und habe sich dabei das Genick gebrochen«, setzte sie heftig hinzu. »Das behauptet die Polizei.«

»Aber Sie glauben das nicht«, sagte ich nun schon zum zweiten Mal.

»Nein.« Ein Wort wie ein Kanonenschlag. »Wieso sollte Reinhold völlig ohne Grund mit dem Laufen aufgehört und an den Rand der Klippe getreten sein? Um die Sonne aufgehen zu sehen oder einen verirrten Delphin zu bestaunen? Das war nicht sein Ding, wie ich Ihnen versucht habe zu erklären.«

Das hatte ich verstanden, ja. Reinhold Schmale war ein Zahlenfetischist gewesen und kein Romantiker. Bettina Schmale schwieg. Ihr Blick wanderte zu den vier Strandknackern in ihrem Terrarium. Sie sonnten sich unter der Wärmelampe. Bald würde ihre Behausung wirklich zu klein für sie sein. Dann musste ich sie in meinem Garten auswildern – oder verkaufen. Bei diesem Gedanken wurde mir die Kehle eng.

»Sie meinen also, Ihr Mann wurde ermordet?«, fragte ich schnörkellos. »Aus welchem Grund? Haben Sie da eine Idee?«

»Nein, keine.« Sie räusperte sich, während sie sich wieder mir zuwandte. »Genau das sollen Sie ja herausfinden. Deshalb bin ich zu Ihnen gekommen. Und damit Sie den Mörder finden, natürlich.« Jetzt blickte sie mir direkt in die Augen, als entströme ihrem Mund fortan die reine Wahrheit und nichts als die Wahrheit. So lügen ungeschickte Lügner. Jeder Schnüffler, der auch nur annähernd seinen Namen verdient, weiß das. »Reinhold war der disziplinierteste Mensch, den ich kenne. Er hätte niemals seinen Lauf unterbrochen, um ohne triftigen Grund an die Abbruchkante zu treten. Niemals! Außerdem wusste er genau, wie gefährlich das sein konnte. Nein, es muss ihm jemand aufgelauert haben. Eine andere Erklärung gibt es nicht. Und derjenige hat ihn gestoppt, ihn in ein Gespräch oder Streit verwickelt, ihn dabei in Richtung Kante bugsiert und ihm dann einen Stoß versetzt. Wahrscheinlich hat Reinhold damit überhaupt nicht gerechnet. Deshalb war er wehrlos und hat nichts geahnt. Denn Spuren, etwa eines Kampfes, hat man nicht gefunden.«

Tja, denkbar war so ein Szenario natürlich. Dann würde meine Aufgabe darin bestehen, zunächst einmal ein Motiv für den Mord ausfindig zu machen. Ich verlagerte mein Gewicht sorgsam von der rechten auf die linke Pobacke. Denn es gab natürlich auch noch eine andere Möglichkeit, aber die anzusprechen war gerade gegenüber der trauernden Witwe naturgemäß höchst heikel.

»Noch einen Tee?«, bot ich daher an. Auf dem See schnatterte eine empörte Ente.

»Danke, nein«, lehnte Bettina ab.

Na dann. Auf in den Kampf, Hemlokk!

»Wenn es kein Unfall war, wie die Polizei behauptet«, begann ich langsam, »aber vielleicht auch kein Mord, wie Sie vermuten, dann muss man darüber nachdenken oder sollte es ohnehin als dritte –«

»Es war kein Selbstmord«, fiel mir die Schmale schroff ins Wort. »Wenn Sie das meinen.«

Genau das hatte ich gemeint, ja. Ihre automatische Abwehrreaktion war natürlich völlig normal. Diesen Gedanken lässt niemand gern zu. Geduldig setzte ich daher erneut an.

»Es tut mir leid, Frau Schmale, aber einen Suizid muss ich ebenfalls in Erwägung ziehen. Weshalb sind Sie so sicher, dass Ihr Mann sich nicht selbst getötet hat?«

»Weil ich ihn kenne«, lautete die prompte Antwort. »Das hätte nicht zu ihm gepasst. Reinhold wäre niemals sang- und klanglos gegangen.« Sie beugte sich zu mir herüber. »Begreifen Sie doch, auch seinen Selbstmord hätte mein Mann akribisch vorbereitet. Er hätte nichts dem Zufall überlassen. Das wäre ihm ein Gräuel gewesen. Er war einfach so. Und wenn er sich bewusst von der Steilküste gestürzt hätte, musste er doch damit rechnen, dass er sich lediglich ein Bein bricht oder einen Arm, aber nicht das Genick. Die ist ja nicht so hoch, dass es todsicher klappt.« Eine Überlegung, die auch für den potenziellen Mörder zutraf, schoss es mir durch den Kopf. Handelte es sich also um eine spontane, gewissermaßen improvisierte Tat bei einer zufälligen Begegnung mit dem Opfer? »Nein, wenn Reinhold sich hätte umbringen wollen, dann hätte er gleichzeitig einen hoch dosierten Giftcocktail geschluckt, sich die Pulsadern aufgeschnitten und mit einer Pistole eine Kugel in den Kopf gejagt. Er wäre absolut auf Nummer sicher gegangen. Das können Sie mir glauben.«

Was für ein furchteinflößender Mensch. Reinhold Schmale wurde mir immer unsympathischer und rätselhafter. Doch von persönlichen Animositäten ließ sich eine professionelle Privatdetektivin selbstverständlich nicht beeinflussen.

»Frau Schmale, es –«

»Ich möchte, dass Sie Reinholds Tod untersuchen. Ganz egal, was es kostet.«

Gab der letzte Satz den endgültigen Ausschlag? Ich weiß es

nicht. Zu meiner Ehrenrettung kann ich nur sagen, dass das Honorar zwar bei meiner Entscheidung eine Rolle spielte, ich jedoch ebenfalls ehrlich an dem Fall interessiert war. Denn irgendetwas stimmte hier nicht. Da fanden Bauchgefühl und Blase deutliche Worte. Bettina Schmale gab zwar ziemlich überzeugend die trauernde Witwe, die endlich Gewissheit über den Tod ihres Mannes haben wollte, doch es schwang ganz entschieden noch etwas anderes mit. Irgendetwas brodelte in der Frau, von dem ich – noch – keine Ahnung hatte.

»Gut«, schnarrte ich lässig in ihre Richtung und hob meinen Becher mit Eistee, um unseren Pakt zu besiegeln. »Ich nehme Ihren Auftrag an.«

Sie prostete mir zu, und ich begann auf der Stelle mit der Ermittlung.

»Kommen wir also zunächst zu einem möglichen Mordmotiv. Hatte Ihr Mann Feinde? Wer hätte möglicherweise ein Interesse daran gehabt, ihn zu töten? Und wenn es jemanden gibt oder vielleicht sogar mehrere Personen, welche Namen können Sie mir da nennen?«

ZWEI

Die Frage nach einem möglichen Täter samt Mordmotiv erwies sich eindeutig als Sackgasse. Bettina Schmale hatte nicht den Hauch einer Ahnung, wer ihrem Reinhold an den Kragen gegangen sein konnte. Von seinem Job habe er zu Hause nicht viel erzählt, und privat hätten sie nicht allzu viele Kontakte gehabt. Reinhold sei nicht sehr gesellig gewesen. Aber die wenigen Bekannten, mit denen sie sich hin und wieder trafen – von Freunden könne man eigentlich nicht sprechen –, hätten keinerlei Motiv besessen. Soweit sie es wisse.

Ich fand diese Einschränkung höchst interessant. Wenn sie schon nichts Genaues sagen konnte, ahnte die Frau zumindest etwas? Weshalb verriet sie es mir dann nicht? Und was war das bloß für eine Ehe gewesen? Sehr freudvoll klang das alles nicht. Vielleicht hatten die beiden ja mehr nebeneinanderher gelebt und eine Art Not- oder Zweckgemeinschaft gebildet. So etwas kam zwar in Vivian LaRoches Lebens- und Liebes-Kosmos nicht vor, aber sobald man den verließ, wo jedes Lächeln eines Sternchens gleich zu einer Promi-Verlobung hochgeschrieben wurde, spielten auch noch ganz andere Dinge als das reine Herzensglück eine Rolle, wenn es um den Bund fürs Leben ging. Wie gesagt, Geld zum Beispiel. Oder eine gewisse Sicherheit, die ja nach wie vor durch den rechtlichen Rahmen der Ehe geschaffen wird. Oder Statusüberlegungen. »Moin, Frau Dipl. Ing.« klang doch ganz anders als »Tach, Frau Schmale«.

War Bettina vielleicht so eine? Ich wusste es nicht. Sie blieb mir nach wie vor ein Rätsel. Und da half es auch nicht, dass sie mich mehrfach aufforderte, bei meinen Ermittlungen ja keine Rücksicht auf irgendwen zu nehmen, sondern jeden Stein im Leben ihres Mannes umzudrehen: beruflich, privat, vor ihrer Ehe, in seiner Freizeit, beim Sport, während ihrer Ehe, auf seinen Dienstreisen, in seiner Kindheit.

Genau das würde ich tun, versicherte ich ihr, während ich sie mit drei Schritten zur Gartenpforte brachte und in Gedanken noch rasch eine Null an die Summe ranhängte, die ich ihr für meine Mühen in Rechnung stellen würde. Aber nicht sofort, beschloss ich, als ich wieder allein war und einen kurzen Freudentanz in meiner bescheidenen Hütte aufführte. Erst einmal würde ich zu Bäcker Matulke schleichen, um mir zur Feier des Tages eine Cremeschnitte zu gönnen. Oder auch zwei? Um Vivian wieder hervorzulocken und gnädig zu stimmen? Nö. Die dumme Pute hatte das nicht verdient. Das Teigwunder würde ganz allein in meinem Magen landen! Schließlich war ich soeben als Detektivin angeheuert worden und nicht sie als Tränenfee.

Also schnappte ich mir meine Börse, verriegelte gewissenhaft Tür und Tor und spannte sicherheitshalber noch einen Faden direkt vor den Eingang. Sicher ist eben sicher, und ich traute der Stalkerin mittlerweile alles zu. Die Frau ging über Leichen, da gehörte so ein kleiner Einbruch zu einer ihrer leichteren Übungen. Sollte ich das Messer mitnehmen? Nicht das große, entschied ich, aber das kleine scharfe Küchenmesser, das ich vor Jahren in Frankreich gekauft hatte, schon.

Sorgfältig wickelte ich einen Waschlappen um die Klinge und steckte das Arrangement in den Rucksack. So musste es gehen. Dermaßen gerüstet trat ich vor die Haustür und musterte intensiv meine Umgebung: jeden Baum, jeden Strauch, jede Kuh. Doch da war nichts. Erleichtert klopfte ich Gustav und Hannelore zum Abschied wie immer schwungvoll auf die Panzer, holte mein Rad aus dem Schuppen – genauer gesagt handelte es sich dabei eher um ein Schüppchen – und schob es eilig den engen Weg zum Haupthaus hinauf, das ebenso wie meine Mini-Villa dem Bauern Fritjof Plattmann gehörte und in dem schon vor Urzeiten meine Freundin Marga eine der Wohnungen bezogen hatte.

Aber in diesem Moment galten meine Gedanken nur dem in Aussicht stehenden schmackhaften Backwerk. Denn auch wenn die Bedingungen schwierig waren, hielten die Hemlokks viel davon, die Feste zu feiern, wenn sie ihnen quasi vor die Füße fielen. Wer wusste schon, was der morgige Tag brachte? Eben.

Niemand. Und genießen würde ich die Cremeschnitten ganz allein auf meiner Gartenbank mit einer oder auch zwei Tässchen eines besonders guten Earl Grey, trotz der hochsommerlichen Temperaturen und trotz des Stalk-Gespenstes. Ich ließ mir doch nicht von so einem Alp mein Leben diktieren! Außerdem würde es schon nicht ausgerechnet an diesem Nachmittag auftauchen und mir meine Betriebsfete madig machen. Und wenn, würde ich sowohl mein nigelnagelneues Smartphone als auch ein Messer griffbereit neben mir liegen haben. Denn meiner Meinung nach war die Frau nun einmal nicht richtig im Kopf, und an Körperkraft war sie mir meilenweit überlegen.

Am Haupthaus angekommen, schwang ich mich in den Sattel und trat kräftig in die Pedale. Auf Bokaus Hauptstraße herrschte reger Betrieb, und ich umkurvte die Kornkreisenthusiasten, so elegant und gut es ging. Das Ganze erforderte meine gesamte Aufmerksamkeit, sodass ich eine Vollbremsung hinlegen musste, als urplötzlich ein Mensch mit ausgebreiteten Armen vor meinem Lenker auftauchte und mich stoppte.

»Johannes! Bist du verrückt geworden? Ich hätte dich fast umgenietet«, fauchte ich ihn erschrocken an.

Er ließ die Arme sinken wie eine flügellahme Taube.

»'tschuldigung. Aber ich muss dich sprechen, Hanna. Es ist dringend. Wir waren gerade auf dem Weg zu dir.«

Ooops. Johannes von Betendorp war Tischler, und zwar ein richtig guter mit außergewöhnlichen Ideen und viel Liebe zum Holz. Er wohnte auf der anderen Seite des Passader Sees direkt gegenüber meiner Villa. Das Herrenhaus Hollbakken befand sich seit Erik dem Furchtbaren im Familienbesitz derer von Betendorp und hing dem aktuellen Eigentümer in finanzieller Hinsicht wie ein Mühlstein um den Hals. Johannes und ich hatten uns unter tragischen Umständen bei meinem ersten Fall kennengelernt und waren seitdem Freunde.

»Was ist denn los?«, fragte ich besorgt, nachdem ich abgestiegen war.

Johannes war nicht allein. Neben ihm standen eine Frau und ein Mann, denen man ihr Faible fürs Beamen und für Marsianer, intergalaktische Kornkreise sowie bewusstseinserweiternde Schwingungen aller Art schon von Weitem ansah: Sie stellte diesen mild-beseligten Ausdruck grenzenloser Liebe auf dem Gesicht zur Schau, der mich sofort stutzig und, wie ich zu meiner Schande gestehen muss, aggressiv macht; er sah um den Kopf herum aus wie eine Jesuskopie, Hals abwärts verflüchtigte sich allerdings die Ähnlichkeit, denn er trug keinen linnenen Lendenschurz, sondern eine schmuddelige kurze Hose und ein T-Shirt, das den beachtlichen Rettungsring um seine Taille auf das Unvorteilhafteste betonte.

»Ich glaube jedenfalls keine Sekunde daran«, teilte mir die personifizierte Liebe ohne jede Vorwarnung und ohne jeden Zusammenhang mit. Ihre Stimme war erstaunlich tief.

»Wir halten zu Johannes«, assistierte der Jesus in kurzen Hosen mit einem bekräftigenden Nicken. Das war ja gut und schön, aber um was ging es denn, verdammt noch mal?

»Johannes«, flehte ich, während ich automatisch dem alten Gehrmann zuwinkte, der wie immer in den Sommermonaten über der Gartenpforte hing und interessiert zu uns herüberschaute. Der ganze Rummel um die Kornkreise musste für den alten Mann so etwas wie Weihnachten, Ostern, Pfingsten und Urlaub in einem sein. Endlich geschah mal was in seinem sonst so öden Leben.

Johannes hob ebenfalls die Hand. Mein Freund war eben ein guter Kerl – der hin und wieder mit den Eichen und Haselnussbäumen auf seinem Grundstück plauderte, leidenschaftlich mit der Grundgütigen, wie er das Höchste aller Wesen zu nennen pflegte, um Gerechtigkeit und Wahrheit rang, liegende, lächelnde, sitzende, dicke und dünnere Buddhas schnitzte und an beseelte Steine sowie von ganzem Herzen an die Kraft der immateriellen und spirituellen Welt glaubte. Er suchte sich aus allen Religionen das heraus, was seiner Meinung nach am besten zu ihm passte.

Zu Beginn unserer Freundschaft hatten wir viel über derartige Themen gesprochen. Doch mittlerweile klammerten wir so etwas zwar nicht gänzlich aus, aber uns beiden war bewusst, dass wir in dieser Hinsicht unterschiedliche Meinungen vertraten. Sein Pferd hieß Nirwana, und die Kornkreishysterie musste geradezu Labsal für seine Seele sein. Ich hatte nicht umsonst in den letzten Wochen keinen Kontakt zu ihm gehabt, weil es zwischen uns bei diesem Thema unweigerlich gekracht hätte. Er sah schlecht aus.

»Du musst mir helfen, Hanna«, flüsterte er jetzt, während er sich so ängstlich umschaute, als befürchtete er hier, mitten auf Bokaus Hauptstraße, einen Anschlag auf sein Leben. »Juliane ist verschwunden, und alle glauben, ich hätte etwas damit zu tun. Aber ich habe ihr nichts getan!«

Der arme Kerl schien völlig durcheinander. Ohnehin von Natur aus rank und schlank, wirkte er jetzt geradezu ungesund mager, und sein Teint war erschreckend grau. Lediglich in seinen Augen entdeckte ich eine gewisse Lebhaftigkeit, nein, korrigierte ich mich, sie wirkten schlicht gehetzt.

»Nur die Ruhe«, sagte ich daher autoritär, um ihn ein wenig runterzuregeln. »Um was geht es denn? Am besten erzählst du mir die Geschichte von Anfang an. Ich brauche als Erstes die Fakten. Dann sehen wir weiter.«

»Ach du dickes Ei«, seufzte daraufhin die Liebe spöttisch und verdrehte kunstvoll die Augen. »Die Fakten will sie haben. Als ob die jemals irgendwem geholfen hätten. Schall und Rauch, sage ich nur. Problembewältigung war gestern, das hab ich auch Johannes erklärt, weil Krisen nämlich Geschenke sind, das wissen wir doch. Na ja, manche von uns wissen das. Andere nicht, die stehen dann eben auf … Fakten.«

Ich ließ mich von dem Gefasel nicht aus der Ruhe bringen, sondern schob lediglich das Kinn in ihre Richtung, während ich weiterhin Johannes ansah.

»Hat sie etwas mit der Angelegenheit zu tun? Wer ist das?«

»Lulu«, stellte er die Frau hastig vor. »Und das ist Viktor. Sie sind wegen der Kornkreise nach Bokau gekommen. Dort haben wir uns kennengelernt.«

Na, da schau her. Wer hätte das gedacht!

»Es geht bei allem nämlich einzig und allein um spirituelles Wachstum«, verkündete Lulu plötzlich mit Wärme in der Stimme. »Und um die liebevolle Anwesenheit der Lichtwesen, die uns Suchenden eine Menge Fragen beantworten können. Wenn wir sie denn zu stellen vermögen.«

Und jetzt duschen diese Schwarmgeister ganz irdisch bei dir, schlafen bei dir und fressen deinen Kühlschrank leer, richtig, Johannes? Manche Menschen wurden eben immer wieder schamlos ausgenutzt. Mein Freund gehörte zu dieser Spezies, seit ich ihn kannte. Doch ich hielt den Mund. Ich war mir zwar ziemlich sicher, dass ich mit meiner Vermutung goldrichtig lag, doch es hatte keinen Sinn, die drei sofort gegen mich aufzubringen.

»Hanna Hemlokk.«

Ich nickte den beiden knapp zu, als sich eine eifrig palavernde Gruppe an uns vorbeischob. Sobald die Leute jedoch Johannes erblickten, verstummte ihr Geplapper schlagartig. Frauen wie Männer bedachten meinen Freund mit giftigen Blicken. Doch sie sagten nichts. Brauchten sie auch nicht. Ihre abweisenden Mienen waren unmissverständlich. Hier braute sich eindeutig etwas ziemlich Ungutes zusammen.

»Gehen wir doch zu Inge«, schlug ich daher rasch vor. »Dort können wir in aller Ruhe reden.« Denn in Inge Schiefers Restaurant gab es gleich mehrere Hinterzimmer, wo wir uns, geschützt vor neugierigen Blicken und enthemmten Stalkerinnen, verziehen konnten.

Johannes und Viktor nickten, und wir trabten wortlos weiter Richtung City, wenn man denn bei einem Dreihundert-Seelen-Dorf mit einem Neubaugebiet, einigen noch echten und etlichen ehemaligen Bauernhöfen, einem Bäckerladen sowie eben Inges Lokal überhaupt davon sprechen konnte. Als wir bei Matulke vorbeischoben, überlegte ich kurz, ob ich meine Cremeschnittenfete vielleicht besser verschieben sollte. Nö, entschied ich. Denn egal, um was man mich bitten würde, das Backwerk hatte ich mir mit Bettina Schmales Auftrag zweifellos redlich verdient.

Gesagt, getan. Ich drückte dem verdutzten Johannes meinen

Fahrradlenker in die Hand, hechtete kurz in den Laden, stellte erleichtert fest, dass das Stalk-Gespenst nicht anwesend war, und linste an der Schlange vorbei in die Auslage. Mist. Nur noch ein einsames Exemplar lag verlassen auf dem Blech. Ich gab Edith hinter ihrem Verkaufstresen ein diskretes Zeichen. Sie nickte.

»Nein, die ist vorbestellt«, hörte ich sie gleich darauf zu einer Frau in einem sackartigen erdfarbenen Kleid und einem Overkill an Ketten und Ringen sagen. »Tut mir leid. Da ist nichts zu machen. Nehmen Sie doch den Bienenstich. Der ist auch sehr lecker.«

Als ich dran war, ließ ich mir die einsame Cremeschnitte ohne jegliches schlechtes Gewissen von Edith einpacken. Sie zwinkerte mir verschwörerisch zu.

»Willst du noch eine?«, flüsterte sie, ohne die Lippen zu bewegen, als sie mir die Tüte reichte. »Ich hab noch welche. Nur für Stammkunden.«

»Ja«, flüsterte ich beglückt zurück. Woraufhin Edith sich bückte, ein kurzes Rascheln ertönte, ehe sie – schwupps – wieder auftauchte und mir eine zweite Tüte in die Hand drückte.

»Hier bitte, für den Hund«, zwitscherte sie glockenhell.

»Danke«, erwiderte ich mit Inbrunst. »Da wird sich Bello aber freuen.«

Niemand lachte.

Bei Inge Schiefer lotste ich Johannes und seine neuen Freunde sofort in eines der besagten Hinterzimmer. Denn da lag wirklich ganz entschieden etwas in der Luft; das war mir endgültig klar geworden, als sich auf unserem Weg immer mehr Leute stumm wegdrehten, sobald sie Johannes erblickten. Es war wie ein Spießrutenlauf, dessen Höhepunkt darin bestand, dass zwei Frauen es nicht bei der schweigenden Anklage beließen, sondern im Vorbeigehen »Was hast du mit Juliane gemacht, du Schwein?« und »Damit kommst du nicht durch!« zischten.

Du meine Güte, den bleichen Johannes hatte es eindeutig schwerer erwischt als mich mit meinem Stalk-Gespenst. Das tauchte, auch wenn es über mehrere Körper zu verfügen schien, wenigstens nur ab und zu auf, während der Arme sich anscheinend überhaupt nicht mehr aus dem Haus trauen konnte, ohne blöd angemacht zu werden.

»Also, um was geht es nun genau?«, begann ich, nachdem ich bei Inge eine Kanne Kaffee mit vier Bechern bestellt hatte. »Eine Juliane ist verschwunden, das habe ich verstanden, und alle glauben, du hättest etwas damit zu tun, Johannes. Aber weshalb? Verband dich etwas Besonderes mit der Frau? Hast du sie vielleicht als Letzter gesehen?«

Johannes senkte bei meinen Worten zwar rasch den Blick, doch mir entging keineswegs, dass Lulu und Viktor mich so entgeistert anstarrten, als hätte ich mich just in einen steppenden Esel verwandelt.

»Ist was?«, blubberte ich die Liebe, die jetzt nicht mehr ganz so beseligt guckte, und den kurz behosten Jesus an. Hatte es ihnen etwa die Sprache verschlagen?

»Gleich fragt sie allen Ernstes nach deinem Alibi, Vik«, quiekte Lulu. »Das tun die in diesen saublöden Filmen ständig.«

»Könnten wir vielleicht langsam mal zur Sache kommen«, herrschte ich die beiden Herzchen an. »So helft ihr Johannes überhaupt nicht. Und das wollt ihr doch, oder?«

Das wirkte.

»Klara hat eine Botschaft empfangen«, bequemte sich Viktor endlich, hervorzupressen.

Es klopfte, Inge schoss herein, stellte das Tablett auf den Tisch, nickte uns wortlos zu und verschwand wieder. Sie hatte einen untrüglichen Riecher dafür, wann ein freundliches Wort angebracht war und wann die Gäste ihre Ruhe haben wollten.

»Eine Botschaft also.« Ich war die Geduld in Person. »Was für eine Botschaft?«

»Eine spirituelle Botschaft«, sagte Lulu schnippisch.

Aha. Ich schenkte uns allen Kaffee ein, weil niemand anderes die Initiative ergriff.

»In der es um Johannes und diese Juliane ging?«, vergewisserte ich mich dann.

»Exakt.« Lulu verdrehte erneut die Augen. »Also irgendwie schon, ja.«

Grundgütige. Fast hätte ich jetzt ebenfalls meine Pupillen zum Tanzen gebracht. Eine nebulösere Formulierung gab es ja wohl in allen heiligen Sphären Bokaus nicht. Watteweich und für nichts zu gebrauchen.

»Weiter. Um eine Postkarte, eine SMS oder eine Mail aus dem Jenseits wird es sich dabei ja wohl eher nicht gehandelt haben, richtig?«, stellte ich hellsichtig fest. Und dann ritt mich der Teufel oder wer auch immer. Deshalb fügte ich hinzu: »Ich meine, man könnte da im Zweifelsfall nichts nachweisen.«

Lulu stöhnte. Johannes hüstelte. Es hätte mich warnen sollen.

»Es ist beim Channeln passiert«, erklärte Viktor ernst.

Vorsichtshalber nahm ich Zuflucht zu einem Schluck Kaffee, damit ich meine Gesichtszüge hinter der Tasse ordnen konnte. Meinte er das etwa ernst? Ein Blick in die Mienen der drei verriet mir jedoch, dass sie es nicht nur ernst, sondern todernst meinten. Langsam keimte in mir der Verdacht, dass in diesem Fall statt einer dem Irdischen verhafteten Privatdetektivin wie ich eher ein Medium, ein Priester oder ein Psychologe helfen konnte. Aber Johannes war mein Freund. Und er hatte mich um Hilfe gebeten.

»Beim Channeln also«, wiederholte ich daher, um einen neutralen Tonfall bemüht. »Was ist das genau? Kann mir das mal jemand erklären?«

Ich hegte zwar wenig Hoffnung, dass die Channel-Methode als Beweismittel vor Gericht Bestand hatte, aber versuchen konnte man es ja mal.

»Irre. Das ist ja total abgefahren. Du weißt es wirklich nicht, oder?« Lulu klang, als hätte ich vergessen, wie ich heiße oder dass ich an jeder Hand fünf Finger habe.

»Nein«, antwortete Johannes an meiner Stelle. »Sie hat keine Ahnung. Sag's ihr.«

Lulu schüttelte fassungslos den Kopf, und einen winzigen Moment dachte ich schon, sie würde sich weigern.

»Jeder Mensch channelt von seiner Geburt an bis zu seinem letzten Atemzug. Jeder besitzt die Fähigkeit«, begann sie. »Man muss es nur zulassen können. Das ist die Kunst. Darum geht es. Zulassen. Sich einlassen, capito? Denn eine Blume, die sich weigert, zu wachsen, kann nicht erblühen. Dabei trägt jeder Mensch das Potenzial in sich, ein liebendes, freies und sinnerfülltes Wesen zu sein. Auch du.« Nach diesen bahnbrechenden Worten bedachte sie mich mit einem mitleidigen Blick, der so deutlich »Du arme Sau« besagte, als hätte sie es laut ausgesprochen. »Jeder Mensch kann sich mit den spirituellen Sphären in Kontakt bringen«, beharrte sie, obwohl ich mit keinem Pieps widersprochen hatte. »Das liegt an der Schwingungserhöhung auf diesem Planeten. Früher konnten das nämlich nur Auserwählte.«

Mhm. Das klang alles ein klitzekleines bisschen kryptisch, wie ich fand. Und spontan fiel mir dazu nur ein, dass es doch geradezu wunderbar war, wenn der demokratische Gedanke nun auch die Esoterik-Szene erreicht hatte. Jeder kann also heutzutage channeln, nicht nur eine spirituelle Elite. Letzteres war finsterstes Mittelalter. Okay. Blieben noch die Erhöhungen, die ich bislang offenbar fälschlicherweise ausschließlich mit den Alpen in Verbindung gebracht hatte, nicht aber mit Schwingungen. Johannes zuliebe presste ich jedoch entschlossen die Lippen zusammen, damit mir ja kein falsches Wort entfleuchte.

Viktor stellte seine Kaffeetasse ab, klemmte sorgfältig die Jesussträhnen hinter die Ohrmuscheln und brachte so etwas wie ein Lächeln in meine Richtung zustande.

»Lass mich das besser machen, Lulu. Hör zu, Hanna, ich fange noch einmal ganz von vorn an. Also, ›channeln‹ kommt aus dem Englischen und heißt ›Kanal sein‹. Nämlich ein Kanal für spirituelle Energien«, präzisierte er. So weit, so klar.

»Und diese Klara hält sich … äh … also ist so ein Kanal?«, kombinierte ich blitzschnell. Es nützte ja nichts, wenn sie mich weiter mit diesem Schwallhansel-Vokabular bombardierten und ich nur Bahnhof verstand. Zumindest ein paar Tatsachen wären schon hilfreich, wenn ich etwas unternehmen sollte. Spirituelle Energie hin, sinnerfülltes Wesen her.

»Sie behauptet es zumindest«, kam Lulu, die jetzt ganz und

gar nicht mehr beseligt-milde schaute, Viktor schmallippig zuvor.

»Nun lass das jetzt doch mal«, wies er sie scharf zurecht. »Wir wissen alle, dass du Klara nicht ausstehen kannst. Hanna muss erst einmal erfahren, worum es überhaupt geht. Da hat sie völlig recht.«

Wie wahr, wie wahr, obwohl ich freiwillig nicht darauf bestanden hätte, noch weitere Informationen zum Thema zu bekommen. Vorsichtshalber blickte ich nicht in Johannes' Richtung.

»Also, Channeln«, fuhr Viktor entschlossen fort, »ist die Fähigkeit, sich mit unsichtbaren Wesenheiten zu verbinden und Botschaften und Energien aus der unsichtbaren Welt zu transformieren, zu übersetzen und in eine für alle Menschen verständliche Botschaft zu bringen.«

Es klang wie auswendig gelernt, dachte ich gehässig. Aura-Grundkurs an der Akademie für spirituelles Wachstum. Aber, und das war das Entscheidende, so schwierig schien das Ganze gar nicht zu sein, wenn man sich erst einmal darauf einließ.

»Das habe ich verstanden. Danke.« Ich nahm einen Schluck Kaffee. »Und diese Klara hat nun eine Botschaft von ... äh ... drüben empfangen, die diese Juliane und ihr Verschwinden betrifft. Beim Channeln.«

Nannte man in Esoterik-Sprech die unsichtbare Welt eigentlich auch Jenseits, oder war das eher ein Fauxpas von ungeahnten Ausmaßen? Keine Ahnung. In einer stillen Stunde musste ich Johannes einmal dazu befragen.

»Genau«, sagte Viktor. »Eines der liebevollen Lichtwesen hat sie darauf gebracht. Es war nicht so ganz eindeutig, aber Klara meint, das lichtvolle Wesen wollte ihr sagen, dass es Juliane gar nicht gut geht an dem Ort, an dem sie sich jetzt befindet.« Er umklammerte seine Tasse mit beiden Händen. »Sogar die dunkle Seite hat sie deutlich gespürt. Klara hat sich ganz schön erschrocken. Die helle Welt der Meister war auf einmal ganz weit weg, sagt sie, und von der positiven Energie und den Engeln war plötzlich überhaupt nichts zu merken. Es soll ziemlich gruselig gewesen sein.«

Ich unterdrückte den Anflug eines hysterischen Kicherns. In was war ich da bloß hineingeraten. Ausgerechnet liebevolle Lichtwesen und Engel als Zeugen der Anklage! Denen konnte man bestimmt weder mit Alibis noch mit Mordmotiven kommen. Doch stopp. So daneben, wie es auf den ersten Blick wirkte, war das alles möglicherweise gar nicht. Denn Heilige und Engel bevölkern schließlich seit Urzeiten auch den christlich-katholischen Kosmos und stellen ganz selbstverständlich eine Verbindung zwischen Gott und den Menschen her.

Auch heute noch. Und bei mir zu Hause im Regal stand ein Buch, das sich den Engeln als bedrohter Art widmete. Ich hatte es seinerzeit mit erheblichem Vergnügen und Interesse gelesen, mich in die himmlische Hierarchie vertieft und etwas über den Engel der Finsternis gelernt, wie ich mich jetzt erinnerte.

Nein, das Ganze kam einem wahrscheinlich nur so besonders seltsam vor, wenn man an einem lauen Sommertag mitten im höchst diesseitigen Bokau saß und zudem in einem protestantischen Umfeld aufgewachsen war, wo es diese Mittler nicht gibt. So wie ich. Da steht man am Ende dem Herrgott ganz allein gegenüber. Ohne jede Fürsprache von Engeln und Lielis, wie ich die liebevollen Lichtwesen spontan für mich getauft hatte.

»Na ja, das alles behauptet lediglich unsere Klara. Die macht sich gern wichtig«, siebte Lulu schnippisch in meine Überlegungen. Wie beruhigend, dass auch die Erleuchteten der Engel-, Meister- und Lichtwesenszene offenbar nicht frei von stinknormalen Animositäten waren. »Du weißt doch selbst, Vik, dass es erhebliche Unterschiede in der Qualität der übermittelten Botschaften gibt. Klara war vielleicht nicht gut drauf, als sie das von Juliane empfing, weil sie wieder Zoff mit Wilfried hatte. Dann lässt sie sich spirituell nie genug ein, weil sie abgelenkt ist. Das kennen wir doch.«

»Du hältst diese Klara also für keine verlässliche …«, tja, was war die Frau? Ein Medium, sicher, aber war sie auch so etwas wie eine »… Zeugin?« Auweia, schon wieder das falsche Wort.

»Zeugin?«, echote Lulu auch schon entgeistert. »Fuck, nein. Das ist doch hier überhaupt nicht der Punkt. Komm endlich runter von diesem Kommissartrip, Hanna. Bei uns geht es einzig und allein um die Seele, das Geistige und Spirituelle. Das ist, was Sache ist. Und dass man sich durch den Glauben grundsätzlich an die göttlichen Energien anschließen kann. Durch Vertrauen in Gott, die aufgestiegenen Meister, die Engel und das Gute im Leben. Darauf kommt es an und auf nichts anderes.«

Ja doch. Trotzdem war diese Juliane verschwunden, und ich sollte sie finden, sonst hätte Johannes sich nicht an mich gewandt. Aber das klappte verdammt noch eins nicht, wenn ich sie im Jenseits oder sonst wo zwischen irgendwelchen Meistern, Geistern, Botschaften und erleuchteten Wesen suchen sollte. Apropos Jenseits: Musste man eigentlich besser selbst tot sein, um irgendwelche spirituellen Hebel in Bewegung setzen zu können? Oder ging das auch lebend? Wahrscheinlich schon, wenn ich es richtig verstanden hatte. Fragen über Fragen.

»Und was hast du nun damit zu tun, Johannes?«, rettete ich mich entnervt auf die sichere Seite.

Draußen im Hauptsaal fing selbstvergessen ein kleines Kind an zu singen. Ich tippte auf einen Jungen, aber sicher war ich mir nicht. Kinderstimmen klingen in den ersten Jahren ja recht ähnlich.

»Klara meint, sie habe mich bei dieser Sitzung gesehen. Als die dunkle Seite hervortrat. Ganz kurz nur, aber sie sagt, mein Gesicht sei deutlich zu erkennen gewesen. Und ich hätte sehr aggressiv geguckt. Wütend, verstehst du?«

Er verstummte. Die drei sahen mich erwartungsvoll an.

»Und das ist alles?«, quietschte ich geplättet. »Darauf gründet sich der Verdacht dieser Leute gegen dich? Die sind ja meschugge.« Es rutschte mir einfach heraus, ich konnte nichts dagegen tun.

Johannes warf mir ein schiefes Grinsen zu, in dem ich Erleichterung erkannte. Viktor wiegte gedankenvoll den Kopf, Lulu gab einen Schnalzlaut von sich, kommentierte meinen Ausbruch jedoch nicht weiter.

»Komplett meschugge«, wiederholte ich. »Darauf kannst du doch nichts geben, Johannes. Das ist einfach nur lächerlich. Lass uns lieber bei den Fakten bleiben, okay? Und zu den Fakten zählt, dass diese Juliane tatsächlich verschwunden ist, richtig?«

»Ja«, bestätigten alle drei.

»Wie heißt sie mit Nachnamen?«

Lulu verzog abschätzig die Lippen. Ich beachtete sie nicht. Jetzt, liebe Leute, wurden Nägel mit Köpfen gemacht. Und dazu gehörte nun einmal als Erstes der Nachname des möglichen Opfers.

»Schott«, sagte Johannes. »Juliane Schott.«

»Wie lange wird sie schon vermisst?«

Sie blickten sich ratlos an.

»Na ja«, meinte Viktor schließlich achselzuckend. »So drei bis vier Tage würde ich sagen, oder?«

Johannes nickte zustimmend. »Irgendjemand hat sie noch am Freitag im Kornkreis gesehen. Sie wollte dort Kontakt aufnehmen.«

Ich fragte nicht, mit wem. Es schwebte bestimmt auch in irgendwelchen abgehobenen Sphären, die mir fremd waren.

»Wart ihr bei der Polizei?«, fragte ich stattdessen in die Runde.

Lulu schlug die Hand vor den Mund. Doch es half nichts. Der innere Druck war offenbar zu groß. Sie hüpfte auf wie ein Springteufel.

»Ich gehe«, verkündete sie erregt. »Das halte ich nicht aus. Die ist ja ... die hat ja ... nichts verstanden. Gar nichts.«

»Und tschüss«, sagte ich freundlich.

Ihr Unterkiefer fiel kurzzeitig hinab, sie zögerte, dann setzte sie sich langsam wieder hin.

»Polizei«, wiederholte ich als Stichwort. Natürlich waren sie nicht dort gewesen. Hätte ich auch nicht getan bei einem Beweismaterial, das den Namen nicht einmal im Ansatz verdiente.

»Nein, waren wir nicht«, gestand Johannes leise. »Die hätten uns nicht ernst genommen. Deshalb sind wir ja zu dir –«

»Das ist mir schon klar.« Ich beugte mich vor und fixierte das Trio. »Hat diese Juliane vielleicht mal angedeutet, dass sie wegfahren wollte? Denkt nach. Es kann eine ganz einfache Erklärung für ihr Verschwinden geben.«

Man dachte. Lulu mit vor Anstrengung gerunzelter Stirn, Viktor mit einem völlig leeren Gesichtsausdruck, Johannes mit der Zungenspitze zwischen den Zähnen.

»Nee, hat sie nicht«, brummte Viktor schließlich. »Mir hat sie nichts gesagt. Euch?«

»Nö, auch nicht«, nuschelte Johannes.

Und selbst Lulu machte sich die Mühe, den Kopf zu schütteln.

»Vielleicht ist sie zu Freunden gefahren oder musste nach Hause, weil ihre Arbeit wieder anfing«, schlug ich vor, grausame Realistin, die ich nun einmal bin. »Kann das nicht sein? Was macht sie denn beruflich?« Mit spirituellen Energien allein, davon ging ich mal so ganz unbedarft aus, füllte man keinen Magen.

Vor der Tür fiel irgendetwas zu Boden und zerschellte. Dann ertönte ein herzhafter Fluch, und Stimmen wurden laut. Kein Zweifel, Inge geigte einem der neuen Kellner ungeschminkt die Meinung.

»Na ja, also so richtig pünktlich um acht oder halb neun irgendwo anfangen und so muss sie ja nicht«, sagte Viktor. Johannes begann so unruhig auf seinem Stuhl hin- und herzurutschen, als sei ihm seine Haut zu eng geworden. »Die Kunden machen Termine mit ihr ab. Dazwischen ist sie frei. Also, Juliane verdient ihr Geld als Engelmedium und Kanal für göttliche Energien. Wie Klara auch.«

Ein Job als Engelmedium. Ach sooo! Ich stellte mir nur ganz kurz das Gesicht der Dame oder des Herrn bei der Agentur für Arbeit vor, wenn auf dem Fragebogen der Kundin, wie die Leute da ja inzwischen heißen, diese Selbstauskunft auftauchte. Erstaunt? Fassungslos? Denn das war bestimmt kein anerkannter Ausbildungsberuf. Obwohl es ja heutzutage praktisch alles gibt und es meistens einen klingenden, möglichst englischen Titel besitzt.

Der Zahlenmensch Reinhold Schmale wäre spätestens an diesem Punkt freiwillig von der Steilküste gesprungen, um sich Arme, Beine und Genick zu brechen. Langsam kam ich mir vor wie in einem Moor, in dem man langsam, aber sicher untergeht. Nur die Ruhe, Hemlokk, mahnte ich mich selbst. Versuch es einfach mit schlichter Logik beziehungsweise Unlogik. Denn was hatten sie dir erst vor wenigen Minuten erzählt?

»Ich denke«, bemerkte ich sehr, also wirklich sehr freundlich in die Runde, »jeder Mensch kann den Kontakt zu den Lichtgestalten … äh … zur spirituellen Welt herstellen. So habt ihr es mir doch eben erklärt. Wieso braucht es dann noch spezielle Engelmedien? Und besondere Kanäle?«

»Das stimmt auch«, erwiderte Lulu laut und trotzig. »Aber einige können es eben schlechter und andere besser.«

Na da schau her. Auch im Esoterikbereich ging es offenbar zu wie im richtigen Leben, wo der handwerkliche Fachbetrieb gegen den mehr oder minder begabten Heimwerker anschraubte, hämmerte und malerte. Und umgekehrt. Irgendwie fand ich das höchst beruhigend. Weil so irdisch und menschlich.

»So ein Engelmedium kann es also richtig gut? Den Kontakt zur spirituellen Welt herstellen, meine ich«, fragte ich höflich-interessiert nach. »Darauf kann man sich verlassen?«

»Im Prinzip schon, ja.« Lulu gewährte mir ein bestätigendes Nicken.

Ich fixierte sie wie eine Schlange das fette Kaninchen, bevor ich die nächste Spitze losließ: »Vorausgesetzt, das Medium wird nicht gerade von einem Wilfried abgelenkt wie Klara.«

»Pah«, machte sie nur und wandte den Kopf ab.

»Gut, lassen wir das«, kam ich ihr friedfertig entgegen. »Klara und Juliane arbeiten also … äh … beruflich mit göttlichen Energien und überbringen dem, der zahlt, spirituelle Botschaften. Von den Engeln an die Irdischen … äh … also an die Nichtengel … also Menschen.«

Lulu verdrehte erneut die Augen. Johannes fing nervös mit dem rechten Bein an zu wippen, wie es Jungs so oft tun. Bei Mädels hatte ich das Phänomen noch nie beobachtet. Viktor rührte entschlossen in seinem Kaffee.

»Menschen, ja, du sagst es«, bestätigte Lulu feindselig. »Und zwar solche Menschen, die nicht total blockiert sind, sondern sich auf die unsichtbare Welt einlassen können. Die überhaupt einen Sinn für Spirituelles haben und sich nicht ständig darüber lustig machen. Weil nämlich nur die Harmonie mit der eigenen Göttlichkeit Freude und geistiges sowie emotionales Wachstum mit sich bringt. Schon mal was von Thoth gehört? Von Kuthumi? Oder St. Germain?«

Nein, hatte ich nicht. Lulu witterte ihre Chance wie ein hungriger Hai und fuhr eifrig fort, bevor ich einschreiten konnte.

»Thoth ist in der altägyptischen Mythologie der Gott des Mondes, der Magie und der Wissenschaft. Es ist ein wahrer Segen, wenn du als Kanal für göttliche Energien Zugang zu ihm gefunden hast. Du kannst nämlich dir selbst und den Menschen damit so viel Gutes tun. Denn das darfst du mir getrost glauben: Der hat in einer Fingerkuppe mehr spirituelle Energie, als du in deinem ganzen Körper jemals haben wirst.«

Das mochte ja sein. Dafür war er nach landläufiger Meinung tot, ich nicht.

»Und Kuthumi, von dem du bestimmt auch noch nie etwas gehört hast, ist ein aufgestiegener Meister und ein Mitglied der Bruderschaft.« Lulus Augen begannen zu funkeln. Ob ein Geist in sie gefahren war?, überlegte ich kurz. Vielleicht Kuthumi höchstpersönlich? Doch ihre Stimme veränderte sich nicht, Lulu war dem Anschein nach immer noch Lulu. »Du glaubst natürlich, dass wir Menschen Macht und Einfluss auf dieser Welt haben. Dass alles nach unserer Nase geht. Das wird uns ja auch überall und ständig eingetrichtert. Aber das stimmt nicht. In Wahrheit lenkt nämlich die Bruderschaft die Geschicke der Welt. Und zwar im Verborgenen.«

Gab es darauf eine zündende spirituelle Antwort? Sicher, aber mir fiel keine ein. Und mit meinen profanen irdischen Gegenargumenten konnte ich eindeutig nicht punkten. Also hielt ich einfach weiter den Mund. Lulu bedachte mich mit einem verächtlichen Blick, während die beiden Jungs intensiv auf die karierte Tischdecke starrten. Ein Zickenkrieg war eindeutig nicht ihr Ding.

»Und selbstverständlich hast du auch noch nie etwas von St. Germain gehört. Obwohl der hier quasi um die Ecke wohnt und etwas ganz Besonderes ist.« Nö. Hatte ich nicht. Selbst in einer ländlichen Region wie Bokau und Umgebung kann man schließlich nicht jeden Menschen kennen. »Ach, es hat einfach keinen Sinn, dir von ihm zu erzählen. Du schnallst ja doch nichts.«

Und nochmals nö, tat ich nicht, ich gab es zu. Und ich wollte es auch nicht. Aber das behielt ich für mich.

»Du willst also sagen, dass Klara und Juliane zu diesen drei … Wesen Kontakt herstellen können?« Denn darum ging es bei dem Job eines Kanals für göttliche Energien oder dem eines Engelmediums doch nach dem, was ich inzwischen gelernt hatte.

Lulu verdrehte schon wieder die Augen. Wenn sie so weitermachte, würde sie bald wie das selige Opossum Heidi schielen, das es einst wie viele andere längst wieder verloschene Sternchen kurzfristig zu einiger Berühmtheit im Netz gebracht hatte. Jetzt stand sie auf.

»Lass uns verschwinden, Johannes. Es hat keinen Sinn. Sie versteht nichts. Und anpinkeln lass ich mich nicht.«

»Sie ist gut«, versicherte mein Freund. »Wirklich. Sie lebt bloß in einer anderen Welt.«

Er schaute mich bei diesen Worten nicht an, und ich suchte seinen Blick ebenfalls nicht. Wer hier wohl in einer anderen Welt lebte! Ich war es nicht. Fast wäre mir durch das Geplänkel mit Lulu entgangen, dass Viktor mich mittlerweile so mitleidig musterte, als sei ich eine hinkende Kakerlake.

»Vielleicht solltest du einmal ein Medium aufsuchen, Hanna. Deine Aura ist nämlich ziemlich scheiße, um ehrlich zu sein. Ich denke, es wird zwar nicht leicht werden, aber vielleicht könnte es göttliche Energien in dich einfließen lassen und dich mit Gott synchronisieren. Du hast es echt nötig.«

»Danke für den Tipp«, entgegnete ich wenig enthusiasmiert.

»Das tut sie ja doch nicht«, meinte Lulu. »Die hat Angst. Lass sie, Vik. Sie lacht nur über uns. Solche Typen kenne ich. Meine

Eltern sind ganz genauso. Die kriegen sich gar nicht wieder ein und wollen immer gleich den Onkel Doktor holen, wenn ich ihnen von unseren Erzengel-Readings, Workshops und Meditationen erzähle. Die glauben nur an das, was ihnen vorgekaut wird. Total armselig, die Leute.«

Besser armselig als … Ich biss mir auf die Zunge. Schon allein Johannes zuliebe wollte ich ums Verrecken keinen handfesten Zoff riskieren. Außerdem stritt nur ein ausgemachter Idiot mit einer Erleuchteten.

»Das bieten sie übrigens beide an. Juliane und Klara. Erzengel-Readings, Workshops und geistige Begradigung«, präzisierte Viktor hastig, als er mein finsteres Gesicht sah.

Ich unterdrückte ein Stöhnen. Letztere hatten hier am Tisch nach meiner bescheidenen Meinung eigentlich alle außer meiner Wenigkeit ganz massiv nötig, auch wenn das, was ich mir unter »geistiger Begradigung« vorstellte, sicherlich genau das Gegenteil des eigentlichen Ansatzes bedeutete. Ich atmete dreimal konzentriert ein und aus.

»Dann sind die beiden Damen mit ihrem Channel-Angebot und dem Erzengel-Geschäftsmodell also Schwestern im Geiste, wenn es um die spirituelle Ausrichtung und die Begradigung im Koppe geht«, gelang es mir tatsächlich, launig festzustellen. Launig war diese Überlegung zumindest für so einen unerleuchteten Erdenwurm wie mich. Denn alle drei starrten mich erneut fassungslos an. Lulu mit deutlicher Abscheu in der Miene, die beiden Männer eher betrübt.

»Ich glaub das jetzt echt nicht«, keifte sie. »Die redet ja wie einer dieser obercoolen Managertypen, die außer Stroh nur Profit in der Birne haben. Geschäftsmodell! Was für ein Scheißwort. Darum geht es doch nicht. Die hat doch nur Dollarzeichen in den Augen und eine Aura zum Fürchten. Die hab ich gern.« Alles Beseligt-Liebende war mittlerweile komplett von ihr gewichen und in den Weiten des Alls verschwunden.

Ich schwieg. Was sollte ich auch dazu sagen? Das alles war ja noch schlimmer, als ich es mir in meinen fürchterlichsten Alpträumen ausgemalt hatte. Dagegen verblasste jeder Kornkreis. Ich musste wirklich dringend mit Johannes reden – und zwar nicht nur über das rätselhafte Verschwinden dieser Juliane Schott, sondern über einiges mehr.

»Du musst mir helfen, Hanna.« Lulu und Viktor waren bereits zur Tür gegangen und demonstrierten damit eindeutig, wer die Zeche zu zahlen hatte. Johannes war sitzen geblieben. Seine Stimme klang geradezu flehentlich. »Ich weiß, dass sich das für dich alles merkwürdig und fremd anhört, glaube mir.« Das war die Untertreibung des Jahres. »Aber Juliane ist wirklich verschwunden. Gestern wollten wir gemeinsam nach Eckernförde fahren. Den Termin hätte sie nie platzen lassen. Er war für sie nämlich einfach der Größte. Wann immer es ging, fuhr sie zu ihm und setzte sich dort auf die Bank, um ihn zu spüren und mit ihm in Austausch zu treten. Dieses Mal sollte ich sie begleiten. Wir waren verabredet. Doch sie ist nicht gekommen. Dabei ist sie ein äußerst zuverlässiger Mensch.«

»Eckernförde?«, nahm ich das Stichwort auf. Hatte nicht Lulu gesagt, irgendeiner von den Typen, die es mit dem Licht hatten, wohne hier gleich um die Ecke? Wie hieß er noch gleich? »Der Dritte im Bunde. St. Germain«, platzte ich heraus. »Zu dem wolltet ihr?«

»Ja«, bestätigte Johannes. »Wir wollten zur Nicolai-Kirche. Aber das ist jetzt nicht so wichtig, Hanna. Für mich zählt, ob du mit den Fakten, die wir dir gegeben haben, etwas anfangen kannst.«

»Na ja«, sagte ich zögernd. Nicht wirklich, wie es neudeutsch so hübsch heißt. Von Fakten war ja nicht allzu viel die Rede gewesen.

»Du würdest mir wirklich einen Riesengefallen tun, wenn du Juliane finden könntest. Und für dich ist es doch nicht schwer. Ich habe nicht viel Geld, wie du weißt. Aber ich könnte –«

»Kommt nicht in Frage«, wehrte ich sofort ab. »Du bist mein Freund. Die zahlen bei mir nichts.«

»Danke, Hanna. Du kümmerst dich also darum?« Es klang hoffnungsvoll und verzweifelt zugleich und rührte an mein Herz.

»Ja«, sagte ich, obwohl sich mein Verstand mit aller Macht dagegen sträubte.

So aufwendig würde die Recherche schon nicht werden; aller Wahrscheinlichkeit nach würde ich diese Juliane im Handumdrehen herbeizaubern. Auch hauptberufliche Engelmedien und Kanäle für göttliche Energien verschwanden schließlich nicht einfach so von der irdischen Bildfläche. Irgendwo würde sich bestimmt schon bald eine höchst handfeste Spur auftun.

Tja, so kann man sich täuschen.

DREI

Am nächsten Morgen wachte ich wie gerädert auf. Dunkle Gestalten, die mal Ähnlichkeit mit Darth Vader, mal mit Johannes hatten und deren Lachen wie eine Mischung zwischen dem Heulen einer Hyäne und einer malträtierten Blockflöte klang, hatten mich die ganze Nacht über im Halbdämmer gehalten und jeden Tiefschlaf zuverlässig verhindert. Ich hatte rein gar nichts von irgendwelchen netten lichten Geschöpfen oder wohltuenden Energien gespürt, von spirituellen Botschaften, die mich eins werden ließen mit dem Weltgeist, ganz zu schweigen.

In den frühen Morgenstunden, als die Dämmerung einsetzte, hatte zudem Viktor noch angefangen zu kreischen und zu fluchen wie ein Stallknecht auf Droge, als ich ihm meine Mutter vorstellte. Und Juliane Schott hatte über allem mit rudernden Armen am Himmel geschwebt und Bergkristalle auf meine Villa geschmissen. Ein Stein hatte immerhin meine Stalkerin, die sich in fünffacher Ausfertigung um meine Hütte herum postiert hatte, mitten an der Stirn getroffen. Sie löste sich daraufhin rapide auf – und davon erwachte ich endgültig, die Rechte zur Faust geballt und panisch nach meinem Messer suchend.

In so einem Fall, das wusste ich aus Erfahrung, half nur eine ausgiebige Schwimmstunde im Meer. Ich torkelte ins Bad, patschte mir mit beiden Händen kaltes Wasser ins Gesicht, griff nach Handtuch und sicherheitshalber auch Badeanzug, schlüpfte in T-Shirt und kurze Hose, schnappte mir mein Küchenmesser, sondierte die Lage vor der Villa und eilte, als ich nichts entdeckte, den kurzen Weg zum Haupthaus hinauf, wo mein Auto stand. Ich winkte weder Silvia zu, noch klopfte ich Gustav und Hannelore zum Abschied auf die Panzer, wie ich es sonst immer tat. Ich war wirklich reichlich angefressen von dem ganzen geistigen Begradigungs-, Channel- und Kanal-Gesülze und dem dadurch ausgelösten wirren Traum.

Nach kurzer Überlegung entschied ich mich für den Stakendorfer Strand. Denn da würde ich zu dieser frühen Stunde mit ziemlicher Sicherheit allein sein, sodass ich sowohl auf Schutzmaßnahmen als auch auf mein Badezeug verzichten konnte. Das Meer war zwar für unsere Breitengrade warm – schätzungsweise achtzehn Grad hatte es wohl –, trotzdem hielt ich unwillkürlich die Luft an, als ich nackt in die Wellen lief.

Als mir das Wasser bis zum Hintern reichte, blieb ich stehen und prüfte mit einem Blick die Glibbertierlage; ich erspähte zwei kleine Ohren-, aber keine Feuerquallen. Glück gehabt. Denn um diese Jahreszeit musste man immer wieder mit den Viechern rechnen. Und die Berührung mit ihren bis zu drei Meter langen Fäden ist äußerst schmerzhaft.

Mit einem lauten Schrei schmiss ich mich in die Ostsee und schwamm los. Eine ganze Weile konzentrierte ich mich nur auf meine Atmung und die koordinierte Bewegung meiner Arme und Beine. Das tat einfach gut. Erst als ich mich nach etlichen Minuten auf den Rücken drehte, um in den hohen schleswig-holsteinischen Spätsommerhimmel zu schauen, fing mein Kopf wieder zu arbeiten an.

Waren diese Esoteriker eigentlich alle ein bisschen verrückt? Wie meine Stalkerin? Bei Lulu und Viktor hatte es gestern streckenweise ganz mächtig so geklungen, fand ich. Obwohl mein Freund Johannes das ganz sicher nicht war, wie ich sehr genau wusste, schwärmte er ebenfalls für Kornkreise und den ganzen spirituellen Zinnober.

Direkt über mir ging eine Möwe in den Sinkflug und beäugte mich interessiert. Sie hoffte bestimmt auf einen leckeren Frühstückshappen. Sicherheitshalber fuchtelte ich deshalb drohend mit der Faust und brüllte: »Ich bin kein Brötchen, hab auch kein Brötchen, kein Eis und auch keine Fritte! Hau bloß ab!«

Mit einem empörten Kreischen zog sie davon.

Nein, es war wie bei der Sache mit den Engeln, die ja offenbar auch neuzeitlich-esoterischer oder altmodisch-katholischer Natur sein konnten. Es war zunächst einmal diese Wohlfühl-, Eideidei- und Wir-haben-uns-alle-lieb-Sprache, die mich bei Lulu und Viktor auf die Zinne trieb und mich befürchten ließ, dass mein Hirn mit jeder weiteren Silbe mehr und mehr erweichte und verkleisterte, bis es nur noch grauer Matsch war. Kein theologischer Gedanke weit und breit, der diesen Namen auch nur im Ansatz verdient hätte, weil er eine Frage oder gar ein Problem auf den Punkt brachte, stattdessen war alles nur waberndes Gefühl.

Man sprach möglichst wolkig über gute und böse Geistwesen, über spirituelle Energien, die sonst was vermochten, über aufgestiegene Koryphäen fürs Jenseitige und über Engel. Und daran glaubte man, oder man glaubte nicht. Ja oder nein, schwarz oder weiß, wobei der Unglaube historisch gesehen brandneu war. Mhm.

Ich paddelte ein bisschen mehr mit den Füßen, um Kurs zu halten. Von der Existenz einer wie auch immer gearteten übersinnlichen Welt waren die Menschen überzeugt, seit es sie als denkende Geschöpfe mit einem Bewusstsein für die eigene Sterblichkeit und die Vergänglichkeit an sich gab. Es war ihnen stets wichtig gewesen, sich mit diesem Jenseits und den nicht nur dort, sondern ebenso von dort aus hier im Diesseits herrschenden Mächten gut zu stellen, mit ihnen im Reinen zu sein und sich vor allen Dingen bei und in ihnen aufgehoben, angenommen und geborgen zu fühlen. Das galt für alle Epochen und für alle Kulturen.

Jetzt streifte mein Fuß eine Ohrenqualle, und ich zuckte erschrocken zurück. Die Tiere waren zwar harmlos, aber ich mied die Berührung mit diesen Quaddelpuddingen, soweit ich konnte. Ich fand sie einfach eklig. Wo war ich? Beim Hang des Menschen zum Übersinnlichen, genau.

Dieses Bedürfnis existiert also zweifellos. Aber dann war die Sprache, also die Form, in der Lulu und Viktor ihre Tiraden darboten, nur das eine, überlegte ich weiter, während ich einem Kumuluswölkchen hinterherschaute. Und wie sah es mit dem Inhalt der esoterischen Weltsicht aus?

Ich könnte schwören, dass beinahe jeder, der frühmorgens auf dem Rücken in der sommerlichen Ostsee schwimmt und dabei in den Himmel blickt, unweigerlich von philosophisch angehauchten Gedanken heimgesucht wird. Denn das Ganze hat schon etwas von einem Kathedraleneffekt. Nur dass einem hier kein menschlicher Baumeister, sondern die Natur das Gefühl vermittelt, kleiner Teil eines großen Ganzen zu sein.

Tja, was nun also den Inhalt des Lulu'schen und Viktor'schen Credos anging, lag die Sache daher ein wenig anders, lautete die ehrliche Antwort. Denn auch ich vermochte mir durchaus vorzustellen, dass es zwischen Weltall und heimischer Scholle etwas gab, das man als Erdenbürger mit zwangsläufig beschränkten Fähigkeiten weder sehen noch hören noch schmecken noch anfassen konnte. Und das trotzdem existierte.

Ich horchte noch einmal tief in mich hinein. Doch, ja, das hielt ich eindeutig für möglich. Weil ich eben kein Mensch vom Schlage Reinhold Schmales war, der nur Zahlen und Fakten an sich herangelassen hatte. Und dem es zudem erheblich an Phantasie und Kreativität gemangelt hatte, wenn man der Schilderung seiner Gattin Glauben schenken durfte. Was ich uneingeschränkt tat, zumindest in dieser Hinsicht.

Nach diesem Ausflug in die höheren Sphären der Philosophie drehte ich mich zufrieden wieder auf den Bauch und kraulte – nicht ohne zuvor einen prüfenden Blick auf den menschenleeren Strand geworfen zu haben – Richtung Ufer, bis mir die Puste ausging. Es war also im Grunde genommen ganz einfach: Ich durfte mich von dem spirituellen Gesülze eines Viktors oder einer Lulu nicht aus der Fassung bringen oder ablenken lassen. Schau hinter die Fassade aus Wortbombast und Tünche, wie in jedem anderen Fall auch, ermahnte ich mich, während ich auf den Strand lief, um mich trocken zu rubbeln, bis meine Haut brannte. Herrlich.

Ich fühlte mich wie neugeboren und dermaßen stark und beflügelt, dass unweigerlich das große Frühstück bei Matulke vor meinem inneren Auge Gestalt anzunehmen begann. Stalk-Gespenst, du kannst mich mal!

Als Edith mich bemerkte, dirigierte sie mich wortlos an der Brötchenholer-Schlange vorbei zu einem der hinteren Tische, wo ich meine Ruhe und das Innere des Ladens im Blick hatte. Ich aß mit großem Appetit Brötchen mit Räucherlachs, Rührei, Krabben, Schinken, Marmelade, Honig und Käse und trank dazu eine ganze Kanne Tee. Als ich pappsatt war, winkte ich Edith matt zu, zahlte mit Bettina Schmales erstem Honorarvorschuss-Hunderter, zwängte mich hinters Lenkrad meines Wagens und zuckelte mit übervollem Bauch nach Hause.

Wenn meine Stalkerin ausgerechnet heute Morgen in meiner Villa auf mich warten sollte, würde ich mich einfach auf sie schmeißen. Diese Attacke würde sie angesichts meines momentanen Gewichts nicht überleben und unter mir platt wie ein Butt mit einem Röcheln verenden. Die Vorstellung zauberte ein breites Grinsen auf mein Gesicht.

Ich stellte mein Auto auf dem Parkplatz vor dem Haupthaus ab und peilte trotzdem sicherheitshalber kurz die Lage. Die Luft war rein. Nein, nicht ganz. Denn in diesem Moment öffnete sich die Haustür, und meine Freundin Marga erschien, gefolgt von ihrem Lover, Galan und Kumpel im Geiste Theo sowie von ihrem jugendlichen Freund und Mitbewohner Krischan. Dem ehemaligen »Mann für alle Fälle« ging es wieder gut. Soweit ich es mitbekommen hatte, plante er tatsächlich, sein Abitur nachzuholen, um anschließend Architektur studieren zu können. Das freute mich sehr, denn ich hatte einen maßgeblichen Anteil an dieser Entwicklung gehabt, als wir uns bei meinem letzten Fall kennen- und schätzen gelernt hatten. Jetzt winkte er mir zu.

»Moin, Hanna«, rief er gut gelaunt.

Auch Theo nickte freundlich zu mir herüber, und mein Blick fiel ahnungsvoll auf das zusammengerollte Etwas, das er unter dem Arm trug.

»Schätzelchen«, Marga klang dagegen ernst, »wir sind auf dem Weg zur Innenförde. Du möchtest uns nicht zufällig heute begleiten?« Jetzt war ihr Tonfall ausgesprochen spitz. Sie kannte die Antwort genau.

»Nee, tut mir leid«, wehrte ich auch schon hastig ab. »Ich habe einen neuen Fall und deshalb keine Zeit.«

»Ja, das dachte ich mir schon«, erwiderte Marga eisig.

»Eigentlich sind es sogar zwei«, informierte ich sie und ertappte mich dabei, wie ich nervös von einem Fuß auf den anderen trat.

Meine Freundin, das muss man wissen, fühlt sich als Retterin der von der Menschheit verdreckten, misshandelten und geschundenen Meere und ihrer Geschöpfe. Und sie neigt nun einmal nicht dazu, das letzte Drittel ihres Lebens brav im Lehnstuhl zu verbringen und die Welt mit Leserbriefen oder Häkeldeckchen zu erfreuen, sondern ihr Ding ist die Tat. So hat sie bereits nach dem Vorbild Christos die Schönberger Seebrücke eingepackt, ihr Leben und das anderer bei einer waghalsigen Bepinselungsaktion von Riesenschiffen ohne Abgasfilter riskiert. Und als das alles nicht zu einem weltweiten Umdenken in puncto Meeresschutz führte, gründete sie im letzten Sommer eine Partei: »DePP – Die echte PiratenPartei«, die sich den Schutz der Ozeane auf ihre Fahnen geschrieben hat oder, wie in diesem Fall, auf das zusammengerollte Plakat, das Theo unter dem Arm trug.

»Was ist denn heute das Motto?«, erkundigte ich mich.

Marga hob den Daumen.

»Darauf ist Krischan gekommen. Der Junge ist echt gut.«

Der Junge – er war mittlerweile dreiundzwanzig, doch Marga ging stramm auf die siebzig zu, da galten alle Leute unter fünfzig schlicht als Kinder – errötete zart ob des Lobes. Die beiden mochten sich sehr und waren echte Freunde. Ich fand das klasse.

»Menschlicher Müll im Meer ist Mord! Wider den Plastik-Wahn! DePP – Wir tun was!«, deklamierte Marga mit getragener Stimme.

Die drei blickten mich erwartungsvoll an.

Na ja, so richtig zündend fand ich den Spruch nicht, doch ich nickte nur stumm. Ob die Passagiere des Kreuzfahrers, der um halb zehn die Kieler Förde verlassen würde, allerdings von diesen Parolen begeistert sein würden, wenn sie ganz auf Urlaub eingestellt für zehn Tage zu ihrem Ostseetrip aufbrachen, wagte ich stark zu bezweifeln.

Aber Marga war nun einmal von dieser Plakataktion schwerstens überzeugt. Deshalb stand sie bereits seit Wochen bei jedem größeren Passagierschiff, das den Kieler Hafen verließ oder anlief, an der Innenförde und hielt den Leuten ein Plakat zum Abschied oder zur Begrüßung vor die Nase. Und die regionale Presse sowie ein Fernsehsender hatten angebissen und mehrfach über die störrische Alte mit der ungewöhnlichen Wahlwerbung berichtet.

Vielleicht reichte es ja bei der nächsten Landtagswahl, damit zumindest die Vorsitzende von DePP ins Hohe Haus einziehen konnte, um den versammelten »Landratten«, wie Marga die Mitglieder anderer Parteien durchaus doppeldeutig und nicht gerade menschenfreundlich zu bezeichnen pflegte, gehörig »Feuer unter dem Allerwertesten« zu machen. Nun denn. Wir würden sehen, denn im Gegensatz zum SSW, dem die dänische Minderheit vertretenden Südschleswigschen Wählerverband, musste sie dafür mit DePP die Fünfprozenthürde knacken. Und daran waren schon ganz andere Neugründungen gescheitert.

»Du hast also nicht vor, uns zu begleiten, Schätzelchen?« Margas Gesicht war ausdruckslos. Theo blickte angestrengt in die Ferne, Krischan betreten zu Boden.

»Wo ist denn eigentlich Degenhardt?«, versuchte ich auszuweichen. »Kommt der nicht mal mit?«

Professor Dr. Dr. Dieter Degenhardt war Gründungsmitglied von DePP und wurde von Marga angehimmelt wie Mick Jagger von den Stones-Fans. Der Mann, also Degenhardt, hatte in meinem letzten Fall eine Rolle gespielt, ich hatte einiges über ihn herausgefunden, doch das wussten die anderen nicht, weil ich ihm versprochen hatte, den Mund zu halten. Und versprochen ist nun einmal versprochen. Trotzdem hatte er sich seitdem nicht nur in Bokau ziemlich rargemacht, sondern auch im Netz, wie mir meine Mutter auf Nachfrage mitgeteilt hatte. Dazu muss man wissen, dass meine Mutter den Internetauftritt von DePP betreut, weil sie und Marga nach anfänglichen, nun ja, Annäherungsschwierigkeiten mittlerweile ein Herz und eine Seele sind.

»Dieter plant eine Vortragsreihe in Australien und eine in den

USA. Dann hat ihn die Uni in Peking eingeladen und ein Institut in Tadschikistan«, teilte mir Marga hoheitsvoll mit. Theo neben ihr hustete heftig. Er mochte den Professor naturgemäß nicht. »Der Arme hat wirklich viel zu tun.«

»Ich auch«, nahm ich rasch das Stichwort auf. »Wie gesagt, ich habe zwei neue Fälle, die meine ganze Kraft erfordern.« Und das war noch nicht einmal gelogen.

»Verstehe.«

Das tat sie natürlich nicht, doch sie wusste ganz genau, dass das Hochhalten von Plakaten nicht meine Sache war. Ich fühlte mich dabei einfach unwohl, während Marga regelrecht aufblühte, wenn sie in ihrer »Hier stehe ich und kann nicht anders«-Haltung der Welt ihre Meinung kundtat und im Idealfall auch noch von jemandem wegen der Sprüche angeblubbert wurde. Trotzdem hätte sie sich einmal nach meinen beiden neuen Fällen erkundigen können, fand ich. Sie wusste sehr genau, dass ich sie auch finanziell dringend benötigte.

»Wie geht es Harry? Und Daniel?«, fragte ich kühl.

Ich war neugierig, das gebe ich zu. Mein Liebhaber und langjähriger Freund Harry Gierke, der normalerweise als freischaffender Journalist in Kiel wohnte und arbeitete, war nämlich sozusagen über Nacht Vater geworden und nahm seinen neuen Job sehr ernst.

»Gut, soweit ich weiß. Oder, Krischan, was ist dein Eindruck?«

»Ja, ist schon alles okay so«, murmelte der Junge verlegen. »Daniel ist voll in Ordnung.«

Marga fixierte mich scharf.

»Du könntest ihn selbst fragen«, schlug sie vor. »Das kostet nichts.«

Ich gab ihr keine Antwort. Harrys Neffe, besagter Daniel, den ich von einem gemeinsamen Helgolandurlaub kannte und sehr mochte, war elf, nein mittlerweile wohl schon zwölf, und seine Mutter, also Harrys Schwester, kam mit ihrem Sohn nicht mehr zurecht, weil der sich unweigerlich den Horrorjahren der Pubertät näherte. Ein Vater existierte nicht – und da war Familie

Gierke auf die glorreiche Idee gekommen, dass der Junge doch fürs Erste zu seinem Onkel ziehen könnte. In eine Art Männer-WG mit Erziehungsauftrag sozusagen. Und besagter Onkel wiederum war auf die noch glorreichere Idee verfallen, sich mit seinem Neffen umgehend in Bokau festzusetzen, und zwar in der seit Langem leer stehenden Wohnung neben der von Marga. Wegen der gesunden Landluft und so. Ach nee.

Denn in dem ganzen Szenario spielte dieses »und so« meiner mehr als festen Überzeugung nach die eigentliche Rolle. Im Stillen hatte das Harry-Schätzchen selbstredend gehofft, dass ich die liebende Frau an seiner Seite geben würde, wenn sie nur in meine Nähe zogen. Aber den Zahn hatte ich ihm gleich zu Beginn des Arrangements gezogen.

»Nicht mit mir«, hatte ich gesagt. Na gut, ich hatte es etwas lauter geäußert. »Du hättest mich zumindest fragen können, Harry.« Denn genau das hatte er nicht für nötig gehalten, sondern mich einfach vor vollendete Tatsachen gestellt: »Hallo, Hemlokk. Wir sind jetzt Nachbarn, und du spielst ab sofort bitte schön für das Kind die Tante. Freust du dich?«

Zugegeben, er hatte es nicht so direkt ausgesprochen, aber trotzdem – nein, das tat ich nicht. Wer mich kennt, weiß, dass ich so etwas keinesfalls schätze. Seitdem gingen wir uns mehr oder minder mit Erfolg aus dem Weg. Was mir wegen Daniel leidtat. Der Junge konnte schließlich nichts für seinen Onkel. Vielleicht lud ich ihn einmal allein ein, ganz ohne seine buckelige Verwandtschaft.

»Wir kochen manchmal zusammen«, sagte Marga. »Du könntest –«

»Nein«, sagte ich.

»Ist sonst noch was?« Marga war jetzt richtig stinkig.

»Nein. Grüß Daniel von mir, wenn du ihn siehst. Viel Erfolg mit dem Plakat. Ich muss los.«

Das stimmte ja. Ich musste mich nur noch entscheiden, ob ich zunächst auf Juliane Schotts esoterischen Pfaden wandelte oder mich um Reinhold Schmales voll durchgetaktetes Leben kümmerte.

Mit dem Messer in der Hand eilte ich den Weg zur Villa hinunter. Nichts. Meine Stalkerin war nirgends zu entdecken. Silvia mit den anderen kühischen Damen nebst Kuddel, Gustav, Hannelore und mir waren anscheinend allein. Und das war schon seltsam. Denn das hatte es seit Wochen nicht gegeben.

Täglich hatte sie irgendwo gestanden und mich mit diesem entrückten, irren Blick angestarrt. Ein geradezu himmlischer Gedanke schoss mir durch den Kopf. Ob sich die Dame vielleicht endlich besonnen hatte? Oh Gott, wäre das wunderbar!

Aber höchst unwahrscheinlich, wie ich zugeben musste. Es sei denn, die Frau weilte mittlerweile ebenfalls in spirituellen Sphären, weil in ihrem Fall vielleicht ein nervöses Pferd mit einem mächtigen Tritt an die Hirnschale dafür gesorgt hatte. Aber das wäre als Neuigkeit wiederum in Windeseile zu mir durchgedrungen. Ich stellte mich bei Silvia ans Gatter und beugte mich zu ihr hinüber.

»Was meinst du? Schmale oder Schott?«

Wie gesagt, wir waren nicht nur Nachbarinnen, sondern auch gute Freundinnen, aber mit dem Stalk-Gespenst hatte ich sie noch nie konfrontiert. Dabei sprachen wir eigentlich ziemlich locker über alles Mögliche. Doch dieser spezielle Fall schien mir für einen Kuhkopf einen Tick zu schwierig zu sein. Er war zwar groß, aber na ja … Dafür hatte mich Silvia bei einfacheren Problemen wie der Schmale-oder-Schott-Frage noch nie hängen lassen.

Ihre Zunge schluppte erst in das eine Nasenloch, dann in das andere. Ich starrte sinnend auf ihre feucht glänzende schwarze Knolle. Was wollte sie mir damit sagen? Und dann hatte ich es. Natürlich, sie hielt einen Kompromiss für vernünftig. Ich langte über das Gatter und tätschelte ihr den Mopp zwischen den Hörnern.

»Die Detektei Hemlokk dankt.«

Erst würde ich Reinhold Schmales Spuren im Netz verfolgen und mich dann am Nachmittag zügig um die verschwundene Juliane kümmern. Ich war durchaus zuversichtlich, dass ich den Aufenthalt des Engelmediums, wenn es denn noch auf dieser Welt weilte und sich nicht durch die Weiten der Galaxis channelte, in Windeseile der verblüfften Esoterik-Gemeinde präsentieren konnte.

Rasch stieg ich unter die Dusche, um mir das Salzwasser von Haut und Haaren zu waschen, zog das volle Programm mit Shampoo, Duschgel und anschließendem Gecreme durch und fuhr dann den Computer hoch. Auf die obligatorische Tasse Tee verzichtete ich angesichts des opulenten Matulke'schen Frühstücks. Stattdessen notierte ich sorgfältig die Uhrzeit meines Recherchebeginns und stellte den gefalteten Zettel in freudiger Erwartung gut sichtbar neben den Bildschirm. Für die Rechnung.

Reinhold Schmale also. Aha, der Mann war nicht bei Facebook oder auf einem der anderen »Hey, ich sitze gerade für einen Stinker auf dem Klo, wie geht's denn so?«-Netzwerke. Natürlich nicht, das hätte mich nach der Charakterisierung durch seine Frau auch eher verblüfft. Und dass Bettina Schmale die Internetauftritte ihres Mannes nach dessen Tod stillgelegt hatte, hielt ich für unwahrscheinlich, denn eine Homepage von ihm gab es noch.

Ich klickte sie an. Auf dem Profilbild sah er unauffällig aus, das war mein erster Eindruck. Irgendwie ein bisschen mausgrau. Die Haare wurden bereits dünn, das Brillengestell war entschieden zu groß. Er lächelte nicht, sondern schaute dem Betrachter unbewegt direkt ins Gesicht. Typ: ein Mann, ein Wort. Ich scrollte weiter. Mit wenigen Sätzen schilderte er seinen Lebenslauf. 1970 in Aachen geboren, Abitur in Hildesheim 1989, Ingenieurstudium wiederum in Aachen mit Abschluss Dipl. Ing. 1995. Seit 2002 verheiratet mit Bettina, geborene Bentler. Keine Kinder. Seit 2007 bei der Firma Beckmann & Driller als leitender Ingenieur. Diverse Auslandsreisen. Hobbys: alles Technische sowie Laufen.

Ich stand auf, trat ans Fenster und gönnte mir einen Blick über den Passader See. Kleine Wellen kräuselten die Oberfläche, der Wind hatte aufgefrischt. So richtig vom Hocker reißen tat mich der Bursche nicht. 2037 wäre er in Rente gegangen und hätte dann bei zweifellos immer noch beachtlichen Bezügen einmal um die Welt rennen können. Ich seufzte, setzte mich wieder und sichtete die anderen Blöcke der Homepage. Manchmal war der Job einer Privatdetektivin wirklich ein hartes Brot und wahrlich nicht glamourös, sondern schlicht und ergreifend langweilige Routine.

Und Bettinas Worte bestätigten sich mit jeder weiteren Zeile: Zahlen waren die Religion ihres Mannes. Schmale war einer dieser Typen gewesen, die es herrlich finden, alles an ihrem Körper zu vermessen. Blutdruck, Zuckerspiegel, Hornhautdicke an der Hacke und am großen Onkel, Pulsfrequenz, Hautwiderstand bei strammem Südwest, Verdauungsgeschwindigkeit, Pupkonsistenz und so weiter und so fort.

Nicht nur wenn er lief, hatte offenbar so ein Gerät – »Wearable« genannt, wie ich lernte – sein Handgelenk geschmückt, sondern er hatte es bestimmt auch unter der Dusche, im Bett oder beim Möhrchenknabbern getragen. Und sich bemüßigt gefühlt, einen nicht unerheblichen Teil dieser so gesammelten Datensätze der Öffentlichkeit mitzuteilen. Total fit und komplett vermessen ins Grab, lautete offenbar seine Devise.

Ich fand das gruselig. Doch der Mann schwärmte auf seiner Homepage geradezu von einem Gerät, einem »Vierundzwanzig-Stunden-Aktivitätstracker«, das alles konnte. Keine Zelle am Körper blieb unvermessen, und darüber hinaus war es auch noch wasserdicht bis zu einhundert Metern Tiefe. Wow, da waren die Struv- und Goldbütter aber tierisch beeindruckt, wenn sie glupschäugig aus dem Sand schielten und über sich den komplett vermessenen Reinhold Schmale erblickten. Das Teil zählte die Schritte – auch wenn man rückwärtslief? –, die verbrannten Kalorien, maß die Intensität der jeweiligen Aktivität und erstellte ein Strecken-, Schwimm- und Luftholprofil. Wahrscheinlich konnte man mit dem Ding auch noch gesundheitsbewusst kochen oder sich zum Kometen Tschurjumow-Gerassimenko schießen lassen.

Aber sieh an, ein »Giftzwerg« fand das ebenfalls total daneben, wie er Schmale in einem Kommentar zu all der Lobhudelei mitgeteilt hatte.

»Total bekloppt, wie du selbst. Gaga. Aber das passt zu dir, du Vollidiot und Leuteschinder.«

Hoppla, was war das denn? Schmale hatte nicht reagiert. Doch der Schreiber ließ nicht locker. Zunächst hatte er sich hauptsächlich über die »Beknacktheit« dieser Selftracking-Bewegung ausgelassen und Schmale als »alten Sack« verspottet, bei dem das alles nichts helfen würde, denn er »fahre doch sowieso bald in die Kiste ein«. Quantified Self, Lifelogger – das sei doch nur eine neue Modewelle, mit der die Republik überschwemmt würde.

Ich ertappte mich dabei, wie ich zustimmend nickte. So ganz unrecht hatte der Unbekannte nicht, fand ich. Nur dumme Leute und »totale Egomanen wie du, Reinhold, du Arschgesicht« ließen sich von so etwas mitreißen, hatte er Schmale geschrieben und in Großbuchstaben »Fick dich ins Knie« angehängt.

Dieses Mal hatte Schmale geantwortet. Er war jedoch nicht auf die persönlichen Beleidigungen eingegangen, sondern hatte versucht, sachlich gegenzuhalten, und sich weitere Kommentare energisch verbeten, sonst würde er die Funktion abschalten. Sein Wunsch war nicht erhört worden. Man pöbelte weiter.

Das Ganze ging etwa sechs Wochen hin und her, denn Schmale hatte seine Drohung, die Kommentarfunktion stillzulegen, nicht wahr gemacht. Dann verschärfte sich der Ton auf beiden Seiten erneut zusehends. Und als Schmale wieder die wunderbare Technik eines neu auf den Markt gekommenen Brustgurtes pries, der nach meinem Eindruck aufs Myzel genau die Reaktion des Fußpilzes auf einen Zehn-Kilometer-Törn zu messen vermochte, langte der giftige Zwerg richtig zu.

Diese Selbstvermessungs-Bewegung sei ja wohl »der größte Mist, den die Welt kennt«, geiferte er. Aber es sei natürlich kein Wunder, dass ausgerechnet dieses »grandiose Arschloch« Schmale, das sich »für den geilsten Hengst auf dieser Erde« halte, darauf abfahre. Von einem kompletten Egomanen und »Sozial-Idioten«, für den Menschen nichts weiter als »Humankapital« und »unbeseelte Dinge« seien, die man nach Belieben anschnauzen und verheizen könne, habe er allerdings auch nichts anderes erwartet. Und dann wünschte er Schmale einen Tag vor dessen Tod, dass er sich das Genick brechen und in der Hölle schmoren solle.

Interessant. Besonders das mit dem Genick. Hatte die Polizei das etwa verpennt? Oder hatte sie den Giftzwerg pflichtschuldig ausfindig gemacht, ihm auf den Zahn gefühlt, ihn für unschuldig erklärt, und das war's gewesen? Wieso hatte Bettina mir das dann aber nicht erzählt?

Ich fuhr den Computer herunter und notierte die Uhrzeit. Erfreulich, wie die Minuten dahingeflossen waren. Es galt also, den Giftzwerg ausfindig zu machen, um mit ihm ein ernstes Wörtchen zu reden. Und wo ich den fand, war ja wohl sonnenklar: In Schmales ehemaliger Firma, das verriet der Fachfrau fürs Abgründige so ein Wort wie »Humankapital« unzweideutig.

Gleich morgen früh würde ich die Sache angehen. Denn jetzt war erst einmal die abgängige Juliane dran. Schade eigentlich, dass Reinhold aus dem Jenseits bestimmt keine Veranlassung sah, mit ihr Verbindung aufzunehmen, um mir anschließend einen Tipp zu geben, wo ich die Frau finden konnte. Doch ich hätte Gustav darauf verwettet, dass er Juliane Schott weder als Mensch noch als Geistwesen ausstehen konnte, ganz gleich, in welchem spirituellen Stadium der Mann selbst sich zurzeit befand.

Ich schlüpfte in eine lange Hose und zog eines meiner besseren Ringel-T-Shirts über. Eckernförde war zwar nicht die Modehauptstadt der Welt, trotzdem fühlte ich mich halbwegs vernünftig angezogen wohler – immer die schrille amerikanische Familie im Gedächtnis, die ich vor Urzeiten im Kloster Maria Laach beobachtet hatte: Mutter und Tochter in derart knappen Höschen, dass die halben Pobacken heraushingen, Vati und Sohn in Hawaiihemd beziehungsweise mit nacktem Oberkörper. Alle vier hatten hingebungsvoll Kaugummi gekaut und den gesamten Komplex wahrscheinlich für eine Dependance von Disneyland gehalten. Yeah.

Mein Ziel war die St.-Nicolai-Kirche in Eckernförde. Denn diese Kornkreis-Klara mit ihren umstrittenen seherischen Fähigkeiten würde ich selbstverständlich gepflegt links liegen lassen. Ihr esoterisches Geschwafel brachte nichts für die Ermittlungen. Da hielt ich mich lieber an Johannes und seine Aussage, dass Juliane Schott ein Faible für diesen Grafen von St. Germain gezeigt habe. Sie sei daher oft in Eckernförde gewesen, hatte er gesagt.

Deshalb hegte ich die Hoffnung, dass die Frau dort in St. Nicolai bekannt war und ich jemanden auftrieb, der mir weiterhelfen konnte; mit einer handfesten Adresse vielleicht oder dem Namen ihres neuesten Lovers, mit dem sie zu einem Guru nach Indien unterwegs war. In so einem Ashram gilt bestimmt ein totales Smartphone-Verbot, dessen Befolgung heutzutage für die meisten Leute zweifellos eine schwere Prüfung darstellt, die besondere innere Stärke erfordert. Doch das würde erklären, weshalb Juliane auf keinen Kontaktversuch reagierte. Johannes hatte es nämlich mehrmals über alle zur Verfügung stehenden technisch-weltlichen Kanäle versucht, aber keine Antwort bekommen.

Ich schmiss den Strandknackern zwei Salatblätter ins Terrarium und schaltete meinen Anrufbeantworter ein; für meine Schmalzheimer-Agentin, die bestimmt langsam sauer wurde, weil Vivian immer noch keinen Nachschub lieferte, für potenzielle neue Detektei-Kunden und für meine Mutter, denn sie war mit dem allwöchentlichen »Na, wie sieht es bei dir aus, Kind?«-Anruf überfällig. Dann checkte ich routinemäßig die Lage um die Villa herum, doch immer noch lauerte niemand hinter einem Busch, um sich mit einem Schrei auf mich zu stürzen, sobald ich nur den Kopf aus der Tür streckte. Dummdidumm. Hatte die Frau etwa doch aufgegeben? Als Zeichen dafür, dass ich mir in dieser Hinsicht zumindest ein bisschen Hoffnung machte, ließ ich das Messer zu Hause.

Gut gelaunt trabte ich zum Haupthaus hoch, enterte meinen Wagen und düste los. Es herrschte reines Strandwetter, die Luft war warm, mild und klar, und das Thermometer zeigte dreiundzwanzig Grad. Auf den Straßen war deshalb nicht viel los, und es dauerte keine Dreiviertelstunde, bis ich in Eckernförde eintrudelte. Ich mag die Stadt. Sie ist klein, überschaubar, und der Hafen sowie die Gassen um ihn herum mit ihren Häuschen, vor denen wie in Dänemark die Rosen ranken, sind einfach knuffig. Und auch der Ortsname hat etwas mit unserem nördlichen Nachbarn zu tun: »Egern« heißt »Eichhörnchen« im Dänischen und »Eckernförde« deshalb so viel wie »Eichhörnchenbucht«. Wie es zu diesem Namen kam, ist Geschichte. Schleswig-holsteinische Geschichte, die bekanntlich bis auf einen ururalten Professor an der Kieler Uni kein Mensch je in Gänze verstanden hat.

VIER

Ich stellte den Wagen auf dem Großparkplatz vor den Toren der Stadt ab, marschierte durch den Fußgängertunnel Richtung Innenstadt und bog dem Schild »St. Nicolai« folgend links in die Kieler Straße ein. Gute fünfzehn Minuten später stand ich vor der Kirche, deren östliche Außenwand heute ein riesiger Anker ziert.

Nachdem ich mich durch die blaue Tür geschoben hatte, rutschte ich in eine der hinteren Bänke, um ein Gefühl für die Atmosphäre zu bekommen und sie in Ruhe auf mich wirken zu lassen. Der mehr einem Quadrat angenäherte als lang gezogene Innenraum in seiner Backsteinoptik mit der relativ niedrigen Decke und den vier gewaltigen Säulen, die das Dach trugen, gefiel mir sehr.

Offenbar weniger als ich von dem Ambiente beeindruckt, schlurfte eine siebenköpfige Gruppe – drei Männer, vier Frauen – schweigend durch das Kirchenschiff und besah es sich mit desinteressierten Mienen, blieb kurz vor dem eindrucksvollen glockenförmigen Taufkessel aus Bronze stehen, zuckte unisono mit den Achseln und latschte weiter. Da hatte eindeutig im Reiseführer »Achtung, alt und sehenswert« gestanden, und nun war man hier und wusste nicht so recht, weshalb. In zwei Minuten wären die auch mit dem Kölner Dom durch gewesen, inklusive Selfie-Welle, um sich nach diesem kräftezehrenden Kulturmarathon anschließend erleichtert dem Kölsch zuzuwenden. Kaum waren sie draußen, erhob ich mich und begann ziellos herumzuschlendern. Als ich vor dem Altar im Chorraum stand, sprach mich jemand an.

»Sie suchen sein Grab, nicht wahr? Das werden Sie hier nicht finden.«

Ich war derart in den Anblick des eindeutig noch als lebend dargestellten Jesus am Kreuz versunken gewesen, dass es einen Moment dauerte, bis ich reagierte und mich umdrehte. Ein älterer Herr saß in einer der Kirchenbänke direkt an der linken vorderen Backsteinsäule und nickte mir höflich zu. Ich hatte ihn gar nicht bemerkt. Doch anscheinend hatte er mich die ganze Zeit genauso unauffällig beobachtet, wie ich es zuvor mit den sieben Sakralbauenthusiasten getan hatte. Sein spärlicher Haarkranz war völlig weiß, und das schmale Gesicht knitterte um Wangen und Mund. Lachfalten, weil er das Leben liebte und alles mitnahm, was sich ihm bot? Unwahrscheinlich, denn trotz der Hitze draußen trug er ganz korrekt eine dunkelblau gemirmelte Krawatte, ein hellblaues Hemd und ein graues Jackett.

Ich nickte freundlich zurück. Vielleicht entpuppte sich dieser Unbekannte ja ausgerechnet als derjenige, der mir mit Juliane weiterhelfen konnte. Denn dass er mich anbaggern wollte, war nun doch eher unwahrscheinlich. Außerdem war er nicht mein Typ, mal ganz abgesehen davon, dass der gute alte Harry todsicher etwas gegen einen Zweitmann in unser beider Leben haben würde.

»Guten Tag«, grüßte ich zuvorkommend. »Sind Sie öfters hier? Kennen Sie sich aus?«

Seine Mundwinkel wanderten nach oben. Die Frage schien ihn ehrlich zu amüsieren.

»Oh ja. Das kann ich wohl mit Fug und Recht behaupten. Seit ich vor drei Jahren in Pension gegangen bin – ich war Oberstudienrat für Deutsch und Geschichte an einem der hiesigen Gymnasien –, ja, also seitdem beschäftige ich mich mit dem Grafen von St. Germain. Irgendein Hobby muss sich der Mensch ja zulegen, wenn er aus dem Berufsleben ausscheidet.« Seine Miene wurde ernst. »Aber ich tue das selbstverständlich streng wissenschaftlich. Streng wissenschaftlich«, wiederholte er. »Damit Sie da nichts missverstehen. Ich gehöre keinesfalls zu seinen kritiklosen Verehrern. Der Mann war zweifellos ein Lebenskünstler und ein Sprachgenie mit hervorragenden Manieren, aber ein Schwindler und Scharlatan ersten Ranges war er auch.«

Mein Gesprächspartner wurde kurzzeitig abgelenkt und blickte drei jungen Frauen hinterher, die mit ernster Miene zum Altar strebten. Geschmack hatte der Mann und gute Augen offenbar ebenfalls noch. Alle drei hatten ausgesucht schnuckelige Figuren.

»Auch deshalb ist unser gesichertes Wissen über den Grafen derart lückenhaft«, fuhr er fort. »Und deshalb wiederum ist ja so viel Unsinn über ihn im Umlauf. Man kann es kaum glauben.« Er platzierte seine Unterarme auf der vorderen Kirchenbank und beugte sich vor. »Das fängt schon bei seinem Grab an. Wie ich bereits sagte, existiert es nicht mehr. Es tut mir leid für Sie.«

Das brauchte es nicht. Wo die Gebeine dieses seltsamen Knilchs vor sich hin moderten, war mir piepegal. Mich interessierte der Verbleib von Juliane Schott. Doch sollte ich gleich mit der Tür ins Haus fallen? Nein, vermutlich verschreckte ihn das nur. Er sah nicht so aus, als ob es in seinem bisherigen behüteten Schulleben als Oberstudienrat Privatdetektivinnen zuhauf gegeben hätte.

»Aber dieser St. Germain hat hier mal … äh … gelegen?«, gab ich ihm daher brav sein Stichwort. So ein alter Knabe tat schließlich nichts lieber, als jeden, der es hören wollte oder auch nicht, über sein Hobby bis in die kleinste Kleinigkeit zu informieren. Und hinterher würde er dann handzahm und vor allen Dingen gesprächig wie ein Papagei sein.

»Ja, das hat er. Der Graf ist zweifellos hier in Eckernförde Ende Februar 1784 gestorben. Am 2. März haben sie ihn beigesetzt. Beides bezeugt das Kirchenbuch.« Er verlagerte dezent seine Sitzposition. Ja, ja, auf so einer harten Holzbank schläft der Hintern schon einmal leicht ein. Da half auch das, Verzeihung, doch anders konnte man es nicht nennen, kackbraune dünne Sitzpolster nicht. »Aber dann, und das wissen viele eben nicht, hat es etwa einhundert Jahre später – 1872, um genau zu sein – eine gewaltige Sturmflut gegeben, die auch vor St. Nicolai nicht haltmachte. Danach hat man alle in der Kirche existierenden Gräber mit Sand zugeschüttet. Und seitdem ist er nicht mehr da, Ihr Herr Graf. Das ist sicher eine herbe Enttäuschung für Sie.«

Unsere Blicke trafen sich, und plötzlich hatte ich das seltsame

Gefühl, der Mann ahnte sehr wohl, dass ich keine der zahllosen Kornkreis- und Grafengläubigen war. Er wartete lediglich ab, wie sich alles entwickelte und wann ich mich ihm zu erkennen geben würde.

»Nein, ist es nicht«, sagte ich daher bedächtig.

»Nicht, aha.«

Weiter nichts. Er ließ sich wirklich nicht in die Karten schauen. Aber das lernt man in vierzig Jahren Schule aus dem Effeff, oder man geht in Windeseile unter. Jeder hat wohl in seiner Vita so ein armes Würstchen von Lehrer, den man als Schüler das Fürchten gelehrt hat.

»Ich bin weder als … äh … Engelmedium hier noch als … hrhm … Kanal für göttliche Energien, der mit St. Germain eine kurze Runde channeln will. Ich bin Privatdetektivin.« Uff, fester Grund.

Er stutzte, dann fing er so schallend an zu lachen, dass die drei jungen Frauen sich vor Schreck in die Hacken traten und nur noch stolpernd und in ungeordneter Folge die Tür erreichten.

»Jetzt sagen Sie bloß nicht, die esoterische Gemeinde hat den Hut herumgehen lassen und Sie beauftragt, das Grab des Grafen zu finden.«

Ich zwinkerte ihm kumpelhaft zu. »Nein, hat sie nicht. Ich denke, ich hätte den Auftrag auch abgelehnt. Oder mich auf jeden Fall nach Stunden, aber nicht nach Erfolg bezahlen lassen.«

»Sehr vernünftig«, stimmte er mir zu.

»Um ehrlich zu sein, ich bin an einer Frau namens Juliane Schott interessiert. Kennen Sie sie zufällig? Ist sie Ihnen hier möglicherweise über den Weg gelaufen?«

Er überlegte. Lange. So lange, dass ich bereits Hoffnung schöpfte. Doch vergebens.

»Ich glaube nicht«, meinte er bedauernd. »Der Name sagt mir zumindest nichts.«

Mist. Und es hatte so gut angefangen. Trotzdem, nun wirf nicht gleich die Flinte ins Korn, Hemlokk.

»Aber Sie kommen doch oft hierher. Vielleicht haben Sie nicht mit ihr gesprochen, aber sie gesehen?«, drängte ich. Es war nicht einmal ein Strohhalm, sondern eher ein Hälmchen, deshalb klammerte ich mich wahrscheinlich umso fester daran.

»Na ja, möglich wäre es schon«, stimmte er mir zu.

Heureka! Ich deutete auf die Bank, in der er saß.

»Darf ich?«

»Bitte, gern.« Hastig rutschte ich hinein und öffnete bereits den Mund, um ihn weiter zu befragen, doch er kam mir zuvor. »Wenn Sie keine seiner Anhängerinnen sind, dann wissen Sie natürlich nicht, um welche besondere Art von Bank es sich hierbei handelt, nicht wahr, meine Liebe?«

So hatte mich lediglich ein älterer Onkel einmal auf einer dieser ebenso endlosen wie langweiligen Konfirmationsfeiern genannt, als ich vierzehn, fünfzehn gewesen war.

»Auf der wir sitzen? Nein.«

Unauffällig linste ich nach unten. Die Bank sah für mein ungeübtes Auge völlig normal aus. Eine Kirchenbank halt, die keinen Zentimeter über dem Boden schwebte und aus dunklem Holz gefertigt war mit besagten Polstern obendrauf.

»Die Grafenjünger meinen, seinen spirituellen Atem hier besonders deutlich spüren zu können. Manche behaupten sogar, dass ihre chronischen Schmerzen vergehen, wenn sie hier sitzen.«

Ich schaute mich kurz um und glich das Bild mit dem inneren Stadtplan der Eichhörnchen-Stadt ab. Nordosten? Ja, das kam wohl hin. Dann horchte ich in mich hinein. Nichts. Zumindest spürte ich nichts Heiligmäßiges, Waberndes. Ich hatte ein bisschen Hunger, aber das war eigentlich ziemlich normal und hatte nichts mit übersinnlichen Energien zu tun, sondern eher mit Magensäften.

»In letzter Zeit habe ich mich tatsächlich mehrmals mit einer jungen Frau über St. Germain unterhalten«, fuhr mein Banknachbar bedächtig fort. »Sie war so um die fünfunddreißig, schätze ich, trug ihre dunklen Haare lang und hatte einen Pony. Sie glaubte mit ganzer Seele an Außerirdische und Kornkreise und natürlich an die wundersamen Kräfte des Grafen. Von dem war sie fasziniert.« Er lächelte in der Erinnerung an die Unbekannte in sich hinein. »Wir waren komplett unterschiedlicher Meinung, was St. Germain anging.«

Ja, doch. In diesem Moment interessierten mich der Graf und sein geheimnisvolles Leben eher weniger.

»Trug die Frau vielleicht so eine lange Holzkette mit einer Art Herz am Ende? Und fehlte an ihrem linken Schneidezahn ein Stück?«, hakte ich schnell nach. Beides war mir von Johannes berichtet worden, weil er mir lediglich ein völlig unscharfes Handyfoto von Juliane hatte präsentieren können.

Mein Banknachbar nickte.

»Wenn ich es recht bedenke, ja«, sagte er. »Beides trifft zu.«

»Klasse«, seufzte ich aus tiefstem Herzen. »Dann haben Sie tatsächlich mit Juliane Schott gesprochen. Worüber? Denken Sie doch bitte noch einmal nach. Es ist wichtig.«

In diesem Moment öffnete sich die Kirchentür, begleitet vom mauligen und mit der kieksenden Stimme eines pubertierenden Jünglings vorgebrachten Protest.

»Och, nicht schon wieder so eine blöde Kirche. Muss das sein? Ich warte draußen.«

»Na, ausschließlich über St. Germain selbstverständlich«, beantwortete mein Banknachbar die Frage, ohne sich von dem Puberkel und seinen fraglos genervten Eltern stören zu lassen. »Wie ich bereits erwähnte, glaubte die Dame fest an seine überbordenden spirituellen Kräfte und natürlich an seine Unsterblichkeit. Von seiner Fähigkeit, aus – Verzeihung – Schiet Gold machen zu können, war sie selbstverständlich ebenfalls überzeugt. Aber die war ihr nicht so wichtig, hatte ich den Eindruck.«

Grundgütige. Fast hätte ich wie Lulu die Augen verdreht. Hatte ich so etwas nicht schon einmal gehört? Doch, ja, hatte ich. Jeden Tag sogar. Man nennt es heutzutage nur anders. Aus dem Gold sind Dollars, Euros und Aktienpakete geworden und aus der Unsterblichkeit faltenfreie Alterslosigkeit samt Fitnesswahn. Siehe Reinhold Schmale mit seiner Vermessungsklatsche. Mit etwas anderen Worten stehen Artikel über beide Mega-Themen in jeder aktuellen Zeitung und fluten das Netz. Man kann dem auch heute kaum entkommen.

»Der Graf ist also megareich und bleibt ewig jung und schön?«, spottete ich daher. »Ich weiß gar nicht, was Sie wollen. Das ist ja geradezu hypermodern. Darauf läuft doch auch heute alles hinaus.«

Mein Banknachbar warf mir einen schrägen Blick zu.

»So gesehen haben Sie wohl recht. Der reine Quatsch ist es natürlich trotzdem. Ich bitte Sie, der Graf hat in Gesprächen mit Zeitgenossen immer wieder ganz nebenbei einfließen lassen, Jesus höchstpersönlich gekannt zu haben.«

»Donnerwetter«, entfuhr es mir. Dazu gehörte schon einiges. Besonders Chuzpe.

»Ja«, fuhr mein Informant fort, »die Leute waren natürlich maßlos beeindruckt, wenn St. Germain an der königlichen Tafel bei Suppe mit Rindsklößchen ganz en passant zum Besten gab, ja, ja, der Jesus sei wirklich romantisch und unbesonnen veranlagt gewesen, und er, St. Germain, habe ihn deshalb oft genug gewarnt, dass es mit ihm noch einmal ein schlimmes Ende nehmen würde.«

Unwillkürlich richteten sich unsere Blicke auf den – im Gegensatz zum am Altar hängenden lebenden Jesus – toten Gekreuzigten oberhalb des Choreingangs. Tja, wo er recht hatte, hatte er recht, unser Graf. Diese Hinrichtungsart war selbst zu Zeiten der Römer, die ja nicht für irgendwelche menschenfreundlichen Zimperlichkeiten in die Geschichte eingegangen sind, ein besonders grausamer Tod.

»Aber er wollte auf den gräflichen Wundermann nicht hören, der Jesus«, ergänzte ich. »Und das hatte er dann davon.« Ein Theologe hätte es vielleicht einen Hauch eleganter ausgedrückt.

»Ach, übrigens, Dr. Reiner Krahwinkel«, stellte sich mein Banknachbar unvermittelt vor und reichte mir die Hand. »Oberstudienrat im Ruhestand. Wieso suchen Sie diese Frau eigentlich? Oder darf ich das nicht wissen? Gehört das zur detektivischen Schweigepflicht?«

»Hanna Hemlokk«, sagte ich und schüttelte seine Rechte kräftig, bevor ich sie wieder losließ. »Und Sie dürfen natürlich fragen, weshalb ich Juliane Schott suche. Ein paar Freunde vermissen sie seit Tagen. Offenbar ist sie wie vom Erdboden verschluckt, und die Leute machen sich langsam Sorgen um sie.« Von Klara und ihren gruseligen Botschaften aus dem Reich der Lichtwesen und Finstermänner erzählte ich ihm nichts. Der Herr Oberstudienrat und ich kamen besser miteinander aus, wenn wir uns an die Fakten hielten. »Sie hat Ihnen nicht zufällig verraten, welche … öhm … irdischen Pläne sie hatte? Ich meine, wollte sie noch länger hier in Eckernförde bleiben? Oder wollte sie nach Hause fahren? Oder in den Urlaub? Hat sie vielleicht jemanden kennengelernt? Einen Mann? Oder eine Frau?«

Krahwinkel schüttelte kaum merklich den Kopf, während er sich nachdenklich über das glatt rasierte Kinn strich.

»Nein, bedaure. Über Persönliches sprachen wir so gut wie gar nicht. St. Germain war unser Thema.« Seine Finger verharrten an einem Haar im Mundwinkel, das dem Rasierer entgangen war. »Die Frau glaubte doch allen Ernstes unbesehen, was an abenteuerlichsten Gerüchten über den Mann kursierte und immer noch kursiert. Für mich als studierten Historiker war das natürlich ein Graus. Ich habe ihr mehrmals versucht klarzumachen, dass man sich nicht nur als Wissenschaftler bei jeder Information fragen sollte, woher sie stammt. Die Seriosität der Quelle ist stets entscheidend.«

»Wie im Internet«, pflichtete ich ihm bei. »Da existiert so eine Menge Müll, dass es kaum zu glauben ist.«

Krahwinkel verzog das Gesicht, als habe er plötzlich Schmerzen.

»Genau das habe ich wieder und wieder meinen Schülern vermitteln wollen. Die haben mich deshalb oft für ein Relikt aus Feuerzangenbowle-Zeiten gehalten. Na ja, jetzt sind die jüngeren Kollegen dran.«

Es klang wehmütig. Der Mann war offensichtlich gern Lehrer gewesen.

»Und Sie probieren Ihr Bestes bei St. Germain«, versuchte ich ihn zu trösten und unser Stichwort wieder aufzunehmen. »Das ist bestimmt nicht einfach, wenn das Gegenüber sich als Engelmedium und Kanal für göttliche Energien bezeichnet. Wer so denkt, für den ist eine streng wissenschaftliche Sicht meist nur hinderlich.«

Krahwinkel presste kurz die Lippen zusammen, bevor er mit einem Seufzen meinte: »Sie sagen es. Sie hat mir kein Wort geglaubt. Dabei ist ihr angebeteter Graf völlig verarmt gestorben. Ich frage Sie, wenn er also Gold machen konnte und außerdem ein Mittel erfunden hat, das ihm Unsterblichkeit verlieh – weshalb hat er denn beides nicht für sich genutzt? Das ist doch völlig widersinnig, da braucht man nur ein bisschen gesunden Menschenverstand, um das als Widerspruch zu erkennen. Der Graf konnte nicht einmal sein eigenes Begräbnis bezahlen, so arm war er am Ende seines Lebens. Das gab der Nachlass nicht her. Und darüber finden sich genaue Angaben in den Akten.« Er zuckte resigniert mit den Schultern. »Aber an Ihrer Juliane prallten solche Informationen einfach ab. Sie glaubt halt mit der ganzen Kraft ihrer Seele, das arme Ding.«

Sie war nicht *meine* Juliane, doch ich korrigierte ihn nicht. Krahwinkel ging das Thema sichtlich nahe. Ich verstand ihn, denn auch ich kannte das Gefühl, mit meinen Argumenten bei jemandem vollständig gegen die Wand zu laufen, weil der gerade auf einer anderen Frequenz sendete und empfing.

Bei Harry war das zum Beispiel momentan der Fall. Oder bei Marga.

»St. Germain war zweifellos ein Betrüger und ein begnadeter Lügner«, fuhr er ernst fort. »So haben ihn bereits etliche seiner Zeitgenossen eingeschätzt. Auf der anderen Seite gelang es ihm jedoch anscheinend mühelos, in ganz Europa immer wieder Fürsten und Könige um den Finger zu wickeln.«

»Die haben die Intelligenz ja oft nicht mit Löffeln gefressen«, warf ich kritisch dazwischen. »Bei der Inzucht, die bei den Blaublütern herrscht, ist das kein Wunder.« Ich wusste, wovon ich sprach. Denn im letzten Sommer hatte Vivian LaRoche mit der Fabrikation von modernen Adelsschmonzetten angefangen. Darunter litt sie immer noch. Aber das war ein Thema für sich.

»Schon wahr, da stimme ich Ihnen zu. Mit der Intelligenz ist das so eine Sache.« Er seufzte erneut. »Der damalige hiesige

Landgraf Carl von Hessen, den der dänische König zum Statthalter von Schleswig-Holstein ernannt hatte, war auch keine Leuchte.« Er lächelte mich an. »Verzeihen Sie, wenn ich wie ein geborener Schulmeister klinge, aber Sie wissen es vielleicht nicht: Dieses Land gehörte lange Zeit zu Dänemark.«

»Doch, ja, hab ich von gehört«, zeigte ich mich historisch informiert, verschwieg jedoch lieber, dass ich vor um und bei zwanzig Jahren selbst einmal den Versuch unternommen hatte, Geschichte und ein paar »Ologien« wie Soziologie und Politologie zu studieren. Sonst landeten wir am Ende noch bei der Dynastie der Romanows, dem russischen Zarenhaus allgemein und dessen verwickelter Verbindung zu Kiel im Besonderen. Und das ist, man kann es nicht oft genug wiederholen, eine so lange und komplizierte Angelegenheit, dass wir hier noch in fünf Tagen sitzen würden, um sie in Gänze zu erfassen. Och nö.

»Landgraf Carl war wirklich ein echter St.-Germain-Gläubiger. Wie Ihre Juliane«, informierte mich Krahwinkel. »Er holte ihn nach Eckernförde und förderte ihn nach Kräften. Seine Berater waren überhaupt nicht begeistert. Aber was sollten sie machen? Sie hatten ja keine richtige Macht, sondern höchstens Einfluss auf den jeweiligen Herrscher.«

»Dass das schwierig war, kann ich mir vorstellen.«

»Ihre Juliane nicht.«

»Auch das kann ich mir vorstellen.«

Wir grinsten uns in stillem Einverständnis an.

»Ich habe wirklich alles versucht.« Krahwinkel schüttelte den Kopf. »Sie schien mir nämlich durchaus intelligent und teilweise auch aufgeschlossen zu sein. Wissen Sie, als Pädagoge habe ich einen Blick dafür. Aber … na ja, um die Geschichte noch rasch zu Ende zu erzählen: Als St. Germain bereits trotz seines angeblichen Unsterblichkeitstranks krank und schwach im Bett lag, versprach er Carl, ihm ein versiegeltes Billett mit allen Geheimnissen zu hinterlassen, falls er das Zeitliche segnen sollte. Dieser Naivling von Landgraf glaubte ihm natürlich auch das und war wahrscheinlich bitter enttäuscht, als seine Leute im spärlichen Nachlass von St. Germain nichts fanden. Weil es nämlich weder Geld und Gold noch irgendwelche Geheimnisse gab. Der Mann war ein Gaukler.«

Ich glaubte Krahwinkel jedes Wort. »Aber Juliane –«

»Oh, Ihre Juliane«, er ließ sein charakteristisches Glucksen hören, »Ihre Juliane gab mir den ernsthaften Rat, an meinen spirituellen Blockaden zu arbeiten. Ich sei so negativ und total verkopft, deshalb würde ich mein Innerstes gar nicht mehr spüren.«

»Aura in Dutt. Das kenne ich«, bemerkte ich heiter.

Krahwinkel nickte amüsiert. »Spirituell zu wachsen bedeute nämlich, zu erkennen, dass wir nicht einfach nur existieren, so hat sie es formuliert. Da könne sie mir helfen, wenn ich mich darauf einließe.«

»Und?«, fragte ich gespannt.

»Ich habe ihr Angebot selbstverständlich abgelehnt.« Er klang so empört, als habe Juliane ihm einen unsittlichen Antrag gemacht.

»Mhm«, brummte ich verständnisvoll. Ich hätte Lulu und Viktor auch am liebsten einen Vogel gezeigt, als sie mir mit meinen Blockaden kamen.

»… will man den Grafen noch Jahre nach seinem Tod in Schweden und Frankreich gesehen haben. Entweder er sei gar nicht in Eckernförde gestorben, oder aber er erscheine in Gestalt eines anderen Menschen immer wieder auf Erden, so lautete Julianes Erklärung. Beides ist kompletter Unsinn, wenn Sie mich fragen.« Krahwinkel gestattete sich ein maliziöses Lächeln. »Nein, was den Grafen von St. Germain und seine übersinnlichen Fähigkeiten betrifft, denke ich, dass es durchaus seine Richtigkeit hat, wenn heute nur noch eine einzige Rezeptur von all seinen angeblichen Wundermitteln erhalten ist.« Er schwieg einen Moment und holte tief Luft, um dann fast schon triumphierend und im ganzen Kirchenschiff hörbar herauszuposaunen: »St.-Germain-Tee gibt es in Eckernförde in jeder Apotheke. Es handelt sich dabei um ein Abführmittel.«

Und dann fing er lauthals an zu lachen. Ich stimmte ein, während ich mich erhob. Für mich gab es hier offensichtlich nichts mehr zu tun. Krahwinkel hatte mir alles über Juliane Schott berichtet, was er wusste. Ich musste mich nach weiteren Informationsquellen umschauen.

»Sie wollen schon gehen?«, keuchte er, als er sich von seinem Heiterkeitsausbruch erholt hatte. »Wie schade. Die Unterhaltung mit Ihnen hat mir richtig Spaß gemacht.«

»Danke, mir auch«, erwiderte ich, was durchaus stimmte.

»Wissen Sie, die meisten Menschen lassen sich gar nicht mehr auf ein richtiges Gespräch ein. Keine Zeit und kein Interesse. Als Tourist geht es ja heute nicht mehr darum, sich mit Muße eine Stadt zu erwandern und dabei anzuschauen, sondern man muss sie schaffen und abarbeiten. Schauderhaft. Manchmal habe ich das Gefühl, tatsächlich aus der Zeit gefallen zu sein. Aber ich will Sie nicht mit meinen seelischen Wehwehchen belästigen. Ich habe Ihnen nicht viel helfen können, nicht wahr?«

»Nein«, gab ich ehrlich zu. »Aber dafür können Sie ja nichts.«

Er räusperte sich und wechselte erneut unauffällig die Pobacke. Irgendetwas war da noch. Und da kam es auch schon.

»Wissen Sie, zu klatschen ist eigentlich nicht meine Art«, begann er vorsichtig. »Und ich habe bei meinen Schülern auch immer strengstens darauf geachtet, dass sie nicht …« Er verstummte.

»Ja?«, schubste ich ihn behutsam an. »Privatdetektivinnen können schweigen wie ein Grab.«

»Ein schöner Spruch, der sich allerdings auch in diesem Metier meistens als Lüge entpuppen dürfte«, lautete die trockene Antwort.

Ich schwieg. So ganz unrecht hatte er ja nicht. Krahwinkel fingerte erneut an dem Haar in seinem Mundwinkel herum.

»Also, wie gesagt, über Privates haben Juliane und ich nicht gesprochen. Ich weiß also nichts über ihre Pläne oder ihre Freunde und so. Aber ich habe sie gesehen.«

»Wo?« Ich hielt gespannt den Atem an.

»Im Kornkreis, da in Bokau. Sie haben sicher von diesem ›Wunder‹ gehört. Die Presse macht ja ordentlich Wind davon.

Na ja, das Sommerloch halt. Also, ich bin dort hingefahren, weil das im weitesten Sinn zu meinem Forschungsthema gehört. Das Spirituelle und Übersinnliche, meine ich.«

»Ja«, sagte ich und konnte meine Enttäuschung nur schlecht verhehlen. Im Kornkreis war sie gewesen. Na und? Außerdem hätte sich Krahwinkel für den Besuch dort nicht zu rechtfertigen brauchen. Ich hatte mir das Ding zu Beginn der Hysterie auch angeschaut, weil ich schlicht und ergreifend neugierig war, was die Massen anzog.

»Ich wollte kurz darauf heimfahren und hatte mich noch auf eine Bank gesetzt – sie steht direkt unter einer Weide am Rand des Feldes, falls Sie sich dort umschauen wollen –, ja also, da saß ich nun, um in Ruhe mein Brot zu essen und dabei das Ganze noch einmal auf mich wirken zu lassen. Und da hab ich sie erkannt.«

Wie schön für ihn.

»Wann war das?«, fragte ich, nur um etwas zu sagen.

Er runzelte die Stirn. »Es ist noch nicht allzu lange her. Vor ein- oder zweieinhalb Wochen vielleicht. Ja, genau, meine Frau war bei unserem Sohn zum Kaffee. Sie sollte am Abend auf unseren Enkel aufpassen. Es war alles ziemlich peinlich und unangenehm, obwohl Juliane mich nicht bemerkt hat.«

Ich horchte auf. Er fixierte eines der Gesangbücher, das in der Rückenlehne der Vorderbank klemmte.

»Was war peinlich und unangenehm, Herr Krahwinkel?«

Er verzog gequält das Gesicht. »Sie hat sich im Kornkreis mit einer Frau gestritten. Und zwar nicht etwa leise und gesittet, wie zivilisierte Menschen es zumindest in der Öffentlichkeit tun sollten, sondern in voller Lautstärke. Die beiden konnten von Glück sagen, dass nicht mehr viele Menschen dort waren. Denn sie haben sich dabei angebrüllt und gekeift wie die Fischweiber. Man kann es einfach nicht anders nennen.«

»Und worum ging es bei der Auseinandersetzung?«, fragte ich mit vor Aufregung gepresster Stimme. »Konnten Sie da etwas verstehen? Also, nicht dass Sie gelauscht haben. Ganz bestimmt nicht. Aber so, wie Sie die Szene schildern, kann Ihnen der

Streitpunkt ja eigentlich nicht entgangen sein.« Halleluja, endlich ein brauchbarer Hinweis!

Doch Krahwinkel schüttelte bedauernd den Kopf. »Es ging zweifellos um eine ganz große Sache, um alles oder nichts. Das sah man an ihren Mienen und daran, dass sie sich körperlich nichts geschenkt haben. Aber an dem Tag war es sehr windig, und außerdem wurden bei einem Neubau da nebenan Gräben ausgeschachtet und irgendwelche riesigen Löcher gebohrt. Was weiß ich, wozu. Es tut mir leid, aber zu mir sind lediglich Wortfetzen durchgedrungen.«

Mist.

»Und welche waren das?«, fragte ich entmutigt.

»Das Wort ›Schlampe‹ habe ich deutlich gehört. Und Juliane hat die andere wohl eine Lügnerin genannt. Dann verstand ich eine ganze Weile nichts. Bis ihre Gegnerin sie als blöde – Entschuldigung – Nutte beschimpfte, der sie den Tod, die Pest und die Cholera an den Hals wünsche. In der Hölle solle sie schmoren. Das war der einzige vollständige Satz, den ich mitbekommen habe. Tut mir leid. Es war nicht schön. Ich bin gegangen, als die beiden Damen anfingen, sich zu prügeln.«

FÜNF

Na, das war doch endlich mal eine Information so richtig nach meinem Geschmack. Auch ein Engelmedium säuselte im Konfliktfall also nicht von grenzenloser Liebe und kosmischem Verzeihen, sondern ging der Gegnerin ganz gepflegt an die Gurgel, wobei es wirklich höchst bedauerlich war, dass Krahwinkel Julianes Widersacherin weder kannte noch verstanden hatte, worum es bei dem Streit gegangen war.

Ob es sich vielleicht um eine unzufriedene Channel-Kundin handelte? Der Juliane ziemlichen Murks aus der Welt der Lichtwesen und Geister erzählt hatte, weil ihr göttlicher Kanal verstopft war? Hatte es sich also bei dem Fight um nichts anderes als die handfeste Form einer Beschwerde gehandelt?

Bei der Vorstellung grinste ich ganz diesseitig in mich hinein. Egal. Immerhin tat sich hier eine erste konkrete Spur auf. Kurzzeitig war ich daher am nächsten Morgen versucht, zunächst Julianes Sparringspartnerin ausfindig zu machen. Doch sollte ihre Visage vom Schott'schen Punch gezeichnet sein und sie ein oder gar zwei blaue Augen zieren, würden die auch noch morgen oder übermorgen grün und gelblich schimmern, sodass ich die Frau problemlos erkennen konnte. Nein, heute war definitiv mein Portemonnaie und somit Reinhold Schmale mit dem Giftzwerg dran.

Also packte ich Stift und Notizbuch in meinen Rucksack und wollte schon zur Tür gehen, als ich durch das Seitenfenster draußen eine Bewegung wahrnahm. Es war nur ein huschender Schatten, doch ich war gewarnt. Vorsichtig schlich ich zum Fenster und linste hinaus. Und da stand sie in voller Lebensgröße und war keineswegs tot oder zur Besinnung gekommen: Dr. Renate Wurz, meine Stalkerin, die mir bereits den ganzen Sommer vergällt hatte und offenbar dabei war, mir auch noch den Rest des Jahres zu versauen.

Merde! Dabei war die Frau keinesfalls mehr im Groupiealter und übte zudem einen bodenständigen Beruf aus, dem sie regelmäßig nachging. Sie arbeitete nämlich im Nachbardorf als Tierärztin und besaß in dieser Hinsicht einen exzellenten Ruf. Ein Hauch von Verstand musste also vorhanden sein, doch der war augenscheinlich komplett im Eimer, sobald es nicht mehr um von Koliken geplagte Stuten, hinkende Eber und depressive Hühner ging, sondern um Menschliches. Ich hatte bei meinem letzten Fall mit ihr zusammenarbeiten müssen, daher wusste ich sehr genau, wovon ich sprach.

Und natürlich trug sie in der Rechten wieder einmal einen dicken Umschlag. Ich fluchte still in mich hinein, und mein Blick blieb wieder einmal am Messer auf der Küchenarbeitsplatte hängen. Die Frau war zweifellos komplett irre! Da konnten meine Freunde behaupten, was sie wollten. Total plemplem. Und wenn ich vor die Tür trat, hatte sie mich.

Dann würde sie mich mit diesem idiotischen Lächeln anblicken, das ich mittlerweile fürchtete wie der Teufel das Weihwasser, mir das Konvolut in die Hand drücken und dabei flüstern: »Bist du so lieb, Hanna? Schau es dir doch noch einmal an, ja? Ich habe deine Ratschläge alle befolgt. Bernhard spricht jetzt viel natürlicher, und Tamara haucht nicht mehr so oft.«

Und wenn ich ihre Bitte ignorierte? Wiederholte sie die dreimal, viermal, hundertmal – oder legte eben irgendwann ihre kräftigen Hände um meinen Hals, um dem Ganzen Nachdruck zu verleihen. Ach Mist, verdammter. Dazu muss man wissen: Ihr Richard hieß Bernhard und ihre Camilla Tamara. Frau Dr. Wurz versuchte sich seit Urzeiten in romantischen Liebesgeschichten und hatte mich zu ihrer Mentorin erkoren, als sie spitzgekriegt hatte, dass ich erfolgreich als Tränenfee arbeitete.

Doch sie konnte weder mir geschweige denn Vivian La-Roche das Wasser reichen, um es ganz klar und unbescheiden zu sagen. Renatchen schrieb mit ihrem gesamten Herzblut – vielleicht waren die Storys deshalb so grottenschlecht. Unterirdisch geradezu. Keine Zeitung würde die Dinger jemals drucken, da konnte sie noch so viel dran feilen.

Anfangs hatte ich gutmütiges Schaf ihr ja noch Tipps gegeben, aber als sie dann anfing, mich voller Begeisterung für die Sache fast täglich – mehrmals! – mit ihren Ergüssen zu belämmern und aus mir quasi ihre Hauslektorin zu machen, war meine Geduld zu Ende gewesen. Ich hatte es zunächst mehrmals mit freundlichen Worten versucht, und erst als das nichts half, wurde ich grob.

Doch die Frau reagierte einfach nicht. Sie lächelte idiotisch weiter und stand mit einem dicken Packen Geschichten stets und ständig vor meiner Tür. Und nicht nur da. Das machte mir Angst. Sobald es um ihre Schmalzheimer-Leidenschaft ging, war ihr Verstand offenbar komplett hinüber. Sie träumte von einer Karriere als romantische Schriftstellerin und sah sich bereits als Rosamunde Pilcher von Bokau – wenn ich ihr anfangs nur ein bisschen half. Nö. Das tat ich nicht, da konnte sie lange warten, es dabei endgültig über den Kopf kriegen und in meinem Garten verschimmeln!

Auf leisen Sohlen schlich ich ins Badezimmer, das auf der rückwärtigen Seite meiner Villa lag, öffnete behutsam das Fenster, damit es ja nicht verräterisch knarrte, kletterte lautlos auf das Brett und sprang mit einem Satz hinaus. An meiner Haustür klopfte es.

»Hanna, bist du da?«, hörte ich Renatchen auch schon rufen.

Ganz sicher nicht, meine Liebe. Ich zog das Fenster hinter mir zu, duckte mich und eilte am Rand des Sees zum nächsten schützenden Knick, hinter dem ich mich im Bogen hinauf zum Haupthaus hangeln konnte. Auch wenn alle das mit der Wurz nur witzig fanden – es musste ein Ende haben, sonst würde Vivian auf ewig das Weite suchen und tatsächlich noch ihr Leben verlieren. Das konnten wir uns nicht leisten.

Und wenn ich einen Gerichtsbeschluss erwirkte, der der Wurz verbot, sich mir auf einhundert Meter zu nähern?, überlegte ich, während ich auf den rettenden Knick zuschnürte. Na ja, es war höchst unwahrscheinlich, dass ich den bekam. Konnte gut sein, dass der Richter das alles auch nur lustig fand. Aber das war es nicht, zumindest nicht für mich und Vivian. Außerdem ließ die Wurz mir ihre hölzernen Dramolette voller unverstandener Liebe und grenzenloser Leidenschaft dann per Mail zukommen.

Oder sollte ich vielleicht zwei, drei Geschichten ohne ihr Wissen an einen Verlag schicken, um ihr anschließend einen Strauß von Absagen präsentieren zu können? Aber unter meinem Namen? Nie im Leben. Und würde das überhaupt etwas nützen?, grübelte ich verzweifelt weiter, während ich ins Auto hechtete. Würde sie nicht eher mir die Absagen übel nehmen und entsprechend sauer reagieren? Oder sie würde mich noch mehr um Hilfe angehen, denn dass sie gänzlich von ihrem Vorhaben abließ, schien mehr als unwahrscheinlich. Sülzheimer waren nun einmal Dr. Renate Wurzens Obsession.

Ich startete hastig den Wagen und bretterte los. Es war hohe Zeit, denn ein Blick in den Rückspiegel zeigte mir, dass ich meiner Stalkerin dieses Mal nur haarscharf entronnen war. Die Wurz war bereits den Weg von meiner Villa zum Haupthaus hinaufgelaufen und starrte mir jetzt mit hochrotem Kopf, weit geöffnetem Mund und fuchtelnden Armen hinterher. Ich gab Gas.

Mein Ziel war die Steiner Steilküste, jener Tat- beziehungsweise Unglücksort, an dem Reinhold Schmale zu Tode gekommen war. Ich stellte den Wagen auf dem Großparkplatz ab, nahm den Fußweg zum Wasser und marschierte zügig Richtung Laboe. Der Blick war herrlich: Etwa zehn junge Leute übten Surfen, beobachtet von einer Schar Möwen und Enten, die ihnen von den nahen Sandbänken bei ihrem merkwürdigen Treiben zuschauten. Im Hintergrund rundete eine große Jacht mit roten Segeln das Bild ab.

Der Wanderweg war jetzt am Vormittag menschenleer. Die meisten Touristen aalten sich bei dem heißen, sonnigen Wetter am Strand und badeten oder bestaunten den Bokauer Kornkreis. Es sei gleich zu Beginn der Steilküste hinter der Treppe passiert, hatte Reinhold Schmales Frau gesagt. Am Hundestrand.

Langsam und den Blick stramm auf den Boden gerichtet, ging ich ein Stück des Pfads entlang auf der Suche nach möglicherweise verräterischen Spuren. Die nicht durch ein Geländer gesicherte Abbruchkante war fest, soweit ich es feststellen konnte, da rutschte und wackelte nichts. Und ich entdeckte auch keinen Berg von Zigarettenkippen, der anzeigte, wo ein Mörder oder der Giftzwerg auf Reinhold Schmale gewartet haben konnte. Wobei bei Letzterem natürlich die ganz große Frage war, ob man jemanden allen Ernstes umbrachte, nur weil man sich über Nutzen und Frommen dieser dusseligen Selbstoptimierungsdinger nicht einigen konnte. Das war doch im Grunde genommen Pipifax und sprengte als Mordmotiv meine Vorstellungskraft. Womit ich allerdings sofort bei der zweiten Frage landete: War es bei dem Gepöbel im Netz überhaupt allein um diese Sache gegangen, oder steckte da noch weitaus mehr dahinter?

Möglich war das, und sehr wahrscheinlich war es auch, wie etwa die Formulierung »Sozial-Idiot« sowie der Vorwurf, Schmale habe Menschen wie Wegwerfartikel behandelt, zeigten. Aber in diesem Punkt würde ich eher bei meinem anschließend geplanten Besuch in der Firma weiterkommen. Nein, hier am Tat- oder eben auch nur Unglücksort – ein korrekter verbeamteter Ermittler hätte deshalb zunächst vom juristisch neutralen »Geschehnisort« gesprochen – sah alles unschuldig und friedlich aus und so gar nicht nach Mord.

Trotzdem trabte ich pflichtbewusst mehrmals suchend hin und her, um anschließend die Treppe hinunter zum Strand zu nehmen, wo eine Dame mit Dackel sowie ein Herr mit Husky badeten. Unten im Sand nahm ich den vermutlichen Aufschlagpunkt Schmales genau unter die Lupe. Zu sehen war nichts. Ein rot-weißer Plastikfetzen flatterte an einem Büschel Strandhafer und erregte kurzzeitig meine Aufmerksamkeit. Aha. Das polizeiliche Absperrband, als sie Reinhold Schmales Leiche gefunden hatten.

Ich betrachtete es sinnend und ließ meinen Blick Zentimeter für Zentimeter die Steilküste hoch zur oberen Kante wandern. War es genau hier geschehen? Ich entdeckte keinerlei Spuren oder Auffälligkeiten. Aber das Band konnte natürlich von der eigentlichen Unfallstelle weggeweht sein, nachdem die Leiche abtransportiert worden war und die Beamten ihre Sachen zusammengepackt hatten. Ich stutzte. Unfall hatte ich automatisch gedacht. Nicht Mord.

Na ja, wenn man ehrlich war, sprach außer Bettina Schmales Unbehagen wirklich nicht viel dafür, dass jemand ihren Reinhold abgemurkst hatte. Trotz des Giftzwergs. Ich erklomm die Treppe und schlenderte zu meinem Wagen zurück. Hier kam ich nicht weiter. Ich würde also nach Hause fahren und mich zunächst kulinarisch stärken, bevor ich mich zu Schmales Firma aufmachte, sonst platzte ich denen noch in die Mittagspause. Und das schätzt niemand. Am allerwenigsten ich, denn mit leerem Magen ermittelt es sich nun einmal schlecht.

Angesichts der Tatsache, dass ich zwar Hunger, jedoch wenig Zeit hatte, holte ich ein Curry aus dem Frierer und schob es in den Ofen. Eine Mikrowelle besitze ich nicht, weil ich sie normalerweise nicht brauche. Denn ich koche bekanntlich gern. Allein oder auch in meiner »Feuer & Flamme«-Gruppe, die sich einmal im Monat trifft und es scharf und indisch mag. Aber Sauerfleisch mit Bratkartoffeln verschmähen die meisten von uns ebenfalls nicht – trotz des nicht nur am Handgelenk zunehmenden, sondern mittlerweile auch in der Küche angesagten gnadenlosen Hangs zu Gesundheit und Fitness. Und wer das nicht mitmacht, keine Gurken raspelt, Fettsäuren aus Töpfen und Pfannen verbannt oder hingebungsvoll jede Kalorie zählt, ist selbst schuld an Herzinfarkt, zu vielen Kilos, Diabetes und seinem Tod. Reinhold Schmale war bestimmt kein Gourmet gewesen, sondern so ein Müsliriegel-Freak mit Tendenz zu rechtsgedrehtem Joghurt. Wer sich pausenlos selbst vermisst, kriegt pflichtgemäß allein schon bei dem Gedanken an ein Huhn mit Fritten Pickel. Und Schlimmeres.

Während sich meine Villa mit exotischen Düften füllte, hörte ich den Anrufbeantworter ab. Eine Altherrenstimme meldete sich. Man hörte ihr an, dass der Sprecher es nicht gewohnt war, auf ein Band zu sprechen. Die Sätze schraubten sich am Ende stets in fragende Höhen. Er beziehungsweise sein Enkel Matthias würden sich für eine meiner Griechischen Landschildkröten interessieren, die ich inseriert hätte. Ob es morgen gegen siebzehn Uhr passe? Wenn er nichts von mir höre, gehe er davon aus, dass der Termin in Ordnung sei.

Ich schluckte. Ja, ich gestehe, ich hatte die Anzeige aufgegeben. Weil ich noch ein paar der kleinen Strandknacker in richtig gute Hände abgeben wollte. Denn kein Mensch sollte ein Schildkröten-Rudel auf einem Geviert von zwölf Quadratmetern halten. Logo. Trotzdem fiel es mir verdammt schwer, mich von ihnen zu trennen. Schließlich hatte ich alle vier eigenhändig ausgebrütet und ihren Lebensweg – der, zugegeben, im Wesentlichen aus nicht gerade maßlos aufregenden Aktivitäten wie Schlafen, Fressen, Pupen und Pieseln bestand – mit Sorgfalt verfolgt und begleitet.

»Ich kann nicht extra für euch einen größeren Garten anmieten«, teilte ich der unter der Wärmelampe dösenden Brut mit. »Das wäre wirklich total daneben. Und außerdem reicht dafür unser Budget nicht. Das müsst ihr doch einsehen.«

Sie taten es nicht. Das sah ich an der abwehrenden bis missmutigen Krümmung ihrer Panzer. Aber bevor wir weiter miteinander hadern konnten, klingelte mein Telefon. Mutti. Wir unterhielten uns bereits eine ganze Weile völlig entspannt, als sie ebenso locker von ihrer Arbeit im Netz für DePP erzählte – fünfzig neue Mitglieder hatte Margas Plakataktion an der Kieler Förde in den letzten zwei Wochen gebracht – und von der Crowdfunding-Operation für den Trawler, die sehr gut anlaufe.

»Trawler? Crowdfunding-Operation?«, echote ich ahnungslos.

»Schwarmfinanzierung«, erklärte Mutti so trocken wie ein Anlageberater der Deutschen Bank, kurz bevor das Geld futsch ist. »Damit kommt man über das Netz an Kapital für Projekte ran. Jeder kann sich mit einer gewissen Summe beteiligen und –«

»Moment mal«, unterbrach ich sie. »Ihr sammelt also für ein Schiff Knete im Internet. Habe ich das richtig verstanden?«

»Für einen Trawler, ja. Das ist einfach genial, sage ich dir. Ich habe mich schlaugemacht. Du benötigst dafür lediglich eine

Mindestkapitalmenge, dann stellst du die Sache im Netz vor, und jeder –«

»Mutti!«, donnerte ich. Mir schwante nämlich etwas. Bei Marga lagerte keine Million unter dem Kopfkissen, Theo hatte vielleicht ein paar Kröten auf der Bank, aber Krischan war so notorisch pleite wie ein Zocker. Und Dieter Degenhardt besaß zwar eine sprudelnde Geldquelle im Hintergrund, aber er war auch Vater von fünf Kindern und Alleinverdiener. Von dem kam also ebenfalls nichts.

»Kind, nun reg dich doch nicht gleich wieder so auf.«

Ich regte mich nicht auf. Ich war stinksauer!

»Woher stammt diese Mindestkapitalmenge, Mutti?«

»Also, das willst du gar nicht so genau wissen«, wich sie aus.

»Traute!«, blökte ich sie an. »Spuck's aus.« Sprach man so mit seiner Mutter? Nein, tat man nicht. Doch mir war es egal.

»Na ja, ich habe unser Haus ein bisschen beliehen. Es ist nur für den Anfang und doch für einen guten Zweck. Du brauchst dir keine Sorgen zu machen.« Keine Sorgen, pah! Vor meinem geistigen Auge sah ich meine Eltern bereits mit Sack und Pack ausziehen und ihre weißen Häupter unter der nächsten Brücke betten. Oder vor meiner Tür stehen …!

»Weiß Papa davon?«

»So ganz grob, doch, natürlich. Er musste ja mit unterschreiben. Das Haus geht auf unser beider Namen.«

Dazu muss man wissen, dass mein Vater sich noch nie für Finanzdinge interessiert hat. Noch nie. Er vertraute seiner Traute. Und wenn sie ihm sagte, dass sei schon in Ordnung, nickte er, setzte seinen Wilhelm darunter und zog seiner Wege. Ach verflucht, wenn Marga zur Stelle gewesen wäre, hätte ich ihr eine gescheuert.

»Deine Freundin hat mir nichts von eurer neuen Aktion oder Operation gesagt«, bemerkte ich anzüglich. Natürlich nicht. Weil sie genau wusste, dass ich dazwischengegrätscht wäre.

»Nicht?«, klang es unschuldig aus dem Hörer. »Vielleicht hat sie es vergessen.«

Haha.

»Mutti«, sagte ich mühsam beherrscht, denn sie hatte ja nicht nur Haus und Hof verpfändet, sondern wir hatten auch schon Marga-Aktionen durchgezogen, die ohne Wenn und Aber in die Hose gegangen waren. »Was plant ihr? Was wollt ihr ausgerechnet mit einem Trawler?«

»Müll sammeln«, kam prompt die Antwort. »Marga meint, bei fast dreizehn Millionen Tonnen Kunststoffen im Jahr, die der Mensch ins Meer schmeißt, muss sofort etwas geschehen. DePP reicht da nicht. Das dauert alles zu lange. Deshalb fahren wir jetzt zweigleisig.«

»Mit dem Trawler.«

»Und der Partei.«

Sie klang so zufrieden wie schon lange nicht mehr. Einen winzigen Moment zögerte ich. Die Rolle der Vernünftigen lag mir zwar, aber ich sah durchaus, was das Engagement bei meiner Mutter, die jahrelang ihr Dasein mit Häkeln, Kochen und Einkaufen verbracht hatte, bewirkte: Leben.

»Marga kann so einen Trawler aber mit ihrem Führerschein nicht steuern«, wandte ich schließlich lahm ein.

Meine Freundin hatte letztes Jahr den Sportbootführerschein See gemacht. Die dreieffige »Seeschifffahrtsstraßen-Ordnung« war mir aus gewissen Gründen immer noch lebhaft im Gedächtnis.

»Das wissen wir, Kind. Wir sind weder senil noch total vertrottelt.« Mutti klang leicht beleidigt. »Nein, wir gehen das Problem künftig gleichzeitig politisch *und* praktisch an. Das ist ein ganz neuer Ansatz, von dem die Altparteien durchaus lernen könnten, wenn sie denn wollten.«

Das war ja alles schön und gut. Trotzdem bereitete mir das Ganze Unbehagen, weil es einfach eine Nummer zu groß für zwei ältere Damen war. Denn die Männer, wie etwa Theo oder Krischan, mal ganz abgesehen von Dieter Degenhardt, waren in diesem Fall nur Quotenjungs. Ich kannte doch meine Freundin Marga sowie meine Mutter! Rücksichtslos brachte ich die Sache auf einen anderen Punkt.

»Gib es zu, Marga braucht einfach Action. Nur pausenlos

DePP zu organisieren und Sitzungen abzuhalten, von denen der Hintern immer breiter wird, und ansonsten mit einem Plakat in der Luft herumzuwedeln reicht ihr nicht.« Meine Mutter widersprach nicht, was ich ihr hoch anrechnete. »Und wie stellt ihr euch das Ganze überhaupt vor?«

»Och, wenn wir den Trawler gekauft haben, heuern wir eine Mannschaft an. Das Schiff werden wir übrigens DePP nennen, wie findest du das? Von wegen zweigleisig und so, haben wir uns gedacht. Und dieses Schiff fährt dann zu den Müll-Hotspots der Meere, wo unsere Taucher ihn rausholen.«

Mannomann, da konnten wir ja locker noch einmal ein Miliönchen auf die ursprüngliche Summe draufpacken. Ob die Nachrichten über die stets im mehrstelligen Millionenbereich liegenden Boni der Banker oder die Gehälter und Transfersummen in der Fußball-Bundesliga die Maßstäbe des normalen Bundesbürgers mittlerweile derart verschoben haben? Dass der jetzt auch schon anfängt, nur noch großzügig in Zahlen ab sechs Nullen zu denken und alle Summen darunter für Peanuts hält?

»Das Schiff, die Mannschaft, die Taucher«, zählte ich langsam auf. »Das kostet Unsummen.«

»Das wissen wir.« Mutti klang so geduldig, dass ich mir vorkam wie ein quengeliges Kleinkind. »Deshalb veranstalten wir ja auch das Crowdfunding. Ich bin auf die Idee gekommen, Marga fand sie sofort spitze. Weißt du, ich denke nämlich, man muss einfach mit der Zeit gehen. Die bietet so viele neue Möglichkeiten.«

»Wie viel Geld habt ihr denn schon?«, erkundigte ich mich misstrauisch. Zwei Euro fuffzig?

»Das darf ich dir nicht sagen, das ist ein Betriebsgeheimnis. Das weiß nur der Vorstand von DePP. Es ist eine gute Sache, Hanna«, fuhr Mutti eindringlich fort. »Stell dir doch einmal vor, so viel, wie fünftausend Blauwale wiegen, wird jährlich allein an Plastik in die Meere geworfen oder gespült, hat Greenpeace errechnet. Fünftausend Blauwale. Und niemand unternimmt etwas.«

Das war schlimm, ja. Trotzdem wurde mir immer mulmiger

bei dem Gedanken, was sich meine Mutter und meine Freundin damit aufhalsten. An Schulden, das war das eine, aber auch sonst.

»Also ich weiß nicht …«, begann ich zögernd.

»Aber ich weiß, was ich tue«, unterbrach meine Mutter mich streng. »Und Marga auch. Keine Sorge. Unser Vorbild ist der verstorbene Rupert Neudeck. Der von der Cap Anamur, mit der er damals die Boat People vor Vietnam aus dem Wasser gefischt hat. Der hat auch nicht lange geredet, sondern gemacht, was nötig war.« Punkt und basta hieß das, und zwar als großes rotes Warnschild, auf dem stand »Bis hierhin und keinen Schritt weiter«, wie ich aus Kinderzeiten wusste.

Wir wechselten hastig das Thema. Allzu belastbar war unser gutes Verhältnis noch lange nicht, und wir wollten beide nicht in die Jahre der Sprachlosigkeit zurückfallen. Außerdem musste ich die Neuigkeiten erst einmal verdauen. Also fragte sie mich nach meinen neuesten Fällen, und ich berichtete ihr brav.

»Kornkreise? Esoteriker?«, fragte Mutti zweifelnd, als ich geendet hatte. »Wie Dorle Bruhaupt?«

»Noch ein bisschen schlimmer, fürchte ich.«

»Ach Gott, Kind, sei bloß vorsichtig. Da weiß man nie.«

»Die sind nicht direkt gefährlich«, beruhigte ich sie.

Ihre Reaktion tat mir gut, weil sie aus tiefstem Herzen kam. Denn Dorle war in der Zeit der erwähnten Sprachlosigkeit unser einziges Gesprächsthema gewesen. Die Frau hatte alles ausprobiert: vom heimischen, in Vaters Wursterei arbeitenden Schlachtersohn – sie war Vegetarierin, die Verlobung hielt nicht lange – über mehrere angebrochene Studienversuche bis hin zum polynesischen Schamanen zwecks Bewusstseinserweiterung. Ich war mit ihr zur Grundschule gegangen.

Mutti und ich verabschiedeten uns friedlich voneinander, dann tischte ich mein Curry auf und löffelte es wegen der Neuigkeiten etwas geistesabwesend. Crowdfunding, Herr im Himmel! Was mein Vater zu all dem wohl sagen würde, wenn er wüsste, was seine Traute ihm da untergeschoben hatte? Sollte ich ihm vielleicht reinen Wein einschenken? Nein, entschied ich spontan. Im Kern war das ganz allein die Sache meiner Eltern.

Ich hingegen war für meine Freundin Marga zuständig – die ich mir bei der nächsten Gelegenheit vorknöpfen würde. Aber hundertprozentig. Ich schob mir den letzten Bissen in den Mund und kaute genüsslich. Doch, ja, außerordentlich lecker. Wir Feuer & Flämmler hatten kulinarisch wirklich etwas auf dem Kasten.

Gegen halb zwei war ich abmarschbereit. Wie ich herausgefunden hatte, saßen Beckmann & Driller in Lütjenburg, was hier in der Gegend von den meisten Menschen norddeutschländlich »Lüttschenburch« ausgesprochen wird. Es ist ein kleines Städtchen mit bummeligen fünftausend Einwohnern, liegt am Rande der Probstei und kann sich mit einem schnuckeligen Fachwerkhaus aus dem Jahr 1576 schmücken, das zwar Färberhaus heißt, aber niemals eines war. Heute dient es als Standesamt. Kurzum, früher hätte ich nicht ausgerechnet dort den Sitz einer weltweit agierenden Firma wie Reinhold Schmales Arbeitgeber vermutet. Inzwischen und einen Fall weiter war ich schlauer. Denn ausgerechnet der allseits bekannte Waffengigant Sig Sauer sitzt in Eckernförde. Und die Stadt punktet ebenfalls nicht unbedingt mit Großstadtflair. Kleinstadt und Großunternehmen passen also durchaus wunderbar zusammen.

Vorsichtig wie ein Indianer auf Kriegspfad schlich ich zu meinem Wagen – vielleicht wartete die Wurz ja am Haupthaus auf mich, um mir mit vorgehaltenem Klistier ihre neuesten Ergüsse in die Hand zu drücken – und schob mich, als nichts geschah, auf Bokaus Hauptstraße im Schritttempo durch fröhlich trommelnde, singende und Selfies schießende Kornkreisenthusiasten. Danach staute es nur noch ein bisschen direkt vor den Toren Lütjenburgs, nämlich vor dem Abzweiger zur mittelalterlichen Turmhügelburg und dem dahinter liegenden Eiszeitmuseum. Ansonsten hatte ich freie Fahrt.

Das Ingenieurbüro Beckmann & Driller residierte im Übergang zwischen Amakermarkt und Markttwiete, einem Gässchen, das direkt links neben dem Färberhaus vom Marktplatz abging. Ich fand die angegebene Adresse ohne Probleme und nahm mir deshalb noch die Zeit, zuvor einen kurzen Blick auf den marktplätzlichen Brunnen mit einem Pickelhauben-Typ zu werfen. Wofür der wohl da stand? Ich äugte genauer hin.

Im 19. Jahrhundert gab es bekanntlich noch kein Internet. Nirgendwo. Und Fernsehen und Radio auch nicht. Nur Zeitungen. Also könnte es sich – so weit reichten meine schwachen historischen Kenntnisse noch – um einen Stadtausrufer handeln, der die Bürger Lütjenburgs mit den neuesten Nachrichten über Kaiser, Volk und Vaterland oder den letzten Hühnerdiebstahl in der Markttwiete versorgte. Auf jeden Fall, so beschloss ich spontan, würde die Firma Hemlokk ihren nächsten Betriebsausflug nach Lütjenburg unternehmen, um sich das Städtchen einmal genauer und vor allen Dingen in Ruhe anzuschauen. Es schien sich zu lohnen. Jetzt fehlte mir einfach die Muße.

Ich hatte mich bewusst nicht bei Reinhold Schmales ehemaligem Arbeitgeber angemeldet, um das Überraschungsmoment auszunutzen. Sonst würden bei meinem Erscheinen bereits Kaffee und Plätzchen parat stehen, und der vorgefertigte Text – »zweifelsohne höchst bedauerlich«, »sicher ein Unfall«, »auch die Polizei der Meinung«, »arme Ehefrau«, »kommt offenbar mit seinem Tod nicht zurecht«, »ein äußerst verdienstvoller Mitarbeiter« – läge fertig zum Ablesen in der Schublade. Und tschüss. Aber genau das wollte ich vermeiden.

»Ja bitte? Was kann ich für Sie tun?«

Sie stand kurz vor der Pensionierung und hatte etwas von einem Wiedehopf. Ihre grauen Haare waren zwar kurz geschnitten, doch ihren Schädel zierte eine Art Hahnenkamm, der ungebändigt abstand. Und sie hatte die fleischigste Nase, die ich je bei einer Frau gesehen hatte. Mit anderen Worten: Dem klassischen ebenmäßigen Schönheitsideal der heutigen Zeit entsprach sie nicht, wobei ich sie merkwürdigerweise nicht als direkt hässlich empfand, sondern lediglich als anders. Zweifellos war diese Dame mit dem abwartenden Gesichtsausdruck jedoch eine alte Kriegerin, die keiner Abwehrschlacht am Empfangstresen aus dem Weg ging und bei der ich mit konventionellen Fragemethoden keinen Blumentopf gewinnen würde.

»Reinhold Schmale«, raunte ich daher, während ich mich zu ihrem rechten Ohr hinabbeugte. »War der Mann auch Ihrer Meinung nach ein Sozial-Idiot und grandioses Arschloch?«

Ihre Atmung geriet bei meinen Worten hörbar aus dem Takt. Bingo. Gut gemacht, Hemlokk.

»Wer sind Sie?«

»Erst sind Sie dran«, erwiderte ich und zuckte dabei nicht mit der Wimper. Ich war von mir selbst schwer beeindruckt. Cool und clever, ganz wie es sich für ein toughes Private Eye von meinem Kaliber gehörte.

Sie begann an ihrer Innenwange zu saugen. Ich nahm das als gutes Zeichen. Ihr Interesse war eindeutig geweckt, sonst hätte ich bereits eine Abfuhr kassiert. Mir war auch durchaus klar, woran das lag, denn in den allermeisten Fällen kam als Begrüßung bestimmt nicht mehr als ein: »Guten Tag, ich hab eine Verabredung mit Ihrem Chef.«

»Und nur mal angenommen, ich würde Ihnen bestätigen, dass Ihre Charakterisierung des Herrn Schmale noch leicht untertrieben ist, verraten Sie mir dann, wer Sie sind?«

Wir kamen also ins Geschäft.

»Aber immer«, sagte ich herzlich und lächelte sie an. »Hanna Hemlokk ist mein Name. Ich bin Privatdetektivin.«

In ihren Augen blitzte etwas auf, was nichts mit Vivians Camilla und ihrer Richard-Sehnsucht zu tun hatte. Es war die schiere Neugier.

»Und weshalb interessieren Sie sich für den Mann? Er ist tot.«

»Genau.«

»Aber es war ein Unfall.«

»Meint die Polizei.«

»Und wer behauptet etwas anderes?«

»Seine Frau.«

Aus dem Büro in ihrem Rücken ertönte lautes Lachen. Männlich wie weiblich. Die Runde schien sich prächtig zu amüsieren.

»Tatsächlich«, sagte sie nachdenklich, um plötzlich scharf in Richtung Boden zu rufen: »Nein, Seppl.«

Das galt der auf einer Decke im hinteren Teil des Büros lagernden hochbetagten Dackelwurst, die Anstalten machte, sich zu erheben. Nach dem Kommando sank sie jedoch heftig atmend auf ihr Plumeau zurück, blinzelte kurz in meine Richtung und schloss seufzend wieder die Augen.

»Schlaf schön weiter, Seppl«, sagte ich freundlich. Und zu meinem Gegenüber: »Es scheint Sie zu wundern, dass ich den Auftrag ausgerechnet von Bettina Schmale erhalten habe. Hätten Sie eher erwartet, dass sie sich einen Champagner aufmacht, als sie hörte, dass er tot ist?«

»Keine Ahnung«, beschied sie mich kühl. Das war offenbar eine Idee zu forsch gewesen. »Herrn Schmales Privatleben ging mich selbstverständlich nichts an.«

»Selbstverständlich nicht«, ahmte ich ihren Tonfall nach. »Aber eine Meinung haben Sie doch dazu, oder irre ich mich?«

»Hab ich, ja«, gab sie kämpferisch zurück. »Sie spielte die treu sorgende Gattin und war immer für ihn da. Er wollte das so. Na ja, sie wahrscheinlich auch.«

Ich beugte mich erneut vor. »Sie meinen, wenn er müde von der Arbeit nach Hause kam, hatte er es gern, wenn seine Frau ihn mit einer warmen Mahlzeit und einer leidenschaftlichen Umarmung im schmucken Heim empfing?«

Ihre Mundwinkel verzogen sich. Es hätte ein Lächeln sein können, wenn sie sich noch ein bisschen mehr Mühe gegeben hätte.

»So in etwa. Nur mit der Leidenschaft hatte es der Mann bestimmt nicht. Das hätte seinem Naturell völlig widersprochen. Gegen den war nämlich jede Hundeschnauze ein echtes Wärmekissen. Fragen Sie Seppl. Nein, der Sex-Fahrplan war bestimmt wie alles andere im Hause Schmale genauestens geregelt. Samstagnacht um halb elf sowie Mittwochabend nach dem Essen.«

»Sie mochten ihn nicht«, stellte ich messerscharf fest.

Sie lachte.

»Umgekehrt wird ein Schuh draus: Wer mochte den Mann überhaupt? Aber ich verstehe das alles nicht. Weshalb sollen Sie ermitteln? Es war ein Unfall. Daran gibt es doch laut Polizei überhaupt nichts zu bezweifeln.« Sprach's, schnappte sich einen Kugelschreiber und begann, die Mine raus und rein zu klicken. Raus und rein. Raus und rein. Raus und rein. Seltsam. Als sie meinen Blick bemerkte, legte sie den Kuli rasch zur Seite. »Oder kann Bettina sich etwa nicht mit seinem Tod abfinden?«

»Ja, so scheint es zu sein«, stimmte ich ihr zu. »Hören Sie, ich bräuchte dringend eine unabhängige Einschätzung von Reinhold Schmales Persönlichkeit. Um überhaupt erst einmal ein Gefühl für den Mann zu bekommen, verstehen Sie?«

»Aber nicht hier«, lautete die hoffnungsvolle Antwort. »Ich habe um halb fünf Feierabend.«

»Perfekt. Ich lade Sie ein. Treffen wir uns doch … wo wollen Sie hin?«

Sie hatte mir den Namen eines Cafés am Markt genannt und kam pünktlich. Seppl verschwand ohne zu zögern nach Luft japsend unter unserem Tisch, ließ einen Stinker fahren und fing an zu schnarchen. Wir bestellten eine Kanne Kaffee und zwei Stück Himbeertorte mit Sahne.

»Also«, begann sie, nachdem wir mit allem versorgt waren und die Bedienung meine Zeugin mit einem freundlichen »Moin, Fru Becker« begrüßt hatte, »erst einmal muss ich Ihre Zusicherung haben, dass keine Information über Schmale von mir stammt. Ich kenne Sie überhaupt nicht, wenn es darauf ankommt, habe Sie nie gesehen!«

Was schwierig werden würde, da wir hier in aller Öffentlichkeit und unter den Augen von mindestens zehn Zeuginnen saßen, die uns zum Teil neugierig beäugten. Aber wenn es sie beruhigte …

»Die haben Sie«, versicherte ich feierlich. »Mir geht es auch eher um Hintergrundinformationen. Denn noch stochere ich ziemlich im Nebel, um ehrlich zu sein.« Dass sich dieser Nebel auch auf die Motive von Bettina bezog, verschwieg ich. Das ging Fru Becker nichts an. Stattdessen warf ich ihr über den Rand meiner Kaffeetasse einen bedeutungsschwangeren Blick zu. »Sie ließen bereits durchblicken, was Reinhold Schmale für ein Mensch war.«

»Ein kaltherziger Mistkerl«, bestätigte sie mit Nachdruck.

»Dann besaßen doch bestimmt ganz viele Leute ein Motiv, ihm die Krätze an den Hals zu wünschen.« Ich hatte es eher als Lockerungsübung zu Gesprächsbeginn gemeint, doch ihre Reaktion war unzweideutig.

»Viele?« Energisch schob sie sich den ersten Bissen Himbeertorte zwischen die Zähne und zermalmte ihn so kraftvoll, dass ich die Kerne knacken hörte. »Alle besaßen wir eines. Der Mann war ein Leuteschinder und gnadenloser Faktenhuber. Ein Erbsenzähler der schlimmsten Sorte. Wer auch nur eine Zehntelsekunde zu spät kam, kriegte sofort einen Anschiss. Und was für einen. Seine Sekretärin ist zum Beispiel alleinerziehend. Manchmal werden Kinder eben plötzlich krank oder trödeln herum oder machen sonst was, was nicht in den genauen Ablaufplan eines Herrn Schmale passte. Es sind eben Kinder und keine Automaten, die man nach Belieben programmieren kann. Das arme Mädchen hat mir immer nur leidgetan. Kein privates Wort, nur Gebrülle und Gedrohe. Länger als ein halbes Jahr hat es niemand bei ihm ausgehalten. Und wenn Gesa manches nicht genau, und damit meine ich *genauestens* erledigte, hat er sie in einer Art und Weise vor versammelter Mannschaft niedergemacht, die einfach nur widerlich war. Abstoßend. Ich bin froh, dass dieser Mensch tot ist.«

Wieder knackte es geradezu furchteinflößend, als der nächste Happs Torte in ihrem Mund verschwand.

»Das ist eine klare Aussage«, bemerkte ich trocken.

Seppl furzte. Es stank, was die Aufmerksamkeit des Pudels eines soeben das Café betretenden Ehepaares auf ihn lenkte. Er begann hysterisch zu kläffen, der Mann redete wortgewaltig auf ihn ein, Seppl knurrte, furzte wieder, und der Pudel kriegte es endgültig über den durchgestylten Kopf. Es dauerte mehrere Minuten und kostete eine Handvoll Hundedrops, bis der Kläffer endlich still unter dem Tisch verschwand. Seine Besitzer lächelten voller Stolz über ihre lautstarke Töle in die Runde.

»Entschuldigung«, sagte Fru Becker. »Seppl ist nicht mehr der Jüngste. Ich kann ihn einfach nicht allein lassen. Wissen Sie, ich erzähle Ihnen das auch alles nur so offen, weil der Schmale eben durch einen Unfall gestorben ist, wie die Polizei ja eindeutig festgestellt hat.« Ja doch, Mädel! »Und ich halte nichts davon, über die Toten stets nur Gutes zu äußern, wenn sie in Wahrheit richtige Ekelpakete waren und anderen das Leben zur Hölle gemacht haben. Gesas Kinder hat er als völlig überflüssiges Kroppzeug beschimpft. Nein, der Mann war einfach garstig.« Mit einem Klirren stellte Fru Becker ihre Tasse auf den Unterteller. »Ich kam ja einigermaßen mit ihm zurecht, weil ich ihm von Anfang an Paroli geboten habe. Aber sobald er Schwäche witterte, hat er gnadenlos getreten. Kennen Sie solche Typen?«

»Ja«, sagte ich und erinnerte mich an einen Professor im Studium. Dessen niedere Instinkte konnte man auch nur in Schach halten, wenn man ihm zu verstehen gab, dass man sich wehren würde.

»Wie heißt denn seine Sekretärin?« Ich ließ es ganz unschuldig klingen.

»Gesa.«

Seppls Frauchen presste unvermutet die Lippen aufeinander, auf dass ihnen kein weiterer Ton entwich. Von so etwas lässt sich eine coole Privatdetektivin jedoch selbstverständlich nicht beeindrucken.

»Und ihr Nachname?«

»Aber Gesa hätte nie … also dafür lege ich meine Hand ins Feuer. Und außerdem war es doch ein Unfall«, wiederholte sie nun bereits zum dritten Mal. Was für eine völlig unschuldige Person ziemlich oft war, wie ich fand.

»Genau deshalb können Sie mir Gesas Nachnamen ja auch verraten, Frau Becker«, wandte ich sehr vernünftig ein. »Außerdem bekomme ich den problemlos auch so heraus. Das können Sie mir glauben.«

Sie zögerte, überlegte und kam offensichtlich zu dem Schluss, dass ich recht hatte. »Strehlau. Aber das Mädchen würde niemals … also, da hätte ich schon eher …«

»Ja?«, ermunterte ich sie mit butterweicher Stimme.

Die Becker stöhnte.

»Oh Gott, was mache ich hier eigentlich? Ich schwärze ja einen nach dem anderen an.«

Unter unserem Tisch fing es an zu beben. Ich lupfte die Decke. Seppl fiepte und ruderte mit den Beinen. Er träumte. Wahrscheinlich von einer rattenscharfen Verfolgungsjagd, als die Gelenke noch nicht knackten und das Atmen auch im Galopp ein Leichtes war.

»So würde ich das nicht sehen«, widersprach ich und ließ den Tischdeckenzipfel fallen. »Sie helfen mir und möglicherweise der Wahrheit zum Durchbruch.«

Sie war nicht dumm.

»Reden Sie keinen Unsinn! Ich habe mich hier in eine unmögliche Situation hineinmanövriert.« Sie stand auf. »Ich mag Sie, verstehen Sie mich nicht falsch. Aber so geht das nicht.«

Seppl hörte abrupt mit der Luftrennerei auf, seufzte, als er die Unruhe seines Frauchens spürte, und machte Anstalten, sich ächzend hochzuwuchten.

»Nein«, sagte ich zu ihm. »Noch nicht. Träum schön weiter, Seppl. Und Sie, Frau Becker, setzen sich bitte wieder.« Immerhin, sie zögerte. Da half nur noch ein Schnellschuss. »Der Giftzwerg – sagt der Ihnen etwas?«

In Sekundenbruchteilen wechselte ihre Gesichtsfarbe wie bei einem Chamäleon. Von rosig zu bleich und umgekehrt. Guck an.

»Der was?«, fragte sie jedoch scheinbar verblüfft und sank wieder auf ihren Sitz. Filmreif, wirklich. Aber nicht sehr überzeugend. »Nie gehört. Wer oder was soll das denn sein?«

Drei Frauen mittleren Alters enterten schnatternd das Café, maßen alle anderen anwesenden Damen von oben bis unten mit diesem typisch weiblichen Konkurrentin-Einschätzungsblick, entschieden, dass wir allesamt harmlos waren, und verzogen sich mit ihren Tüten an den entgegengesetzten Ecktisch. Shopping Queens eindeutig, die sich schwerpunktmäßig über Männer, Mode und Magersucht austauschten.

»Jemand hat Reinhold Schmale im Internet beschimpft und bedroht, und zwar noch einen Tag vor seinem Tod«, erklärte ich.

»Giftzwerg nannte er sich. Er hat Schmale einen Genickbruch an den Hals gewünscht.«

Fru Becker starrte mich an, während die drei Damen über irgendetwas in schrilles Gelächter ausbrachen.

»Daran ist der Schmale doch gestorben, oder?« Ich gab keine Antwort. Es war eine rhetorische Frage. Sie wusste es genau. »Nein, ich habe keine Ahnung, wer sich hinter diesem Zwerg verbirgt. Ich bin es jedenfalls nicht.«

Haha, wer's glaubt. Ich hätte nicht gedacht, dass ich dieses Rätsel so schnell knacken würde. Der Giftzwerg war Fru Becker, eindeutig. Aber hatte sie möglicherweise auch Hand an Schmale gelegt? Nein, dafür sprach nichts. Ich beschloss, sie zum jetzigen Zeitpunkt nicht weiter in Verlegenheit zu bringen. Die endgültige Enttarnung des Zwergs konnte warten. Außerdem musste ich ihr noch eine Information entlocken.

»Wen wollten Sie vorhin noch erwähnen, Frau Becker? Sie behaupteten, Sie würden Gesa Strehlau keinen Mord zutrauen, aber einem anderen schon. Wer ist das?« Es brachte nichts mehr, um den heißen Brei herumzureden. Denn meine Zeit lief ab.

»Es war doch ein Unfall«, wiederholte Fru Becker ihr Mantra und wirkte regelrecht verstört. »Das sagen alle. Auch die Polizei. Und die muss es schließlich wissen.«

»Und es spricht auch vieles dafür«, versuchte ich sie zu beruhigen. »Aber ein Rest von Zweifel bleibt eben immer. Zumindest Schmales Frau scheint sich nicht ganz sicher zu sein. Geben Sie mir und ihr doch die Möglichkeit, absolute Gewissheit zu erlangen«, appellierte ich an ihr Mitgefühl. »Er war ihr langjähriger Lebenspartner. Sie waren etliche Jahre verheiratet. Wenn sie diese Sicherheit hätte, könnte sie sich vielleicht noch einmal in einen anderen Mann verlieben und ein neues Leben anfangen.«

»Schmale war ein echtes Charakterschwein«, flüsterte Fru Becker. »Ein Tyrann und fieser Kerl …«

»Auch wenn er ein mieser Typ und ein Sozial-Idiot war«, ich konnte es mir einfach nicht verkneifen, »hat niemand das Recht, ihn in Stein von der Steilküste zu stürzen. Niemand«, wiederholte ich mit fester Stimme.

Der Pudel fing erneut an zu kläffen und zu schnappen, als die Bedienung Kuchen und Tortenstücke auf den Tisch pfefferte, um möglichst rasch ihre Waden in Sicherheit zu bringen. Sein Frauchen lachte amüsiert, sein Herrchen belohnte ihn mit einem Hundedrops.

»Bodo«, flüsterte Fru Becker und knetete ihre Hände. »Bodo Orb habe ich gemeint. Er war Schmales Assistent, bis der ihn wegen einer absoluten Nichtigkeit entlassen hat. Der Mann ist noch nicht einmal dreißig und seitdem arbeitslos.«

SECHS

»Camilla, du meine Perle«, orgelte Richard mit brechender Stimme. »Du bist mein Augenstern, mein Ein und Alles, mein Leben und ein absolut irrer Käfer. Ich bitte dich, lass mich nicht im Regen stehen.« Sein markant-männliches Antlitz war grünlich-grau vor Qual, sodass es ihr schier das Herz zerfetzte. »Ich habe gefehlt, mea culpa, ich weiß es und bereue zutiefst. Ich war ein eitler, maßloser, blöder Egoist und habe dich verletzt und –«

»Schscht, Geliebter«, gurrte Camilla mit Tränen in den haselnussbraunen Augen, während sie sich an seine aufgepumpte nackte Brust schmiegte. »Es ist nichts. Was zwischen uns war, ist vergessen. Ich bin für immer dein, und du bist mein.« Und dann reckte sie sich und streckte ihm ihre wohlgeschwungenen Lippen zum Kusse entgegen.

Ich hätte es wissen müssen, die verrückte Wurz lag einfach wie Blei auf meiner Seele, trotzdem hatte ich mich nach dem Frühstück mit dem Mut der Verzweiflung hingesetzt und wieder einmal versucht zu schmalzen. Das war das Ergebnis, ein Sülzheimer von wahrhaft Wurz'schem Format. Am liebsten hätte ich mit der Stirn die Tastatur malträtiert. Meine Agentin würde vor Schreck jodeln, wenn sie das las. Nein, ich, Hanna Hemlokk, konnte es einfach nicht.

»Vivian, du Miststück«, knurrte ich entnervt. »Ich habe zwei Fälle an der Backe, Mensch. Nun hör endlich auf, herumzuzicken, und verdien uns ein paar Brötchen.«

Doch die dumme Tucke antwortete nicht. Resigniert beförderte ich den Computer in die Wartestellung. Dann würde ich eben Reinhold Schmales Sekretärin anrufen, um mit ihr ein bisschen über ihren fiesen toten Chef zu plaudern.

Und ich hatte Glück. Gesa Strehlau war zu Hause.

»Herr Schmale?«, sagte sie jedoch dermaßen vorsichtig, als ich ihr mein Anliegen geschildert hatte, dass ich sofort Lunte roch. »Ja, das war sehr tragisch, das Ganze. Mit seinem Tod, meine ich.« Pause. Und dann: »Er war ein feiner Mensch.«

Hört, hört.

»Frau Becker hat Sie angerufen und vor mir gewarnt, stimmt's?«, stellte ich resigniert fest.

»Ja«, erklärte Gesa Strehlau ganz offen.

Im Hintergrund fing ein Kleinkind an zu plärren. Es tönte nur ein wenig, doch es war sonnenklar, dass die Laute bald in ein ordentliches Gebrüll übergehen würden.

»Und deshalb werden Sie mir nichts über Ihren ehemaligen Chef erzählen, nehme ich an?«

Voller Frust fing ich an, mit dem kleinen Finger in den Ringeln der Telefonschnur zu pulen. Das tat gut. Vielleicht hatte das Drahtlose aus diesem banalen Grund bei mir immer noch nicht Einzug gehalten.

»Weil es nichts zu erzählen gibt«, bekräftigte die Strehlau schnell. »Gar nichts.«

»Das habe ich von Frau Becker aber anders gehört.«

Sie ging überhaupt nicht auf meinen Einwand ein, sondern erklärte stattdessen allen Ernstes, während das Plärren im Hintergrund jetzt deutlich an Lautstärke zunahm: »Herr Schmale war ein wunderbarer Chef und ein wunderbarer Mensch. Wir kamen wunderbar miteinander aus.«

Ach nee. Ich durchbohrte drei Ringel auf einmal. Ein neuer Rekord.

»Das sind ein bisschen viele Wunder für meinen Geschmack, Frau Strehlau.« Zugegeben, es war ein schwacher Versuch, sie doch noch aus der Reserve zu locken. Und er fruchtete auch nicht.

»Aber so ist es nun einmal. Sei bitte ein bisschen ruhiger, Benni. Mama telefoniert.«

Doch Benni dachte nicht daran, sein Gekreische zu dämpfen beziehungsweise einzustellen. Im Gegenteil. Ich hörte ihn richtig Luft holen, um eine neue Salve loszulassen. Doch so leicht lässt sich eine Hanna Hemlokk nicht aus dem Konzept bringen.

»Wussten Sie, dass Frau Becker Herrn Schmale im Netz angepöbelt und bedroht hat?«, schrie ich in die Muschel. »Sie nannte sich Giftzwerg. Und sie hat ihm den Tod gewünscht.«

Stille. Sowohl Mama als auch Benni hatte irgendjemand oder irgendetwas ausgeknipst. Total.

»Was?«, ächzte Gesa Strehlau nach gefühlten fünfzehn Minuten. »Was haben Sie da gesagt?«

»Giftzwerg«, wiederholte ich. »So nannte –«

»Oh Gott. Ach du lieber Himmel«, stammelte sie.

Na also, endlich bewegte sich doch noch was. Jedoch leider nicht so, wie ich es mir erhoffte.

»Tut mir leid. Entschuldigen Sie mich bitte«, schrie sie nämlich so plötzlich in den Hörer, dass mein Trommelfell flatterte wie ein Unterhemd im Sommerwind. »Ich habe alles gesagt, was ich weiß. Nun muss ich den Großen vom Kindergarten abholen.«

Zack, hatte sie aufgelegt.

Missmutig stierte ich einen Augenblick über den Passader See, der so glatt und still dalag, als könne er kein Wässerchen trüben. Hatte ich mich etwa in der Identität des Zwergs geirrt? Es schien fast so. Denn Gesa Strehlaus panische Reaktion ließ eigentlich keinen anderen Schluss zu. Ja natürlich, es war die junge, nicht die ältere Frau, die ihren Frust über Schmale im Netz abgearbeitet hatte. Das gehört heute ja fast schon zum guten beziehungsweise schlechten Ton. Man pöbelt und holzt anonym herum wie ein enthemmter Rumpelstilz – und fühlt sich hinterher besser? Wahrscheinlich.

Zumindest macht es manchen Leuten tierischen Spaß, komplett die Sau rauszulassen und jedes Sozialverhalten in die Tonne zu treten. Und in einer stillen Stunde hatte Gesa Strehlau dann der älteren Freundin, Fru Becker, von ihrem Treiben erzählt. Das passte auch vom Alter her weitaus besser. Genau so musste es gewesen sein. Nur gut, dass ich Bettina Schmale noch nichts erzählt hatte.

Doch mit derartigen Überlegungen konnte ich meine Zeit auch noch später verplempern. Jetzt sollte ich mich erst einmal um diesen Bodo Orb kümmern. Hoffentlich war mir die Becker nicht auch bei ihm zuvorgekommen. Hastig fütterte ich den Computer mit seinem Namen. Er stand stinknormal im

Telefonbuch. Ich wählte. Es tutete, doch niemand nahm ab. Ich versuchte es nach fünf Minuten noch einmal und ließ es endlos klingeln. Nichts. Der Mann war entweder nicht zu Hause oder hatte keine Lust, zu reden.

Also ließ ich Camilla und Richard in den Weiten meiner Festplatte abschmieren, machte mich in Windeseile startklar, schob mein Velo nach einem kurzen Wurz-Rundumblick den Weg zum Haupthaus hoch und startete meine Tour durchs Grüne und die esoterischen Massen. Denn Bodo Orb wohnte in Fahren, einem direkten Nachbarort von Bokau. Und angesichts der Hundertschaften von Kornkreistouristen war es weitaus sinnvoller, sich trotz der Wurz-Gefahr auf der kurzen Strecke mit dem Rad statt mit dem Wagen durchzukämpfen.

Nach zehn Minuten und dem heftigen Gebrauch meiner Fahrradhupe stand ich schwitzend und schwer atmend vor dem Feuerwehrhaus des Ortes und schaute mich suchend um. Fahren liegt ebenfalls am Passader See und ist ausgesprochen hübsch, weil zwischen vielen Bäumen eine Mixtur aus alten Gehöften, Architektenvillen sowie ganz normalen Einfamilienhäusern das Bild des Dorfes prägt. In solch einem Durchschnittsheim wohnte Bodo Orb.

Ich stellte mein Rad in der Einfahrt ab, sauste zur Tür und klingelte Sturm. Jede Sekunde konnte zählen, falls Fru Becker ihre Hemlokk-Warnung weiter in die Welt posaunte. Nichts rührte sich. Mhm. Verstohlen linste ich über meine Schultern, doch kein Nachbar schien hinter der Gardine zu lauern und das Geschehen zu beobachten. Also dann, Hemlokk. Vorsichtig setzte ich zur Hausumrundung an, auf der Suche nach einem offenen Fenster oder dem Hausherrn selbst. Ich kam bis zu den Möhren.

»Bodo is nich to Hus.«

Sie stand auf dem Nachbargrundstück, halb verdeckt hinter einem Fliederbusch, und war mit einem langärmeligen Rollkragenpullover sowie einer Kittelschürze, die den Muff der fünfziger Jahre ausströmte, als sei es erst gestern gewesen, für die sommerlichen Temperaturen viel zu warm angezogen. Die Fäuste hatte sie in die ehemalige Taille gestemmt, trotzdem musterte sie mich nicht unfreundlich über den Zaun.

»Ich müsste dringend Herrn Orb sprechen«, teilte ich ihr als Entschuldigung für mein Eindringen auf das fremde Grundstück mit.

»Dringend, soso.« Plötzlich nickte sie so heftig, dass der Saum ihrer Kittelschürze ins Wippen kam. »Heute ist ja alles furchtbar dringend. Langsam geht ja überhaupt nichts mehr. Oder gar nicht, wie meine Enkeltochter immer sagt. Das geht doch gar nicht, Oma. Und dabei zieht das Kind eine Schnute, dass ich mir vorkomme wie meine eigene Urgroßmutter.«

»Wissen Sie, wo ich Herrn Orb finden kann?«, drängte ich. Sonst hätte ich mich gern auf einen Schwatz über Gott, die Welt und ihre besserwisserische Enkeltochter eingelassen, aber in diesem Fall konnte ich es mir einfach nicht leisten. Fru Becker war in ihrer Tatkraft eindeutig nicht zu unterschätzen, und ich hatte nicht vor, noch einmal in die Röhre zu gucken. Meine Auftraggeberin hatte schließlich ein Recht auf eine solide und gründliche Untersuchung, auch wenn mir ihre Motive weiterhin rätselhaft blieben.

»Nee.« Sie war nicht böse über meine Zurückweisung, das sah ich ihr an. »Aber versuchen Sie es mal drüben am Kornkreis. Seit die dem Jungen gekündigt haben, ist er für all so 'n Tüdelüd zu haben. Eine Schande ist das, wenn Sie mich fragen.« Sie musterte mich ungeniert. »Sie wollen ihm nicht zufällig einen Jopp anbieten?« Sie sprach das Wort sehr deutsch aus und hielt Crowdfunding bestimmt für ein exotisches Sauerkraut-Rezept. »Nee, wohl eher nicht; solche Leute kommen nicht mit dem Rad. Schade. Bodo hätte ihn so dringend nötig.«

Ich bedankte mich, schwang mich erneut in den Sattel und winkte ihr zum Abschied zu. Sie senkte grüßend das Kinn – auf Wiedersehen, gute Fahrt und viel Glück auf Oberelbisch – und wandte sich wieder ihrem Gemüsebeet zu. Gut, dann würde ich also heute Nachmittag gleich zwei Fliegen mit einer Klappe schlagen und zwischen den wogenden Ähren, all den channelnden Kanälen und geistigen Begradigern Bodo Orb möglichst vor Fru Becker aufspüren sowie nach Juliane Schotts Punch-Gegnerin Ausschau halten, bevor ich Johannes über sie befragte. Denn irgendwelche Spuren musste der Kampf doch tatsächlich in ihrem Gesicht hinterlassen haben, so wie Krahwinkel ihn beschrieben hatte: Kratzer, ein schönes Veilchen oder zumindest eine dicke Lippe müsste die geprellte Channel-Kundin eigentlich vorweisen können. Und wenn ich sie erspäht hatte, würde ich mir Julianes Boxbirne ordentlich zur Brust nehmen und den guten Bodo …

Ich legte eine Vollbremsung hin, was mir eine wütende Tirade eines Mamils einbrachte, der an mir auf der engen Straße vorbeizischen wollte und sich jetzt zu einem halsbrecherischen Ausweichmanöver gezwungen sah. Mamil. Ich liebe das Wort. Es steht für »Middle Aged Men in Lycra« und bezeichnet die allgegenwärtigen atmungsaktiv gekleideten Herren um die vierzig plus, die von Frühjahr bis Herbst über die Landstraßen brettern, als gäbe es kein Morgen und als seien sie die einzigen Wesen auf Gottes schöner Erde. Er zeigte mir den Stinkefinger, als ich mein Rad herumriss. Ich grüßte zurück und streckte ihm zusätzlich die Zunge raus. Was er selbstverständlich nicht sah, denn – schwupps – war er auch schon hinter der nächsten Kurve verschwunden. Noch so ein Gesundheits- und Fitnessfreak wie Reinhold Schmale, nur auf dem Velo.

Bodo Orbs Nachbarin stand immer noch in ihrem Garten und betrachtete sinnend ihre Petersilie. Sie wuchs aber auch besonders üppig, das musste ich zugeben.

»Wie sieht er aus?«, keuchte ich, als ich vor ihrem Zaun zum Stehen kam. Sie hob den Blick und betrachtete mich regungslos. »Gibt es vielleicht irgendwelche besonderen Merkmale?«

»Bodo?«

»Ja«, schnaufte ich ungeduldig. Wer denn wohl sonst, gute Frau! Deine Petersilie?

»Nee-hee.« Mist. »Sie kennen unseren Bodo also nicht.«

»Nee-hee.« Ich betonte das Wort exakt in dem lang gezogenen leierigen Tonfall, den sie benutzt hatte, was umgehend den Anflug eines Schmunzelns auf ihr Gesicht zauberte.

»Nee-hee?«, echote sie amüsiert.

»Bitte«, sagte ich, sonst meckerten wir noch morgen hier herum wie zwei Ziegen auf der Weide. »Es ist wirklich wichtig.«

»Ja dann will ich mal nicht so sein. Also, Bodo ist Ende zwanzig und schlank. In letzter Zeit hat er vielleicht ein bisschen zugelegt durch das dauernde Sitzen am Computer, aber eher knochig ist er immer noch. Er hat ein breites Kreuz und kurze Haare wie diese Neonazis, aber er ist keiner«, setzte sie hastig hinzu, »er mag das bloß leiden. Und sein Haar ist schwarz. Dazu hat er blaue Augen, und er trägt keinen Bart.«

»Sehr schön. Danke«, sagte ich artig.

Sie druckste ein bisschen herum, bevor sie direkt fragte: »Sie wollen ihm doch nichts Böses, oder?«

Ich beabsichtigte mit ihm ein bisschen über seinen toten Chef zu plaudern, nicht mehr und nicht weniger. Der Junge war höchstwahrscheinlich weder der Giftzwerg, noch war Schmale aller Voraussicht nach durch etwas anderes als einen Unfall ums Leben gekommen.

»Nein«, versicherte ich daher, kreuzte jedoch die Finger hinter meinem Rücken.

Sicherheitshalber.

»Gut.« Sie nickte mir zu. »Sie erkennen ihn auch an seinem Blick. Der ist seitdem … todtraurig. Aber erzählen Sie ihm nicht, dass Sie das von mir haben.«

»Keine Sorge. Ich halte die Klappe.« Ich tippte an meine nicht vorhandene Mütze, enterte erneut mein Velo und brauste los.

Am Kornkreis war es rappelvoll. Die Sonne schien zwar nicht mehr, eine leichte Wolkendecke hatte sich mittlerweile gebildet, doch ein lauer Wind wehte warm und angenehm. Es war also kein allzu großes Wunder, dass überall Leute in Großgruppen, Grüppchen, zu zweit oder auch allein lagerten. Man ruhte mit verklärter Miene direkt im Kreis oder saß im Schneidersitz, meist mit geschlossenen Augen und weit geöffneten Armen am angrenzenden Feld, als wollte man die Halme umarmen. Dabei streckten die meisten das Gesicht den Licht- und Engelwesen entgegen. Einige schwiegen, andere schnatterten wie enthemmte Enten, wieder andere schienen vor einer ergriffen lauschenden Gemeinde wahre Predigten zu halten.

Ich schloss seufzend mein Rad an – denn wer haut, wie Juliane und ihre Clinch-Gegnerin, der klaut wahrscheinlich auch – und schob mich durch die Menge. In diesem Gewimmel einen Mann mit schwarzen Haaren, breitem Kreuz, knochigem Körperbau und einem todtraurigen Gesichtsausdruck sowie eine Frau mit zwei Veilchen in der Visage, einer verbeulten Nase oder zumindest Kratzspuren auf den Wangen zu finden, würde nicht unbedingt einfach werden. Ich ließ meinen Blick über die Menge schweifen wie ein Suchscheinwerfer. Die Leute sahen irgendwie alle gleich aus, fand ich und überlegte einen kurzen Moment, ob ich nicht der Verlockung nachgeben und einfach nach Hause gehen sollte. Nichts da, Kneifen gilt nicht. Reiß dich zusammen, Hemlokk, und lass dich nicht abschrecken wie ein blutiger Anfänger, ermahnte mich das Private Eye in mir. Und recht hatte es natürlich. Ich versuchte es noch einmal.

Tatsächlich entdeckte ich bei genauerem Hinsehen einen Mann, der einem hingerissen lauschenden Publikum etwas erklärte, auf den die Beschreibung zu passen schien. Ob er dabei todtraurig guckte, konnte ich aus der Distanz nicht erkennen. Aber seine Haare waren dunkel und sehr kurz. Und sein Oberkörper erschien mir durchaus beeindruckend. Ich setzte mich in Bewegung.

»Ein Komplott«, hörte ich ihn sagen, sobald ich nah genug herangekommen war, was sich als gar nicht so einfach erwiesen hatte, denn die Menge stand kompakt. »Ein riesiges Komplott«, wiederholte er, wobei er mit ernster Miene in den Himmel deutete. »Schaut nur hoch, da seht ihr es.«

Ich legte brav den Kopf in den Nacken und starrte nach oben. Mhm. Was ich sah, war lediglich ein Flugzeug mit einem ellenlangen Kondensstreifen, das Malmö, Bergen oder Turku ansteuerte.

»Es ist wirklich eine ganz große verfluchte Sauerei«, empörte sich meine Nachbarin. Ihr strubbeliges Haar war quietschrot gefärbt, doch einige Strähnen hatte das Mittel verschont. Die waren in Teilen dunkelblond geblieben, sodass sie mich entfernt an einen Fliegenpilz erinnerte.

Ich schaute noch einmal genauer hin. Doch ich sah wirklich nichts außer ebenjenem Flugzeug; keinen Vogel, keine Wolke, kein hellsichtiges Lichtwesen, keinen Geist, keinen Gott mit fünf Köpfen oder gar eine andere Schweinerei.

»Was ist eine Sauerei?«, rutschte es mir heraus.

Sie bedachte mich mit einem mitleidigen Blick.

»Chemtrails«, raunte sie dann.

Nie gehört. Meine Miene muss ein einziges Fragezeichen gewesen sein. »Chem… äh … was?«

»Chemtrails«, wiederholte sie ungeduldig und deutete mit dem Daumen nach oben. »Leute ohne Durchblick halten diese Wolken voller Chemie für bloße Wasserdampf-Kondensstreifen der Flugzeuge, aber in Wahrheit versuchen die Regierungen und Konzerne uns damit alle zu manipulieren. Gehirnwäsche, kapiert? Das ist erwiesen.«

In bester Basta-und-jetzt-kommst-du-Manier verschränkte sie die Arme vor der Brust und glupschte mich an.

»Ach«, sagte ich hilflos.

»Es ist alles erwiesen«, wiederholte sie.

Was ich stark bezweifelte, doch ich hielt wieder einmal meinen Mund. Mit Verschwörungstheoretikern zu diskutieren bringt in der Regel genauso wenig wie eine Debatte mit Kornkreisgläubigen. Außerdem war Bodo Orb mein Job. Daher wandte ich meine Aufmerksamkeit demonstrativ wieder dem Redner zu. Das Alter stimmte ebenfalls, er war wohl so um die dreißig. Ich drängelte mich noch ein bisschen näher an ihn heran.

»Seit Mitte der neunziger Jahre besprühen sie uns jetzt schon mit diesen Feinstäuben, mit allem versuchen sie uns gefügig zu machen, mit Aluminium, mit Barium, mit Kunststofffäden«, donnerte er jetzt mit einer Stimme, dass sich die Halme im Kornkreis bogen.

Wenn das tatsächlich Bodo Orb sein sollte, würde eine Vernehmung verdammt schwierig werden. Ich zweifelte erheblich daran, dass ich ihn von seinem Chemtrail-Trip mal so eben auf seinen ehemaligen Chef Reinhold Schmale oder seine Kollegin Gesa Strehlau und den Giftzwerg bringen konnte. Der Mann war jetzt hochrot im Gesicht und fuchtelte mit beiden Händen. Ich linste verstohlen zu meiner Nachbarin hinüber, die mir gefolgt war. Sie nickte emsig und schien an seinem seltsamen Gebaren nichts zu finden.

»Aber wir durchschauen dieses perfide Spiel«, rief der Redner weiter. Die Leute um mich herum wiegten ihre Köpfe mit ernsten Mienen. »Uns machen die da oben schon lange nichts mehr vor!«

»So isses!«, grölte ein Jüngling mit überschnappender Stimme.

»Wieso ausgerechnet seit Mitte der Neunziger?«, fragte ich meine Nachbarin, irgendwie doch fasziniert von den kruden Thesen und deshalb kurzzeitig abgelenkt von meiner Suche nach Bodo Orb und Juliane Schotts Widersacherin. Denn das war eine durchaus berechtigte Frage, wie ich fand. Wieso vergifteten uns »die da oben« nicht schon mit Schmackes, sagen wir, seit den frühen Fünfzigern? Flugzeuge hatte es da auch schon gegeben. Und miese Regierungen ebenfalls.

»Was? Aber er hat doch völlig recht.«

Sie klang beleidigt. Wieder mal hätte ich am liebsten wie Lulu genervt mit den Augen gerollt. War das meine Frage gewesen? Nee.

»Ja doch. Hat er, sehe ich ganz genauso«, versuchte ich sie herunterzuregeln. Gut, es war gelogen. Na und? »Aber mich interessiert das wirklich: Weshalb sprühen die uns erst seit Mitte der Neunziger ein?«

Die Frage drang nicht zu ihr durch. Ich sah es an ihrem verständnislosen Gesichtsausdruck. Mit so etwas Banalem beschäftigt man sich als Chemtrail-Visionärin nicht. Da hatte man genug damit zu tun, empört zu sein über »die da oben« und die

Ungerechtigkeiten in dieser Welt; zumindest über die, die einen selbst betrafen.

Ich überlegte. Aber natürlich! Manchmal brettelt es wirklich heftig vor dem eigenen Kopf. Mitte der Neunziger des vorigen Jahrhunderts war die Zeit, in der die Welt komplett unübersichtlich zu werden begann und nichts mehr den gewohnten Gesetzen zu gehorchen schien. Die Mauer war weg, die Sowjetunion hatte sich aufgelöst, gleichzeitig fing es im Nahen Osten mächtig an zu krachen, die Globalisierung nahm an Fahrt auf, und das Soziale in der Marktwirtschaft wurde immer weniger, bis man es mit der Lupe suchen und trotzdem nicht mehr so richtig finden konnte. Da benötigt mancher dann in seiner gefühlten Hilflosigkeit andere Dinge, an die er sich klammern kann. Die Größe der eigenen Nation etwa oder Chemie aus dem Flieger. Ich starrte den Sprühnebel-Theoretiker an. Waren seine Augen blau?

»… extra geheime Klappen an den Flugzeugen«, schwadronierte er. »Die stecken alle mit drin. Alle. Samt den Airlines.«

Ja, ja, und das Kasperle ist in Wahrheit der Teufel. Er besaß dunkle Augen, das konnte ich erkennen, aber mehr auch nicht. Und vor mir standen die Leute wie eine Wand, sodass ich nicht näher an ihn herankam. Ich versuchte seinen Gesichtsausdruck zu deuten. Deprimiert sah er eigentlich nicht aus. Eher feurig und beseligt.

»Natürlich wird das Ganze als Staatsgeheimnis behandelt. Und zwar auf der ganzen Welt. Die Medien berichten auch nicht darüber.« Er lachte. Es klang wie eine Mischung aus Husten und Bellen. »Aber das besagt natürlich ü-ber-haupt nichts. Weil die nämlich ebenfalls überall mit drinhängen. Es ist ein Komplott von gigantischen Ausmaßen, Leute.«

Dunnerlüttchen, war jetzt etwa die bräunlich gefärbte Mär von der Lügenpresse auch schon in Bokau angekommen? Lass diesen Spinner bitte nicht Bodo Orb sein, betete ich, während er vom Klimawandel, den es nicht gab, von Alzheimer, mit dem man die Bevölkerung unmündig halten wollte, von der CIA, die an allem schuld war, von dem pH-Wert des Bodens und den zunehmenden Flüchtlingszahlen schwafelte. Irgendwie hing alles mit jedem zusammen.

»Richtig, Fabian!«, brüllte plötzlich mein Nachbar zur Rechten so laut, dass ich vor lauter Schreck einen Satz machte und dem Feuerschopf auf die Zehen trat. »Sprich es aus, Mann. Die haben doch alle einen an der Waffel und Tomaten auf den Augen. Die wollen nix sehen. Dabei nehmen Allergien und Husten immer mehr zu. Und das kommt nur von den beschissenen Chemtrails. Wie die Tatsache, dass wir alle immer müder werden. Woher sollte es wohl sonst kommen, wenn nicht von der ganzen Chemie aus der Luft? Ich sage euch, das sind die ganzen beschissenen Konzerne. Facebook und Google und die EU und die UNO und die ganzen anderen.«

»Und die Schweine in den Regierungen«, kreischte eine Dame vor mir begeistert. Vom Outfit her hätte sie problemlos in die Langusten- und Hummerabteilung des KaDeWe gepasst. »Und die ganze Lügenpresse.«

Ihr rechter Arm schlug kurz nach oben aus. Niemand reagierte. Ich auch nicht. Es war so schnell wieder vorbei, dass ich mich hinterher fragte, ob ich mir das nur eingebildet hatte. Wahrscheinlich nicht.

»Heißt der da vorn wirklich Fabian?«, fragte ich den gesträhnten Fliegenpilz an meiner Seite. Sie presste die Lippen zusammen.

»Ich bin keine feindliche Agentin und auch keine von denen da oben. Großes Indianerehrenwort.« Zum Beweis meiner Behauptung riss ich die Augen weit auf und probierte es mit dem Unschuldsblick. Dazu raunte ich verschwörerisch in ihre Richtung: »Ich hab auch ziemlich oft Husten in letzter Zeit.« Zur Untermalung meiner Behauptung röhrte ich ihr kurz ins Ohr. »Kein Arzt kann mir helfen. Jetzt weiß ich endlich, woran es liegt.«

Der Lohn meiner Vorstellung bestand in einer Antwort.

»Fabian Geerds heißt er.« Ein zartes Leuchten erhellte ihre Züge. »Er ist einer, der endlich ausspricht, was Sache ist und überall läuft.«

Ja doch. Nur weil man etwas pausenlos wiederholt, wird es auch nicht wahrer, sondern rückt höchstens bei der Google-Suche weiter nach oben. Obwohl das für viele ja leider gleichbedeutend ist. Aber es wäre vergebliche Liebesmüh gewesen, den Feuerkopf darauf hinzuweisen. Das war mir klar. Ich wandte mich zum Gehen.

»Mit in Weißbier gelösten Klosteinen und gequirltem Limettensaft auf Ammoniak versuchen sie neuerdings auch, das Abendland zu unterjochen. Die da oben, meine ich«, verabschiedete ich mich von der Chemtrailerin. Ob sie mir fassungslos, neugierig oder böse hinterherschaute, ist nicht überliefert.

Ich pilgerte zur Mitte des Kornkreises und von der Mitte wieder zurück an den Rand. Doch nirgends entdeckte ich einen Mann, der zu Bodo Orbs Beschreibung passte, genauso wenig wie eine Frau, die mit einem Cut unterm Auge oder einem wie auch immer ramponierten Gesicht herumlief. Stattdessen huschten Lulu und Vik mit entrückt-verzückten Mienen an mir vorbei, ohne mich allerdings zu bemerken. Und ich tat den Teufel, sie auf mich aufmerksam zu machen.

Die beiden Herzchen hätten mir gerade noch gefehlt. Es reichte mir so schon völlig. Um mich herum sirrte und summte es von Vokabeln, die größtenteils nicht zu meinem alltäglichen Wortschatz gehörten. Da war von einem neuen Zeitalter die Rede, von Mondtempeln, Hathoren-Botschaften, der Ich-bin-Lehre, dem Aufbruch in ein neues Bewusstsein, von Gilgamesch, Kolumbus und Christian Rosenkreutz. Und von dem Grafen von St. Germain. Ich stoppte und lauschte.

»Noch nie vom Geist- und Heilzentrum in Höhr-Grenzhausen gehört? Das gibt es doch nicht. Das liegt bei Koblenz. Also das glaub ich jetzt echt nicht.« Die Sprecherin war so ein übersprudelndes Kettenmonster mit tiefschwarz gefärbten langen Haaren, nur den Scheitel zierte ein etwa zwei Zentimeter grauer Rand. »Ich denke, du bist ein Anhänger des Grafen?«

Ich schaute mir die Dame genauer an. Nein, was da über ihren Augen so bläulich schimmerte, war eindeutig eine ordentliche Portion Lidschatten und kein Bluterguss. Und auch sonst konnte ich keine Blessuren in ihrem Gesicht entdecken. Also handelte es sich wahrscheinlich nicht um Julianes Boxbirne. Es sei denn, man sah der Frau den Fight gar nicht an. Ich verfluchte mich nicht zum ersten Mal dafür, dass ich diesen Krahwinkel nicht ernsthafter nach eventuellen Verletzungen und Schrammen ausgequetscht hatte. Aber wahrscheinlich hätte er mir da sowieso nicht weiterhelfen können. Er war ja gegangen, bevor es blutig geworden und so richtig zur Sache gegangen war.

»Ja«, flüsterte ein spargeldürrer Jüngling mit gepiercten Nasenflügeln und Ringen in der Unterlippe ehrfürchtig. »Aber ich dachte, dass der Graf in Eckernförde –«

»Papperlapapp«, unterbrach ihn die Dynamische resolut. »Höhr-Grenzhausen sage ich nur. Hanns-Joachim-Wilhelm-Johannes Starczewski. Er hat das Geist- und Heilzentrum nach St. Germains Anweisungen zu neuem Leben erweckt. Und zwar genau im alten keltischen Tempelbezirk mit dem Sonnen- und Mondtempel.« Sie senkte die Stimme zu einem Bühnenflüstern, das noch weit über die Grenzen Passades hinaus zu hören war. »Auf Atlantis diente St. Germain im Orden von Lord Zadkiel, der einer der sieben Erzengel und heute im siebenten Strahle der Violetten Flamme tätig ist.«

Der Junge starrte sie mit offenem Mund an. Ich auch, wie ich einen Moment zu spät bemerkte.

»Was ist denn?«, fuhr sie mich an.

»Nichts. Gar nichts«, beeilte ich mich zu versichern. »Ich suche nur jemanden.«

»Auf der Suche sind wir alle, Herzblatt.«

»Äh ja. Bestimmt.«

Ich machte, dass ich weiterkam. Lange würde ich das hier nicht mehr durchhalten, ohne ernsthaft Schaden an Leib und Seele zu nehmen. Und es brachte einfach nichts, sich wahllos durch die versammelte Jüngerschaft des Heiligen Dingsbums oder was auch immer zu schieben und Ausschau zu halten. Ich musste gezielt jemanden ansprechen. Aber wen? Wer sah so aus, als könnte er Bodo Orb oder Juliane Schotts Sparringspartnerin kennen? Alle. Mein Blick irrte umher und fiel auf eine Gruppe von zwei Frauen und drei Männern, die am Rande des Kornfelds saßen, sich unterhielten und dabei genüsslich tafelten. Das waren die Richtigen. Ich setzte mich in Marsch.

»Moin«, grüßte ich norddeutsch-unesoterisch, als ich vor der Decke mit den Köstlichkeiten stand. Oliven, Schafskäse, eingelegte Paprika, Auberginen, Hummus …

»Ja?« Der Sprecher biss in eine mit Frischkäse gefüllte Peperoni und kleckerte auf sein Shirt.

So wie es aussah, passierte ihm das nicht zum ersten Mal.

»Ich suche jemanden. Vielleicht könnt ihr mir helfen. Darf ich?« Ich deutete neben die Decke.

»Sicher«, sagte eine der Frauen und rückte zur Seite. »Lang zu. Es ist genug für alle da. Und du brauchst keine Angst zu haben. Es ist alles entstört.«

Aha. Mittlerweile ließ mich das fast kalt. Ob der Käse nun entstört war oder die Tomaten – ich spürte eine große Toleranz in mir und keinen Hunger.

»Ehrlich«, versicherte die andere Frau, als ich nicht zugriff. »Hier.« Sie hielt mir die Käseverpackung unter die Nase und tippte auf den Barcode. »Er hat den waagerechten Strich. Darauf achten wir mittlerweile alle.«

Die anderen nickten ernst. Dabei sahen sie eigentlich ganz normal aus.

»Ja«, sagte ich matt, während sich mir der Gedanke aufdrängte, ob es meiner geistigen Gesundheit nicht vielleicht doch zuträglicher war, nach Hause zu laufen, eine oder auch zwei Runden aus voller Lunge über den See zu brüllen, um anschließend gepflegt mit Silvia übers Gatter zu plaudern. Gegen diese versammelten Esoteriker wirkte ja selbst die Wurz noch glatt normal.

»Sie weiß es nicht«, bemerkte einer der drei Männer hellsichtig. Nein. Und ich wollte es auch nicht wissen. Mir reichte es.

»Kennt jemand von euch zufällig Juliane Schott? Oder Bodo Orb?«, fragte ich geradeheraus.

Sie hörten auf zu kauen und blickten sich ratlos an.

»Juliane ist verschwunden«, meinte eine der Damen schließlich zögernd.

»Genau«, sagte ich fest. »Deshalb suche ich sie ja. Sie und eine weitere Frau, mit der sie sich hier im Kornfeld geprügelt hat, wie mir ein zuverlässiger Zeuge erzählte.« Schweigen.

»Juliane kenne ich«, kam es schließlich von Dame Nummer zwo. »Die Gegnerin nicht. Und ihn auch nicht. Bodo wie?«

»Orb«, sagte ich geduldig. »Bodo Orb.«

»Nein. Tut mir leid. Vielleicht solltest du deinen Zeugen noch einmal … verhören. Sagt man das so?«

»Ja. Das heißt, nein, Zeugen werden befragt. Egal. Die Frau, mit der sich Juliane gestritten hat, könnte eine … äh … enttäuschte Kundin sein. Ich kenne jedenfalls ihren Namen nicht. Juliane arbeitet doch als Engelmedium, richtig?« Schweigen. »Oder diese andere war auch ein Medium in … äh … irgendeiner Form«, fuhr ich mit dem Mut der Verzweiflung fort. »Und sie sind deshalb aufeinander losgegangen. Wegen unterschiedlicher Berufsauffassungen.« Es war ein Schuss ins Blaue.

»Ein Engelmedium? Wie Juliane?«, fragte Dame Nummer eins bedächtig.

»Möglicherweise.«

Der Gedanke war mir zwar erst jetzt gekommen, aber so abwegig schien mir diese Erklärung tatsächlich nicht. Wenn ein Engelmedium nichts dabei fand, sich zu prügeln, fand sich sicherlich auch ein zweites, das mit einer derart unspirituellen Form der Auseinandersetzung keine Probleme hatte.

»Na ja, Engelmedien gibt's hier viele«, meinte einer der Männer gelangweilt.

Das war mir schon klar. Es handelte sich zwar aller Wahrscheinlichkeit nach um einen ausnehmend seltenen Beruf, wenn man in die Job-Statistik dieser Republik schaute, doch hier am Kornfeld engelte und channelte es natürlich auf Teufel komm raus.

»Froja vielleicht«, schlug der Mittlere von den dreien vor, bevor er sich mit sichtbarem Behagen ein Stück Aubergine einverleibte. »Sie ist zwar ein Engelmedium, steht aber schon lange im Zentrum böser Energien. Deshalb meine ich auch, man sollte ihr nahelegen –«

Nein, nicht schon wieder!

»Und wie weiter?«, blaffte ich den Sprecher an. Ich war mit meiner Geduld restlos am Ende. Er schluckte verstört. »Wie heißt diese Froja mit Nachnamen?«

»Keine Ahnung«, lautete die lapidare Antwort. »Bei uns spielt das nicht so eine Rolle. Diese Äußerlichkeiten, meine ich. Wir konzentrieren uns mehr auf die spirituellen Energien, die uns zum innersten göttlichen Wesenskern führen. Wir versuchen, die Gier, den Hass und die Härte abzulegen und durch die Gedanken der Liebe, des Lichts und des Friedens zu ersetzen. Ich kann mir deshalb kaum vorstellen, dass sich Juliane und Froja im Streit geprügelt haben. Nein.« Er schüttelte den Kopf. »Also ehrlich nicht. Ihr?«

»Nein«, blökten die anderen vier.

Auch gut. Dann kamen wir eben umstandslos zum nächsten Punkt.

»Wo finde ich diese Froja?«

Er sah mich verständnislos an.

»Na, irgendwo hier natürlich. Wir sind alle hier.« Klar, was für eine bescheuerte Frage. Er griff nach einem Apfel und betrachtete ihn sinnend. »Aber ich denke, du solltest wissen, dass wir alle einen Johannes in Verdacht haben.« Mit einem Riesenhapps biss er in den Apfel, kaute kraftvoll und schluckte. »Froja ist zwar ein impulsives Mädchen, aber dieser Johannes hat den bösen Blick. Mit dem solltest du anfangen, wenn du Juliane suchst.«

Nö. Ich nicht!

»Okay, sie heißt also Froja und ist irgendwo hier«, knurrte ich so gereizt, dass die fünf mich erstaunt betrachteten. »Ist euch an der Frau in letzter Zeit etwas aufgefallen? Hat sie vielleicht seit Kurzem ein Veilchen? Ist ihre Lippe dick? Oder fehlt ihr ein Zahn?« Schweigen. Ich wartete. Da war doch was! »Hallo, ich hab euch etwas gefragt!«, erinnerte ich sie schließlich.

»Ich sagte doch, dass wir an den Frieden, das Licht und –«, begann Mann Nummer eins.

Mann Nummer zwei hob die Hand.

»Frojas Haare«, murmelte er.

»Was ist mit ihnen?«, hakte ich schnell nach.

»Da war etwas herausgerissen. Vorn. Habt ihr das nicht bemerkt?«

Eine der Frauen nickte. »Ich schon. Aber ich habe nichts gesagt.«

Ich frohlockte innerlich. Na endlich!

»Juliane hat also dieser Froja bei dem Kampf Haarbüschel herausgerissen. Gut. Woran kann ich Froja außerdem erkennen? Fällt euch da noch mehr ein?«

Der Apfelesser pikste in eine Olive, schob sie sich in den Mund, kaute, spuckte den Kern hinter sich in die Büsche und langte erneut zu.

»Sie trägt Tattoos auf beiden Oberarmen«, informierte er mich schließlich ungnädig. »Links St. Germain. Als sein spiritueller Kanal ist ihre Beziehung ja total eng. Der Graf von St. Germain –«

»Den kenne ich«, unterbrach ich ihn rasch. Der Mann verfolgte mich geradezu. Dabei war er bereits seit Jahrhunderten so tot wie sonst was! »Und rechts?«

Er machte eine abwehrende Handbewegung.

»Du bist auf dem falschen Dampfer. Froja hat nichts damit zu tun. Dieser Johannes –«

»Nein«, fiel ich ihm diesmal barsch ins Wort. »Was für ein Tattoo trägt Froja rechts?«

»Du bist wirklich hartnäckig, was?« Er wackelte mit dem Kopf. War das unter Esoterikern ein Zeichen für Anerkennung? Egal. »Na ja, es waren so Zacken, soweit ich mich düster entsinne. Und zwar mehrere. Also eher viele. Das konnte ich erkennen. Und darunter standen ein paar Zahlen. Es könnte so etwas wie ein Datum gewesen sein, aber genau weiß ich das nicht. Die spirituelle Botschaft hat sich mir nicht erschlossen.«

»Wie bitte?«

»Ich habe keine Ahnung, was diese Zacken bedeuten sollen«, bequemte er sich ungeduldig zu erklären. »So ein Zeichen habe ich noch nie gesehen. Und sie hat mir seinen Sinn nicht verraten. Euch?« Die anderen schüttelten die Köpfe. »Aber wenn du mich fragst, solltest du dich wirklich lieber um diesen Johannes kümmern, wenn du Juliane suchst. Seine Energien sind äußerst negativ.«

Ich erhob mich. Ich war müde, gereizt, entnervt und stand kurz vorm Platzen.

»Ja, danke.«

»Bitte.« Er griff nach der Käseverpackung und wedelte damit in meine Richtung. »Wenn ich dir einen Rat geben darf: Man merkt dir sehr genau an, dass du bislang nicht auf den waagerechten Balken über dem Barcode geachtet hast. Der verhindert nämlich ziemlich zuverlässig, dass die senkrechten Striche die bösen Energien aus der Umgebung aufnehmen. Die sie dann an die Lebensmittel wieder abgeben. Das passiert ja besonders intensiv beim Einscannen an der Supermarktkasse. Aber dagegen hilft eben der waagerechte Strich.«

Und zermalmtes Nashorn-Horn steigert die Potenz.

»Stimmt«, pflichtete eine der Frauen ihm ernst bei. »Ich spüre dieses Negative auch ganz deutlich bei ihr. Kauf dir lieber einen Strichcode-Entstörstift. Der eliminiert die toxische Belastung noch besser. Kriegst du im Internet.«

Klar, wo denn wohl sonst? Da gibt es schließlich jeden Müll, einschließlich pöbelnder Giftzwerge und bescheuerter Crowdfunding-Operationen, die Eltern um Haus und Hof bringen. Allein bei dem Gedanken wurde mir schon schlecht. Also verdrängte ich ihn rasch, winkte dem Quintett huldvoll zu und machte, dass ich nach Hause kam.

Dieser Nachmittag war ermittlungstechnisch gesehen wahrlich kein Reißer gewesen, und toughere Figuren hätten diese Mixtur aus unerfüllten Sehnsüchten, Ängsten, Verschwörungstheorien und Wahnvorstellungen bestimmt länger durchgehalten. Ich nicht. Ich war total platt. Und es ist zwar eine Plattitüde, aber auch eine Top-Schnüfflerin kann nicht alles haben. Klar, Bodo Orb hatte ich nicht aufgespürt, doch dafür besaß ich im Fall der beiden Engelmedien-Damen, die ihren Streit so höchst irdisch per Faust ausgetragen hatten, nun immerhin den ersten verwertbaren Hinweis – dem pensionierten Oberstudienrat und St.-Germain-Forscher in Eckernförde sei Dank –, nämlich einen Vornamen, zwei Tätowierungen, von denen eine ziemlich geheimnisvoll zu sein schien, und mehrere herausgerissene Haarbüschel.

Damit ließ sich doch arbeiten.

SIEBEN

»Winnetou«, hörte ich Daniel mit seiner hellen Kinderstimme sagen, aus der die Begeisterung deutlich herauszuhören war. »Den lese ich gerade.«

Damit war der Junge heutzutage bestimmt eine Ausnahme unter Gleichaltrigen.

»Hugh«, brummte Harry im tiefsten Bass.

Mehrere Erwachsene lachten. Was machten die denn alle in meinem Garten? Ich unterbrach meinen Trab vom Haupthaus hinunter zur Villa, blieb am Fliederbusch, der mein Mini-Grün vom Weg zum See abschirmte, stehen und lauschte. War etwa auch die Wurz dabei? Für die würde meine Kraft nach diesem Nachmittag nicht mehr ausreichen.

»Ja, Winnetou hat mein Herz als Junge auch im Sturm erobert.« Uff, zumindest diese Stimme gehörte einem älteren Mann. »Old Shatterhand war zwar ebenfalls toll, aber kein Vergleich zu dem Indianerhäuptling. Bei welchem Band bist du denn?«

»Dem zweiten«, erwiderte Daniel. Der Mann sagte nichts. »Ich weiß, dass er in Band drei stirbt«, fuhr Harrys Neffe munter fort.

»Mich hat es damals ziemlich mitgenommen«, meinte der Unbekannte nachdenklich.

»Mich auch«, pflichtete Harry ihm bei. »Aber so ist nun einmal das Leben. Es geht immer wieder auf und ab. Da muss man durch.«

Er hatte schon originellere Sachen von sich gegeben, der gute alte Harry. Aber seit er die Onkelrolle mit Haut und Haaren angenommen hatte, war es eben nicht mehr ganz so weit her mit dem Knaben, wenn es um das Dreigestirn aus Witz, Spontaneität und Kreativität ging. Stattdessen hatten Strenge, Vernunft und der pädagogische Zeigefinger die Regie übernommen. Das machte mir neben seiner Vorstellung von unserem Familienleben auch zu schaffen, ich gebe es zu.

Doch was Winnetous Tod betraf, waren wir uns völlig einig: Mich hatte dessen Ende unter der Bettdecke im Lichtkegel einer Taschenlampe ereilt, auch wenn diese dramatisch-subversive Form der Lektüre eigentlich überhaupt nicht nötig gewesen wäre. Denn meine Mutter hätte es gar nicht mitbekommen, wenn ich in meinem Zimmer ganz konventionell bei Nachttischlampenlicht gelitten hätte.

Und gelitten hatte ich unsäglich: Im Geiste lag ich damals neben dem edlen Apachen und starb mit ihm. Es war furchtbar gewesen. Bestimmt eine ganze Woche hatte ich mich vor lauter Kummer in den Schlaf geheult, nachdem er in den Armen von Old Shatterhand verblichen war. Die seitenlangen religiösen Ergüsse, die sich im Werk Karl Mays immer wieder finden, hatten dem Eintauchen in das erschütternde Geschehen offenbar keinen Abbruch getan.

Als ich so Mitte zwanzig gewesen war, hatte ich aus Neugier noch einmal in die drei Winnetou-Bände hineingeschaut. Na ja, es gab wirklich eleganter geschriebene Literatur. Aber am meisten hatte mich gewundert, dass ich mich zwar glasklar an die beiden Helden erinnern konnte, nicht jedoch an eine einzige Zeile dieser schier endlosen christlichen Traktate. Wahrscheinlich überliest man die einfach, wenn man zwölf und ein bisschen ist. Wie Daniel. Ich musste ihn einmal danach fragen.

Vorsichtig linste ich zwischen den Ästen des Fliederbusches hindurch. Harry lehnte an der Tür, Daniel hockte neben Gustav auf dem Boden und versuchte, ihn mit einem Löwenzahnblatt zu füttern. Doch mein Kröterich hatte keinen Appetit und presste entschlossen die Kauleisten zusammen. Auf der Bank saß ein älteres Ehepaar; er groß und breitschultrig mit einem groben Gesicht wie ein Preisboxer, sie eine Fee mit feinsten Zügen, die ihm maximal bis zur Brust reichte. Mist. Jetzt fiel es mir wieder ein. Das mussten die Schildkröten-Leute ein. Er hatte auf meinen Anrufbeantworter gesprochen. Ich war mit ihnen um fünf verabredet gewesen und hatte den Termin vor lauter hochtoxischen Kondensstreifen, brandgefährlichen Strichcodes und geheimnisvollen Zacken-Tätowierungen komplett vergessen.

»Hem... äh ... also Frau Hemlokk wird bestimmt gleich erscheinen«, sagte Harry jetzt auf eine Art, die entschlossene Zuversicht ausstrahlte. »Ihr muss etwas außerordentlich Wichtiges dazwischengekommen sein.«

Danke, Harry-Schatz.

»Hanna ist nämlich Privatdetektivin«, teilte Daniel meinem Besuch mit. »Und zwar eine richtig gute. Sie hat schon mehrere Mörder zur Strecke gebracht und auch ein paar Diebe. Falls Sie sie engagieren wollen –«

Es wurde eindeutig Zeit für meinen Auftritt. Also hustete ich vernehmlich und verließ meine Deckung.

»Wenn man vom Teufel spricht«, flachste Harry.

»Moin, allerseits«, flötete ich höflich. »Bitte entschuldigen Sie die Verspätung. Ich –«

»Wir haben bereits alles erklärt.« Harry nickte gewichtig zu seinen Worten, während sein Blick zu Daniel glitt, der mir zwar zugewinkt hatte, aber neben Gustav sitzen geblieben war. »Man steht auf, wenn eine Dame den Garten betritt, Sportsfreund«, ranzte er den Jungen an.

Daniel sah gequält zu mir hoch und zog eine Flunsch. Mühsam wie ein alter Mann erhob er sich schließlich, reichte mir die Hand, deutete einen Diener an und säuselte: »Guten Tag, Hanna. Ich bin erfreut, dich zu sehen. Ist es so richtig, Onkel Harry?«

Die Vorstellung war glatt oscarreif und hob meine Laune beträchtlich.

»Mach dich nur lustig über mich, Freundchen«, knurrte Harry. »Später wirst du mir dankbar dafür sein, dass ich dir Manieren beigebracht habe.« Er hasste es, wenn Daniel ihn »Onkel Harry« nannte. Das klänge so alt und spießig, hatte er mir erklärt.

In diesem Fall war der Titel jedoch durchaus angebracht, fand ich und wuschelte Daniel kurz durchs Haar. Damit hier keine Missverständnisse aufkommen: Nur weil ich dem Jungen das Haupt tätschelte, würde ich mich nicht anschließend tantenhaft-besorgt bei ihm erkundigen, ob er auch immer schön brav zur Schule gehe. Und ich würde auch nicht mit glockenheller Stimme ausrufen: Nein, was bist du aber groß geworden! Daniel und ich waren da völlig gleichberechtigt. Er durfte mein kurzes Haar ebenso verwuseln wie ich seinen Schopf. Was er nach einem schiefen Grinsen in meine Richtung auch mit Lust tat.

»Kommen Sie doch mit hinein«, forderte ich die Kaufinteressenten auf, die die Szene mit einer gewissen Missbilligung beobachtet hatten. »Sie können sich die Strandkna… äh … Schildkröten dann schon einmal anschauen.«

»Wir hatten ja früher auch eine«, teilte mir die Frau leutselig mit, als beide mir ins Wohnzimmer folgten. »Deshalb möchten wir gern unserem Enkel Matthias so ein Tier schenken. Er wird demnächst sechs und kommt zur Schule.«

Die stolze Oma strahlte mich an.

»Wünscht er sich denn eine Schildkröte?«, erkundigte ich mich vorsichtig.

»Doch, ja, ich glaube schon«, lautete die Antwort. Der Tonfall war ein wenig ratlos. »Oder was denkst du, Rudolf?«

»Er wird sie schon toll finden«, meinte Rudolf, während bei mir alle Alarmglocken losschrillten.

Oma und Opa hatten eindeutig keine Ahnung, ob ihr Enkel mit dem Geschenk etwas anfangen konnte. Es erinnerte sie an ihre eigene Jugend. Mit Matthias und seinen Sehnsüchten hatte das wenig bis gar nichts zu tun. Tja, und was nun, Hemlokk? Ich deutete ungnädig auf das Terrarium, in dem die Lütten sich sonnten.

»Gucken Sie sie an. Und entschuldigen Sie mich bitte noch einmal für einen kurzen Moment. Ich muss dringend telefonieren.«

Oma und Opa nickten und traten an das Terrarium, während ich mir Bodo Orbs Telefonnummer sowie mein Smartphone schnappte und danach zum See hinuntertrabte, damit ich außer Hörweite war. Harry und Daniel blickten mir verdutzt hinterher. Und erst da fiel mir ein, dass ich die Umgebung nicht vorbeugend nach der Wurz abgesucht hatte. Ich holte es schleunigst nach. Doch da war nichts. Entweder schmalzte Bokaus Pilcherine gerade im stillen Kämmerlein vor sich hin, oder sie kastrierte einen Eber.

Ich entspannte mich erleichtert. Fru Becker war erwiesenermaßen von der zähen Sorte – wie ich. Denn wenn ich schon den Kampf um Gesa Strehlau verloren hatte, war ich nach dem zusätzlichen Misserfolg am Kornfeld entschlossen, bei Bodo Orb keineswegs klein beizugeben. Mal ganz abgesehen davon, dass ich ansonsten nicht über allzu viele Fährten im Schmale-Fall verfügte – wenn es denn überhaupt einer war, wie Bettina behauptete.

In Fahren tutete und bimmelte es, doch es hob niemand ab. Verdammt. Mit verkrampftem Kiefer beobachtete ich ein Blesshuhn, das sich quakelnd durch das Schilf schob und mich dabei anscheinend völlig ignorierte. Nach fünf Minuten versuchte ich es erneut. Wieder nichts. Der Mann erwies sich als zäher Brocken. Angepestet stapfte ich zurück. Fru Becker würde den Orb doch nicht bereits nach Südelbien geschafft haben, damit er nicht mit mir redete?

Quatsch, gab ich mir selbst zur Antwort. Dafür bestand gar kein Anlass. Deine Phantasie treibt wirklich heftige Blüten, Hemlokk. Andererseits – wenn ich Pech hatte, kannte sie seine Handynummer und hatte ihn längst kontaktiert, egal, wo er sich gerade herumtrieb.

»Wir nehmen die hier«, verkündete Opa, als ich an Harry und Daniel vorbei in die Villa trat, und schwenkte Margas Patenknacker, der deshalb auch ihren Namen trug, vor meiner Nase hin und her, als sei er beziehungsweise sie nichts weiter als eine seelenlose Dose. Ich kam mir vor wie eine Sklavenhändlerin. Es hätte nicht viel gefehlt, und ich hätte Oma und Opa grantig gefragt, ob ich die Kröte einpacken und mit einer Schleife versehen sollte. Ausgerechnet Marga. Irgendwie hing ich ganz besonders an ihr, wie ich jetzt feststellte.

»Sie ist doch gesund?«, fragte Oma, die meinen Blick falsch interpretierte.

»Ja, natürlich.«

»Wissen Sie, ich frage nur, weil unsere Püppi damals schon nach einem halben Jahr gestorben ist.«

»Einfach so?«

Oma fand die Frage unverschämt.

»Wenn Sie damit andeuten wollen, dass wir schuld an ihrem Tod waren, das stimmt nicht. Man sieht in so ein Tier schließlich nicht hinein. Püppi hat immer schön zu fressen bekommen, und der Karton war auch groß genug. Das haben die in der Zoohandlung jedenfalls gesagt. Schildkröten brauchen ja nicht viel Platz.«

»Karton?«, echote ich alarmiert.

»Ja.« Oma lächelte in seliger Erinnerung. »Ein Schuhkarton war Püppis Zuhause. Wir hatten ihn mit alten Mullbinden ausgepolstert. Wir konnten sie doch nicht so einfach durch die Wohnung laufen lassen wegen … na, Sie verstehen schon. Das ist unhygienisch. Püppi fand ihn sehr gemütlich.«

»Hanna!«, rief Daniel flehentlich. Er hatte unsere Unterhaltung von der Tür aus verfolgt. Und er hatte selbstverständlich völlig recht.

»Ich verkaufe nicht«, teilte ich Oma und Opa mit. Aus Daniels Richtung erklang unüberhörbar ein erleichtertes Seufzen. »Es tut mir leid, aber ich habe es mir anders überlegt.«

»Aber wieso denn nicht?«, polterte Opa nach einer Schrecksekunde wütend.

Mir war das so was von egal. Ich spürte nur eine totale Erleichterung.

»Diese Schildkröte hier soll in gute und fachkundige Hände kommen. Sie soll weitgehend so leben können, wie es die Natur für sie vorgesehen hat. Das bin ich ihr und mir schuldig. Ich habe sie schließlich ausgebrütet«, versuchte ich es ihnen zu erklären.

Aber klar, es war aussichtslos. Sie verstanden nichts.

»Wir zahlen auch das Doppelte«, bot Oma mit steinerner Miene an.

Nein, sie raffte wirklich überhaupt nichts und bestärkte mich daher nur noch mehr in meinem Entschluss.

»Das glaube ich Ihnen aufs Wort«, erwiderte ich höflich.

»Aber ich bleibe dabei: Ich verkaufe nicht.« Basta. Ja, so gut wie in diesem Moment hatte ich mich lange nicht mehr gefühlt.

»Komm, Ida. Wir gehen.«

Kopfschüttelnd und ohne ein weiteres Wort verließen Oma und Opa meine Villa. Marga legten sie achtlos wie ein Stück Holz auf die Gartenbank, wo sie vor lauter Schreck über ihre ungewohnte Flugeinlage hinpieselte.

»Es ist alles okay, Süße«, beruhigte ich sie, nahm sie hoch und setzte sie rasch wieder ins Terrarium. Den Schock musste sie erst einmal verdauen. »Pass auf, wenn alles nichts hilft, machen wir eben auch Crowdfunding und beleihen unsere Villa. Traute weiß ja, wie das geht.«

Als ich aus der Tür in den Garten trat, versetzte Daniel mir überfallartig einen Schmatzer auf die linke Wange, Harry tat es ihm mit der rechten nach.

»Das war echt voll cool, Hanna«, sagte der Junge. »An die hätte ich auch nicht verkauft. Ich würde mich ganz anders um Marga kümmern.« Als könne er kein Wässerchen trüben, wanderte sein Blick von mir zu Harry.

»Nein«, knurrte der liebende Onkel. »Kommt überhaupt nicht in Frage. Mir reicht ein Neffe. Da brauche ich nicht zusätzlich ein Reptil im Haus, das mindestens genauso stur ist und auch nicht gehorcht.«

Ich fand das nicht sehr nett. Aber vielleicht war Harry auch nur beleidigt, weil Daniel nicht die Kröte haben wollte, deren Pate er war. Denn für alle vier Strandknacker hatten meine Freunde während meines letzten Falles Namens-Patenschaften übernommen, weshalb die Kleinen nun Marga, Theo, Johannes und Harry hießen. Doch Daniel rächte sich umgehend.

»Onkel Harry hat heute Morgen Berge von Käse und Fisch eingekauft«, verkündete das Kind zuckersüß. »Er meinte, er hat mal wieder Lust, mit dir zu kochen. Deshalb sind wir hier.«

»Er habe Lust zu kochen, heißt das«, korrigierte Harry ihn finster. »Indirekte Rede nennen wir das.«

»Und er hat extra einen tollen Wein für euch besorgt«, verkündete Daniel, ohne sich von Harrys Miene und Grammatikkünsten beeindrucken zu lassen. »Um dich gnädig zu stimmen, hat er gesagt.«

»Komm du mir nach Hause, Neffe«, knurrte der Onkel. »Dann versohle ich dir den Hintern, dass du Sterne siehst.«

»Aber genau das hast du gesagt, Onkel Harry«, zwitscherte das Kind mit Unschuldsmiene. »Ich lüge nicht. Außerdem darfst du mich gar nicht schlagen, sonst alarmiere ich den Kinderschutzbund. Und heute Morgen beim Frühstück –«

»Ich weiß, was ich gesagt habe.«

Ich betrachtete die beiden Helden, und mir wurde schlagartig warm ums Herz. Ich mochte sie. Sehr sogar. Und zwar alle beide. Deshalb war ich bereit, Harrys zweifellos entzückendes, jedoch nicht mit mir abgesprochenes Familienarrangement zu akzeptieren und mit ihnen als Dritte im Bunde zu kochen. Bloß nicht heute. Denn Job ist nun einmal Job, und von nichts kommt nichts, wie es so schön heißt.

»Ich kann nicht«, sagte ich leise. Harrys Miene verschloss sich augenblicklich. »Wirklich«, beteuerte ich. »Ich hätte gern mit euch gekocht und gegessen, aber ich muss mich dringend um meinen Fall kümmern.« Bodo Orb ging mir nicht durch die Lappen!

»Dann morgen … oder übermorgen?«, fragte Harry so hoffnungsvoll, dass ich ihn am liebsten in den Arm genommen und geknuddelt hätte. Er fehlte mir, verdammt. Und wenn sein Kochangebot nicht aus sautierten, gesottenen oder dreiundvierzig Stunden am Stück gekochten Schweineköpfen bestand, wie es noch vor Kurzem der Fall gewesen war – umso besser.

»Ja, übermorgen ist gut«, stimmte ich zu.

»Da kann ich nicht«, krähte Daniel. »Da hab ich Theater-AG in der Schule.«

Sein Onkel und ich tauschten einen langen Blick voller Versprechungen und Hoffnungen, der dem Jungen nicht entging.

»Aber lasst mir was zu essen übrig«, rief er vergnügt. »Ich habe immer einen Riesenhunger, wenn ich auf der Bühne gestanden habe.«

Dieses Mal entschied ich mich für das Auto, um nach Fahren zu kommen. Es war zwar noch hell, aber ich hatte einfach keine Lust mehr auf eine Radtour. Mein Plan war simpel. Ich würde mich so lange vor Bodo Orbs Tür postieren, bis ich ihn erwischte. Irgendwann musste er sich ja wieder zu Hause blicken lassen, um etwas zu essen oder Hemd und Hose zu wechseln. Und dann würden wir zwei Hübschen Tacheles reden.

Ich erreichte den kleinen Nachbarort ohne Wurz'schen Zwischenfall und parkte meinen Wagen direkt vor seinem Haus, denn für Heimlichkeiten bestand kein Anlass. Zumindest an der Vorderfront waren alle Fenster dunkel. Ohne allzu große Hoffnung stieg ich daher aus, marschierte auf die Haustür zu und klingelte. Und, oh Wunder, es dauerte nicht lange, bis drinnen Schritte erklangen.

»Wer ist da?«

Seine Stimme hörte sich an, als habe er ihren Gebrauch weitgehend verlernt. Kratzig, rau und wie verrostet.

»Herr Orb? Das kann ich Ihnen besser erklären, wenn Sie die Tür öffnen.«

»Verschwinden Sie.«

»Ich muss Sie wirklich dringend sprechen.«

»Mich muss niemand mehr dringend sprechen.«

»Doch. Ich.«

Schweigen.

»Weshalb?«, fragte er schließlich.

»Nicht durch die geschlossene Tür«, beharrte ich. Die Szene hätte wirklich in jedem absurden Theaterstück Bestand gehabt. Ich wartete geduldig. Ich hatte Zeit. Endlich hörte ich das typische Geräusch, wenn ein Schlüssel im Schloss gedreht wird. Als sich ein Spalt auftat, warf ich mich mit der Schulter gegen die Tür, bevor er es sich wieder anders überlegen konnte. »Hoppla«, sagte ich, als er überrascht zurücktaumelte. »Kann ich hereinkommen?«

Er starrte mich misstrauisch an. »Sie sind ja schon drin. Es ist aber nicht aufgeräumt.«

Sein Äußeres bestätigte das, was mir Fru Becker und die

Nachbarin über den Mann erzählt hatten: bekleckerte graue Jogginghose, dazu ein völlig ausgeleiertes T-Shirt über dem knochigen Oberkörper, eine Fünf-Tage-Nichtrasur, verquollene trübe Augen und dazu das schwarze kurze Haar, dem allerdings jeglicher Schnitt fehlte. Alles in allem bot er ein Bild der kompletten Verwahrlosung und höllischen Einsamkeit. Was für ein Jammer, der Mann war noch nicht einmal dreißig.

»Und ich kaufe nichts. Ich hab nämlich kein Geld. Die Mühe können Sie sich also sparen.«

»Ich will nichts verkaufen«, versicherte ich, während ich ihm ins Innere des Hauses folgte.

Es stank. Ungewaschen, ungelüftet, dreckig. Rasch schaute ich mich um, als wir das Wohnzimmer erreichten. Die Bilder an den Wänden – in der Masse Stickereien, die vom Papagei bis zur Vase mit Herbststrauß reichten – verrieten ebenso eine weibliche Handschrift wie die Sammeltassen und Schmuckteller in der Vitrine und die plüschigen Sofakissen.

»Sie hat mich sitzen lassen«, blubberte er, als er meinen Blick bemerkte. »Mit mir ist es auch nicht leicht. Ich nehme es ihr nicht übel. Mit einem Versager lebt niemand gern zusammen.«

Ich befreite einen Plüschsessel von einem Stapel alter Zeitungen, ließ mich hineinfallen und musterte mein Gegenüber. Der Mann sah richtig krank aus; grau, eingefallen, aber vor allen Dingen quoll ihm die Hoffnungslosigkeit aus jeder Pore. Der Eindruck war derart stark, dass sich mir der Hals zuschnürte.

»Sind Sie in Behandlung? Bei einem Arzt? Kümmert sich jemand um Sie?«

Es rutschte mir heraus, bevor ich mich bremsen konnte. Bravo, Hemlokk, das war nun wirklich ein wahnsinnig professioneller Einstieg.

»Nee.« Er schüttelte den Kopf. »Früher bin ich mal zum Doktor gegangen. Als alles anfing und ich arbeitslos wurde. Sie hat mich gedrängt. Jetzt geh ich nicht mehr. Hat ja doch keinen Sinn. Mir kann niemand helfen.«

Für seine Begriffe war das sicherlich bereits eine ellenlange Rede.

»Das glaube ich nicht«, versetzte ich, wobei ich mich bemühte, richtig Druck in meine Stimme zu legen, um ihn und mich zu überzeugen. »Jeder hat eine Chance. Nur weil Reinhold Schmale Sie entlassen hat, heißt das doch noch lange nicht, dass Sie nichts können, geschweige denn, dass Sie nichts wert sind.«

Draußen kurvte ein Trecker vorbei, und eine Fehlzündung ließ uns beide zusammenzucken.

»Sie wissen also Bescheid.« Er nickte, als sei ihm soeben etwas klar geworden. Das Nicken galt ausschließlich ihm selbst. »Kommen Sie vom Amt? Soll ich in die Klapse? Damit man mich in eine Zwangsjacke stecken oder mit einem Pillencocktail ruhigstellen kann?«

Er verzog die rissigen Lippen. Es war kein Lächeln, sondern eher ein Zähnefletschen.

»Ich komme von keinem Amt«, erwiderte ich und entschloss mich, ehrlich zu sein. Alles andere hatte keinen Sinn. »Ich interessiere mich für Ihren ehemaligen Chef, Reinhold Schmale.«

Er hustete kurz und trocken.

»Da sind Sie bei mir an der falschen Adresse. Ich kann Ihnen nicht viel über den Mann erzählen. Er hat nur Geschäftliches mit mir besprochen. Weil er nämlich der Meinung war, dass ich eine komplette Null bin. Eine Doppelnull hat er mich immer genannt. Dauernd hat er mich beschimpft und niedergemacht, bis ich mir vorgekommen bin wie ein … wie ein … Zwe… äh … Trottel.«

Ich sog scharf die Luft ein. Da war er ja schon wieder, der Zwerg. Langsam verfolgte der mich genauso wie dieser blöde Graf aus Eckernförde! War St. Germain eigentlich kleinwüchsig gewesen? Lag vielleicht in Frojas geheimnisvoller Zacken-Tätowierung die Verbindung zwischen Graf und Zwerg? Und hatte ich mich bei Fru Becker und Gesa Strehlau etwa doch geirrt? Verdammt, ich war zuletzt so sicher gewesen, dass es sich bei der Jüngeren um Schmales Netzpöblerin handelte.

»›Zwerg‹ wollten Sie sagen, nicht? Ist der dann vielleicht irgendwann zu einem Giftzwerg im Internet geworden?«, fragte ich Orb freundlich.

Er wandte den Kopf ab. Trotzdem hatte ich deutlich das Flackern in seinen Augen gesehen.

»Wie bitte?«, brummelte er. »Ich weiß gar nicht, was Sie meinen.«

Oh doch, das wusste er ganz genau, davon war ich jetzt felsenfest überzeugt! Trotzdem erklärte ich geduldig: »Jemand hat Reinhold Schmale im Internet beschimpft. Giftzwerg hat er sich genannt. Waren Sie das, Herr Orb? Es ging dabei nicht nur um die Leidenschaft Ihres ehemaligen Chefs fürs Laufen und Vermessen, sondern auch um seinen miesen Charakter.«

»Er war einer dieser Lifelogger.« Ich hätte nie gedacht, dass man ein einzelnes unschuldiges Wort mit einer derartigen Verachtung aussprechen konnte. »Der tickte doch nicht richtig. Aber mit dem Zwerg hab ich nix zu tun. Davon höre ich zum ersten Mal.« Er starrte mich mit leerer Miene an. »Ich war Reinhold Schmales Assistent. Sein persönlicher Assistent. Aber wieso interessiert Sie mein ehemaliger Chef überhaupt? Er ist doch tot, und ich weine ihm keine Träne nach. Am liebsten würde ich Freudentänze auf seinem Grab aufführen. Er war ein ganz mieser Hund. Ein Arschloch ersten Ranges.«

Ich frohlockte innerlich. Fru Becker war mir also in diesem Fall nicht zuvorgekommen. Der Mann redete, und zwar unverstellt. Deshalb beschloss ich, den Giftzwerg erst einmal beiseitezulassen.

»Ja, das habe ich gehört. Reinhold Schmale war kein netter Mensch, den man sich als Begleiter für eine einsame Insel ausgewählt hätte.«

Bodo Orb, der bislang mit beiden Händen sein rechtes Knie umklammert hatte, entspannte sich bei meinen Worten ein wenig, indem er die Arme hinter dem Kopf verschränkte und mir zwei tellergroße Schweißflecken unter den Achselhöhen präsentierte. Er müffelte.

»Von wem Sie das haben, brauche ich wohl nicht zu fragen. Es gibt niemanden bei Beckmann & Driller, der Schmale nicht die Pest an den Hals gewünscht hätte.«

In der Ferne bellte ein Hund tief und rau. Es musste sich um ein richtig großes Exemplar handeln und nicht um so eine Fußhupe. Ich mag Hunde und würde nie nach einem treten, trotzdem finde ich den Ausdruck für diese Miniportionen wunderbar.

»Aber Sie hat er besonders getriezt, nicht?« In diesem Haus lagen mögliche Mordmotive wirklich gleich bündelweise auf dem Tisch. »Als persönlicher Assistent waren Sie gezwungenermaßen oft in seiner Nähe.«

Orb kniff die Lippen zusammen, senkte die Arme und ballte seine Hände zu Fäusten.

»Ich habe es allein schon gehasst, wie er mich herbeizitiert hat. ›Orb!‹«, bellte er so unvermutet los, dass ich ihn erschrocken ansah. »Sehen Sie, Sie zucken auch zusammen. Es klang immer so, als würde er seinen Schäferhund rufen. Und dabei hat er nicht einmal fies gegrinst, sondern mich so sachlich angeschaut, als sei ich ein Insekt, dem er zu Experimentalzwecken die Flügel ausreißen musste. Das war fast noch furchtbarer als die ewigen Klagen über mich.«

»Was genau hat er Ihnen denn vorgeworfen?«

Orb rang sich fast so etwas wie ein Lachen ab, bevor er meinte: »Alles. Wie gesagt, er hielt mich für einen kompletten Versager. Eine Null. Ein Nichts, einen Niemand. Ich war ihm zu langsam, ich besaß keine Übersicht, mir fehlte es an Verstand. Und das waren noch die harmlosen Dinge, die er mir vorhielt.«

Das musste ja eine wahrhaft nette Arbeitsatmosphäre bei Beckmann & Driller gewesen sein. Nur Angst und Stress, niemals ein Lob. Fru Becker hatte da anscheinend noch erheblich untertrieben.

»Weshalb wurden Sie entlassen, Herr Orb? Gab es da einen konkreten Grund?« Und ein konkretes Motiv, um den Mann möglicherweise die Klippe hinunterzustoßen? Aber das behielt ich natürlich für mich.

Er senkte erneut den Kopf.

»Ja, gab es. Zumindest aus Schmales Sicht. Ich hatte vergessen, seine Frau anzurufen, um ihr mitzuteilen, dass er sich an diesem Abend voraussichtlich fünf bis zehn Minuten verspäten würde«, nuschelte er tonlos.

»Das gibt es nicht«, entfuhr es mir. »Das ist doch Pipifax!«

Der Anflug eines Grinsens erschien auf seinem Gesicht; meine spontane Reaktion tat ihm sichtbar wohl.

»Für Sie, ja. Und für mich auch. Aber Schmale war ein Zahlenfetischist. Für ihn war das keine Lappalie. Fünf Minuten, drei Stunden, ganz egal. Für ihn war zu spät zu spät. Punkt.«

»Aber –«

»Kein Aber.« Plötzlich kam Leben in den Mann. Er setzte sich auf, und seine bislang schlaffen Gesichtsmuskeln strafften sich. »Er hat zu mir gesagt, das Maß sei nun endgültig voll, und wenn ich nicht freiwillig kündige, würde er mir im Betrieb das Leben zur Hölle machen.« Orb knallte die geballte Rechte mit Schmackes in die offene linke Hand. »Die Vorhölle kannte ich ja schon. Das war mein normaler Arbeitsalltag. Die Hölle hätte ich keinen Tag ausgehalten. Also habe ich gekündigt, Schlappschwanz, der ich nun einmal bin. Und seitdem ist mein Leben keins mehr. Ich finde keine neue Arbeit. Wer braucht schon einen neunundzwanzigjährigen BWL-Bachelor mit einem Zeugnis, das man nur verbrennen kann? Ich habe Angst und leide unter Panikattacken und fühle mich ungefähr so nutzlos wie ein alter Sack. Die Kasse hat die Burn-out-Behandlung übernommen, aber jetzt ist Schluss. In zwei Monaten gehe ich auf Hartz IV, und da werde ich für den Rest meines Lebens bleiben. Langzeitarbeitslos.«

Er betonte das Wort mit solcher Verachtung und derartigem Ekel in der Stimme, dass mir angst und bange wurde.

»Herr Orb, Sie brauchen dringend Hilfe.«

»Weiß ich. Will ich aber nicht.«

Ich explodierte. Sicher, es ging ihm zweifellos beschissen, aber ein Quäntchen Selbstmitleid meinte ich ebenfalls aus seinem Genöle herauszuhören.

»Menschenskind, Mann, gönnen Sie dem Schmale doch nicht noch im Tod so einen Triumph über Sie! Wehren Sie sich! Machen Sie etwas aus Ihrem Leben. Sie sind gerade mal dreißig. Da haben Sie noch ein paar Jährchen vor sich. Schmale hat das logischerweise nicht, weil er tot und begraben ist.«

Meine Tirade führte immerhin dazu, dass er mich ansah.

»Ja, prima, nicht? Also dass er tot ist, meine ich.« Sein Gesichtsausdruck wurde geradezu träumerisch. »Das war die schönste Nachricht, die ich in den letzten Jahren bekommen habe. Reinhold Schmale, der alte Mistkerl, hat sich das Genick gebrochen. Hoffentlich hat er noch gemerkt, dass es mit ihm zu Ende ging. An dem Tag hab ich ein Fass aufgemacht.«

Ich fixierte ihn nachdenklich. Soso. »Und Sie sind wirklich ganz sicher, dass Sie nicht der Giftzwerg sind und bei Schmales Tod vielleicht doch ein bisschen nachgeholfen haben?«

»Das ist eine unverschämte Beschuldigung!«, empörte er sich. Völlig apathisch war der Mann also nicht.

»Es ist zunächst eine Frage, mehr nicht.«

»Eine Frage, ach so, nur eine Frage«, grummelte er. »Also gut. Erstens, das habe ich schon gesagt, kenne ich Ihren komischen Zwerg nicht. Habe nie von ihm gehört und weiß daher nicht, was das Ganze soll.« Ich glaubte ihm kein Wort, weil das für meinen Geschmack etwas zu viele Verneinungen waren; haargenau wie all die »wunder«-Wörter, die Gesa Strehlau benutzt hatte, um das Verhältnis zu ihrem ehemaligen Chef zu beschreiben. »Zweitens habe ich kein Alibi, falls Sie mir unterstellen wollen, dass ich Schmale ermordet habe«, fuhr Orb mit harter Stimme fort. »Ich war hier. Allein. Wie immer. Aber ich gebe gern zu, dass ich den Scheißkerl am liebsten umgebracht hätte. Für so etwas fehlt mir bloß der Mut. Aber wenn da jemand nachgeholfen haben sollte, dann würde ich ihm die Hand drücken und ihm einen Orden verleihen. Darauf können Sie Gift nehmen. Ich habe allerdings gehört, dass die Polizei von einem Unfall ausgeht. Und drittens möchte ich nun endlich wissen, was Sie das alles angeht.«

Ich erklärte es ihm.

»Bettina Schmale hat Sie als Privatdetektivin engagiert?« Er produzierte ein Geräusch, das entfernt nach einem Lachen klang. »Witzig. Nach all den Jahren.«

»Wieso?«

»Ich hab mich immer gefragt, ob die Frau tatsächlich so blöd ist oder ob sie nur so tut und immer etwas geahnt hat.«

»Was hat sie geahnt?«, fragte ich sanft. Kamen wir jetzt, was Bettina Schmales tatsächliches Motiv für meine Beauftragung betraf, endlich ein Stück weiter? Kamen wir.

»Na, was ihr liebender Gatte so hinter ihrem Rücken getrieben hat.« Plötzlich funkelte unverkennbar Leben in Orbs Augen, und er hing nicht mehr wie ein Schluck Wasser im Sofa, sondern produzierte tatsächlich so etwas wie einen Hauch von Körperspannung.

»Ich glaube, Bettina Schmale weiß wirklich nichts. Mir gegenüber hat sie zumindest nichts angedeutet«, befeuerte ich ihn.

Orb blies die Backen auf und fuhr sich mit der Rechten in einem Anfall von Dynamik durch das fettige stoppelige Haar. »Dann bestellen Sie der Dame mal einen schönen Gruß von mir, wenn Sie sie sehen. Der alte Sack hat jahrelang eine Alibi-Agentur benutzt. Hab ich durch Zufall mitgekriegt. Immer wenn ihm danach war oder er tatsächlich einen geschäftlichen Termin hatte, orderte er dort ein präsentables Girl, und die haben dann den Rest erledigt. Und seine Frau hat wirklich nichts geahnt? Die hat er auch behandelt wie den letzten Dreck und nicht nur mich? Das ist ja zum Schießen.«

ACHT

Am nächsten Morgen wachte ich erst gegen neun auf. Die Piepmätze klöterten und schrillten in den Bäumen, die Enten schnatterten auf dem See, der Himmel war milchig blau, und die Temperaturen befanden sich in einem Bereich, den man nur als angenehm bezeichnen konnte: Sagenhafte siebzehn Grad zeigte das Thermometer im Schatten. Mir ging es einfach gut. Und das lag natürlich nicht nur am Wetter, sondern auch und in erster Linie daran, dass ich in beiden Fällen endlich ein Stück weitergekommen war.

Bettina Schmale würde ich mit dem Giftzwerg konfrontieren und sie fragen, weshalb sie mir den verschwiegen hatte. Zudem konnte ich ihr die Alibi-Agentur präsentieren, sobald ich mit den Leuten dort gesprochen hatte. Das war doch schon einmal was und bewies, dass ich meine Sache verstand.

Ich war ziemlich neugierig, wie die Frau auf die Neuigkeiten reagieren würde. Entsetzt? Fassungslos? Oder hatte sie so etwas geahnt und mich deshalb beauftragt? Wir würden sehen, aber das konnte warten.

Der Fall meines Freundes Johannes war momentan dringlicher, weil es ihm richtig dreckig ging. Deshalb freute es mich besonders, ihm mitteilen zu können, dass es nur noch eine Frage der Zeit sein würde, bis ich Julianes Sparringspartnerin ausfindig gemacht hatte. Er kannte diese Froja bestimmt, doch wenn das wider Erwarten nicht der Fall sein sollte, hatten wir immer noch die ausgerissenen Haarbüschel und die beiden Tätowierungen.

Und zu guter Letzt schien sich auch noch das verkrampfte Verhältnis zu Harry endlich wieder zu entspannen. Klar, so richtig sensationell war das alles für sich genommen nicht, wenn man es genau nahm. Aber Kleinvieh macht bekanntlich auch Mist.

Dynamisch schwang ich mich daher aus dem Bett, duschte und bereitete mir anschließend ein hochgesundes Frühstück aus einer Kanne Tee, einem halben Becher Orangensaft sowie fünf Löffeln Joghurt mit einem Rest Nuss-Müsli zu. Ich hatte völlig vergessen einzukaufen, und das war das Einzige, was Kühlschrank und Vorratsschapp hergaben. Anschließend entschied ich mich gegen ein erneutes, weil ohnehin zum Scheitern verurteiltes Schmalzheimer-Experiment, sondierte kurz die Lage – keine Wurz weit und breit – und machte mich auf den Weg zu Johannes, um mit ihm über ebendiese Froja zu sprechen.

Und wenn ich ihn auf Hollbakken nicht antraf, würde ich gleich weiter nach Eckernförde fahren, um noch einmal mit dem Oberstudienrat, diesem Krahwinkel, zu plaudern, dessen Adresse ich völlig unproblematisch im Telefonbuch gefunden hatte. Der war bekanntlich ein ausgewiesener St.-Germain-Spezialist, und diese Froja dekorierte sich mit dem Grafen. Das passte doch. Vielleicht hatte der pädagogische Pensionär eine Ahnung, was es mit dieser Zacken-Tätowierung auf dem anderen Arm auf sich hatte. Denn vermutlich handelte es sich dabei um ein nicht so verbreitetes magisches Zeichen, das nur Eingeweihten bekannt war. Es musste ja nicht gleich St. Germains Formel für die Unsterblichkeit sein.

Wie es sich gehörte, klopfte ich der am Rosmarinbusch dösenden Hannelore sowie ihrem Lover Gustav zum Abschied auf die Panzer und kraulte Silvia kurz den Mopp zwischen den Hörnern, was sie mir mit einem gewaltigen Rülpser aus einem ihrer fünf Mägen vergalt. Dann trabte ich zum Haupthaus hinauf – ahnungslos und direkt in meine Gute-Laune-Killerin hinein.

»Na, da schau her«, blubberte Marga, als ich schnurstracks auf sie zumarschierte und dicht vor ihr stehen blieb. »Das Schätzelchen höchstpersönlich. Man sieht dich ja kaum noch. Ich hatte deshalb schon befürchtet, Bewohner von Gamma X Centauri hätten dich am Kornfeld gekapert und wären mit dir zu ihrem Heimatstern aufgebrochen, um dich bei ihrem Chef als schräge Trophäe zu präsentieren. Obwohl du ja nicht unbedingt so viel hermachst. Als Mensch und Freundin, meine ich.«

»Hallo, Hanna«, brummte Krischan verlegen.

»Moin, ihr beiden«, grüßte ich, wild entschlossen, mich von

Marga nicht provozieren zu lassen, sondern die Sache mit dem Crowdfunding und dem Haus meiner Eltern in aller Ruhe zu klären. Und das hieß, ihr nicht gleich einen vor den Latz zu knallen.

»Ich nehme an, dass es deine kostbare Zeit wieder nicht erlaubt, einmal etwas für diesen Planeten zu tun und uns bei der Aktion zu begleiten?«, fragte Marga spitz und blickte dabei bedeutungsvoll auf die Rolle, die Krischan unter dem Arm trug.

Ein neues Plakat, zweifellos. Manchmal war die Frau wirklich eine einzige Nervensäge. Meine Laune ging spürbar in den Sinkflug.

»Das nimmst du ganz richtig an«, schoss ich zurück. »Ich muss mir meine Brötchen eben noch verdienen. Und zurzeit ist das nicht so einfach.«

Marga nickte mit geheucheltem Verständnis. »Traute hat mich schon gewarnt. Du hättest immer eine Ausrede parat, hat deine Mutter gesagt. Darin sollst du bereits als Kind geradezu weltmeisterlich gewesen sein.«

Gut, sie wollte es so haben. Dann redeten wir jetzt also Klartext.

»Marga, was soll das?«, blaffte ich sie an. »Hör auf zu sticheln. Ich bin auf dem Weg zu Johannes, habe zwei Fälle am Hals, und Vivian LaRoche macht immer noch die Fliege. Ich brauche das Geld, und zumindest in einem Fall werde ich richtig bezahlt. Außerdem sage ich nur eins: Crowdfunding.«

»Was ist damit?«

Sie machte einen auf völlig abgeklärt, was mich nur noch weiter in Rage brachte.

»Ich hätte gern gewusst, was passiert, wenn dein Plan in die Hose geht und meine Eltern ihr Haus verkaufen müssen.«

»Nichts natürlich«, gab sie gleichgültig zurück. »Traute ist ja nicht dumm. Sie hat sich bei der Bank genau erkundigt. Das Geld ist nicht in Gefahr. Da sind irgendwelche Sicherungen eingebaut.«

»Trotzdem finde ich es … verantwortungslos«, schnappte ich.

»Weil du ein Mensch bist, der keine Risiken eingeht. Im

Gegensatz zu deiner Mutter. Die hat nämlich Mumm«, sagte Marga anerkennend. »Der muss jedoch bei dir irgendwo auf dem Weg von der Gebärmutter in die Wiege verdunstet sein.«

»Marga Schölljahn«, sagte ich drohend.

»Marga«, sagte auch Krischan ängstlich.

Sie las wohl in meinem wütenden Gesicht, dass ich wirklich verletzt war. »Entschuldigung. Das war unfair.«

»Ja«, stimmte ich ihr zu.

»Es ist nur, Traute und mir liegt das Projekt sehr am Herzen. Es ist alles nicht leicht, und es kann auch schiefgehen, aber es macht mich einfach wahnsinnig, zuzusehen, wie die Meere sterben. Und das tun sie, wenn wir nicht aktiv werden. Und zwar jeder Einzelne von uns.«

»Ja«, sagte ich zum zweiten Mal. »Deshalb der Trawler. Um Müll zu sammeln. Traute hat es mir erzählt.« Ich zögerte kurz, dann platzte ich heraus: »Das ist trotzdem eine Schnapsidee. Das ist eine ganze Nummer zu groß für euch. Ein Trawler, überleg doch mal. Der allein kostet Unsummen.«

Krischan fing an, von einem Bein auf das andere zu treten. Der Junge war eine sensible Seele, und ich hätte ihm unser kleines Scharmützel lieber erspart.

Meine Freundin sah mich unbewegt an.

»Ich danke dir für deinen sicher gut gemeinten Rat, Schätzelchen. Aber Traute und ich sowie noch ein paar andere Menschen sind da völlig anderer Meinung. Die Erde brennt, die Ozeane sind am Ende. In den Mägen der Wale findet man bald mehr Plastikmüll als Fisch. Da ist es wirklich allerhöchste Zeit, etwas zu tun. Wie dieser mutige junge Mann namens Boyan Slat, der es ebenfalls über Crowdfunding versucht, um seine Barriere gegen den Müll auf den Weltmeeren zu testen. Millionen hat er mittlerweile so gesammelt. Konzerne und Regierungen machen bereits mit. Als der anfing, hat bestimmt auch jeder gesagt: Lass die Finger davon. Das wird nie etwas.«

Sie pikste mir den Zeigefinger zwischen die Brüste.

»Und ein Haus ist doch nur ein Haus und ein Nichts gegenüber der drohenden Katastrophe. Aber du hast ja zwei Fälle.

Allerdings nehme ich an, da du dich auf dem Weg zu Johannes befindest, dass du dich gerade mit dem nicht so lukrativen Job beschäftigst.«

Johannes hatte keinen Cent auf der Naht, das schluckte alles das Fass ohne Boden, nämlich der Familiensitz derer von Hollbakken. Wir wussten es beide.

»Richtig«, bestätigte ich knapp.

»Also kannst du es dir offensichtlich durchaus leisten, ein oder auch zwei Stunden etwas zu tun, das nicht bezahlt wird. Und DePP und unser Crowdfunding-Projekt«, fuhr Marga drohend fort, »sind eine richtig große Sache, die es unbedingt verdient, selbstlos unterstützt zu werden.«

»Weil ihr zweigleisig fahrt«, knurrte ich.

»Ganz genau. Weil wir zweigleisig fahren. Die Partei hat zweifellos eine besondere Zukunft, denn wir präsentieren Inhalte, zu denen wir sichtbar stehen, was wiederum durch den Trawler deutlich werden wird. Blabla kommt bei uns nicht in die Tüte. Das beeindruckt die Leute, wie die Reaktion im Netz zeigt.« Also gut. Vielleicht war ich ja wirklich eine alte Unke. Vielleicht sah ich ja alles eher schwarz. Und vielleicht war das Risiko gar nicht so groß, wenn Traute und Marga anfingen, mit Milliönchen zu jonglieren, Häuser zu beleihen, Trawler zu kaufen und Seeleute und Taucher anzuheuern.

»Tja, was dran ist irgendwie schon«, versuchte ich einzulenken.

Doch das half auch nichts mehr.

»Nicht in diesem Tonfall, Schätzelchen. Ich bin nicht blöd.«

»Nein«, stimmte ich hastig zu. War sie nicht, aber alles in mir sträubte sich einfach, wenn ich an dieses hirnrissige Crowdfunding-Unternehmen dachte. Und hatte denn jemals einer von Margas Plänen einen messbaren Erfolg gebracht? Nein, hatte er nicht. DePP war ihr Baby und nicht meins. Und mir versagte nun einmal die Phantasie, wenn ich mir meine Freundin am Rednerpult des Parlaments vorstellte. Das passte einfach nicht. Mal ganz davon abgesehen, dass sie dort höchstwahrscheinlich nie hinkommen würde, trotz des nicht vorhandenen Blablas.

Meine Freundin war eben niemand, der mit einer Engelsgeduld dicke Bretter bohrte, der netzwerkte, bis das Internet qualmte, oder sich an irgendwelchen verkrusteten Strukturen abarbeitete.

Bei Marga musste es krachen. Und zwar jetzt, sofort. Mhm. Um ehrlich zu sein, sah ich sie deshalb weitaus eher auf der Kommandobrücke eines Trawlers als auf dem glatten Parkett des Landtages.

»Du glaubst nicht an uns. Ich habe schon verstanden«, bemerkte sie gekränkt.

»Marga, das stimmt nicht. Es ist nur so –«

»Komm, Krischan. Wir haben hier nichts verloren. Einen schönen Tag noch, Hanna, und viel Erfolg.«

Oh weh. Hanna hatte sie mich genannt und nicht Schätzelchen. Das tat sie nur, wenn sie stinksauer war und mich am liebsten unangespitzt in den Boden gerammt hätte. Die beiden marschierten davon. Marga, ohne sich noch einmal umzudrehen, Krischan mit einem verstohlenen Winken in meine Richtung. Wenn ich in meinen Fällen etwas mehr Land sah, würde ich Frau Schölljahn zu einer Lammkeule samt zwei Flaschen des teuersten Barolos einladen, den ich auftreiben konnte. Und wenn ich dafür eine Crowdfunding-Kampagne im Netz starten musste. Eine derartige Maßnahme hatte die Wogen bislang noch immer zuverlässig geglättet.

Als ich auf den kopfsteingepflasterten Hof von Hollbakken rauschte, hatte ich mich weitgehend wieder beruhigt, obwohl mich der Hauch eines schlechten Gewissens schon noch plagte. Denn Marga hatte ja im Prinzip recht. Wenn sich kaum jemand für eine Sache engagiert und nicht wie Traute-Mutti etwas wagt, weil er von der Notwendigkeit einer Maßnahme überzeugt ist, sondern fast alle nur das eigene Wohl im Blick behalten, geht die Gesellschaft unweigerlich vor die Hunde. Ach verdammt.

Ich zwängte mich aus dem Wagen. Also Hemlokk, wie wäre es denn mit einem Kompromiss? Ich würde mich keinesfalls mit dem Trawler auf hohe See begeben, um nach Plastikmüll zu fischen, aber sollte ich mich nicht vielleicht doch mit einem Plakat ans Steiner Steilufer wagen, wenn ich zumindest den einen Fall gelöst hatte? Ja, damit konnte ich leben, und meine miese Laune hob sich.

Aus der Werkstatt erklangen Sägegeräusche. Johannes war also da und hatte nicht vor, wegzufahren, was ich zum Anlass nahm, seiner Schecke Nirwana einen Besuch abzustatten. Wir mochten uns, seit wir uns bei meinem ersten Fall näher kennengelernt hatten.

»Na du«, begrüßte ich das Pferd, das neugierig zum Gatter getrabt kam, als es mich entdeckte. »Wie geht's denn so? Und vor allen Dingen, wie geht's deinem Herrn und Meister?«

Nirwana schnaubte leise und schüttelte den Kopf, dass die Mähne flog.

»Nicht gut, mhm, ich weiß. Deshalb bin ich hier. Na, mal sehen, was sich machen lässt.«

Ich tätschelte ihr zum Abschied den Hals und schlenderte zur Werkstatt. Das Sägen hatte aufgehört, jetzt schallten gregorianische Chorgesänge über den Hof.

»Johannes«, rief ich von der Tür her und atmete gleichzeitig tief ein. Diese Mischung aus frischem Holz und Leim ergab einen wunderbaren Duft, den ich manchmal jedem Parfüm vorziehe. Also alles zu seiner Zeit, natürlich.

Er schaute auf.

»Ah, Hanna. Moment.«

Ich trat näher. Mit einem Stück Schmirgelpapier bearbeitete er eine kleine Kommode. Das Holz hatte einen fast goldenen Schimmer und sah wunderschön samtig und matt glänzend aus. Vorsichtig strich ich über eine der Seitenflächen. Toll. Keine Frage, Johannes von Betendorp verstand sein Handwerk.

»Eine Auftragsarbeit?«, fragte ich.

»Ja.« Doch es klang bitter und gar nicht froh. »Aber ich weiß nicht, ob sie es noch nimmt.« Er streichelte zärtlich über die glatte Oberfläche. »Wer die lichtvolle Welt der Engel, Meisterinnen und Meister verlassen hat, gehört nicht mehr zur Gemeinde der spirituell Erleuchteten. Mit anderen Worten: Von einem möglichen Mörder, der mit dem Bösen flirtet, lässt man sich kein Schränkchen bauen.«

»Weil das mieses Karma gibt, schon klar«, versuchte ich es ins Lächerliche zu ziehen, um ihn zumindest ein bisschen aufzuheitern und zu trösten. »Und du hast natürlich keinen Vertrag?« Den irdische Gerichte im Härtefall anerkennen würden.

Doch ich brauchte das eigentlich gar nicht zu fragen, ich wusste es. Johannes war schon im normalen Leben ein entschiedener Anhänger des Treu-und-Glauben-Prinzips. Und unter esoterischen Brüdern und Schwestern war es todsicher verpönt, mit so einem bürgerlichen Wisch überhaupt zu wedeln.

»Nein, hab ich nicht. Und ich werde den Schrank auch so los. Hast du etwas herausgefunden, Hanna? Bist du deshalb hier?«

Er klang so hoffnungsvoll, dass es mir ins Herz schnitt. Der Arme stand dank dieser Klara und ihrer Botschaften an die Gemeinde der Geistgläubigen wirklich gewaltig unter Druck.

»Ja.«

»Echt?« In seinem Gesicht ging die Sonne auf, er nahm mich in den Arm und drückte mich fest an sich. Wie immer roch er nach Pferd, Holzleim und Cannabis. »Warte, ich koche uns rasch einen frischen Kaffee. Setz dich doch schon draußen auf die Bank.«

Das tat ich. Drinnen hörte ich ihn geschäftig herumpuzzeln, die Mönche hatte er verstummen lassen. Johannes bewohnte das Herrenhaus seiner Familie mittlerweile wieder mutterseelenallein. Mit seinem Eventkonzept hatte es nicht hingehauen. Da war ihm ein Mord dazwischengekommen. Und auch die Suche nach einem Mieter gestaltete sich schwierig, weil das einsam gelegene Herrenhaus immer wieder dubiose Typen anzog, die zudem nicht in Geld schwammen oder, genauer, über keinen Cent in der Börse verfügten.

Und so hing ein Teil der Dachrinne am Wohngebäude schief herab, und der Putz bröckelte an etlichen Stellen, von der überall abblätternden Farbe ganz zu schweigen. Was früher hellgelb gewesen war, muchelte heute in schmutzigem Graubeige vor sich hin. Noch schlimmer dran waren allerdings die Nebengebäude, die wohl in nächster Zeit in sich zusammenfallen würden, wenn nicht bald etwas geschah. War vielleicht auch hier Crowdfunding die Lösung? Unter dem Motto: Ein Herrenhaus für jedermann – mir gehören zwei Ziegel von Hollbakken. Nein, das klappte nie und nimmer, weil es nichts zu beleihen gab. Da konnte Johannes schon eher diese Froja fragen, ob sie ihm nach dem Zacken-Rezept auf ihrem Oberarm vielleicht ein paar Euros zusammenrührte.

»So. Greif zu. Ich habe noch eine Packung Kekse aufgetrieben.« Johannes stellte das Tablett auf der Bank ab, setzte sich neben mich und streckte die langen Beine aus. »Erzähl!«

»Kennst du eine Froja?«

Er hatte sich einen Keks genommen, biss aber nicht hinein, sondern überlegte angestrengt.

»Ich glaube nicht. Nein, der Name sagt mir zumindest nichts.« Er blickte mich unglücklich an. »Aber ich könnte ja Vik und Lulu fragen. Vielleicht wissen die was. Obwohl ...« Er seufzte tief. »Gestern sind sie mir auch schon aus dem Weg gegangen, haben einfach die Straßenseite gewechselt, als sie mich kommen sahen.«

»Die Visionen der lieben Klara zeigen also volle Wirkung«, sagte ich und puffte ihn aufmunternd in die Seite. »Komm, das ist kein Grund, gleich aufzugeben. Ich habe nämlich noch mehr als den Namen. Pass auf, die Frau hat sich mit Juliane im Kornfeld geprügelt. Dabei hat sie offenbar mehrere Büschel Haare verloren, was man deutlich sehen muss. Und an den Oberarmen ist sie tätowiert. Links hat sie sich den Grafen von St. Germain stechen lassen. Und rechts prangt irgend so ein Zeichen, das meine Informanten nicht zuordnen konnten. Sie haben es als Zacken beschrieben. Mehrere Zacken, und darunter stand was. Ein Gruß, ein Datum, sie wussten es nicht. Na, klingelt's jetzt bei dir?«

Ich verschwieg ihm, dass die launige Barcode-Runde ihn andererseits gleich wieder verdächtigt hatte, etwas mit Julianes Verschwinden zu tun zu haben. Als sei es jenseits jeglicher Vorstellungskraft, dass eine erwachsene Frau abtauchen konnte, ohne jemandem Bescheid zu geben. Allein oder mit wem auch immer.

»Doch, ich glaube, die habe ich gesehen«, meinte Johannes jetzt wie elektrisiert. »Sogar mehrfach am Kornkreis, aber auch noch woanders. Sogar letztens erst.«

»Wo?«, drängte ich.

»Keine Ahnung.«

Er hämmerte voller Frust mit der flachen Hand auf seinen Oberschenkel. Aua.

»Denk nach, Johannes. Vielleicht finden wir sie dort.«

Ich langte nach einem Keks und biss hinein. Er war labbrig wie das meiste Gebäck, das Johannes bei unerwartetem Besuch in den Tiefen irgendwelcher Schubladen aufspürte. Ich spülte mit einem ordentlichen Schluck Kaffee nach. Denn der war gut.

»Bei Inge auf der Terrasse«, trompetete Johannes plötzlich. »Sie saß so schräg hinten an einem Tisch. Mir ist gleich die komische Frisur aufgefallen. Als ob der Haaransatz sich nach hinten verlagert hätte. Das gibt eine ganz hohe Stirn. Ich habe gedacht, die Frau hat eine Krankheit. Und die Tätowierungen habe ich auch gesehen, also nicht genau, aber dass da so etwas war, habe ich erkannt. Es war nämlich richtig warm, und sie hatte ein Shirt ohne Ärmel an. Die heißt Froja und hat sich mit Juliane geprügelt?«

Er klang jetzt richtig entzückt.

»So lauten meine Informationen.«

»Und um was ging es dabei? Hat man dir das auch erzählt?«

Johannes hatte Keks und Kaffee abgestellt und war jetzt ganz Ohr. Doch mein Gesichtsausdruck verriet mich.

»Du weißt es nicht.«

»Nein«, gab ich zu. »Und deshalb müssen wir die Frau zwischen all den Kornkreisgläubigen und Erzengel-Kanälen schleunigst finden, um mit ihr zu reden.«

Johannes blickte bei meinen Worten zu Boden. »Ich weiß, dass du das alles für Humbug hältst, Hanna. Und manches klingt auch ziemlich beknackt, das gebe ich zu. Aber –«

Ich legte ihm eine Hand auf den Oberschenkel. »Lass uns diese Diskussion vertagen, ja? Jetzt geht es erst einmal um den Fall und darum, dass du entlastet wirst.«

»Aber ich möchte, dass du weißt, dass ich verstehe –«

»Lass gut sein, Johannes.«

Nach einer Engel- und geistigen Begradigungsdiskussion stand mir wirklich nicht der Sinn. Zu meiner Erleichterung stellte er die Tassen zusammen und stand auf.

»Ich schließe nur rasch die Werkstatt ab. Moment.«

»Du willst mitkommen zu Inge?«

Das war mir nun auch nicht recht. Ich arbeite bekanntlich lieber allein.

»Klar.« Er blickte ernst auf mich herab. »Es geht schließlich um meinen Kopf. Und die Leute werden immer galliger und giftiger. Die meisten glauben wirklich, dass Klara eine Botschaft empfangen hat und ich Juliane getötet und irgendwo verbuddelt habe. Und dass da ganz viel negative Energie war. Also bei Klara. Nur weil ich zuletzt mit Juliane gesehen wurde. Dabei sind wir einfach befreundet, da spricht man schon mal miteinander. Aber mir hört ja niemand mehr zu. Die drehen sich alle weg, wenn sie mich sehen. Und nach meinem Motiv fragt sowieso kein Schwein. Ich habe nämlich keins.«

Ich hörte der Klage nur mit halbem Ohr zu, weil ich überlegte, ob es klug war, Johannes mit zu dieser Froja zu nehmen. Wobei dieser Gedanke natürlich die Hoffnung beinhaltete, dass die Haargerupfte sich gerade jetzt in Inges Restaurant aufhielt. Aber die Frage blieb: Würde Julianes Boxbirne eher die Zähne auseinanderkriegen, wenn sie ihn sah? Oder würde ihr das im Gegenteil den Mund verschließen? Ich wusste es nicht.

»Okay«, sagte ich daher. »Aber erst verrätst du mir, was diese geheimnisvolle Tätowierung auf ihrem rechten Oberarm bedeutet, und dann schwörst du, dass du nur redest, wenn ich dir ein Zeichen gebe. Sonst bist du bitte stumm wie ein Fisch.«

»Ja, dieses Tattoo sah wirklich seltsam aus. Und ich habe keine Ahnung, was es darstellt. Sie hat nichts gesagt, und ich habe so etwas noch nie gesehen. Und gefragt habe ich natürlich nicht.

Das wäre irgendwie zu persönlich gewesen. Und ja, ist gut, ich werde meinen Mund halten.«

»Ich meine es ernst, Johannes.«

»Ich auch.«

Er hob die rechte Hand zum Schwur.

Bei Inge war es rappelvoll. Auf der Terrasse war jeder Tisch besetzt. Der spirituelle Kontakt zu meisterlichen Größen sowie zu Engeln und deren erzenen Varianten schlug also nicht auf den Magen, was ich merkwürdig beruhigend fand. Denn auf fast allen Tellern entdeckte ich noch etwas von Inges »Buttgeflüster«, einem Schollenfilet-Teller mit selbst gehäkelter Remouladensoße, hausgemachtem Kartoffelsalat sowie einem riesigen grünen Salat. Zu Recht war dieses kulinarische Highlight weit über die Grenzen Bokaus hinaus bekannt.

»Siehst du sie?«, flüsterte Johannes nervös, als wir langsam an der Hecke vorbeischlenderten und dabei die Gäste auf der Terrasse musterten.

Das Getuschel und die giftigen Blicke, die ihm galten, entgingen mir nicht. Und mir entging auch nicht, dass ich wurzfreies Gebiet betrat, denn das überprüfte ich mittlerweile automatisch.

»Nein.« Alle trugen ihre Haare normal, von einer hohen Stirn war weit und breit nichts zu entdecken. Und tätowierte Oberarme erblickte ich nur bei einem Kleiderschrank von einem Kerl. Da half nur eins: »Alle mal herhören, Leute«, brüllte ich, so laut ich konnte. Das Gerede verstummte schlagartig. »Hat jemand von euch zufällig Froja gesehen? Oder weiß einer, wo sie sich aufhält?«

Schweigen. Die meisten hatten zwar aufgehört zu essen, glupschten uns jedoch nur stumm an.

»Hallo«, schrie ich. »Ich habe euch etwas gefragt.«

»Hanna.« Johannes zupfte nervös an meinem Shirt. »Das bringt doch nichts.«

Da war ich anderer Meinung und fixierte einen asketisch aussehenden Mittfünfziger mit einem Peace-Zeichen auf dem verwaschenen Shirt. Zwei Fossile, ohne Frage.

»Drinnen«, knurrte der Dino schließlich ungnädig.

Na also, ging doch. Hoch erhobenen Hauptes marschierten Johannes und ich über die Terrasse auf den Schankraum zu. Allmählich setzten die Gespräche wieder ein. Und tatsächlich, als ich die Tür öffnete, fiel mein Blick als Erstes auf eine Frau mit dunkelbraunen Haaren und einer hohen Stirn. Sie saß mit drei anderen in bunte Gewänder gewickelten Damen an einem Tisch und unterhielt sich.

»Das ist sie«, flüsterte Johannes hinter mir aufgeregt. »Das ist Froja.«

»Bist du sicher?«

»Ja!«

Ich trat auf Julianes medialen Konkurrenzkanal zu. Die Frauen verstummten und sahen neugierig zu mir hoch.

»Kann ich Sie einen Moment sprechen, Froja?«

»Was willst du?« Ihre Stimme war unangenehm schrill.

»Nur mit dir reden«, versicherte Johannes.

Ich legte ihm die Hand auf den Arm. Ich war hier die Detektivin, schon vergessen?

»'tschuldigung«, murmelte er.

»Es dauert nicht lange, aber es ist von äußerster Wichtigkeit«, teilte ich ihr geschäftsmäßig mit.

Ihr Blick blieb an Johannes hängen.

»Geht es um Juliane?«, keifte sie.

Das heißt, für mich hörte es sich nach Keifen an. Aber die Frau sprach wohl immer so.

»Ja«, gab ich unumwunden zu. »Es sind neue Informationen aufgetaucht.« Ich fixierte sie. »Unabhängig von Klaras … äh … Visionen.«

»Und was habe ich damit zu tun?«, fragte Froja und rührte sich nicht.

Den neugierigen Gesichtsausdrücken nach zu urteilen, war die Plauderrunde ganz Ohr. Ich starrte Julianes Boxbirne direkt und höchst bedeutungsvoll in die Pupillen.

»Eine ganze Menge, wie ich hörte.«

Am Nachbartisch verteilte ein Siebenjähriger hingebungsvoll Inges Rote Grütze auf der Tischdecke, lediglich milde ermahnt von seinen Erzeugern, weil ihr Augenmerk mehr auf der herzerfrischenden Kreativität ihres Sprösslings lag.

»Also gut.« Endlich stand sie auf. »Ich hab zwar keine Ahnung, was du von mir willst, aber … okay. Ich muss allerdings erst etwas essen.«

»Das ›Buttgeflüster‹ ist zu empfehlen«, sagte ich liebenswürdig, während ich einen Tisch ansteuerte, der gerade abgeräumt wurde und etwas abseits stand. Wir setzten uns, Froja bestellte tatsächlich Inges Spezialität, Johannes und ich begnügten uns mit einem Salat. Der Kellner verzog sich.

»Also, was gibt's?«, verlangte Froja mürrisch zu wissen.

Johannes öffnete bereits den Mund, doch ich stupste ihn unter dem Tisch an, woraufhin er ihn wieder schloss.

»Juliane Schott«, sagte ich. »Die Frau ist verschwunden, wie Sie sicher wissen. Nach meinen Informationen haben Sie sich mit ihr im Kornfeld geprügelt.«

»Was wollen Sie denn damit behaupten?«, schnappte sie. Ach nee, plötzlich galten wieder die konventionellen Umgangsformen. Und sie konnte ebenfalls nicht verhindern, dass ihre ohnehin schrille Stimme noch ein wenig gellender klang. »Haben Sie Zeugen?«

»Ja«, sagte ich schlicht. »Hab ich. Und bevor Sie danach fragen: Sie sind glaubwürdig.«

Froja glaste einen Moment ins Leere. Dann war sie zu einem Entschluss gekommen.

»Es war nichts Ernstes, sondern eher freundschaftlicher Natur«, teilte sie uns mit. »Ihr Informant hat da sicher etwas missverstanden.«

»Nur ein harmloser Austausch unter Engelsschwestern im Geiste also?«, spottete ich. »Da habe ich etwas völlig anderes gehört. Juliane und Sie haben gekeift wie Fischweiber und sich zuletzt nicht mehr nur auf Worte beschränkt, sondern die Fetzen fliegen lassen, behauptet mein Gewährsmann.« Ihre Stirn kräuselte sich. Ich legte noch eins drauf. »Als Schlampe haben Sie sie beschimpft, als Nutte. Und Sie haben Juliane Schott alles Miese dieser Welt an den Hals gewünscht.«

»Wer ist Ihr Informant?« Sie leugnete es also nicht. »Und was soll das Ganze überhaupt?«

»Können Sie sich das nicht denken?«, fragte ich, ohne auf ihre erste Bemerkung einzugehen.

»Nein«, erwiderte sie. »Juliane ist verschwunden.« Ihr Blick wanderte zu Johannes. »Und wir wissen alle, was Klara für eine Botschaft empfangen hat und wer zuletzt mit ihr gesehen wurde.«

»Ach ja, wissen wir das?«, entgegnete ich scharf. »Und wenn, besagt das gar nichts. Denn Sie und nicht Johannes haben sich nachweislich mit ihr gestritten. Weshalb? Und kommen Sie mir jetzt nicht mit irgendwelchen fadenscheinigen Ausreden. Ich stehe nicht eher von diesem Tisch auf, bis ich eine Antwort von Ihnen habe. Und zwar eine höchst handfeste und irdische und keine esoterisch angehauchte.«

Sie verzog spöttisch die Lippen. »Ist das etwa eine Frage nach meinem Motiv, wenn ich Juliane umgebracht haben sollte? Und werden Sie gleich auch noch mein Alibi überprüfen?«

Für eine dem Jenseitigen und Immateriellen zugetane Dame stand die Frau mit beiden Beinen aber feste im Diesseits. Dieser Froja machte offenbar niemand so leicht etwas vor. Mir aber auch nicht.

»Richtig.«

Sie griff nach einem der Pappdeckel und begann ihn hin und her zu drehen. »Na gut, wir hatten Differenzen. Nichts Schlimmes, nichts von Bedeutung und schon gar nichts, was Sie verstehen würden.«

»Worum ging es?«, beharrte ich. »Nun kommen Sie schon.«

»Weshalb interessiert Sie das überhaupt?«

»Ich bin Privatdetektivin. Mein Klient macht sich Sorgen um Juliane und möchte Klarheit in dieser Frage haben.«

Knacks, war der Pappdeckel in der Mitte durchgebrochen.

»Privatdetektivin?«, keuchte sie entsetzt. »Wer ist denn Ihr Klient?«

Johannes tat keinen Muckser.

»Das werde ich Ihnen selbstverständlich nicht auf die Nase

binden. Doch Sie sehen, Ihre Lage ist nicht besonders rosig. Ich kann Ihnen daher nur empfehlen, zu kooperieren.«

Von der Terrasse her erscholl ein lautes Lachen. Da schienen sich mehrere Leute wie Bolle zu amüsieren. Die Dame Froja gab sich sichtbar einen Ruck.

»Juliane hält sich zwar für ein tolles Medium, aber sie ist …« Ihre Stimme verebbte.

»Ja?«

»Keins. Zumindest ist sie ganz sicher kein göttlicher Kanal für St. Germain.« Ihre Stimme hatte jetzt einen energischen Tonfall angenommen. »Das muss ich schließlich wissen, weil ich nunmehr seit Jahren selbst als Engelmedium tätig bin und eng mit dem Grafen zusammenarbeite. Nein, sie hat einfach keine Ahnung und belügt und betrügt die Menschen und schwatzt das Blaue vom Himmel herunter. Das kann sie allerdings gut. Die Leute kommen scharenweise zu ihr und gehen ihr auf den Leim. Weil sie nur sagt, was die hören wollen. Das habe ich ihr vorgeworfen. Ich halte sie für eine schamlose Betrügerin als Engelmedium und Kanal für göttliche Energien. Nichts als heiße Luft und Abzockerei. Schauen Sie, Juliane hat nicht den Hauch einer Ausbildung, wie wir alle in der Szene wissen. Ich dagegen bin jahrelang auf Fortbildung in diversen Geist- und Heilzentren und bei unterschiedlichen Meistern gewesen.«

Madame redete sich zunehmend in Rage. Prima, so sollte es sein. Hoffentlich platzte uns Inge jetzt nicht mit dem »Buttgeflüster« und den Salaten dazwischen. »Botschaften des Grafen behauptete sie zu empfangen. Ich bitte Sie! St. Germain hätte sich nie herabgelassen, sich mit so einer abzugeben. Ein Mann von seinem Format. Niemals.«

Unauffällig schielte ich auf ihren linken Oberarm. Der Stoff des Shirts war etwas hochgerutscht, sodass ich einen aristokratisch aussehenden Typen mit langer Nase und einer Perücke erkennen konnte, wie sie die Richter in England heute noch tragen. Aha, St. Germain höchstpersönlich.

Ich ertappte mich dabei, wie ich mich seltsam verrenkte, um das geheimnisvolle Zacken-Tattoo auf dem anderen Arm in den

Blick zu bekommen. Doch sie zog rasch den Stoff hinunter, als sie mein Interesse bemerkte. Seltsam. Ich würde sie später fragen. Jetzt wollte ich erst einmal dem Grund für die Prügelei auf die Spur kommen.

»Juliane ist also Ihrer Meinung nach eine Schwindlerin und Bauernfängerin?«, hakte ich nach.

Sie besaß immerhin so viel Anstand, sich ein bisschen zu zieren, bevor sie meinem harten Urteil zustimmte.

»Na ja, schon. Irgendwie. Aber so weit würde ich nicht gehen. Sie ist es sicher nicht bewusst, denke ich. Sie hält sich ehrlich für ein Medium. Aber das ist sie nicht. Keine Frage.«

»Und deshalb haben Sie sie verprügelt.«

»Sie hat angefangen«, rechtfertigte sich Froja trotzig wie eine Sechsjährige. »Ich habe mich nur gewehrt.«

»Und weshalb hat Juliane angefangen?«, fragte ich freundlich. Sie antwortete nicht. »Das muss doch einen Grund gehabt haben. Man geht nicht einfach wie eine Furie mitten im Kornfeld aufeinander los.« Und anderswo eigentlich auch nicht. Doch, unter einer Bedingung. Natürlich, das war's. Fast hätte ich laut losgeprustet. »Sie hält *Sie* ebenfalls für eine Betrügerin in Channel-Dingen, stimmt's?«

»Lächerlich.«

Froja spuckte das Wort mit einer Vehemenz aus, als kratze es in ihrem Hals, sodass die drei Damen, mit denen sie ursprünglich am Tisch gesessen hatte, neugierig zu uns herüberschielten.

»Aber sie tat es«, sagte ich gemütlich. »Sie warf Ihnen genau das vor, was Sie ihr vorwerfen: keinen echten Draht zu St. Germain und den ganzen anderen Lielis … äh … Lichtwesen, Engeln und Meistern zu haben sowie Betrug und Abzocke Ihrer Kunden.«

Aus irgendeinem Grund machte mir diese Vorstellung richtig gute Laune.

»Und das war … unmöglich. Total daneben. Und absolut lächerlich, wirklich.« Frojas Wangen hatten sich heftig gerötet. Vor lauter Empörung hatte sie glatt meinen Ausrutscher mit den Lielis überhört. »Da können Sie hier jeden fragen, der auch nur ansatzweise Ahnung von spirituellen Dingen hat. Juliane ist die Betrügerin. Nicht ich.«

»Ach ja?«, bemerkte ich ebenso unschuldig wie zweifelnd, um ein weiteres Tröpfchen Öl ins Feuer zu gießen.

Und es klappte. Sie beugte sich vor. Ihre Gesichtszüge waren nun ganz irdisch hart und argwöhnisch und hatten mit einem erleuchteten Geistwesen nicht mehr das Geringste zu tun.

»Hören Sie, Juliane besitzt ein loses Mundwerk und mehr nicht. Und sie ist völlig skrupellos. Wenn sie einen Vorteil wittert, dann nutzt sie ihn schamlos. Sie kennt keine Rücksicht, auf niemanden, und sieht nur sich.« Na da schau her. Das wurde ja immer besser. »Ich sage Ihnen ganz ehrlich, ich bin froh, dass sie verschwunden ist. Wohin auch immer, wobei ich glaube, sie betrachtet das ganze Treiben um sie aus der Ferne und macht sich einen Spaß daraus, uns alle im Unklaren zu lassen. So ist sie nämlich. Das würde zu ihr passen. Sie ist ein egoistisches Luder. Oder, Johannes?«

»Ich finde sie ganz nett«, antwortete Johannes eingeschüchtert.

Froja warf mir einen schwesterlichen Blick der Marke »Männer sind doch solche Schafe!« zu, und ich beendete diesen geistreichen Dialog.

»Um es noch einmal auf den Punkt zu bringen, Froja: Sie haben sich mit Juliane Schott im Kornfeld geprügelt, weil Sie sich beide gegenseitig für Betrügerinnen in medialen und spirituellen Dingen hielten und nach wie vor halten.« Mein Tonfall war heiter.

Froja bedachte mich mit einem wütenden Blick.

»Für Außenstehende mag es so aussehen«, erklärte sie schmallippig.

»Überrascht Sie das etwa? Sie haben beide offenbar ordentlich zugelangt und sich nichts geschenkt. Das lässt auf eine gehörige Portion Wut schließen.« Ich fixierte demonstrativ ihren Haaransatz.

»Es wächst wieder.«

»Aber es wird dauern.«

Froja seufzte und langte nach dem nächsten Pappdeckel, um ihn zu malträtieren.

»Hören Sie, die Keilerei war nicht geplant. Ich wollte lediglich eine Aussprache, um ihr klarzumachen, dass es so nicht weitergeht. Aber sie … mit der Frau war ja nicht zu reden. Sie verlor sofort die Beherrschung und hat mir ohne Vorwarnung eine Backpfeife verpasst. Und da habe ich mich gewehrt. Was hätten Sie denn wohl an meiner Stelle getan? Stillgehalten wie ein Schaf? Als ich sie verließ, ging es ihr jedenfalls gut.« Ich schaute sie wortlos an. »Na ja, ich habe ihr mehrmals in den Magen gehauen, und sie hat gekotzt wie ein Reiher. Aber das war alles. Umgebracht habe ich sie jedenfalls nicht.«

»Das wird sich zeigen«, erklärte ich seelenruhig.

Frojas Augen weiteten sich. »Sie glauben mir nicht?«

»Nein«, stellte ich nüchtern fest.

»Und was glauben Sie dann?«

»Dass Sie Juliane Schott möglicherweise erschlagen, erwürgt oder erdrosselt haben, um sie anschließend zu verscharren.« Froja entwich ein keuchender Laut, und sie fasste sich entsetzt mit beiden Händen an den Hals. Ich gab mich unbeeindruckt. »Denn wenn man einmal das ganze esoterische Geplapper beiseitelässt, ist Juliane als Engelmedium und Kanal für göttliche Energien gerade auch um diesen offensichtlich äußerst lukrativen St. Germain herum eine knallharte wirtschaftliche Konkurrenz für Sie. Kunden, die Sie selbstverständlich als Suchende bezeichnen würden«, das konnte ich mir nicht verkneifen, »also Kunden, die Juliane abfängt und an sich bindet, gehen für Sie verloren. Und so riesig ist der schleswig-holsteinische Engelmedienmarkt doch nicht, oder? Dass für Sie beide genügend Platz ist, meine ich. Jeder will und muss schließlich von irgendwas leben.«

»Aber was hat das denn …?«

Ihre schrille Stimme zitterte. Als spirituell Bedürftige hätte ich mir als Erstes einen Engel-Kanal gesucht, der mir in beruhigendem Bass die Botschaften aus der Geistwelt übermittelte und nicht im kreischenden Falsett.

»Alles«, sagte ich. »Denn Konkurrenz ist zwar gut für den Kunden, aber schlecht für die Geschäftsfrau.«

Froja starrte mich an, als sei in meiner Gestalt der Teufel auf Bokau hernieder direkt in Inges Restaurant und an diesen Tisch gefahren.

»Sie sind ja irre«, röhrte sie so laut, dass sich alle Köpfe im Raum zu uns herumdrehten, während sie gleichzeitig aufsprang, als Inge mit dem hoch beladenen Tablett zur Tür hereinkam. »Völlig durchgeknallt. Ich bringe doch keine Leute um. Nein, glauben Sie mir, Juliane macht sich nur einen Spaß und amüsiert sich irgendwo.«

Und weg war sie.

»Mahlzeit«, sagte Inge, die sich samt Tablett mit einem eleganten Ausweichmanöver vor dem hinausstürmenden Medium fürs Übersinnliche gerettet hatte, und platzierte den Teller mit dem »Buttgeflüster« mittig zwischen Johannes und mich. »Ich hole noch rasch ein Besteck. Lasst es euch schmecken, Kinder.«

NEUN

Die Alibi-Agentur residierte – kein Witz – in Gottesgabe, einem kleinen Ort in der Nähe von Giekau am Selenter See. Dieses Mal hatte ich mich telefonisch angemeldet und mich bei dem Spezialisten fürs Doppelleben als so eine Art Fernseh-Scout vorgestellt, denn ich nahm mal an, dass ein auf Lügen spezialisierter Unternehmer sofort die Schotten dicht machte, wenn er das Wort »Privatdetektivin« auch nur hörte. Ich würde als Freie arbeiten, hatte ich ihm erzählt, und sei deshalb immer auf der Suche nach ungewöhnlichen Berufen, Geschichten und Menschen. Er passe einfach perfekt in mein Beuteschema, und so ein bisschen Werbung für die Agentur sei möglicherweise auch drin. Damit hatte ich den Fuß zumindest in der Tür. Wie ich dann den Bogen zu Reinhold Schmale schlug, würde sich zeigen. Irgendetwas würde mir schon einfallen.

Es war der Tag nach dem Zusammenstoß mit Froja. Die vormittäglichen Stunden hatte ich mir gegönnt, um mich von den gesammelten Esoterikern mit ihren aberwitzigen Ideen und kruden Gedanken zu erholen. Ebenso hingebungsvoll wie handfest hatte ich meine Villa geputzt, war schwimmen gegangen und hatte mich mit selbst gebackenem Brot, einer Tomaten-Mozzarella-Platte sowie einer Schüssel Hummus versorgt. Na ja, und eine Flasche Wasser rundete die Sache in schönster Weise ab, zumal die Wurz ein Einsehen hatte und sich nicht blicken ließ, um zu nerven.

Zwischendurch hatte ich mehrere Runden mit Silvia über *sünnerbaare Tofälle*, *afsünnerliche Zacken-Tattoos* und *tücksche Engelmedien* geschnackt. Sie konnte Plattdeutsch. Natürlich, sie war schließlich auf dem schleswig-holsteinischen Land groß geworden.

Froja kam ihr ebenfalls blümerant vor, was sie mir mitteilte, indem sie drei Mal kraftvoll muhte, als ich ihr von der Frau erzählte. Ich verstand das als Aufforderung, Julianes Konkurrenzkanal in die Welt des Geistigen keinesfalls aus dem Blick zu lassen und noch einmal richtig unter die Lupe zu nehmen. Wir waren da ganz einer Meinung. Und auch meine Anweisung an Johannes, über Vik und Lulu in der esoterischen Gemeinde möglichst schnell zu verbreiten, dass Juliane und Froja sich gestritten und geprügelt hatten, fand sie in Ordnung.

Mehr konnte ich zunächst einmal nicht für ihn tun. Und vielleicht kam ja auf diese Weise auch noch die eine oder andere Information über die Dame an die Oberfläche beziehungsweise drang bis zu mir vor. Es war zumindest einen Versuch wert, fand ich. Denn Frojas Motiv, Juliane aus dem Weg zu räumen, ließ sich nur dann einfach ignorieren, wenn man Scheuklappen so groß wie Scheunentore vor beiden Augen trug. Mehr Kunden, mehr Geld; so einfach war das. Und als Schlaglicht auf die Engelmedien-Konkurrenz so verdammt unspirituell.

Natürlich musste ich mich alsbald auch um Frojas Behauptung kümmern, dass Juliane noch gelebt habe, als sie mit ihr fertig gewesen sei. Hatte sie also nach dem Kampf noch jemand gesehen? Auf jeden Fall würde ich dranbleiben. Auch da stimmte Silvia mir vorbehaltlos zu. Denn diese Frau barg zweifellos ein Geheimnis – genauso wie meine Auftraggeberin Bettina Schmale.

Das Haus der Agentur lag etwas zurückversetzt auf der rechten Seite, wenn man wie ich aus Richtung Giekau kam, sodass ich es nicht gleich fand, obwohl der Ort selbst, nun ja, übersichtlich ist. Eine Haupt- oder besser Durchgangsstraße, links davon Felder, rechts Einfamilienhäuser, ein Abzweiger, eine Bushaltestelle, ein Postkasten. Das einzig Markante an Gottesgabe war der Name und dass es ansonsten nichts Markantes gab.

»Weinhold GmbH« stand auf dem Firmenschild neben einer rumsgesunden Tanne. Nichts weiter. Das hatte mir Bodo Orb schon erzählt, als er mir die Adresse verraten hatte. Denn neugierig geworden, hatte er ein bisschen recherchiert. Das Haus wirkte zwar betagt, aber perfekt in Schuss gehalten. Schieferdach, eine Doppelgarage zur Linken, ein monströser Wintergarten zur Rechten und rundherum ein Garten, dem man die gründaumige Pflege ansah. Alles wuchs, blühte und gedieh. Kein pflanzliches Wesen, um es esoterisch auszudrücken, hing welk herab oder wagte es, keine sattgrünen Blätter und Nadeln zur Schau zu stellen. Hier wirkte eindeutig ein dienstbarer Geist, der sich um alles kümmerte, was mir wiederum anzeigte, dass das Geschäft mit den falschen Alibis boomte.

Als ich auf den Klingelknopf drücken wollte, öffnete sich auch schon die Haustür; keineswegs von Zauberhand, denn vor mir stand ein athletischer Ein-Meter-neunzig-Kerl mit einem gewinnenden Lächeln, das eine Reihe makelloser Beißerchen enthüllte. Auf Mitte vierzig schätzte ich ihn, obwohl in seinen dunkelblonden Haaren – der Schnitt musste ein Vermögen gekostet haben, das sah selbst ich als ausgewiesener Friseurmuffel – kein einziges gräuliches Haar schimmerte.

»Kameras«, sagte der Hüne zur Begrüßung und deutete links oben neben die Tür, wo ich eine unscheinbare Linse entdeckte. »Ich habe sie überall auf dem Grundstück installieren lassen. Ich weiß lieber im Voraus, wer mich besucht. Und Gesine ist ein bisschen ängstlich, weil man von der Straße nichts einsehen kann. Meine Lebensgefährtin. Weinhold. Peter Weinhold.« Er hielt mir die Hand hin. »Und Sie sind die Journalistin, Frau Hemlokk, nicht wahr?«

»Ja«, bestätigte ich, nahm seine dargebotene Rechte und schüttelte sie kräftig.

Sein Händedruck war genau richtig: keinesfalls wabbelig, aber auch nicht schraubstockartig. Als Richard hätte er seinen ersten Test tadellos bestanden.

»Na, dann kommen Sie mal herein. Gleich die Tür vorn links, bitte. Dort ist mein Büro.«

Es war nicht groß und repräsentativ eingerichtet, sondern eher gemütlich. Schreibtisch, Sitzecke, Regale und zwei Kübelpflanzen. Das war alles. Die Kunden sollten sich offenbar gleich wie zu Hause fühlen und ihre Skrupel und Scheu verlieren. Weinhold forderte mich mit einer Handbewegung in Richtung Sitzecke auf, Platz zu nehmen. Nachdem die Kaffeefrage geklärt war – schwarz für ihn, mit Milch für mich –, übernahm er ganz selbstverständlich die Führung des Gesprächs. Für den Anfang war mir das nur recht. Das wiegte ihn in Sicherheit.

»Sie recherchieren also über Alibi-Agenturen? Welchem Sender wollen Sie den Beitrag denn anbieten, wenn wir ins Geschäft kommen?«

Darauf war ich vorbereitet.

»Oh, auf jeden Fall einem privaten und nicht den öffentlich-rechtlichen.« Ich schenkte ihm ein vertrauliches Lächeln. »Bis die nämlich mal eine Entscheidung getroffen haben, bin ich bereits in Rente. Die ganzen Gremien in den Anstalten, es ist ein Graus. Und jeder Redakteur darf seinen Senf zu allem und jedem geben.«

Das hatte Harry mir erzählt. ARD und ZDF seien die Tanker der Branche, hatte er gesagt. Bis die einen eingeschlagenen Kurs korrigiert kriegten, verstürben darüber locker ein paar Dutzend Intendanten an Altersschwäche, während die freien Mitarbeiter verhungerten.

»Ja, das habe ich auch von einem Kunden gehört.« Weinhold schlug elegant ein jeansbehostes langes Bein über das andere. Mit seinem blütenweißen Hemd war er ein attraktiver Mann, zweifellos. Und er wusste es. »Dann halte ich es für das Sinnvollste, wenn ich Ihnen zunächst einen kurzen Einblick in unsere Arbeit gebe, bevor wir zur moralischen Problematik kommen.« Er entblößte erneut seine reklameweißen Zahnreihen. »Denn darum geht es doch ebenfalls, nicht wahr? Viele Leute halten unser Geschäft für anrüchig. Ich hingegen sage: Wir gehen lediglich unserer Arbeit nach. Die Menschen, die zu uns kommen, sind erwachsen, und weshalb jemand ein Alibi benötigt, geht uns nichts an. Wir liefern nur. Noch einen Kaffee?«

»Ja, bitte.«

Der Mann besaß Charme und Chuzpe, das musste man neidlos anerkennen. Er schenkte nach, während irgendwo im Haus ein Rührmixer zu sirren begann.

»Ah, Gesine backt für heute Nachmittag einen Kuchen. Meine Ex kommt mit den Kindern auf Besuch.«

Ich nickte stumm. Was sollte das jetzt heißen? Alles ganz normal, trotz des eher ungewöhnlichen Berufs von Papi? Wahrscheinlich.

»Also, im Kern ist es ganz einfach«, fuhr Weinhold fort, als ich nicht weiter reagierte. »Keine Ehefrau sieht es gern, wenn der Gatte eine Woche mit seiner Freundin verbringt.« Nö, in der Regel nicht. »Also hat der Mann ein Problem. Und da kommen wir als Alibi-Agentur ins Spiel. Wir lösen dieses Problem. Und zwar elegant und ohne viel Aufhebens davon zu machen. Möglichst geräuschlos. So sind wir am erfolgreichsten.« Er nahm einen Schluck Kaffee, ohne mich aus den Augen zu lassen. »Schauen Sie, in so einem Fall schicken wir zum Beispiel eine Einladung zu einer Konferenz an die Heimatadresse des Kunden. Und zwar in der Regel per Post, sodass die Gattin etwas in der Hand hat. Das wiegt sie weitaus mehr in Sicherheit als eine Mail. Oder ein Telefonanruf. Den könnte ja ein Freund tätigen. Dann folgt zur Sicherheit die Hotelreservierung, entweder ebenfalls schriftlich, oder ein Angestellter spricht auf Englisch beziehungsweise je nach vorgeblichem Tagungsort mit dem dazu passenden Akzent auf Deutsch auf den heimischen Anrufbeantworter. Es muss für die Frau nachprüfbar sein, damit sie keinen Verdacht schöpft. Darum geht es schließlich. Wir arbeiten da weltweit mit renommierten Partnern zusammen. Reiseunternehmen, Hotels, Fluglinien. Sie alle sind bereit, fingierte Rechnungen, Buchungen oder was sonst für ein perfektes Alibi erforderlich ist, auszustellen. Es findet sich auch für die komplizierteste Situation stets ein Ausweg, das kann ich Ihnen versichern. Aber Sie haben bestimmt Verständnis, wenn ich hier nicht ins Detail gehen kann.«

»Aber ja, habe ich«, sagte ich und hörte selbst, dass es ein bisschen grantig klang. »Es sieht einfach nicht aus, wenn das Ritz-Carlton getürkte Rechnungen auf Bestellung produziert. Oder die InterConti-Group. Und das tun sie doch, mhm?«

Er verzog kurz das Gesicht, als habe er Schmerzen. »Wie gesagt, ich mache nur meinen Job. Das ist alles. Die Moral von der Geschicht –«

»Sind Sie mit Ihrer Agentur eigentlich wegen des Ortsnamens hierhergezogen?«, entfuhr es mir. »Gottesgabe. Manchem Kunden kommt Ihre Tätigkeit bestimmt so vor.«

»Ich habe das Haus geerbt.« Er hölzerte jetzt sowohl im Gesicht als auch in der Sprache. »Es gehört seit Generationen meiner Familie. Das ist kein billiger Marketing-Gag.« Hui, der Junge war trotz seines Jobs offenbar ein Mimöschen. »Soll ich fortfahren?«

»Bitte.« Und halt die Klappe, Hemlokk. Aufregen kannst du dich später immer noch.

»Wenn also einmal, was allerdings höchst selten vorkommt, aber es kommt halt vor, ein Alibi platzt«, nahm Weinhold seinen Faden wieder auf, »liegt es nicht an uns. Meist war der Kunde selbst unvorsichtig und hat sich verraten. Da kann dann die beste Agentur der Welt nichts machen. Dann gibt es unweigerlich Ärger.« Weil es sich eben im Kern, und da konnte man mit noch so vielen Worten die Sache zu bemänteln versuchen, um Betrug handelte. Wobei wir wieder bei der Moral und beim schlechten Gewissen wären. Er wusste es, ich wusste es, und er wusste, dass ich es wusste. Gesine hatte die Maschine abgestellt, und die plötzliche Ruhe im Haus kam mir fast gespenstisch vor.

»Wie sind Sie eigentlich auf dieses Geschäft gekommen?« Es interessierte mich wirklich, und so viel Zeit musste sein. Außerdem war mir immer noch kein Kniff eingefallen, wie ich den Alibi-Unternehmer unauffällig auf Schmale bringen konnte. Weinhold zuckte mit den Schultern.

»Ich brauchte selbst einmal einen wasserdichten Nachweis. Zwei Städte, zwei Frauen, Sie verstehen.« Mein Kopf ruckte unwillkürlich Richtung Tür. »Nein, nein, das war lange vor Gesine. Sie ist etwas Ernstes. Wir haben vor, zu heiraten.«

»Meinen Glückwunsch«, sagte ich. »Und dann sind Sie dabei geblieben? Bei den Alibis, meine ich.«

Er lehnte sich entspannt zurück. »Wissen Sie, ich bin von Haus aus Betriebswirt, und der Markt für dererlei Dinge ist einfach riesig. Jeder braucht doch einmal eine Auszeit, wenn er ehrlich ist. Raus aus dem Trott und rein in ein neues Leben.

Jeder möchte einmal ein paar unbeschwerte Tage mit einem anderen Menschen verbringen. Aber dafür muss man doch nicht gleich seine Ehe oder Partnerschaft aufs Spiel setzen. Mittlerweile sind wir in Deutschland unangefochtener Marktführer.« Gesine hatte den Kuchen in den Ofen geschoben. Es duftete nach Äpfeln und Hefeteig. »Sie ist eine wunderbare Bäckerin.«

»Wie schön für Sie«, sagte ich.

Das Ganze zerrte an meinen Nerven: Hier der Lügenbaron, der ohne Zweifel stolz auf seinen Job war, und in der Küche die Lebensabschnittsgefährtin, die heile Welt spielte und Kuchen für die Ex samt seinen und deren Kindern buk. Ob diese Gesine ihrem Gatten in spe über den Weg traute? Ich würde es nicht tun. Aber egal, das war nicht mein Bier. Ich saß hier als Ermittlerin, nein, eben nicht, sondern als freie Journalistin. Also weiter im Text, Hemlokk.

»Wie kommen Sie eigentlich zu Ihren Kunden? Oder anders herum gefragt: Wie kommen die an Sie?«

»Über das Internet«, lautete die prompte Antwort. Natürlich, hätte ich mir denken können. »Kein Problem. Das meiste geht dann nach dem ersten Kontakt telefonisch. Der Kunde schildert uns seinen Fall, ich lasse mir etwas einfallen, und dann sprechen wir die Sache noch einmal durch, bis alles passt. Das reicht normalerweise. Anders ist es natürlich, wenn ein Freund, eine Begleiterin oder ein Verlobter gewünscht wird, um die Familie zu beeindrucken oder zu beruhigen.«

»Dann springen Sie höchstpersönlich ein?«, mutmaßte ich.

»Oft ja. Aber es muss natürlich passen. Sonst besorge ich einen Schauspieler oder eine Schauspielerin. Das ist kein Problem. Da habe ich mehrere Fachkräfte an der Hand, die sich etwas dazuverdienen möchten. In solchen Fällen ist es jedoch immer besser, sich mit der Dame oder dem Herrn vorab zu treffen, um über Vorlieben, Abneigungen oder Schulerinnerungen zu sprechen. Denn es kann richtig peinlich werden, wenn die Verlobte beispielsweise seit Kindertagen unter einer Weizenallergie leidet und der künftige Ehemann davon keine Ahnung hat. Mir macht das Spaß«, setzte er unvermutet hinzu. »Ich muss mich bei solchen Auftritten auf neue Leute einstellen und unerwartete Situationen meistern. Das ist schon eine echte Herausforderung. Und ich helfe den Damen und Herren. Hören Sie«, er beugte sich ein wenig vor, »ich möchte in dem Beitrag nicht zu erkennen sein. Das ist doch kein Problem für Sie, oder?«

»Nein«, versicherte ich wahrheitsgemäß, denn es würde ja keinen Beitrag geben.

Er lächelte freundlich zu mir herüber. »Ich brauche mein Gesicht. Aber das verstehen Sie sicher.«

»Klar«, sagte ich burschikos. »Und was kosten nun Ihre Bemühungen so? In welchem Rahmen bewegt sich das? Das würde den einen oder anderen Zuschauer bestimmt interessieren. Schon weil sich mancher selbst als Kunde sieht.«

»Über Geld rede ich prinzipiell nicht.«

Bumm.

»Okay«, sagte ich so gedehnt, wie die coolen Jungs und Mädels in den amerikanischen Serien sprechen. Es wurde auch langsam Zeit, zu Reinhold Schmale vorzustoßen, sonst pries der Alibi-Mann noch zu Weihnachten die Vorzüge seiner Agentur. »Das ist natürlich völlig in Ordnung. Das Prinzip habe ich nun verstanden, denke ich. Ihr Unternehmen fabriziert Alibis auf Bestellung und bietet Begleitungen für alle Fälle an. Aber Prinzipien kann man schlecht verfilmen.« Er war auf der Hut, ich merkte es an seiner zunehmenden Körperspannung. »Da kommt nichts rüber. Kein Human Touch. Kein Kribbeln beim Zuschauer. Deshalb habe ich mir überlegt, dass es am sinnvollsten wäre, die Arbeitsweise Ihrer Agentur an einem exemplarischen Fall darzustellen.«

»Nein. Das kommt überhaupt nicht in Frage. Diskretion ist bei uns oberstes Gebot«, wehrte Weinhold sofort ab. »Das ist unmöglich.«

»Nein«, widersprach ich. »Ist es nicht. Fragen Sie mich nicht, woher ich den Namen habe, aber der Mann ist tot. Es war ein Unfall, daran ist also nichts Merkwürdiges. Und er hat nachweislich die Dienste Ihrer Agentur in Anspruch genommen.«

»Reinhold Schmale.«

Der Lügenbaron besaß wirklich eine fixe Auffassungsgabe. Er hatte keine Zehntelsekunde benötigt.

»Den meine ich, ja.« Ich verkniff mir den naheliegenden Reim »Reinhold bei Weinhold« zugunsten eines seriösen Auftretens.

Weinhold dachte nach, während die Finger seiner linken Hand auf der Sessellehne einen Trommelwirbel veranstalteten.

»Er ist zwar tot, aber er war verheiratet«, sagte er schließlich. »Die Witwe …«

»… hat zugestimmt«, improvisierte ich und ließ ein kehliges Lachen hören. »Wie so viele Leute heutzutage will sie einfach nur ins Fernsehen. Ganz egal, ob sie dafür lebende Maden isst, wie ein durchgeknallter Dschungelbär steppt oder hausgemachte Lyrik zum Besten gibt. Hauptsache, es geschieht vor einem Millionenpublikum. Gesehen werden ist das, was interessiert. Koste es, was es wolle.«

Weinholds Finger beruhigten sich umgehend. Dann meinte er mit unüberhörbarem Tadel in der Stimme: »Ja, das ist eine echte Plage unserer Zeit. Man will berühmt werden, und wenn es nur für eine Viertelstunde und als vom Schicksal gebeutelte Hinterbliebene ist.« Wir tauschten einen Blick tiefsten Einverständnisses. Bekloppte Welt, in der Tat. »Tja, wie hat ihr Mann es in unserem ersten Gespräch ausgedrückt? Er benötige als Begleitung für diverse Geschäftsessen etwas Ansehnliches und Vernünftiges. Ein graues Mäuschen habe er zu Hause.«

»Das hat er gesagt?« Als graues Mäuschen hätte ich Bettina Schmale nun wirklich nicht bezeichnet.

»Seine Worte«, bestätigte Weinhold. »Sie nehmen unser Gespräch doch nicht etwa heimlich auf?«

»Aber nein«, versicherte ich und klopfte mir auf den Schädel. »Ist alles nur hier drin.«

»Gut.«

»Herr Schmale hat also Ihre Hilfe in Anspruch genommen. Wofür genau?«, tastete ich mich vorsichtig und mit höchst neutralem Gesichtsausdruck an das Thema heran. Na, wofür wohl? Um seine Bettina nach Strich und Faden zu betrügen natürlich.

Trotzdem hob Weinhold den rechten Arm, als wolle er mich abbremsen.

»Es war nicht so, wie Sie jetzt meinen. Schmale hat lediglich für mehrere Geschäftsessen Damen bestellen lassen, die ihn begleiteten«, korrigierte er meine ebenso unausgesprochenen wie naheliegenden Gedanken. Offenbar galt es an der Neutralität meines Gesichtsausdrucks doch noch zu feilen. »Attraktive, geistreiche, junge Frauen, deren Job allerdings an der Bar endet. Einen ›kompletten Escort-Service‹ bieten wir nicht an. Unser Personal ist ausschließlich dafür da, den Mann als Mann und Geschäftspartner in einem besseren, erfolgreicheren Licht dastehen zu lassen. Meine Mädchen gehen nicht mit dem Kunden ins Bett, um es klipp und klar zu sagen.«

Aha. Der Mann als erfolgreicher Jäger und Macher, die Frau als Trophäe und schmückendes Beiwerk. Wie zur Zeit des Höhlenmenschen. Dieses Geschäftsmodell funktionierte also immer noch. Hatte ich etwas anderes erwartet? Nein. Mich erstaunte lediglich die Offenheit und Selbstverständlichkeit, mit der er es formulierte.

»Seit wann buchte Schmale die Damen bei Ihnen?«

»Warten Sie.« Weinhold überlegte. »Er war ein guter Kunde. So aus der Erinnerung heraus würde ich sagen, dass er so um 2007, 2008 herum das erste Mal mit uns Kontakt aufnahm.« Gleich als er bei Beckmann & Driller anfing, also. Neuer Job, neue Frau. Zumindest zum Vorzeigen. »Wir hatten ein Einführungsgespräch. Wissen Sie, ich erinnere mich jetzt wieder. Er wollte erst nicht, wollte alles telefonisch erledigen, aber ich bestehe darauf, weil ich ein Gefühl für den Klienten bekommen muss.«

»Und wie oft hat Herr Schmale Ihre Dienste in Anspruch genommen?«

»Oh, sechs, sieben Mal im Jahr vielleicht. Benötigen Sie genauere Angaben? Dann müsste ich in den Unterlagen nachschauen.«

Der Mann war mittlerweile die Hilfsbereitschaft in Person und schien seine anfängliche Skepsis völlig vergessen zu haben.

»Nein, nein. Das reicht mir.« Erst einmal zumindest. »Und er hat immer dieselbe Frau bestellt?«

»Angefordert, sagen wir in diesem Fall lieber.« Seine Stimme klang sanft. »Das andere hat so einen gewöhnlichen Touch.« Weinhold lächelte breit. »Und nein, er hat nicht immer dieselbe Frau angefordert. Schmale wechselte gern.«

»Und das fiel seinen Geschäftspartnern nicht auf?«, wunderte ich mich. Litten die Herren denn alle unter Sehstörungen? Nach dem Motto: Frauen als schmückendes Accessoire sehen sowieso alle gleich aus?

»Doch, schon. Natürlich fiel es auf. Und genau das sollte es auch, vermute ich mal.« Weinhold zwinkerte mir kumpelhaft zu. »Herr Schmale wollte ein bisschen angeben. Als Mann und toller Hecht, verstehen Sie? Aber um so etwas habe ich mich nie gekümmert. Die Mädchen machten ihren Job, beschwerten sich nicht, und er zahlte pünktlich und ohne zu meckern. Ist das jetzt alles zu Schmale?«

Mir blieb eindeutig nicht mehr viel Zeit. Ich musste mich beeilen.

»Nein. Sie haben ihn also mit Frauen für wichtige Geschäftsessen versorgt. War das tatsächlich alles?«, fragte ich daher ganz direkt. »Oder gab es da vielleicht noch mehr, was ich wissen sollte?«

In der Küche fing Gesine an zu singen. Marmor, Stein und Eisen bricht, aber unsere Lie-hie-be nicht. Tamtamm, tamtamm. Dass Liebe und Hiebe rein sprachlich dermaßen eng beieinanderliegen, war mir bislang noch gar nicht aufgefallen.

Die Miene des zukünftigen Gatten hatte sich bei dem Gesang und meinen Worten schlagartig verfinstert.

»Sie sind gar nicht beim Fernsehen, oder irre ich mich?«

»Nein«, erwiderte ich freundlich. Länger wäre meine Tarnung sowieso nicht aufrechtzuerhalten gewesen, wenn ich noch weiter bohrte. Und das hatte ich vor. »Ich bin Privatdetektivin und untersuche Reinhold Schmales Tod.«

»Oh shit!«, sagte Peter Weinhold leise. Es kam von ganzem Herzen und tat mir richtig gut. »Wer hat Sie auf die Spur gebracht? Und was wollen Sie?«

Er klang plötzlich äußerst angespannt. Tamtamm!

»Unwichtig«, beschied ich ihn. »Also? Haben Sie in Sachen Reinhold Schmale noch etwas zu berichten?«

»Nein.« Er verschränkte die Arme vor der Brust. »Aber Sie verlassen diesen Raum nicht, bevor ich nicht weiß, was los ist. Mein Geschäft besteht zu achtzig Prozent aus Diskretion. Wenn ruchbar wird … oh shit!«, wiederholte er.

»Von mir erfährt niemand etwas«, beruhigte ich ihn. »Ich schlage Ihnen einen Handel vor. Sie haben bereits eine Menge ausgeplaudert, mit dem ich … etwas anfangen könnte.« War das fies? Ja, war es. Aber so ein Lügenbaron wusste doch, wie der Hase läuft. Das war schließlich sein Geschäft.

»Es ist nicht illegal, was ich mache.«

»Aber anrüchig«, gab ich liebenswürdig zurück. »Und deshalb erzählen Sie mir noch rasch, was Sie außerdem für Schmale erledigt haben. Im Gegenzug verspreche ich Ihnen, das nicht an die große Glocke zu hängen und es lediglich meiner Klientin mitzuteilen.«

»Wer ist das?«

»Kein Kommentar«, sagte ich und verschränkte wie er die Arme vor der Brust.

Gesine sang. Lie-hie-be … tamtamm, tamtamm. Weinhold schnaubte.

»Wie Sie wollen. Ich brauche Ihre Erklärung nicht. Schmale hat sich das Genick gebrochen. Ohne Fremdverschulden. Wen sollte sein Leben also noch interessieren? Da bleibt doch nur seine Frau.«

Da lag er wohl richtig. Ich deutete ein leichtes Nicken an. Letztlich schadete es nichts, wenn er es wusste. Und ohne ein Entgegenkommen meinerseits kamen wir nicht weiter.

In der Küche fing Gesine jetzt wieder von vorn mit dem Marmor an, der bricht.

Mit zwei Sätzen war ihr Zukünftiger an der Tür, riss sie auf und brüllte: »Jetzt halt doch endlich die Klappe, Gesine! Das macht einen ja wahnsinnig.« Rums. Tür zu. Stille. Er setzte sich wieder. »Also gut. Ich erzähle es Ihnen, und Sie halten so weit wie möglich den Mund, das ist der Deal. Herr Schmale benötigte zusätzlich ein paar Alibis für diverse … mhm … längere Auszeiten.«

»Ihr Unternehmen hat für ihn also nicht nur Geschäftsessen, sondern auch Dienstreisen fingiert? Genauso, wie Sie es mir anfangs geschildert haben?« Na, da schau her. Das wurde ja immer besser. Weinhold nickte kaum merklich. »Wie oft kam das vor?«

»In letzter Zeit immer häufiger. Es handelte sich stets nur um ein paar Tage, die wir … abdecken mussten.«

»Eine Geliebte?«, fragte ich. »Sind Sie sicher, dass Sie ihm nicht doch eine Frau fürs Bett besorgt haben?«

»Ja, bin ich.« Weinhold klang verschnupft. »Wir haben ihm nur ein Alibi gebaut. Wo er sich aufgehalten hat und was er dort wollte und mit wem er sich vergnügte, entzieht sich meiner Kenntnis. Fragen Sie doch mal bei seinen Mitarbeitern in der Firma rum. Vielleicht war ja da jemand für mehr zuständig als nur für Organisatorisches im Geschäftsbereich. Fürs leibliche Wohl und Wehe des Herrn und Meisters zum Beispiel«, präzisierte er mit einem anzüglichen Grinsen, obwohl das nicht nötig gewesen wäre.

Hatte Bettina Schmale zumindest den Hauch einer Ahnung gehabt, was ihr Gatte da hinter ihrem Mäuschen-at-home-Rücken trieb? War es vielleicht Gewissheit, die sie durch meine Nachforschungen erlangen wollte?, überlegte ich, während ich auf der Rückfahrt spontan an der Kirche von Giekau hielt, um auf dem parkähnlich angelegten alten Friedhof meinen Gedanken freien Lauf zu lassen.

Zerstreut schlenderte ich am Hauptportal vorbei um die Kirche herum zu einem riesigen Holzkreuz. Die Frage blieb: Was, zum Henker, wollte die Frau eigentlich von mir? Neue Informationen über das geheimnisvolle Leben ihres Gatten? Gewissheit über bereits vorhandene Ahnungen? Beides? Auch wenn ihr Mann tot und begraben war und sie nach menschlichem Ermessen nie mehr betrügen konnte?

Nachdenklich verweilte mein Blick auf dem Kreuz, das von

einer hüfthohen, nach vorn offenen Steinmauer umgeben war und an die Toten der Weltkriege erinnerte, wie mir die Grabplatten vor dem Rund verrieten. Und wie passten Bodo Orb und Gesa Strehlau in das Ganze hinein? Hatte einer von ihnen tatsächlich ein Verhältnis mit Schmale gehabt und ihn womöglich geliebt? Oder gar beide?

Das schien mir eher unwahrscheinlich, doch völlig auszuschließen war auch dieses Szenario nicht. Beide hatten unzweifelhaft von der Alibi-Agentur gewusst. Immerhin das stand fest. Oder hatten sie den Chef mit ihren Kenntnissen erpresst? Ergab das einen Sinn? Wollten sie sich etwa so für seine unmögliche Art rächen? Und nicht nur als anonyme Giftzwerge, die ein bisschen im Netz herumpöbelten, um ihren Frust rauszulassen? Denn einer von ihnen war der Zwerg, das stand für mich fest, wobei ich keinesfalls Fru Becker aus dem Spiel lassen sollte.

Ach verdammt, aus detektivischer Sicht war Reinhold Schmales vordergründig so wohlgeordnetes Leben plötzlich ein einziges Kuddelmuddel.

Ich spazierte auf dem Bürgersteig an eindrucksvollen Linden vorbei zurück zum Auto. Und wofür das alles? Für eine Frau, seine Frau, die sich aus unerfindlichen Gründen nicht mit der amtlich besiegelten Unfall-These anfreunden konnte!

Ich stieg in den Wagen. Ein älterer Mann näherte sich mit eiligen Schritten dem Pastorat. Auf seinem Gesicht lag jene Art von Selbstgewissheit, die nichts zu erschüttern vermag. Prompt kamen mir Klara, Juliane und Froja in den Sinn. Die Medium-Mädels hätten bestimmt auf der Stelle geheimnisvolle Botschaften von dem einst fremdgehenden und nun im Nirwana weilenden Reinhold empfangen. Die sie dann irgendwo im Halbdämmer, weihrauchumhüllt und mit raunender Stimme meiner Auftraggeberin mitgeteilt hätten. Die hätte sie allerdings nicht geglaubt, da war ich mir wiederum sicher.

Bettina Schmale besaß kein Faible fürs Übersinnliche und Spirituelle, sonst hätte sie es mit ihrem dauerjoggenden Zahlenjunkie keine Sekunde ausgehalten. Doch irgendetwas simmerte da bei der Frau unter der glatten Oberfläche, das hatte ich ja sofort gespürt. Dass sie ihren Reinhold höchstpersönlich ins Jenseits befördert hatte, war allerdings mehr als unwahrscheinlich, denn dann hätte sie mich logischerweise nie und nimmer mit dem Fall beauftragt, um so einen Unfall überhaupt erst in einen möglichen Mordfall zu verwandeln. Da wäre sie ja komplett blöd gewesen. Und den Eindruck hatte sie nicht auf mich gemacht.

Anders sähe die Sache jedoch aus, wenn sie ernsthaft jemanden in Verdacht hatte, bei dem Genickbruch nachgeholfen zu haben. Den Giftzwerg etwa, also Bodo Orb oder Gesa Strehlau. Doch wieso sprach sie das dann nicht frank und frei aus, sondern ließ mich stattdessen ohne jeglichen Anhaltspunkt ziellos jeden Stein umdrehen? Einmal ganz abgesehen davon, dass diese Methode ziemlich teuer war. Na ja, das würde sie schon merken, wenn ich die erste Rechnung stellte.

Kopfschüttelnd ließ ich den Motor an, verrenkte mir den Hals, um rückwärts auf die Straße zu stoßen, und fuhr los. Ob Bettina überhaupt wusste, wie verhasst ihr Mann in seiner Firma gewesen war? Nein, wahrscheinlich nicht. Hatte sie mir nicht sogar erzählt, dass Reinhold zu Hause nur wenig über sein Berufsleben geredet hatte? Aber stimmte das? Bei Beckmann & Driller besaß praktisch jeder ein Motiv, den Mann in die Hölle zu wünschen, ergo auch dorthin zu befördern. Wenn sich nicht Bodo Orb, Gesa Strehlau oder sonst jemand unsterblich in den Chef verliebt hatte, wie Weinhold andeutete.

In meinem Kopf summte und sirrte es mittlerweile wie in einem Bienenstock. Daher stellte ich das Denken sicherheitshalber ein und begann ganz bewusst, Kuhherden zu zählen, um den geistigen Super-GAU zu verhindern: schwarzbunte links, hellbraune rechts, Mischmasch um einen Traktor versammelt. Nee, eine Kernschmelze im Hemlokk'schen Hirn musste nun wirklich nicht sein.

Wenig später bog ich von Bokaus zentraler Verkehrsader, die heute erstaunlich leer war, auf den Holperweg zum Haupthaus ein, stoppte kurz, sondierte die Wurz-Lage und parkte den Wagen dann beruhigt neben dem Zugang zum unscheinbaren Weg, der unten an meiner Villa endete. Noch einer ganz anderen Frage galt es natürlich nachzugehen, überlegte ich, während ich automatisch einen argwöhnischen Blick hinauf zu Margas Fenstern warf. Sie waren geschlossen. Also sauste Marga in der Welt herum.

Was war mit den geheimnisvollen Auszeiten, die sich Schmale regelmäßig gegönnt und die die Agentur gedeckt hatte? Wusste Bettina vielleicht trotz Weinholds Bemühungen davon? Hatte sie eine getürkte Spesenabrechnung gefunden oder war hellhörig geworden, als ein Typ mit finnisch-englischem Akzent eine Hotelreservierung für Brasilien bestätigt hatte? Waren diese Auszeiten überhaupt sexueller Natur, wie Weinhold angedeutet und ich automatisch angenommen hatte? Oder tüftelte der Mann vielmehr in aller Ruhe und Abgeschiedenheit an einem brandneuen Wearable, das man jedem Baby noch vor dem ersten Schrei ins Ohr tackern konnte? Das von der Konsistenz der Kacka bis zur Windgeschwindigkeit des Bäuerchens alle Daten erhob, sammelte und zur Auswertung an einen wie auch immer gearteten Big Brother sendete?

Wundern täte mich das nicht. Der Mann war so gewesen. Dass wir dann mit dem Chip im Ohr alle aussähen wie Kühe, wäre einem derart passionierten Datensammler wie Bettinas Reinhold bestimmt herzlich egal gewesen. Er hätte das vermutlich nicht einmal registriert.

Es passte wirklich wie die sprichwörtliche Faust aufs Auge, dass heute Abend Harry zu Besuch kam, während Daniel seine schauspielerischen Fähigkeiten in der Schul-Theater-AG erprobte. Mein Liebster und ich würden kochen, über das beknackte Crowdfunding-Projekt meiner Mutter sowie über meine Fälle sprechen und dabei schwuppdiwupp so manchen Knoten entwirren. So war es immer gewesen.

Um ehrlich zu sein, freute ich mich ziemlich auf seinen Besuch. Ich hatte unsere gemeinsamen Abende ohne Daniel, als Harry noch nicht Onkel, sondern einfach nur Harry gewesen war, schmerzlich vermisst. Und vielleicht hatte sich das Harry-Schätzchen ja auch schon ein bisschen mehr an seine neue Rolle gewöhnt, sodass er den pädagogischen Zeigefinger nicht mehr wie ein königliches Zepter vor sich hertrug.

Mein Magen knurrte hoffnungsvoll, als ich bei leichtem Nieselregen den Weg zu meiner Villa hinunterhastete. Ob er schon da war? War er, doch er war nicht allein. Automatisch stoppte ich vor dem Fliederbusch und linste vorsichtig durch die Zweige, weil ich ein weibliches Gurren vernommen hatte. Ein grauer Wuschelkopf starrte dabei mit verklärtem Gesicht auf den Boden. Die Frau war schätzungsweise Mitte vierzig, trug himmelblaue Gesundheitslatschen, eine pinkfarbene Dreiviertelhose und ein gelbes T-Shirt mit Bienchen und Blümchen darauf, das jedes Bauchröllchen betonte. Der letzte Schrei auf den Catwalks dieser Welt? Für völlig unwahrscheinlich hielt ich es nicht. Ihr brennendes Interesse galt offensichtlich Gustav, der zu ihren Füßen lag und sich nicht rührte.

»Er hat die innere Mitte gefunden«, hauchte sie entzückt und klatschte dabei in die Hände wie eine Dreijährige, die sich über ihren Geburtstagskuchen freut. Dio mio, wer war das denn?

»Ganz bestimmt«, hörte ich Harry mit sonorer Stimme sagen. »Ich kenne den Burschen schon länger. Der ruht total in sich. Hat er schon als … äh … Baby getan.«

Lügner. Du kennst ihn erst, seit er mindestens neununddreißig ist, Gierke!

»Ja, das spürt man.« Die Bebiente klang geradezu ehrfürchtig. »Glauben Sie, dass Ihre Freundin ihn verkauft?«

»Nein, ganz bestimmt nicht. Sie braucht ihn auch fürs Energetische und so.«

Spätestens wenn wir die Zwiebeln schnitten, würde ich ihn fragen, was er mit »und so« meinte.

»Ja, klar. Ach, ich möchte so gern zur Ruhe kommen.«

Sie klang jetzt geradezu sehnsüchtig. Das Objekt ihrer Sehnsucht öffnete plötzlich das Maul und gähnte herzhaft, sodass man seine Kauleisten und die rosa Zunge sehen konnte.

»Oh, ist das süß«, quiekte die Mitte-Sucherin.

»Ja, ja, so eine Schildkröte ist Balsam für die geschundene Seele von uns gehetzten und gestressten Heute-Menschen. Sie sollten erst einmal drinnen die Strandkna… äh … Kleinen sehen. Da verlieren Sie sofort Ihr Herz. Die rühren sich auch den ganzen Sommer über eher nicht. Wegen der inneren Mitte«, fügte er hastig hinzu, als sie ihn fragend ansah.

Es war eindeutig Zeit, Harry Gierke die Verhandlungsführung zu entreißen. Ich materialisierte mich, indem ich gut sichtbar zur Gartenpforte schlenderte.

»Hallo, Hemlokk«, flötete Harry. »Da bist du ja. Du hast Besuch. Charlotte hier möchte unbedingt eins mit dem Ganzen werden. Achtsam sein mit sich selbst. Ein Leben ohne Smartphone und diesen ganzen Stressmüll führen. Verwurzelt sein im … äh … Boden. Ganz fest. Zur Ruhe kommen und so, verstehst du?«

»Nee.« Tat ich nicht. Denn was hatte das mit meinen Kröten zu tun?

»Zu diesem Zweck möchte sie gern einen von den Strandknackern an ihrem Leben teilhaben lassen«, präzisierte Harry, als er mein Gesicht sah.

Seine Stimme klang mächtig nach Vorfreude.

»Ja, ich habe drüben am Kornfeld gehört, dass du dich von einer dieser wunderbaren Kraftquellen trennen möchtest.«

»Ich will eine Schildkröte verkaufen«, knurrte ich.

»So ein Tier ist ja ein wahres Zentrum der inneren Mitte«, ergänzte Harry aufgeräumt. »Wenn man ihm nur zuschaut, wie es achtsam mit sich selbst in der Sonne liegt, spürt man als sensible Kreatur, wie man sofort –«

»Quatsch keinen solchen Unsinn«, fiel ich ihm rüde ins Wort. »Sex und Fressen interessiert Gustav.« Ich deutete auf den Boden. »Mehr nicht.«

Der Wuschelkopf starrte mich entsetzt an. Aber, wie gesagt, wenn ich eine Kröte verkaufe, muss ich sicher sein, dass sie in gute, und das heißt tierisch angemessene, Hände kommt. Als Spielzeug für einen Jungen oder als innere Mitte für eine aus dem Gleichgewicht geratene Frau in den Vierzigern taugt so ein Geschöpf nicht.

»Mir geht es eher um den Geist. Das Spirituelle«, bemerkte sie erschrocken.

Hatte ich es doch geahnt. Und der Strandknacker hatte das

dann auszubaden, wenn sie mit ihm bei Vollmond um die Pappel tanzte oder ihm Tomatenreis zu fressen gab, weil er doch aus Griechenland stammte. Alles schon da gewesen. Sicherheitshalber setzte ich daher noch eins drauf.

»Geist? Hat er nicht. Gustav ist als Kröte dumm wie Bohnenstroh. Sein Hirn ist stecknadelkopfgroß, so hat es die Evolution vorgesehen, damit diese Art sich nicht von irgendwelchen Veränderungen in der Welt irritieren lässt, sondern seit Millionen Jahren ihren völlig unspirituellen Weg geht. Da kann sich also bei ihm nicht viel abspielen. Und er ist der Vater der Lütten.«

Die wuschelköpfige Achtsame stand mit einem Ruck auf.

»Die armen, armen Wesen«, entrüstete sie sich. »Das ist ja Tierquälerei!«

»Nö«, sagte ich ungerührt. »Das ist lediglich der nicht menschelnde Blick auf das Tier, und nur der führt zu einer artgerechten Haltung. Alles *andere* ist Quälerei.«

»Wie furchtbar«, quietschte sie, ganz wie Lulu. »Das halte ich nicht aus.«

Sie presste die Fingerspitzen an ihre Schläfen, während sie auf die Gartenpforte und damit auf mich zuschoss. Mit einem eleganten, fast toreromäßigen Satz machte ich ihr den Weg frei, und weg war sie.

»Gib es zu, Hemlokk, du willst gar nicht verkaufen«, stellte Harry gemütlich fest, als ich mich neben ihn setzte und Gustav zur Begrüßung zart auf den Panzer klopfte. »Du spuckst nur große Töne. Von wegen menschelnder Blick. Den hast du auch.«

»Ich gebe meine Tiere nur in gute Hände ab«, entgegnete ich würdevoll und musste dabei sofort an Dorle Bruhaupt denken.

Sie hatte nämlich als Kind auch eine Schildkröte gehabt und darauf bestanden, sie mit Tomatenreis zu füttern. Nur das Tsatsiki hatte ich ihr ausreden können. Das bedauernswerte Tier war nicht alt geworden.

»Wirklich nur in gute und kundige Hände«, bekräftigte ich laut.

»Die du aber rein zufällig nie finden wirst, was?«, meinte

Harry, beugte sich zu mir herüber und fing an, an meinem Hals herumzuschnuppern. »Mhm, du riechst gut, Hemlokk. Was hältst du von einer Vorspeise der anderen Art?«

Hinterher füllten wir die Bäuche zweier Doraden mit Rosmarinzweigen sowie jeweils einer Knoblauchzehe, putzten Lauch, Süßkartoffeln, Karotten, Zwiebeln und Porree und schoben alles in den Ofen. Harry hatte einen Riesling mitgebracht.

»Daniel hat ihn ausgesucht«, teilte er mir mit, als wir den ersten Schluck nahmen. Er war gut – fruchtig und furztrocken, genau wie ich ihn mag.

»Läuft's denn mit euch beiden einigermaßen?«, erkundigte ich mich.

Harry hatte es sich mittlerweile auf meiner Couch bequem gemacht, ich saß auf dem Schaukelstuhl.

»Manchmal kracht es ganz schön«, gab er zu. »Aber im Großen und Ganzen geht es.«

Dann schwieg er. Es war ein heikles Thema.

»Ich mag den Jungen sehr«, gestand ich leise.

»Ich weiß.«

»Ich mag es nur nicht, wenn ich von dir als Mutti-Ersatz vereinnahmt werde.«

»Das weiß ich auch.«

»Du hast nicht einmal gefragt.«

»Ja, das war saublöd. Ich schätze, ich hatte einfach Schiss, dass du nicht einverstanden wärst. Und ich war total überfordert. Und der Junge … also, er ist ja mein Neffe … und da hat man doch als Onkel schon eine besondere Verantwortung. Ich meine, man kann nicht einfach kneifen, wenn es eng wird, oder? Nun sag doch auch mal was, Hemlokk!«

Ach Harry.

»Du liebst ihn«, fasste ich sein Gestammel sanft zusammen. Denn darum ging es und um nichts anderes.

»Na ja, das vielleicht auch«, brummelte Harry und genehmigte sich einen kräftigen Schluck Riesling.

Vielleicht, ja. Ich griente ihn wortlos an.

»Also, jedenfalls wollte ich mich bei dir entschuldigen«, sagte Harry feierlich.

Wir lauschten beide gleichzeitig. Dann sah ich sie. Dicht über der Wasseroberfläche des Sees glitt ein Schwanenpaar dahin. Schwäne produzieren beim Fliegen ein ganz charakteristisches Geräusch, das mich aus irgendeinem Grund zuverlässig friedlich stimmt.

»Sobald ich meine Fälle gelöst habe, könnten wir ja mal alle drei etwas zusammen unternehmen«, schlug ich vor.

»Das könnten wir«, stimmte Harry zu, äugte zu mir herüber und sah in diesem Moment aus wie ein höchst zufriedener Kater. »Aber wir sollten dabei auf keinen Fall die Unternehmungen ohne den Jungen aus dem Blick verlieren, finde ich.«

Nein, das sollten wir nicht. Wir tauschten ein Lächeln tiefen Einverständnisses.

»Ich male mir den Theater-AG-Tag im Kalender an«, versprach ich.

Zufrieden grinsend streckte Harry sich auf der Couch aus und verschränkte die Hände hinterm Kopf.

»Zwei Fälle hast du zurzeit am Wickel, sagtest du, Hemlokk? Erzähl doch mal.«

Und das tat ich, während wundersame Düfte durch meine Villa zu ziehen begannen. Ich schilderte ihm meinen Besuch in der Alibi-Agentur von Gottesgabe, berichtete von Reinhold Schmales Begleiterinnen sowie seinen geheimnisvollen Auszeiten und davon, dass zumindest in der Firma alle Grund genug hatten, dem Kerl den Tod an den Hals zu wünschen. Ich berichtete von dem Giftzwerg und dem angedrohten Genickbruch, meinem Verdacht gegen Bodo Orb, Gesa Strehlau sowie Fru Becker. Einer von den dreien sei zweifellos der Zwerg. Ob der jedoch überhaupt etwas mit dem Fall zu tun habe, wenn es sich denn überhaupt um einen Fall handele – keine Ahnung, schloss ich nicht eben dynamisch.

»Und diese Bettina Schmale hat dich beauftragt?«, fragte Harry nachdenklich. »Seltsam.«

Das fand ich ja auch.

»Was soll ich deiner Meinung nach tun, Harry?«

Es kam nicht oft vor, dass ich ihn direkt um Hilfe bat. Aber in diesem Fall fühlte ich mich mittlerweile einfach hilflos.

Er trank erneut einen ordentlichen Schluck Wein, bevor er lakonisch meinte: »Weitermachen. Wie ein Trüffelschwein. Und dich nicht beirren lassen. Du wirst sehen, irgendwann ergibt das Ganze einen Sinn.« Zu Romantik und falschen Komplimenten, wie Vivian LaRoches Dauer-Beau Richard, hatte Harry Gierke noch nie geneigt. »Dreh jeden Stein um. Fühl der Gattin auf den Zahn. Irgendetwas findest du schon, mit dem du deine Rechnungen rechtfertigen kannst. Schmales Doppelleben ist doch schon mal ein guter Anfang.«

Ich war ein bisschen enttäuscht, ich gebe es zu. Darauf war ich auch schon selbst gekommen. In Vor-Onkel-Zeiten hatte er bahnbrechendere Tipps von sich gegeben.

»Und mehr hast du nicht auf Lager, Harry?«

»Bin ich ein Zauberer, Hemlokk? Manchmal kommt man eben nur mit stupider Fleißarbeit weiter und nicht mit genialen Ideen. Das ist im Journalismus nicht anders als bei euch.« Na gut, das stimmte auch wieder. »Vielleicht klappt's ja besser bei deinem zweiten Fall. Lass mal hören.«

Also erzählte ich ihm von Julianes rätselhaftem Verschwinden, von dem fälschlichen Verdacht der versammelten esoterischen Gemeinde gegenüber Johannes sowie den geheimnisumwitterten Botschaften Klaras, die alles ins Rollen gebracht hatten.

»Vielleicht hatte die Frau einfach die Schnauze voll von dem ganzen Kornkreisgesummsel und -gebrummsel«, mutmaßte Harry, als ich geendet hatte. Der Fisch auf seinem Gemüsebett roch inzwischen ausgesprochen verheißungsvoll. »Und da hat sie sich mit irgendeinem Knaben heimlich, still und leise vom Acker gemacht. Und jetzt liegt sie auf Kreta irgendwo am Strand und genießt das Leben.«

Der Mann war heute wirklich nicht auf der Höhe.

»Auch darauf bin ich schon selbst gekommen«, grummelte ich. »Aber das ist ja noch nicht alles. Meine Ermittlungen haben nämlich ergeben, dass sie sich mit einer Konkurrentin heftig geprügelt hat. Die behauptet natürlich, dass Juliane noch lebte, als sie mit ihr fertig war. Aber was heißt das schon.«

Harry richtete sich auf. »Du glaubst ihr nicht?«

»Ich weiß es nicht. Es ist alles so undurchsichtig, und diese Sprache macht mich ganz kirre. Es wabert und schwiemelt, nichts ist fassbar, weil alles Gefühl ist. Unangreifbar. Nicht verhandelbar. Nein, ich weiß einfach nicht, was ich von Froja halten soll«, gab ich ehrlich zu. »Und zu allem Überfluss trägt sie auch noch so ein komisches Tattoo auf dem Oberarm, das kein Mensch kennt. Ich tippe mal auf eine esoterische Geheimorganisation. Vielleicht planen die auch, die Welt zu retten. Vor wem oder was auch immer. Oder sie wollen sie für einen höheren Zweck vernichten und in den Orbit jagen. Ach verdammt.«

Ich hörte selbst, wie konfus und kraus das alles klang.

»Mhm«, machte Harry. War das etwa schon wieder alles, was er an Rat und Tat zu bieten hatte? Nein, war es nicht. »Du kommst in der Szene nicht weiter, richtig? Hast du schon einmal daran gedacht, dass diese abgängige Juliane doch bestimmt auch noch ein bürgerliches, also ein privates, Leben führt, in dem der Himmel schlicht blau ist und nicht hinter jeder Wolke ein Übersinnlicher hockt? Ich meine, sie muss sich doch gleichzeitig in einer Welt tummeln, in der es eher von Eltern, Geschwistern, Kindern und Freunden wimmelt. Sie muss zur Schule gegangen sein. Sie muss eine Ausbildung gemacht haben. Sie kann verheiratet sein oder in einer Beziehung leben. Hast du dir das mal überlegt? Die Frau ist zweifellos hier am Kornkreis verschwunden, ja, aber kann diese ganze Esoterik-Szene mit ihrem Wortgeklingel nicht nur Tünche sein? Kleister, der die wahren Gründe für ihr Verschwinden überdeckt? Denk doch mal in diese Richtung, Hemlokk.«

Er stand auf und schnupperte. »Ich glaube, unsere Fische sind fertig. Komm, ich habe einen Riesenhunger und kann für nichts garantieren, was deine Dorade betrifft.«

ZEHN

Am nächsten Morgen weckte mich Silvias asthmatisches Röhren, das weithin über den Passader See hallte und bestimmt noch drüben auf Hollbakken zu hören war. Es hätte mich warnen sollen, tat es aber nicht, denn Harry war erst um halb zwei gegangen, nachdem er sich am Abend drei Mal telefonisch bei Daniel vergewissert hatte, dass der Junge erstens um halb zehn zu Hause war, sich zweitens brav eine Stulle gemacht hatte und dass er sich drittens auf dem Weg ins Bett befand und sich zudem so ganz allein nicht fürchtete.

»Oh Mann, *Onkel* Harry«, hörte ich das Kind beim letzten Anruf genervt ausrufen, »Marga ist doch nebenan, Krischan ist auch da, und ich bin kein Baby mehr. Mach dir doch nicht pausenlos ins Hemd. Du bist ja schlimmer als Mama.«

Das saß. Verdattert blickte Harry an sich herab. Er hatte kein Hemd an – wieso auch, wir lagen schließlich im Bett –, und so war eins zum anderen gekommen.

Ich gähnte hingebungsvoll und sperrte dabei den Mund so ungeniert auf wie ein Flusspferd, dem man bei einer solchen Aktion locker von den Hauern bis in den Dünndarm gucken kann. Störte das jemanden? Nein. Und genau aus diesem Grund lebte ich die meiste Zeit allein und war glücklich mit diesem Zustand.

Ich hüpfte aus dem Bett, linste kurz aus dem Fenster – es war zwar wolkig, aber Regen schien nicht zu drohen –, duschte und machte mir mein Frühstück, in Gedanken noch immer bei der letzten Nacht.

Schön war es gewesen mit Harry. Verdammt schön sogar, sodass ich spontan beschlossen hatte, ihm nicht auch noch von meinem Knatsch mit Marga und dieser blöden Schwarmfinanzierungskampagne zu berichten. Das hätte uns nur runtergezogen und die neu gewonnene Harmonie gestört. Ich hatte es ehrlich bedauert, als er sich aus meinen Armen gewunden hatte und in Hose und Hemd geschlüpft war. In so einem Fall sollte man zusammen einschlafen und die Nacht –

Es klopfte an meiner Tür, und ich Schaf, schwer beschäftigt mit meinem Beziehungs- und Liebesleben, rief automatisch: »Es ist offen!«

Und damit hatte ich den Salat, denn nun stand Dr. Renate Wurz, angehende Pilcherine Bokaus, in voller Lebensgröße im Türrahmen, in der Hand einen ihrer gefürchteten, etwa zeigefingerdicken Papierstapel.

»Guten Morgen, Hanna. Lass dich bitte nicht stören und iss ruhig weiter.«

»Moin«, brummte ich, ärgerlich über mich selbst und meine Nachlässigkeit. Fast schon reflexartig äugte ich zum Messerblock hinüber, obwohl die Frau mir in diesem Moment ziemlich bei Sinnen vorkam. »Ich habe eigentlich überhaupt keine Zeit. Muss gleich los.«

Es war ein schwacher Versuch, das Unheil abzuwenden, und er war zum Scheitern verurteilt, ich wusste es.

»Es dauert auch nicht lange.«

Sie setzte sich unaufgefordert, und ich fixierte sie finster. Wenn die Frau meinte, ich würde ihr einen Tee anbieten, hatte sie sich geschnitten. »Hier.« Sie legte das Manuskript so behutsam vor mir auf den Tisch, als handelte es sich dabei um ein kränkliches Neugeborenes. Na ja, für sie war es das wohl auch. »Der Text ist dieses Mal wirklich total anders. Knackiger und gefühlvoller. Ich hab mich bemüht, alle deine Ratschläge zu beherzigen. Wir haben uns ja lange nicht gesehen. Weißt du, ich hab mir damals meine alten Geschichten noch einmal durchgelesen, und du hattest natürlich völlig recht. Sie waren zu langatmig, und Bernhard sagte einfach keine zündenden Sätze.«

»Vielleicht weil an dem Typen an sich nix zündet?«, schlug ich der enthusiasmierten Schmalzheimerine grantig vor. »Weil er eine Lusche ist«, präzisierte ich, ohne nachzudenken.

Du lieber Himmel, was machte ich denn da? Leute mit einem Schaden im Oberstübchen reizte man besser nicht. Das wusste jedes Kind. Und eine Privatdetektivin sollte es auf jeden Fall besser wissen. Doch zu meiner Erleichterung unternahm Frau Dr. Wurz keine Anstalten, sich auf mich zu stürzen, sondern guckte mich lediglich ernst an.

»Wie meinst du das jetzt, Hanna?«

Ironie war an die hauptberufliche Veterinärin komplett verschwendet. Na ja, das liebe Vieh versteht's ja auch nicht, soweit man weiß. Wenn sie einem lahmenden Gaul mit einem flotten Spruch käme, würde das Tier lediglich auskeilen und ihr zeigen, was eine Harke ist. Oder ein Pferdekuss. Nein, die Wurz zückte eifrig Stift und Block und hing an meinen Lippen. War ich ein mieser Charakter? Ein Ekel, das sich die Schwächen anderer gnadenlos zunutze machte? Möglich. Ein Quäntchen konnte an dieser These schon dran sein. Mir war es in diesem Moment allerdings komplett wurscht. Ich wollte die Frau und meine Angst vor ihr loswerden. Und zwar möglichst bald und für immer.

»Pass auf«, begann ich, »was ich sagen will, ist Folgendes: Versuch doch einmal, aus deinem Bernhard einen mehrschichtigen Charakter zu machen. Das ist das A und O einer guten Geschichte.« Sie schrieb jede Silbe mit, einschließlich der Buchstaben A und O. »Der Held muss natürlich gut aussehen, muss liebevoll, intelligent, humorvoll und selbstverständlich charmant sein«, leierte ich herunter. Sie schrieb, ohne aufzusehen, die unbegabte Niete. Also gib Gas, Hemlokk. Immerhin standen mein Seelenheil und meine Börse auf dem Spiel. »Aber gleichzeitig leidet er unter irgendetwas«, fuhr ich daher deutlich gefühlvoller fort. »Es muss etwas Furchtbares sein. Etwas, was zu Herzen geht, kapierst du? Sonst ist er als Typ zu glatt. Mit so einer Katalogschönheit kannst du bei den Leserinnen nicht punkten. So einer taugt nur zum Unterhosenmodell. Nein, es muss etwas Tiefgehendes sein. Etwas, was die Seele berührt.«

»S. berührt«, schrieb Renatchen, während sie voller Eifer zu meinen güldenen Worten nickte. Dann hob sie den Kopf und starrte mich erwartungsvoll an. Mich ritt der Teufel, ich gebe es zu.

»Vielleicht Schweißfüße, Fußpilz oder Schuppen?«, schlug

ich launig vor. »Oder es beutelt ihn alles zusammen. Ja genau, weil das mehr Wucht hat.«

Renate schrieb. Ich fasste es nicht. Oder malte sie etwa Kringel, wie ein gelangweilter Fünftklässler? Ich äugte auf ihren Block. Nein, tat sie nicht. Die Frau war ja noch beknallter, als ich gedacht hatte. Also weiter im Text.

»Schau, Richard ... also Bernie muss neben der ganzen Perfektion ein bisschen schwächeln, darf nicht vollkommen sein. Und Camilla ... äh ... Talinda –«

»Tamara.«

»Tamara, genau, hilft ihm. Denn sie ist die Einzige, die um seine Schwächen weiß, weil er sie ihr und nur ihr gesteht«, erläuterte ich mit Tremolo in der Stimme. »Er öffnet sich ihr in einer schwachen Stunde. Und sie allein nimmt sie an, also die Probleme, und liebt ihn selbstredend trotzdem und immerdar.« Ausgeprägtes Helfersyndrom, keine Frage. Eine derartige Heldentat brachten ohnehin nur Papierwesen wie Camilla und Tamara fertig.

Ich schwieg. Reichte das denn immer noch nicht? Nein, tat es nicht. Renate nickte schon wieder mit ernster Miene. Die Frau war wirklich komplett gaga, was die Liebesgeschichten anging. Jetzt tippte sie fast schüchtern auf den Papierstapel.

»Genau das habe ich hier in dieser Geschichte versucht, Hanna.«

Behutsam stellte ich meinen Earl Grey ab.

»Du hast Bernhard Schweißfüße an die Hacken geschrieben?«, rutschte es mir ungläubig heraus.

Sollte ich vielleicht besser einen Arzt rufen, also für Frau Dr. Wurz natürlich, nicht für ihren Helden? Renate senkte verschämt die Augen und errötete. Aus Scham? Weit gefehlt, Hemlokk!

»Nein, nein, ich habe es mit Mundgeruch versucht«, gestand sie leise. »Darunter leidet er sehr. Alle wenden sich von Bernhard ab, weil es so abstoßend ist, und er weiß nicht, warum. Aber Tamara sieht das sofort ganz anders. Weil sie nämlich Medizin studiert.«

Ich starrte sie ungläubig an. Der Frau war eindeutig nicht zu helfen.

»Tjaaa. Das ist nun wirklich mal ein richtig spannender Aspekt. Glückwunsch. Darauf wäre ich nie gekommen. Sehr ungewöhnlich … äh … irgendwie.«

»Ja, nicht?« Renate erhob sich und schenkte ihrem Manuskript einen letzten zärtlichen Blick. »Ich lasse es dir hier, Hanna.« Ich schwieg verbissen. »Wann, meinst du …? Ach nein, ich will dich nicht drängen. Lies es und sag mir dann ehrlich, was du davon hältst.«

Das hätte ich bereits in diesem Moment gekonnt. Nichts, meine Liebe. Mundgeruch! Grundgütige. Bokaus Pilcherine lächelte beseligt auf mich herab.

»Weißt du, seit ich das Schreiben entdeckt habe, bin ich einfach mehr … ich. Manchmal habe ich das Gefühl, dass ich mich erst da selbst gefunden habe. Aber das kennst du sicher.« Nö. Camilla und Richard waren Vivians Blagen, nicht meine. *Sie* schrieb, *ich* war Privatdetektivin. »Es ist so eine wunderbare Welt. Das Schreiben, meine ich. Alles strömt aus einem heraus. Hinterher ist man ganz leer, aber komplett mit sich im Reinen.«

Ich stöhnte. Hatte sie etwa das Vorwort eines Schreibratgebers auswendig gelernt? In dessen hinterem Teil man Adressen von Verlagen findet, die jedes Manuskript nehmen, wenn der Autor nur kräftig zahlt?

»Weißt du, aber sag es keinem weiter, versprich es mir, ja?« Renate senkte die Stimme zu einem vertraulichen Flüstern. »Ich überlege schon länger, ob ich nicht das Schreiben zu meinem Beruf machen sollte. Ich würde die Tierärztin an den Nagel hängen und mich ganz meiner Phantasie und Kreativität hingeben. So wie du. Vielleicht könnten wir ja sogar einmal etwas gemeinsam –«

»Nein!«

Es musste etwas in diesem aus den Tiefen meiner Seele kommenden Schrei mitgeschwungen haben, was selbst die sülzlettentaumelige Wurz erreichte. Mit einem hastigen »Na, ich gehe dann mal« war sie entschwunden und hatte mich frustriert und sauer zurückgelassen. Wütend starrte ich das Traktat an. Zur Not würde ich mit den Seiten den Grill anzünden, beschloss ich, während ich den Frühstückstisch abräumte. Oder im Winter den dänischen Kaminofen – ein generöses Geschenk meines Vermieters als Dankeschön für einen ihn betreffenden und von mir gelösten Fall – damit entfachen. Dann war das Geschreibsel zumindest zu irgendetwas nütze.

Als ich mich endlich wieder eingekriegt hatte, erwog ich kurz, mich bei meiner Mutter nach dem Crowdfunding-Projekt zu erkundigen. Wenn meine Eltern bereits im Stadtpark hausten und sich von trocken Brot ernährten, musste ich sie wohl erst einmal oben bei Marga im Haupthaus unterbringen.

Nein, ehrlich, mir war gar nicht wohl bei dem Gedanken an diese blödsinnige Aktion, und mir fielen auf der Stelle tausend Dinge ein, die schiefgehen konnten. Deshalb war mir das an diesem Morgen genauso zu viel wie der längst fällige Besuch bei Bettina Schmale. Die Nacht forderte schlichtweg ihren Tribut. Ich war doch ein wenig müde, und bei einer Konfrontation mit Bettina wollte ich hellwach und auf der Hut sein.

Also entschied ich mich für einen Anruf bei Johannes. Denn Harry hatte natürlich recht: Juliane Schott weilte nicht nur als Engelmedium und Kanal für göttliche Energien auf dieser Welt, sondern war als Tochter von irgendwem geboren worden. Und da lohnte es sich, zu bohren – trotz Klaras übersinnlichen Botschaften und Frojas unzweifelhaftem Mordmotiv.

Johannes tischlerte in seiner Werkstatt und hatte so eine Ahnung, dass Juliane aus der Nähe von Bad Segeberg stammen könnte. Das Kalkbergstadion habe sie mal erwähnt sowie die Karl-May-Spiele, wo sie als Kind mit dem Rad hingefahren sei. Und dass in ihrem Heimatdorf der Boden vom Wummern der Bässe gezittert habe, wenn dort Peter Maffay aufgetreten sei, oder dass man bei entsprechender Windrichtung jede lausige Schlagernacht mitbekommen habe. Irgendetwas mit »Klein« sei es gewesen. Ich dankte ihm, fuhr den Computer hoch und fing an zu googeln. Klein … Klein … Klein Gladebrügge! Das konnte es sein.

Ganz altmodisch schlug ich im Telefonbuch nach. In dem Dorf gab es tatsächlich mehrere Schotts; Simone erreichte man unter einer anderen Nummer als Heinz und Dorothee. Ich notierte mir die Adressen, schaltete den Computer ab, teilte den Strandknackern mit, dass ich mich auf Ermittlungstour begäbe, und stellte es ihnen frei, in der Zwischenzeit mit dem Konvolut der Wurz zu machen, was ihnen beliebte. Fressen zum Beispiel.

Silvia war mit ihrer Herde am anderen Ende der Wiese beschäftigt, und ich erreichte meinen Wagen, ohne Marga in die Arme zu laufen. Wahrscheinlich sah sie sich bereits nach einem Trawler um, hielt eine DePP-Versammlung ab oder hatte sich samt Plakat auf den Weg gemacht, um die Welt zu retten. Sehr gut. Ich legte absolut keinen Wert darauf, mich schon wieder wegen dieser dämlichen Crowdfunding-Sache mit ihr anzulegen oder erneut von ihr wegen meines fehlenden gesellschaftspolitischen Engagements angeranzt zu werden.

Die Fahrt nach Klein Gladebrügge über Preetz, Kühren und dann auf der 404, die inzwischen Kilometer um Kilometer zur A 21 ausgebaut wird, nach Bad Segeberg verlief ohne Zwischenfälle, sodass ich in Ruhe überlegen konnte, wie ich in diesem Fall vorgehen wollte. Die Antwort war einfach: ehrlich und ohne irgendwelche Sperenzchen. Denn soweit Johannes sich erinnerte, hatte Juliane mehrmals von einer Kindheit auf dem Bauernhof gesprochen. Da machten Finessen nach meiner Erfahrung wenig Sinn. Mein Vermieter Fritjof Plattmann war bekanntlich Bauer, und dem konnte man nicht so leicht ein X für ein U vormachen. Der hätte sich niemals derart unbedarft täuschen lassen wie beispielsweise der Alibi-Profi Weinhold. Oder irgendwelche Kornkreisgläubigen. Auf dem letzten Dorffest hatte ich den Landmann in einer stillen Stunde probehalber einmal gefragt, wie er es denn gemacht habe, das mit den Kornkreisen.

»Nee.« Er hatte in seiner bedächtigen Art den Kopf geschüttelt. »Damit hab ich rein gar nix zu tun.«

Doch anschließend hatte er mir verschmitzt zugezwinkert,

uns zwei Bier geholt, und wir hatten miteinander angestoßen. Trotz der liebestollen Rehe als theoretisch denkbare Kornumknicker hatte ich ihm kein Wort geglaubt. Der Mann hatte es faustdick hinter den Ohren. Und die Vermieter von Ferienwohnungen in Bokau und im Umland sowie Bäcker Matulke und Inge Schiefer mit ihrem Restaurant profitierten erheblich von dem Boom. Ob vielleicht alle Bokauer gemeinsam an einem trüben, regnerischen Novemberabend im Hinterzimmer von Inges Gasthof …? Bei ein paar Grogs und heftigem Sturm, der die Fensterläden klappern und die Dächer ächzen ließ? Unsinn, so etwas gab es nicht. Außerdem hätte ich davon gehört. In so einem Fall macht immer mindestens einer mit, der nachher doch nicht dichthalten kann.

Klein Gladebrügge also. Der Schott'sche Hof lag außerhalb des Ortes, an dessen Durchgangsstraße die Häuser und Höfe aufgereiht wie Perlen lagen. Nach einer scharfen Linkskurve, in der die Dorfeiche stand, hielt ich an und fragte einen Einheimischen, der dort den Bürgersteig vor seinem Haus in einem Tempo harkte, als befände er sich im verschärften Achtsamkeitstraining.

»Heinz und Dorothee?« Er schob die Knechtmütze in den Nacken und kratzte sich nachdenklich am Kopf. »Geradeaus und dann rechts, junge Frau. Der Hof liegt ein büschen hinterm Dorf. Direktemang zwischen Gladebrügge und Dreggers. Gar nich zu verfehlen.«

Mein erster Eindruck, als ich auf das Anwesen zurumpelte, war olfaktorischer Natur. Zu Deutsch: Es stank. Und zwar fürchterlich nach Schweinemastbetrieb, wie die beiden riesigen, aus förstergrünen Metallplatten zusammengeschraubten Gebäude mit der Batterie von Belüftungsschornsteinen auf dem Dach sowie den beiden Futtersilos vor jeder Scheune und dem monströsen Gülle-Rund dahinter bezeugten. Wie viel Kubikmeter Schweinescheiße so ein Teil wohl fasste? Zehntausend, hunderttausend? Oder maß man die in Litern? Bei Gelegenheit musste ich das mal nachschauen, nein, googeln selbstverständlich. Denn die Tätigkeit des Nachschauens, womöglich noch in einem Buch, stammte definitiv aus dem vergangenen Jahrhundert.

Ich stellte den Motor ab und schaute mich um. Das Wohnhaus war zwar akkurat gestrichen, alles wirkte gepflegt und sauber. Doch es fehlte die Seele. Nirgendwo rankelte eine Pflanze einfach vor sich hin, nichts stand auf dem Hof herum. Nicht einmal eine Bank gab es vor dem Haus, auf der man die Abendsonne genießen und eine Runde schwatzen konnte. Freudlos. Genau, das war das Wort, mit dem sich das Schott'sche Anwesen treffend beschreiben ließ.

Das scheppernde Bumm-bumm-bumm, wenn jemand mit der flachen Hand auf ein Autodach hämmert, ließ mich erschrocken zusammenzucken.

»Was wolln Se hier?«, drang eine träge Stimme durch das offene Wagenfenster.

Ich wandte den Kopf.

Der Mann war höchstwahrscheinlich Mitte sechzig, sah aber aus wie mindestens siebzig. Trotz der hochsommerlichen Temperaturen trug er eine braune Cordhose, Gummistiefel und dazu ein farblich undefinierbares Hemd. Drei graue Borsten ragten aus seinem linken Nasenloch, die Rasur war an diesem Morgen eindeutig ausgefallen, und die rissigen, rauen Hände zeigten die schwärzesten Trauerränder, die ich in letzter Zeit gesehen hatte.

»Hallo und guten Tag«, grüßte ich freundlich. »Sind Sie Herr Schott? Heinz Schott?«

»Jo.«

»Dann sind Sie Juliane Schotts Vater?«

»Jo.« Eine übel riechende Woge Schweinisches waberte über uns hinweg. Ich versuchte möglichst flach zu atmen, er dagegen verzog keine Miene. Gleichgültig klatschte er eine Fliege tot, die sich auf seinem rechten Handrücken niedergelassen hatte. »Was für einen Mist hat sie denn diesmal gebaut? Wir zahlen nix, bestellen Sie ihr das. Da kann sie lange drauf warten.«

Juliane gönnte sich also nicht ein paar entspannte Ferientage auf dem elterlichen Hof. Was ich verstehen konnte. Mit Papa Schott schien nicht gut Kirschen essen zu sein.

»Ihre Tochter hat nichts angestellt«, informierte ich ihren Erzeuger, als ein grauschnauziger Hund aus dem Schuppen wankte, um sich stöhnend wie ein alter Mann in dem Schatten niederzulassen, den ein mannshoher ausgemusterter Treckerreifen spendete. Seppl, nur in groß. Das Tier beachtete uns überhaupt nicht. »Sie ist verschwunden, und ich suche sie.«

»Die haut öfter ab. Da müssen Sie sich nix bei denken. Das Frollein hat seinen eigenen Kopf. Schon immer gehabt.«

Jetzt merkte der Hund auf und witterte in Richtung des Hauses. Seine milchigen Augen ließen keinen Zweifel – er war blind. Ein Junge erschien in der Tür, der vielleicht ein, zwei Jahre älter als Daniel war, und rief zu uns herüber: »Opa. Mittag.« Dann drehte er sich um und verschwand wieder im Inneren des Gebäudes. Diese Familie hatte die gepflegte Konversation eindeutig nicht erfunden.

»War's das?«, fragte Heinz Schott und wandte sich zum Gehen.

»Nein«, sagte ich und stieg aus. Der Hund gab einen rasselnden Ton von sich, während sein Kopf wieder auf die Vorderpfoten sank. »Ich fange jetzt erst an.«

Es gab Rote Grütze mit Sahne. Dorothee Schott hatte sie aus allen Früchten der Saison gekocht, weshalb sie schlicht ein Traum war.

»Probieren?«, hatte Julianes Mutter, eine kleine, stämmige Frau mit Kittelschürze, mich in der Schott'schen Kurzsprache gefragt, als ich hinter ihrem Mann in die Küche getrottet kam. Was ich bei ihnen wollte, fragte sie nicht.

»Gern. Vielen Dank.«

Vielleicht ergab sich ja beim Essen so etwas wie ein zwangloses Gespräch. Außerdem knurrte mein Magen. Schweigend stellte die Köchin einen Teller vor mich hin. Dann löffelten wir stumm die Grütze: Julianes Eltern, der Junge, der mir hin und wieder verstohlen einen neugierigen Blick zuwarf, und ich. In dem Wust von modischen Food-Zeitschriften, die es ja heutzutage für jede Ernährungsrichtung gibt – von fleischlastiger Steinzeit-Paläokost bis zur veganen Molekularküche –, ist stets und ständig von »Geschmacksexplosionen« die Rede. Ich hatte das bislang für ein nettes Klischee gehalten, vergleichbar der Phrase von den Menschen, die von Politikern pausenlos da abgeholt werden, wo sie stehen. Doch dies hier war wirklich eine kulinarische Offenbarung. Ich hätte den ganzen Pott allein vertilgen können.

»Wunderbar«, schnaufte ich in Dorothee Schotts Richtung, als ich auch den zweiten Teller ratzeputz leer gegessen hatte. »Einfach toll.«

Sie nickte bedächtig, schmatzte dabei lustvoll und schluckte. Ich mochte Köche, die ihre eigene Kreation zu genießen wussten.

»Schwarze und rote Johannisbeeren, Erdbeeren, Kirschen, Rhabarber und Brombeeren.« Keine Silbe zu viel.

»Danke«, sagte ich und schob entschlossen meinen Teller beiseite. Es war Zeit, zum Punkt zu kommen. »Ich erzählte Ihrem Mann bereits, weshalb ich hier bin. Ich suche Ihre Tochter Jul–«

»Fertig?«, fiel mir Heinz Schott ins Wort, meinte damit aber seinen Enkel. »Dann schau doch mal nach Fiete, Fred. Der hat sicher ordentlich Durst bei dem Wetter. Er liegt am Treckerreifen.«

Vermutlich überwältigt von der schier endlosen Rede, stand der Junge widerspruchslos auf, nahm seinen Teller, stellte ihn in die Spüle und verschwand. Daniel hätte, wenn man ihn derart offensichtlich in die Wüste geschickt hätte, ganz bestimmt erst einmal fünf bis zehn Minuten lamentiert, diskutiert und protestiert. Seltsam.

»Sie ist wegen Juliane hier«, informierte Vater Schott seine Frau und ruckelte dabei mit dem Kinn in meine Richtung.

»Ach.« Es klang völlig gleichgültig.

»Sie ist mal wieder verschwunden, sagt sie.«

Ich beugte mich zu Julianes Mutter hinüber. Ihr Gesicht war für das Alter erstaunlich glatt. Nur die Krähenfüße verrieten, dass die Frau nicht mehr ganz so taufrisch war. Die Haustür knallte ins Schloss.

»Wissen Sie zufällig, wo sich Ihre Tochter aufhält, Frau Schott?«

»Nein.« Sie produzierte ein Geräusch, das einem abfälligen Meckern ähnelte. »Und es interessiert mich auch nicht. Versuchen Sie es mal bei diesen Geisterleuten, diesen Spi-ri-tu-ri-sten. Die mit den Bäumen reden und Steine ins Wasser legen, bevor sie es trinken. Wegen der Energien. Wenn Sie mich fragen … Aber das hat sie ja nie getan.«

Das war nach Schott'schen Maßstäben ein erstaunlich langer Satz. Dorothee erhob sich schwerfällig, indem sie die Hände links und rechts neben ihrem Teller aufstützte und sich ächzend hochwuchtete.

»Juliane informiert Sie also nicht über ihre Pläne«, stellte ich fest.

»Nein.« Das klang hart und unnachgiebig. »Uns sagt sie nichts. Und wir sagen ihr auch nichts. Wir haben alles versucht … damals.«

»Ihrer Tochter könnte etwas zugestoßen sein«, wandte ich ein.

»Ja. Wir werden es dann wohl irgendwann erfahren.«

Du meine Güte, die Frau war wirklich hammerhart. Juliane musste ihren Eltern mit irgendetwas mächtig auf die Zehen getreten sein. Diese Gleichgültigkeit an der Tochter, dieses Desinteresse daran, was mit ihr passiert sein könnte, war entschieden nicht normal. Der gute alte Harry hatte in diesem Fall wirklich einen ausgezeichneten Riecher gehabt. Beide Elternteile hielten es nicht einmal für nötig, sich bei mir zu erkundigen, was ich denn überhaupt mit der ganzen Sache zu tun hatte. Ihre Tochter schien für sie gestorben zu sein.

»Wann wollte Simone eigentlich wiederkommen?«, fragte Heinz Schott seine Frau.

Die Haustür klapperte erneut, dann trappelten leichte, schnelle Schritte die Treppe hoch, die ins obere Stockwerk führte. Der Junge. Fred. Was für ein außergewöhnlicher Name.

»So gegen fünf, hat sie gesagt.«

»Dann wird sie das auch tun. Sie ist immer pünktlich.« Klang da väterlicher Stolz in seiner Stimme durch? Ja, eindeutig.

»Wer ist Simone?«, fragte ich.

»Unsere Tochter. Die Älteste. Julis Schwester.« Dorothee Schott nickte heftig, während sie Spüli ins Becken gab und heißes Wasser mit einem so kräftigen Strahl über unsere Teller laufen ließ, dass es bis auf den Tisch spritzte. »Ohne dieses Kind hätten wir es nicht geschafft, das können Sie mir glauben. Unsere Simone hilft uns, wo sie nur kann.«

»Das hat Juliane nicht getan?«, tastete ich mich vorsichtig an das Problem heran.

Die beiden Alten wechselten einen Blick, als hätte ich den bescheuertsten Satz von mir gegeben, den die Welt je vernommen hatte. Was für ihren überschaubaren Kosmos wohl auch stimmte.

»Hören Sie«, Julianes Vater schlug mit der flachen Hand auf den Tisch, dass ein verbliebener Löffel tanzte. Es schien sein Markenzeichen zu sein. »Wer immer Sie auch sein mögen, ich sage Ihnen jetzt mal was: Juli hat uns damals mit Fred sitzen lassen, ist vom Hof spaziert und ihrer Wege gegangen. Ohne ein Wort und ohne sich noch einmal umzudrehen, sodass wir von heute auf morgen mit dem Kind dasaßen.«

»Sie ist die Mutter des Jungen?« Ich schaute unwillkürlich zur Decke.

»Juliane ist Freds leibliche Mutter, ja. Aber mehr auch nicht.« Dorothee hatte sich wieder zu uns umgedreht. Ihre Miene wirkte wie versteinert. »Damals stand uns das Wasser mit dem Hof bis zum Hals. Wir wussten nicht mehr ein noch aus. Für alle Bauern sah es schlecht aus. Sie wusste das. Trotzdem ist sie über Nacht auf und davon und hat uns mit dem Kind alleingelassen.«

»Fred.« Auch wenn es auf dem Schott'schen Hof ungeliebt war, hatte es einen Namen verdient, fand ich.

»Frederick«, korrigierte mich zu meiner Überraschung seine Oma, und ich meinte tatsächlich einen Hauch von Zärtlichkeit in der Stimme spüren zu können. »Sie hat ihn Frederick getauft nach seinem Vater.«

»Und wo ist der?«

»Über alle Berge«, knurrte Heinz Schott. »Hat sich aus dem Staub gemacht, als er erfuhr, dass Juliane schwanger ist.«

»Das tut mir leid.«

»Braucht es nicht. Er war ein Tunichtgut. Na ja, wir haben nichts anderes erwartet.« Schott verzog die Lippen, als habe er Schmerzen. »Mit einem soliden Mann hätte Juliane sich ja auch nicht eingelassen: Sie bevorzugte das Überkandidelte. Das war schon immer so. Bloß keinen Bauern oder Handwerker. Und ja nicht so ein langweiliges Leben führen wie wir. Und was hat sie nun davon gehabt?«

Mir entging keineswegs, dass Julianes Vater in der Vergangenheitsform von seiner Tochter sprach. Für ihn war sie offenkundig nicht nur tot, sondern bereits vermodert. Ausgelöscht. Nein, auf diesem Hof würde ich Juliane ganz sicher nicht finden – es sei denn, ihre Eltern hatten sie in ihrer Wut und Enttäuschung umgebracht und in der Güllegrube versenkt.

»Ohne unsere Simone hätten wir das alles nicht geschafft«, assistierte Dorothee Schott ihrem Mann. »Verloren wären wir damals gewesen. Wir hätten den Jungen weggeben müssen. Aber da ist unsere Älteste gekommen und hat sich um alles gekümmert.« Ein Anflug von Zärtlichkeit huschte über ihr starres Gesicht.

»Während Juli sich in Neuseeland mit irgend so einem Guru herumtrieb, oder wie das heißt. Gu-ru. So ein Blödsinn. Ein elender Schwätzer war der Kerl, der auf Kosten von anderen Leuten lebte. Ihr ging es um Erleuchtung, hat sie uns erzählt.« Heinz Schott hämmerte noch kräftiger als zuvor auf den Tisch. »Er-leuch-tung.« Bumm, bumm, bumm. »So 'n Quatsch. Im Leben geht es um Verantwortung und darum, dass man Geld verdient und nicht auf die schiefe Bahn gerät.« In seinen Augen standen jetzt Tränen. »Wir haben jedenfalls nichts falsch gemacht. Wir haben uns nichts vorzuwerfen, weil wir Juliane zu genauso einem anständigen Menschen erzogen haben wie unsere Simone.«

»Nun reg dich doch nicht wieder so auf, Heinz. Denk an dein Herz«, mahnte Dorothee leise.

Im oberen Geschoss rumpelte etwas. Die beiden Alten reagierten nicht.

»Ich begreife das einfach nicht. Zwei Töchter und grundverschieden. Die eine anständig, solide, und die andere ein Flittchen, die von Erleuchtung faselt.«

»Heinz.«

Der Tonfall war eher milde, und man hörte, dass Julianes Mutter diese Mahnung wohl schon tausend Mal ausgesprochen hatte.

»Manchmal hätte ich sie am liebsten umgebracht. Dann hätte das alles ein Ende gehabt«, gestand Julianes Vater leise.

»Aber das haben Sie nicht getan?«, fragte ich ebenso gedämpft in das monotone Ticken der Wanduhr hinein.

»Was?«

»Ihre Tochter umgebracht.«

Er starrte mich an, schien zunächst nicht zu begreifen.

»Was denken Sie denn von mir?«, polterte er dann.

Tja, das genau war die Frage.

»Heinz«, mahnte seine Angetraute erneut. »Die Frau meint es bestimmt nicht so. Natürlich hast du Juliane nichts getan. Das wüsste ich schließlich. Sie läuft bestimmt nur wieder einem neuen Heiligen hinterher.«

»Wann, sagtest du, kommt Simone zurück?«, fragte Heinz Schott schwer atmend.

Langsam gewann ich den Eindruck, dass ohne Julianes Schwester im Hause Schott überhaupt nichts ging.

»Gegen fünf hat sie gesagt«, wiederholte Dorothee geduldig. »Sie wollte noch rasch für das Abendbrot einkaufen, in den Baumarkt und zum Friseur.«

»Dann ist ja gut.« Er atmete erleichtert auf. »Unsere Simone ist ein richtiges Prachtstück.«

Ja, das hatte ich verstanden. Aber führte dieses Prachtstück auch so etwas wie ein eigenes Leben neben der Versorgung von Eltern, Neffen, Hof und Mastschweinen? Ich hatte da so meine Zweifel.

»Ist Simone verheiratet, oder hat sie einen Freund?«, erkundigte ich mich unschuldig.

»Sie hat keine Zeit für einen Mann«, wiegelte Heinz Schott in einem Tonfall ab, als sei ein Ehemann in etwa so etwas Abstruses wie ein Ferienhäuschen in der Milchstraße. »Sie hat von morgens bis abends zu tun.«

»Unsere Simone hat damals sogar ihre Ausbildung abgebrochen«, teilte mir Dorothee Schott voller Stolz mit. »Sie hat es zwar bedauert, aber es ging ja nicht anders. Sie wollte so gern studieren und Sozialpädagogin werden.«

Mhm. Die kleine Schwester lebte also ihr freies, ungebundenes Leben komplett auf Kosten der älteren Schotttochter. So sah es aus. Simone erledigte die Arbeit auf dem Hof, Simone erzog den Neffen, Simone kümmerte sich um die älter werdenden Eltern, Simone hätte gern ihre Ausbildung abgeschlossen, Simone hatte keine Zeit, selbst die Liebe ihres Lebens kennenzulernen – kurzum, die rücksichtslose Juliane hatte ihrer großen Schwester so ziemlich das Leben versaut. An der Stelle von Simone hätte ich meine kleine Schwester gehasst.

»Wann haben Sie Juliane das letzte Mal gesehen?«, fragte ich Heinz und Dorothee. Nach der Prügelei im Kornkreis oder davor? Doch davon erwähnte ich nichts.

Heinz zuckte ratlos mit den Schultern und schaute seine Frau an.

»Im Frühjahr? Ich weiß es nicht. Ich gehe ihr aus dem Weg, wenn ich kann. Es regt mich einfach zu sehr auf. Sie wollte natürlich wieder einmal Geld von uns und hat uns nur zugequatscht. Irgendeine Ausbildung wollte sie machen. In einem Zentrum für Geisterheilung.« Er spuckte das Wort regelrecht aus. »Von Engeln hat sie uns erzählt und von einem Grafen, der in Eckernförde lebt. Oder war es Elmshorn? Weiß ich nicht mehr. Ich habe nicht hingehört. Soll sie den doch um Geld anbetteln. Der hat bestimmt genug.«

Ich unterdrückte nur mit Mühe ein Grinsen. Der Mann hatte ja keine Ahnung, dass seine Tochter von den Worten des Vaters höchst angetan gewesen wäre. St. Germain lebte. Zwar in Elmshorn und nicht in Eckernförde, aber störte das jemanden? Wer mit Jesus plauderte, konnte bestimmt auch im mausetoten Zustand noch reisen. Und reich war der Graf in Vater Schotts Vorstellung ebenfalls. Na bitte.

Bei den Worten ihres Mannes hatte Dorothee indessen angefangen, die Hände zu kneten. Was ich höchst verdächtig fand.

»Und Sie?«, fragte ich sie daher direkt.

»Ich?«

»Ja. Wann haben Sie Ihre Tochter zum letzten Mal gesehen, Frau Schott?«

Oben polterte schon wieder etwas. Sie beachtete es auch diesmal nicht.

»Vor zwei, drei Wochen«, antwortete sie. »Aber ich habe nicht mit ihr gesprochen. Sie hat mit Simone gestritten. Drüben vor dem Schweinestall.«

ELF

»Schweine«, sagte Harry bedächtig, während sich die Brötchenhälfte mit dem Kochschinken zielsicher seinem Mund näherte, »sind ja bekanntlich Allesfresser.«

»Echt?«, quiekte Daniel begeistert. »Die fressen also nicht nur Würmer, sondern auch Menschenfleisch?«

Seine Ohren glühten vor Begeisterung. Was für ein rattenscharfes Thema für einen Zwölfjährigen. Eine verschwundene, möglicherweise tote Frau, eine stinksaure ältere Schwester, die von der Jüngeren um ein eigenes Leben gebracht worden war, und Eltern, die ihrer Tochter keine Träne nachweinten. Und dazu ein ganzer Stall voll hungriger Schweine, die in alles bissen, was man ihnen vor den Rüssel warf.

Zwei Tage nach meinem Besuch in Klein Gladebrügge saßen Harry, Daniel und ich beim Brunch. Und ich weiß gar nicht mehr genau, wie es gekommen war, aber Harry hatte es geschafft, mir nach und nach die entsprechenden Würmer über meinen Besuch aus der Nase zu ziehen – sehr zur Freude seines Neffen.

»Ich denke schon«, antwortete Harry nachdenklich und goss sich Tee nach. »Schweine machen bestimmt keinen Unterschied zwischen, sagen wir mal, Kaninchen- und Menschenfleisch. Wieso auch? Dafür fehlt ihnen das Bewusstsein, behaupte ich mal. Für sie schmecken beide Sorten zwar möglicherweise unterschiedlich, aber aus ihrer Sicht ist es völlig gleichgültig, ob sie einen menschlichen Schenkel abnagen oder den eines Karnickels.«

Daniel hatte vor Aufregung aufgehört zu essen und lauschte den Worten seines Onkels mit offenem Mund.

»Also in ethischer Hinsicht, meine ich. Aber damit haben die Tiere es ja nicht so«, fuhr Harry fort. Er genoss die geballte Aufmerksamkeit seines Neffen sichtlich. »Du musst natürlich nur darauf achten, dass du die Leiche nicht im Ganzen in den Käfig schmeißt, sondern sie vorher zerhäckselst. In schnauzengerechte Stücke. Dann verschwinden die schneller.«

Mahlzeit. Ich entschied mich für den Käse und warf meinem Liebsten einen warnenden Blick zu. Wo blieb denn hier wohl das Onkelvorbild? Das Kind war zwölf, eine zarte Seele, mal ganz abgesehen davon, dass derartige Erörterungen an keinen liebevoll gedeckten Frühstückstisch gehörten.

»Wie Gulasch, meinst du?«, warf Daniel auch schon emsig ein.

Sein Onkel schüttelte den Kopf.

»So klein muss es nicht sein. Ich vermute eher, Bulettengröße würde reichen. Was meinst du, Hemlokk?«

»Nein«, sagte ich entschieden. »Ich werde mich nicht an dieser Diskussion beteiligen. Nicht hier und nicht jetzt.«

»Was ist denn?«, fragte Harry mit hochgezogener rechter Augenbraue, eindeutiges Zeichen, dass er irritiert war. Ich fixierte ihn und versuchte dabei, unauffällig mit den Augäpfeln in Richtung Daniel zu rollen. Himmelherrgott, sonst benahm er sich stets und ständig wie ein Helikopter-Onkel, und jetzt faselte er in Gegenwart der zarten Kinderseele ungeniert von portionierten Leichen.

»Ach so«, meinte er endlich. Na also. Irgendwo am anderen Ende des Sees dudelte ein Radio, Musikfetzen wehten zu uns herüber. Doch Daniel war keineswegs dumm.

»Mir macht das überhaupt nichts aus, und außerdem bin ich kein Kind mehr«, behauptete das Kind und biss zur Bekräftigung dieser These in eine vollreife Tomate, deren Innereien daraufhin in alle Richtungen spritzten. Aber meine Couch ist bekanntlich rot, alles halb so wild also. »Und du hast doch vorhin gesagt, Hanna, dass diese Juliane auf dem Hof war, kurz bevor sie verschwand.«

Das stimmte. Dorothee Schott hatte sich zwar nicht mehr erinnern können, wann genau sich ihre ältere Tochter mit der jüngeren am Stall gestritten hatte, doch dass sich die beiden Schwestern nicht nur angebrüllt hatten wie die Kesselflicker, sondern auch gemeinsam im Stall verschwunden waren, hatte sie mir schließlich widerwillig verraten, als ich nicht lockerließ. Nur die in diesem Fall natürlich alles entscheidende Frage, ob dies vor oder nach dem ersten Augustwochenende und der Prügelei mit der Engel-Channel-Konkurrentin Froja geschehen war, hatte sie nicht beantworten können. Trotzdem. So ging das nicht.

»Und wie steht's mit Winnetou?«, fragte ich Daniel entschlossen, um dem Zerstückelungsthema definitiv ein Ende zu bereiten. Allerdings kam ich mir dabei augenblicklich vor wie besagte und verhasste altjüngferliche Tante, die den Sprössling unentwegt mit ihrem »Lernst du denn auch schön?« traktiert, selbst wenn der Nachwuchs bereits seit drei Jahren die Uni verlassen hat und als Banker Millionen und Milliarden verschiebt. Onkel und Neffe warfen sich einen Blick zu, der mich als komplette Idiotin abstempelte.

»Ist tot«, nuschelte Daniel hörbar genervt. »Gestern hab ich Band drei gelesen.«

»Ja, das ist hart«, bemerkte ich im Konversationston. Es hörte sich total falsch an. »Und jeder –«

»Ist doch nur ein Buch«, erklärte Daniel wegwerfend, ganz der toughe Kerl, der er nicht war. Wahrscheinlich hatte er ebenso wie ich seinerzeit die Nacht über unter der Bettdecke durchgeheult, damit Harry ihn nicht hörte. Sollte ich den Jungen vielleicht einmal fragen, ob wir zu dritt in Segeberg »Old Surehand« besuchen sollten? Bis Anfang September lief das Spektakel noch. Dann könnte ich mir vorher die entsagungsvolle perfekte Tochter Simone vorknöpfen, während die beiden Jungs sich die Kalkberghöhlen anschauten. Nein, wohl eher nicht, entschied ich nach einem Blick in Daniels entschlossenes Gesicht. Zumindest nicht jetzt, denn das war eindeutig ein schlechter Zeitpunkt.

»Hör zu, Hanna«, fuhr der Jung-Detektiv eifrig fort, »wenn diese Simone ihre Schwester wirklich an die Schweine verfüttert hat, kann man das nachweisen. Dann muss es im gesamten Stall DNA-Spuren geben. Am Stroh, auf dem Beton, in der Scheiße.«

»Daniel«, wies ich ihn streng zurecht.

»Es ist bestimmt einfacher, da etwas zu finden, als nach dem

Ort zu suchen, wo sie ihre Schwester zersägt und zerlegt hat«, fuhr das Kind ebenso stur wie fachkundig fort.

Himmel, er hatte ja recht. Trotzdem nahm das Ganze reichlich makabre Züge an. Ich sah hilfesuchend zu Harry hinüber.

»Ich kenne da jemanden, der das überprüfen könnte«, sagte daraufhin der Onkel. Klar, Harry hatte immer so jemanden in der Hinterhand. Denn er hatte merkwürdigerweise mit allen nützlichen Leuten, die eine gestandene Privatdetektivin so braucht, die Schulbank gedrückt.

»Nein danke«, sagte ich laut.

»Aber das ist doch leichtsinnig, Hemlokk. Wenn an der These wirklich etwas dran ist, dann sollte man auf jeden Fall Proben entnehmen. Besorg dir ein bisschen Stroh, und ich gebe das dann an Hartmann weiter.«

»Dan-ke. Nein«, wiederholte ich stur.

Danach drängte Daniel ungeduldig zum Aufbruch. Er war beleidigt, dass ich ihn wie ein Kind behandelte. Doch das war er nun einmal, ein Jugendlicher auf der Schwelle zur Pubertät, mit dem man so etwas einfach nicht besprach, auch wenn es noch so offensichtlich war, dass ich mich natürlich um mögliche DNA-Spuren im Schott'schen Schweinestroh kümmern sollte. Und ich musste selbstverständlich schnellstens mit dieser Simone sprechen, um den genauen Zeitpunkt des Streits herauszubekommen. Dann würden wir weitersehen.

Doch jetzt zog es mich erst einmal mit Macht zur Alibi-Agentur. Mir war da nämlich mitten in der Nacht noch etwas eingefallen. »Pling«, hatte es gemacht, und ich hatte senkrecht im Bett gesessen. Es reichte nicht, zu wissen, dass Reinhold Schmale bei Geschäftsessen mit jungen, hübschen und eloquenten Frauen protzte, um sein Ego aufzupolieren, sowie irgendwelche geheimen Auszeiten von was auch immer nahm. Das an sich war natürlich schon ein Hammer. Ich hätte jedoch ganz gern mit einer der Damen selbst gesprochen, bevor ich Bettina meine Ergebnisse präsentierte. Denn um ehrlich zu sein, traute ich Weinhold nicht, wenn er behauptete, seine Angestellten würden nicht mit den Kunden ins Bett stiefeln. Ob das tatsächlich der Wahrheit entsprach, davon sollte ich jedoch auf jeden Fall Kenntnis haben, bevor ich Bettina gegenübertrat. Als meine Auftraggeberin besaß sie ein Anrecht darauf, zu erfahren, ob sich die Damenbegleitung bis aufs Laken erstreckt hatte. Sonst fehlte einfach etwas – auch wenn es bestimmt nicht leicht werden würde, Weinhold noch einmal Informationen zu entlocken.

Auf dem Weg nach Gottesgabe schien es heute seltsamerweise vor Schweinemastställen nur so zu wimmeln. Die Wahrnehmung ist schon ein merkwürdiges Ding. Bei meinem ersten Besuch in der Alibi-Agentur waren sie mir überhaupt nicht aufgefallen. Doch seit meiner Fahrt nach Klein Gladebrügge hatten sich meine Sinne in dieser Hinsicht geschärft. Jetzt ragte Entlüftungsschacht um Entlüftungsschacht aus den Dächern der Scheunen. Dagegen waren die Windräder eindeutig in der Unterzahl.

Als ich in Gottesgabe ankam und vor Weinholds Haus aussteigen wollte, fing es an zu regnen. Feinfieselig und ergiebig. Die Sonne hatte sich schon den ganzen Morgen nicht dazu durchringen können, etwas mehr Gas zu geben; jetzt hatte sie endgültig kapituliert. Ich zögerte noch, als sich die Haustür schwungvoll öffnete und eine Mittzwanzigerin heraustrat. Sie trug abgeschnittene, fransige Jeans, die ihre beste Zeit bereits hinter sich hatten, und ein weites rotes T-Shirt Marke Lieblingskleidungsstück, dessen ausgeblichene Schönheit nur noch in der Wahrnehmung der Besitzerin lag. Ihre blonden Haare hatte sie eher wurschtelig hochgebunden. Trotzdem ging ich automatisch davon aus, dass es sich entweder um Weinholds neue Freundin oder um ein Begleitgirl in Zivil handelte. Denn wenn man sich die Haare frisch aufgefluffft und gelöst dachte, die Dame dazu in eine gewaschene Bluse steckte und ihr untenherum noch eine passende Hose andichtete, dann sah sie mit ihren Rundungen an exakt der richtigen Stelle und dem makellos glatten Gesicht ganz genauso aus wie eine Katalogschönheit à la Typ Spielerfrau, auf den ballkickende Männer mit millionenschweren Konten so stehen.

Jetzt drehte sie sich zu Weinhold um, küsste ihn flüchtig und nicht allzu zärtlich auf die Wange und sprintete durch den Regen auf einen pinkfarbenen Golf zu, der etwa zehn Meter von mir entfernt parkte. Es war eine reine Instinkthandlung, und ehe ich weiter nachdenken konnte, befanden wir uns bereits auf der B 202 Richtung Kiel und zuckelten gemächlich hinter einem Laster her, der lebende Forellen aus Dänemark ins Brandenburgische oder Sächsische transportierte. Erst da kam mir der Gedanke, dass die Blondine vielleicht doch gar nichts mit Schmale zu tun gehabt hatte. Für Weinholds Agentur arbeiteten bestimmt etliche Frauen. Sekundenlang nahm ich den Fuß vom Gas. Nein, das war jetzt egal. Das Risiko musste ich eingehen. Denn wenn ich Glück hatte und sie tatsächlich Schmales Begleiterin gewesen war, konnte ich mit ihr bestimmt weitaus besser reden als mit ihrem Chef.

Mein Smartphone dudelte. Ich überlegte kurz, ob ich vorschriftsmäßig anhalten oder es ignorieren sollte, doch dann wählte ich den dritten Weg und klemmte es mir hastig zwischen Kinn und Schulter. Eine Privatdetektivin ist schließlich ständig im Dienst, das musste doch auch ein Sheriff begreifen.

»Ich habe Juliane gesehen«, teilte mir eine triumphierende Stimme mit, die ich nicht sofort zuordnen konnte, denn jetzt blinkte der Golf und setzte zum Überholen an.

»Mist«, murmelte ich.

»Wie bitte?«, quakte die Stimme. Sie war tief, aber eindeutig die einer Frau, das zumindest entging meiner Aufmerksamkeit nicht.

»Gleich«, fuhr ich die Unbekannte an, blinkte ebenfalls und zog links rüber – um jedoch auf der Stelle wieder hastig einzuscheren, denn auf der Gegenspur kam mir eine Kolonne von Bundeswehrtransportern entgegen, die irgendwelche verteidigungsrelevanten Großobjekte mit Überbreite bewegten, wie die Blinklichter und roten Fähnchen anzeigten. Ich stieß erneut einen erbitterten Fluch aus.

»Hallo, bist du noch dran?«, tönte es an meinem Ohr.

Ich scherte erneut aus, es half ja nichts. Wenn ich Weinholds

Begleitmädchen nicht verlieren wollte, musste ich an ihm kleben bleiben. Und da! Da war tatsächlich eine Lücke im Konvoi, einer der Transporter hatte sich etwas zurückfallen lassen. Sollte ich oder sollte ich nicht? Ich sollte. Deshalb antwortete ich der Smartphone-Stimme nicht, weil ich mich konzentrieren musste. Ich schaltete in den dritten Gang hinunter und röhrte mit Schweiß auf der Stirn an den Forellen vorbei, um unter lautem Gehupe und wildem Fäusteschütteln dicht vor dem Lkw wieder einzuscheren. Puh. Geschafft.

»Ich mach jetzt Schluss«, nölte die Stimme. »Dich interessiert's ja anscheinend nicht.«

Ich war noch nie gut in Multitasking.

»Nein, warte. Moment noch«, bat ich mechanisch, während ich die Straße vor mir checkte. Doch da war nichts mehr. Keine Spur von einem pinkfarbenen Golf. Ich gab Gas und preschte am rechter Hand liegenden Selenter See vorbei, ohne ihn weiter zu beachten. Ob die Blondine nach links abgebogen war?, überlegte ich, während sich meine Halsmuskeln langsam verkrampften, weil immer noch das Smartphone zwischen Kinn und Schulterblatt klemmte.

»Ich habe sie gesehen«, wiederholte die Stimme.

»Was ist? Wer ist denn da? Und um was geht es eigentlich?«, fauchte ich entnervt.

»Ju-li-a-ne«, sagte die Stimme in einem Ton, als spräche sie mit einer Schwachsinnigen. »Aber wenn du nicht –«

Ich stieg auf die Bremse. Vor mir daddelte ein älterer Mercedes, Plöner Kennzeichen und hinter dem Lenkrad ein Altherrenhut, so ein Elbsegler, wie der selige Helmut Schmidt ihn getragen hatte. Und er fuhr neunundsechzigeinhalb, denn erlaubt waren siebzig. Vor lauter Frust fing ich an, aufs Lenkrad einzuhämmern.

»Was machst du denn da?«, fragte die Unbekannte.

Ging sie das etwas an? Und wer zum Teufel war das überhaupt?

»Nichts«, schrie ich. Jetzt kam auch noch eine Linkskurve. Dann drang langsam eine Information in mein Bewusstsein.

Hatte die Anruferin nicht das Stichwort Juliane genannt? Handelte es sich also um Dorothee Schott oder ihre Tochter Simone?

»Wo haben Sie sie gesehen?«, fragte ich hastig, während ich mich an dem Senior vorbeischlängelte und erneut Gas gab. Dass Weinholds Escort-Girl in ihrem Alter auf dem Dorf wohnte, war doch mehr als unwahrscheinlich. Also ging ich mal tapfer davon aus, dass ich bis Kiel Zeit hatte, um sie einzuholen.

»Wie wo? Und weshalb siezt du mich denn plötzlich?«, fragte … Lulu, genau. Endlich hatte mein Hirn die Stimme zugeordnet. Das war ja spannend. »Wo hast du Juliane gesehen, Lulu. Und wann?«

»Na, gestern Nachmittag.«

»Was?« Ich rauschte einem roten SUV fast auf die Stoßstange, hupte, überholte und sauste weiter. Er schickte mir Lichthupe und Stinkefinger hinterher. »Und es gibt keinen Zweifel, dass sie es war? Hast du mit ihr gesprochen?«, fragte ich, erneut abgelenkt durch fünf Motorräder, die gemütlich über die Landstraße tuckerten. Dabei verfügten diese Dinger über so viel PS, dass meine Mühle dagegen eine lahme Krücke war.

»Jungs«, stöhnte ich. »Nun macht mal hinne. Tante Hanna hat es eilig.«

»Wie bitte?«, fragte Lulu.

Ich wechselte die Hörseite und drückte aufs Gas.

»Juliane. Du hast sie gestern Abend gesehen und mit ihr gesprochen. Richtig? Sie lebt also, und alles ist in bester Ordnung.«

Na bitte, damit war zumindest dieser Fall gelöst. Das Thema Schweine-DNA war vom Tisch, und ich musste mich nicht länger mit Heilsbotschaften raunender Engel, zur Kapazität fürs Übersinnliche aufgestiegenen Grafen und überirdischen Lichtwesen herumplagen.

»Na ja.« Lulu zögerte. »Ganz so ist es nicht. Ich war nämlich gestern bei einer Orakelsitzung.«

Halleluja, ich hatte sie! Die Motorradmänner waren abgebogen, und vor mir schlich tatsächlich Weinholds Hostess an der Selenter Kirche vorbei. Zu meiner Schande muss ich gestehen, dass ich sie nicht am Nummernschild erkannte, sondern an der Autofarbe und den hochgebundenen Haaren. Egal. Hauptsache, sie war mir nicht entwischt. Was hatte Lulu soeben gesagt?

»Orakelsitzung«, wiederholte ich einfältig.

»Ja, für neun Euro. Das ist eher billig. Aber die Frau hat für die schamanische Pulsdiagnose auch nur acht genommen. Und das ist wirklich ein Superpreis.«

»Lulu«, knurrte ich mühsam beherrscht.

»Was ist denn? Geh doch selbst hin und überzeuge dich, wenn du mir nicht glaubst. Acht und neun Euro, Ehrenwort.«

»Wo und wann hast du Juliane gesehen?« Ich wusste es, noch bevor sie antwortete.

»Na, während der Sitzung natürlich. Klara hat nämlich eindeutig gelogen. Juliane geht es gut. Das wollte ich dir erzählen. Du kannst die Suche abblasen. Und mit dieser Froja hat das alles schon gar nichts zu tun. Johannes hat uns von der Prügelei im Kornfeld erzählt. Ich glaub das nicht.«

Wir bogen am Rastorfer Kreuz zunächst nach Schönberg, dann jedoch gleich wieder Richtung Probsteierhagen und Laboe ab. Ich wechselte erneut die Telefonseite.

»Und dass es ihr gut geht, hat Juliane dir als Geistwesen erzählt, nehme ich an. Du hast sie gechannelt, oder war es umgekehrt? Sie hat bei dir kurz durchgeklingelt?« In diesem Moment hätte ich der blöden Lulu am liebsten sämtliche Engelsbarone und Wunderheiler, die es auf diesem Planeten gab, an den Hals gewünscht, damit sie mal so richtig Bekanntschaft mit den finsteren Seiten der Channel-Brüder und -Schwestern machte.

»Du glaubst mir nicht und findest das alles wieder mal nur lustig?« Ihre Stimme war vor Empörung über diese ewige Zweiflerin eine Oktave höher gerutscht.

»Aber nicht doch.« Nie würde mir so etwas einfallen. Informationen, die aus Orakelsitzungen für neun Euro stammen, gelten selbstverständlich allgemein als zuverlässige Quelle. Das weiß doch jedes Kind. Dumm nur, dass diese Aussage ausgerechnet für meine Ermittlungen komplett wertlos war. Juliane mochte zwar mit Lulu spirituelle Energien austauschen, bis sämtliche

Drähte im All glühten, aber nach irdischen Maßstäben blieb sie verschollen.

»Es war eine mediale Botschaft, Hanna.« Ja, doch, das hatte ich begriffen. »Meine Seele hat die ihrige erkannt.« Und wenn schon! Das besagte überhaupt nichts. »Sie war völlig klar und eindeutig, als hätte Juliane direkt vor mir gestanden und mit mir gesprochen.« Natürlich, gebrochene Leitungen, geknickte Kabel oder blöd ausgerichtete Handymasten gibt's beim Channeln nicht. »Zwar schwebte sie dabei ein bisschen über dem Boden, mehr so wie ein Engel, aber das soll ja nichts heißen.«

»Nein.« Natürlich nicht. Wer würde hier denn wohl kleinlich sein. Und die Schwebenummer hatten ja schon ganz andere abgezogen. »Du, Lulu, ich muss jetzt Schluss machen. Ich verfolge gerade eine Verdächtige.«

»Das ist kein guter Weg, Hanna. Er ist so voller negativer Energien. Ich würde dir wirklich raten –«

»Danke, aber nicht jetzt.«

»Bitte, wie du willst.« Sie war hörbar beleidigt. »Tschüss denn. Ich erzähle den anderen, dass Juliane okay ist und sie sich keine Sorgen mehr zu machen brauchen. Und dass Johannes unschuldig ist.«

»Ja, tu das.«

Schaden konnte das zwar nichts, nutzen allerdings auch nichts. Na ja, vielleicht Johannes. Und das war immerhin etwas. Entnervt pfefferte ich das Smartphone auf den Beifahrersitz und daddelte dem Golf ohne weitere Zwischenfälle bis nach Dietrichsdorf hinterher. Wir ließen die Schmerzklinik links liegen und folgten dem Heikendorfer Weg nach rechts. Auf der Höhe von Mediendom, Fachhochschule und Computermuseum wurde die Frau langsamer und schoss plötzlich wie der Habicht auf die Maus in eine freie Parklücke. Ich wartete, bis sie durch eine der Haustüren entschwunden war, dann folgte ich ihr und beäugte das Türschild: Kuhn, Öczalan, Behnke und Petrovik. Mhm. Wenn man von der Haarfarbe ausging, sollte ich es bei Kuhn oder Behnke versuchen. Ich klingelte bei Kuhn, Melanie.

»Ja?«, ertönte es knatternd und verzerrt aus der Gegensprechanlage, kaum dass ich den Finger vom Knopf genommen hatte.

»Hanna Hemlokk«, stellte ich mich vor. »Ich bin Privatdetektivin und an Reinhold Schmale interessiert.«

Im Nu erklang der Summer. Prima, der Name sagte ihr also etwas. Ich drückte die Tür auf, bevor der Verstand über die Neugier siegen konnte, und sauste die Stufen hinauf, bis ich japsend unterm Dach ankam. Sie wartete bereits auf dem Treppenabsatz und musterte mich.

»Habe ich das eben richtig verstanden, Sie sind Privatdetektivin?«

Ich nickte stumm, während ich mich bemühte, meine Atmung unter Kontrolle zu kriegen.

»Dafür sind Sie aber ziemlich schlecht in Form. Kommen Sie rein.« Die Frau hatte eindeutig zu viele amerikanische Serien gesehen, in denen die Jungs und Mädels dermaßen durchtrainiert sind, dass ich bereits vom Zugucken einen Muskelkater bekomme. »Und was ist nun mit Reinhold?« Sie deutete auf einen Sessel. »Nehmen Sie Platz.«

Es war eine typische Studentenbude. Eineinhalb Zimmer, ein schmales Bett, ein Schreibtisch, viel Ikea, ein supermoderner Computer, eine übersichtliche Zahl an Büchern und ein Ficus. Hier empfing sie eventuelle Liebhaber zumindest nicht.

»Dass er tot ist, wissen Sie vermutlich?«, begann ich unser Gespräch und dankte im Stillen der Grundgütigen, dass sich meine Atmung langsam wieder beruhigte. Eine nach Luft schnappende Detektivin kam nicht gut beim Verhör.

»Ja, das hat uns Peter erzählt.« Ich entdeckte lediglich ungezügelte Neugier auf ihren glatten Zügen, kein Mitleid, geschweige denn Trauer.

»Sie haben ihn also gekannt und scheinen ihm keine Träne nachzuweinen«, stellte ich fest.

»Er war ein Kunde.« Das kam so kühl heraus, als ob damit alles gesagt sei.

»Mehr nicht?«

Jetzt richtete sie sich auf wie eine drohende Kobra. Nur dass sie nicht züngelte.

»Was soll das denn jetzt heißen? Falls Sie andeuten wollen, dass ich mit dem Mann ins Bett gegangen bin, muss ich Sie enttäuschen. Das mache ich nicht. Weil ich nämlich so etwas nicht nötig habe. Ich studiere Maschinenbau im siebten Semester. Ich bin gut, und ich finanziere mir mein Studium als Begleiterin. Da ist nichts dabei, worüber man die Nase rümpfen könnte. Ich verkaufe mein Äußeres, nicht mein Inneres.«

Was eine interessante, aber nicht unbedingt abwegige These war, ganz abgesehen davon, dass das nun also definitiv geklärt war. Exakt mit diesen Worten würde ich es Bettina erzählen. Melanie Kuhn sank in ihren Sessel zurück, offenbar bereit für weitere Fragen. Natürlich nutzte ich meine Chance. Ein Private Eye weiß nie, wozu irgendwelche Informationen irgendwann mal nützlich sein können, und sammelt sie deshalb wie andere Leute Bonuspunkte bei Edeka.

»Sie haben Reinhold Schmale mehrfach begleitet?«

»Dreimal.« Sie löste ihre Haare, schüttelte kurz den Kopf, damit sie sich legten, und begann an ihnen herumzuspielen. »Mensch, war das ein langweiliger Typ. Hielt sich für megacool und war doch eher eine abgestandene Socke. Total spröde war der, das fanden alle Mädchen. Pausenlos hat er uns erzählt, womit er sich in Form hält. Laufen, Schwimmen, na, das volle Programm halt, das man eben so durchzieht, wenn man in ein gewisses Alter kommt.« Sie zog eine Flunsch. »Dabei bringt das doch eh nichts. Ich meine, sterben müssen wir alle.«

Sie gab diese Weisheit mit einer Inbrunst zum Besten, die verriet, dass sie sich entweder davon ausnahm oder aber ihre Phantasie nicht ausreichte, um sich vorzustellen, wie es ist, nicht mehr jung und knackig zu sein. In der Nachbarwohnung begann ein Telefon zu läuten. Viermal, fünfmal, sechsmal. Unwillkürlich horchten wir beide.

»Die alte Behnke braucht immer etwas länger«, erklärte Melanie Kuhn, als das Klingeln endlich verstummte. »Sie ist nicht mehr gut zu Fuß. Ich kaufe manchmal für sie ein.«

»Das ist nett.«

»Nachbarschaftshilfe. Kann man schon mal machen, finde ich.«

Da war ich ganz ihrer Meinung. Um ehrlich zu sein, hätte ich ihr so etwas allerdings nicht zugetraut. Sie wirkte so glatt und selbstbezogen. Aber zurück zum Thema.

»Erzählen Sie mir doch einmal, wie so ein Geschäftsessen ablief, wenn Schmale Sie gebucht hat.«

Sie fragte nicht, weshalb ich das wissen wollte. Die Antwort hätte schlicht gelautet: Neugier. Und – es ist ein Klischee, aber trotzdem wahr – manchmal führt eben auch eine ziellose Stocherei zu einem unerwarteten Ergebnis. Sie zuckte mit den Schultern.

»Na ja, ich zieh mir so einen Fummel an, bei dem die Jungs Stielaugen kriegen. Schmale wollte das immer so, und in einem bestimmten Rahmen können die Kunden das bestimmen.« Sie schob ihr Kinn angriffslustig in meine Richtung. »Aber eben nur innerhalb bestimmter Grenzen, damit das klar ist«, wiederholte sie. Ich hob die Rechte zum Zeichen, dass ich verstanden hatte, und sie fuhr beruhigt fort: »Dann trafen wir uns vor dem Restaurant. Vorher hat er mich natürlich telefonisch gebrieft, wie das ablaufen und welche Rolle ich spielen sollte. Verlobte, Geliebte, Ehefrau. Heißer Feger und so was.« Sie warf ihre Haare nach hinten und blickte mich trotzig an. Ich sagte nichts. Wie sie ihr Geld verdiente, war allein ihre Sache. »Schmale hat immer die Kellner hin- und hergescheucht. Den Wein hat er andauernd zurückgehen lassen. Mal war er zu süß, mal war er zu kalt, mal war er zu warm. Es hat ihm Spaß gemacht, sie seine Macht spüren zu lassen. Das hat man gemerkt.« Nichts Neues unter der Sonne also. »Manchmal hat er auch seine Geschäftspartner schwer gelinkt. Ich habe das immer gemerkt, wenn er besonders freundlich zu ihnen wurde. So war der nämlich nicht. Der war ein richtig fieses Aas. Und knickrig war der Schmale auch. Das Trinkgeld war immer mehr eine Beleidigung als eine Anerkennung. Zwei Euro drauf, wenn die Rechnung dreihundertfünfzig betrug.«

»Wie hat er Sie denn behandelt?« Saß da etwa noch ein Mensch mit einem Mordmotiv vor mir? War sie neben Fru Becker, Bodo Orb, Gesa Strehlau und seiner Frau vielleicht die Fünfte im Bunde, die Schmale alles Schlechte dieser Welt gewünscht hatte? Nein, war sie nicht.

»Oh, korrekt, würde ich sagen. Mir ist er niemals an den Karren gefahren. Ich glaube, er mochte mich sogar, sofern dieser Mann überhaupt jemanden mögen konnte.« Sie lachte laut und unbekümmert auf. »Der war so ein richtig alter Sack. Na ja, jetzt ist er ja tot.« Was auch ein Nachruf war.

Ein Smartphone klingelte. Es klang wie eine Bohrmaschine. Nein, wie ein Presslufthammer. Meins war es nicht.

»Entschuldigung«, sagte Melanie höflich. Ich nickte. Dann rief sie: »Ach Gesa, du bist's. Du, es passt jetzt wirklich gar nicht. Ich ruf dich zurück.«

»Gesa?«, fragte ich hellhörig.

»Meine Cousine. Sie hat bei Schmale gearbeitet. Wenn Sie etwas über den Mann wissen wollen, müssen Sie sie fragen. Sie war seine Sekretärin.« Melanie blies die Backen auf und ließ die Luft geräuschvoll entweichen. »Deshalb habe ich mir gleich einen anderen Job gesucht. Bei Weinhold. Der zahlt zumindest anständig. Denn bei Beckmann & Driller, das ist ja Sklavenarbeit dort.«

»Sie haben Reinhold Schmale also beide gekannt?«, fragte ich.

»Das sage ich doch gerade.«

Ich dachte verschärft nach. Einen Versuch war es allemal wert.

»Dann wissen Sie sicher, wer der Giftzwerg ist. Ihre Cousine hat es Ihnen doch bestimmt verraten.«

Sie errötete. Na also. Die Kandidatin hat einhundert Punkte.

»Gesa ist es nicht«, lautete die rasche Antwort.

»Dann muss es Bodo Orb sein, Schmales ehemaliger persönlicher Assistent.«

»Ich … ich kenne den Namen nicht.«

»Das glaube ich Ihnen nicht. Gesa hat sicher von dem Mann gesprochen. Er ist wegen einer Nichtigkeit von Schmale entlassen worden. Jetzt sitzt der arme Kerl zu Hause und kriegt keinen Job. Es geht ihm gar nicht gut.«

»Das tut mir leid«, flüsterte sie und drehte den Kopf weg. »Ich … es … ich kann Ihnen dazu nichts sagen.«

»Aber Sie wissen Bescheid«, stellte ich klar.

Sie gab keine Antwort. Erst nach einer Minute presste sie kaum hörbar hervor: »Ich habe geschworen, nichts zu verraten.«

»Gut. Das ist ehrenvoll, aber Sie haben mir schon geholfen. Bei dem Giftzwerg muss es sich entweder um Ihre Cousine Gesa handeln oder um Bodo Orb. Das habe ich mir bereits gedacht.« Denn Fru Becker war lediglich Mitwisserin. Für eine Täterin stimmte das Alter einfach nicht. Außerdem war ihr Hass auf Reinhold Schmale bei Weitem nicht mit dem zu vergleichen, den Gesa und Bodo empfanden.

Melanie Kuhn sah mich unbewegt an. Also schön, wechselten wir das Thema. Gab es noch etwas, was ich unbedingt wissen musste? Ja.

»Hat Schmale mal über seine Frau gesprochen?«

»Eine todlangweilige Person«, kam wie aus der Pistole geschossen die Antwort. »Also, hat er gesagt. Dabei war er bestimmt noch todlangweiliger. Wenn ich die Männer bei den Geschäftsessen nicht hin und wieder mit Witzen und Späßchen bei Laune gehalten hätte, wären die spätestens beim Hauptgericht bewusstlos vom Stuhl gekippt.« Sie lachte über den mageren Scherz. »Nicht vorzeigbar für einen Mann von seinem Kaliber, hat er mal gemeint. Gut fürs Haus, aber ansonsten … pfffft. Ich denke, bei denen lief im Bett absolut nichts mehr. Und sonst auch nichts. Die sind nicht im Sommer mal ans Wasser gefahren, um spazieren zu gehen. Oder ins Kino. Oder ins Restaurant, um das neue Sushi auszuprobieren. Nein, an der Stelle seiner Frau wäre ich heilfroh, den Typen losgeworden zu sein.«

»Sie scheint es anders zu sehen«, wandte ich milde ein.

»Ja, sie wollte die Scheidung nicht, hat er gesagt.«

Scheidung? Ich setzte mich auf. Das war nun wirklich etwas ganz Neues und verkomplizierte die Sachlage noch einen Tick mehr. Aber kam es darauf überhaupt noch an? Keine Ahnung.

Ich wusste nur, ich würde mir mindestens einen Champagner gönnen, wenn ich diesen vermaledeiten Schmale-Fall endlich los war.

»Reinhold Schmale wollte sich scheiden lassen?«, fragte ich sicherheitshalber noch einmal nach.

»Lieber heute als morgen«, bestätigte Melanie. »Sie ging ihm auf den Zeiger. Und er hatte nicht vor, allzu viel für sie zu zahlen. Da ist sie jetzt als Witwe tausendprozentig besser dran. Da kriegt sie alles.« Die junge Frau warf mir einen triumphierenden Blick zu. »Fragen Sie sie doch einmal, ob *sie* nicht zufällig den Giftzwerg kennt.«

ZWÖLF

Bettina Schmale werkelte im Garten, als ich noch am selben Abend wie eine Rachegöttin an den frisch lasierten Jägerzaun trat. Meine Wut hatte sich auch nach einem Spaziergang nicht gelegt. Die gute Frau spielte offensichtlich ein Spiel mit mir, dessen Sinn, Zweck und Regeln ich nicht verstand. Und so etwas konnte ich auf den Tod nicht ausstehen.

»Frau Schmale.«

Sie blickte auf, erkannte mich nicht sofort, und daher dauerte es etwas, bis sie überrascht meinte: »Ach, Sie sind es. Moment.« Während sie zum Zaun kam, wischte sie sich die mit Erde beschmierten Hände an den Jeans ab, um mir die Hand zu schütteln. »Kommen Sie doch herein. Dort hinten ist die Pforte.«

Ohne ein weiteres Wort trabte ich in die angegebene Richtung, wo sie mich bereits erwartete. Stumm lotste sie mich um das Haus herum zu einem Tisch mit drei Stühlen – Jugendstil, wenn ich mich nicht irrte –, der unter einer schattenspendenden Rotbuche stand.

»Bitte.« Sie deutete auf eines der Sitzmöbel, während sie sich mädchenhaft eine Haarsträhne aus dem erhitzten Gesicht strich. »Ich hole uns rasch eine Kanne Eistee. Den mögen Sie doch.«

Ich nickte, immer noch stumm. Sollte meine Auftraggeberin ruhig merken, dass ich verdammt unangenehm werden konnte, wenn man mir keinen reinen Wein einschenkte.

Der Garten war riesig und super gepflegt. Es musste Bettina täglich Stunden kosten, solch ein Grundstück derart in Schuss zu halten. Das war das eine. Doch noch auffälliger waren die Skulpturen, die überall herumstanden: Ein nackter Diskuswerfer mit einem Körper wie ein Modellathlet zielte auf einen Rhododendron; ein ebenso nackter Speerträger mit Waschbrettbauch und Oberschenkelmuskeln wie ein Triathlonike bewachte ein Rosenbeet, von dem ein betörender Duft ausging. Eindeutig olle Griechen, die Knaben, und damit ein paar Jahrhunderte vor unserer Zeitrechnung entstanden. Zumindest die Originale, die Nachbildungen stammten bestimmt aus dem 20. oder 21. Jahrhundert. Das war aber auch schon alles, was ich über die Jungs sagen konnte. Um welche Götter und Helden es sich bei ihnen handelte, ob um Zeus, Poseidon oder Odysseus – keine Ahnung. Der Einzige dieser knackigen Kerle, den ich erkannte, war Michelangelos David. Und der ist bekanntlich kein alter Grieche, sondern mit seinen um und bei fünfhundert Jahren ein ziemlich junger – nein, nicht Römer, sondern Florentiner.

»So.« Bettina stellte das Tablett ab und füllte zwei Becher mit Eistee. Sie hatte ihre Hände gewaschen, wie ich feststellte. Dann setzte sie sich. »Es war Reinholds Idee. Das mit den Statuen, meine ich. Er fand sie schön und bewunderte vor allen Dingen die perfekten Proportionen der Körper. Am liebsten hätte er wohl genauso ausgesehen.«

»Aber er war fünfzig, und alles quoll und hing«, bemerkte ich roh, während ich den strammen jungen Hüpfer Melanie Kuhn vor meinem inneren Auge sah und mir einen Schluck Eistee gönnte.

»Er haderte ein bisschen damit, ja, das stimmt.« Sie nickte ernsthaft. »Aber gleichzeitig war Reinhold natürlich Realist. Für sein Alter war er total gut in Schuss. Und das wusste er. Eigentlich kam es ihm mittlerweile auch mehr auf die innere Gesundheit an. Blutdruck, Diabetes und so. Na, all die Sachen, vor denen heute immerzu gewarnt wird. Dafür hatte er ja seine ganzen Messgeräte. Haben Sie etwas herausgefunden?«

»Oh ja, Frau Schmale, das habe ich. Eine Menge sogar.« Ich stellte sorgsam meinen Eistee ab. »Das Netz-Pseudonym Giftzwerg, sagt Ihnen das etwas? Verbergen Sie sich vielleicht selbst dahinter? Das vermutet zumindest jemand aus dem … engeren Umkreis Ihres Mannes.«

Sie blickte mich ratlos an. Entweder sie war eine brillante Mimin, oder sie hatte wirklich keine Ahnung.

»Nein«, sagte sie langsam. »Doch«, korrigierte sie sich dann. »Warten Sie. Reinhold hat das mal erwähnt. Aber es ist schon länger her.«

»Und Sie sind wirklich ganz sicher, dass Sie es nicht selbst sind?«, bemerkte ich im Konversationston.

»Ganz sicher«, erwiderte sie mit Nachdruck. Aber übel nahm sie mir meine Frage offenbar nicht. Die darin mitschwingende Unterstellung empfand sie wohl als völlig abwegig. »Aber ich erinnere mich jetzt wieder, dass Reinhold mir eines Abends erzählte, dass er nun auch Opfer von Pöbeleien im Netz geworden sei. Das nähme ja immer mehr zu, hat er gesagt. Die Leute kotzten sich einfach aus und fühlten sich dabei richtig stark. Ich weiß es nicht. Reinhold meinte jedoch, das sei völlig harmlos. So ein verklemmter Spinner, den man nicht ernst nehmen müsse. Der sich an seinen Beschimpfungen hochziehe, und das wäre es dann.«

»Er hat Ihrem Mann einen Tag vor dessen Tod einen Genickbruch gewünscht.«

»Oh, das wusste ich nicht.« Sie wirkte offen und ehrlich.

»So harmlos, wie Ihr Mann dachte, war der Giftzwerg also nicht.«

Ich beobachtete die Frau bei meinen Worten scharf und hatte dabei das seltsame Gefühl, dass ihr dieser Giftzwerg piepegal war. Und das war doch höchst seltsam.

»Wusste Ihr Mann, wer sich hinter dem Pseudonym verbarg?«, bohrte ich weiter.

Bettina Schmale schüttelte leicht den Kopf.

»Ich glaube nicht. Nein. Wir haben nur ein Mal darüber gesprochen. Und er hat nichts in dieser Hinsicht verlauten lassen. Aber das muss nicht unbedingt …«

Sie ließ den Satz versacken und biss sich kurz auf die Lippen. Etwas bedeuten, fügte ich im Stillen hinzu. Die Ehe war also wirklich nicht gerade die beste gewesen. Melanie Kuhn hatte offensichtlich in dieser Hinsicht keinen Blödsinn erzählt.

»Hat die Polizei Sie denn nicht dazu befragt?«, hakte ich die nächste Frage auf meinem inneren Zettel ab. »Und vor allen Dingen: Wieso haben Sie mir nichts von dem Giftzwerg erzählt, wenn Sie es nicht sind?«

»Ich bin es nicht, wie oft soll ich es denn noch wiederholen!«, ranzte sie mich nun doch an. »Es ist alles … ganz anders, als Sie meinen.« Sie stöhnte und presste die Faust vor den Mund. Es war eine Geste des Jammers. Rührte sie mich? Nein. Und ihre nächsten Worte schon gar nicht. »Ach, Sie werden es bestimmt nicht verstehen.«

»Versuchen Sie es zumindest. Das sind Sie mir schuldig, Frau Schmale. Ich lasse mich nämlich nicht gern verladen.«

Sie ballte die Rechte erneut zu einer Faust und drückte sie auf die Lippen.

»Es ist etwas sehr Persönliches«, flüsterte sie dann.

»Solche Dinge sind bei mir in den besten Händen, das können Sie mir glauben. Wenn die Information nicht zur Aufklärung eines Verbrechens beiträgt, gilt für mich als Privatdetektivin selbstverständlich eine strikte Schweigepflicht gegenüber Dritten.«

»Ich habe Ihnen nichts von dem Giftzwerg erzählt, weil ich ihn völlig vergessen hatte.« Ganz langsam entkrampfte sich die Hand und sank in ihren Schoß zurück.

»Das glaube ich Ihnen nicht«, rutschte es mir prompt heraus. »Sie beauftragen mich mit den Ermittlungen zum Tod Ihres Mannes und vergessen dabei ganz zufällig zu erwähnen, dass er im Netz bedroht wird? Und was ist mit der Polizei? Die muss dem doch nachgegangen sein? Nein, Sie haben mich nach Strich und Faden belogen, Frau Schmale. Weshalb soll ich für Sie Nachforschungen anstellen? Und ich möchte jetzt endlich die ganze Wahrheit hören.«

Ihr Blick irrte flüchtig zu dem Diskuswerfer hinüber, der nach wie vor mit asketisch-unbewegter Miene den Rhododendron anpeilte.

»Das habe ich Ihnen doch gesagt. Weil ich nicht glaube, dass Reinhold einfach so von der Klippe gefallen ist. Dafür ist … war er nicht der Typ.«

Ich beugte mich vor und fixierte sie sauer. So nicht, Madame. Und schon gar nicht mit mir! »Sie lügen. Das ist nicht alles, wenn dieser Aspekt denn überhaupt je eine Rolle gespielt haben sollte.«

»Was wollen Sie damit andeuten?«

Sprach ich chinesisch, oder hatte die Dame es auf den Ohren? Ich hob die rechte Hand und rammte ihr den Daumen vor die Nase. Wer mich derart belog, hatte keine Schonung verdient, fand ich.

»Erstens will ich damit sagen, dass Ihr Mann in den letzten Jahren immer wieder die Dienste einer Alibi-Agentur in Anspruch genommen hat.« Sie wurde blass. »Wussten Sie das?«

»Nein.« Sie musste sich räuspern, bevor sie weitersprechen konnte. »Nein, ich hatte keine Ahnung. Und Reinhold hat davon nichts erzählt.«

Natürlich nicht, du Schaf.

»Wissen Sie, auf was sich solche Agenturen spezialisieren?«

»Auf Alibis, nehme ich an«, entgegnete sie dümmlich. »Aber wofür brauchte er denn …?«

Ich erklärte es ihr. Ohne Wenn und Aber. Bei meinen Worten verloren ihre Wangen zwar noch einen Hauch mehr an Farbe, doch in ihre Augen trat gleichzeitig ein eigentümlicher Glanz. Und der beruhte nicht auf Fassungslosigkeit oder abgrundtiefer Verletztheit, sondern gehörte eher in die Kategorie »Hab ich's doch gewusst«.

Als ich fertig war, räusperte sie sich erneut, ehe sie mit undurchdringlicher Miene sagte: »Reinhold mietete also für Geschäftsessen … passende Frauen an.« Sie umschiffte die Worte »jünger und attraktiver als ich« wirklich elegant, das musste ich ihr lassen.

»Ja.«

»Damit er mit ihnen gegenüber den anderen Männern angeben konnte.«

»Ja.«

»Das ist armselig.«

»Ja.«

»Schlief er mit ihnen?« An ihrer Schläfe begann ein Muskel unkontrolliert zu zucken. Zum ersten Mal tat sie mir leid.

»Soweit ich es ermitteln konnte, nicht. Nein.«

Ihr Blick wanderte zu dem Triathloniken. Seine Gipsaugen

waren so tot wie nur irgendwas. »Sie haben die Frauen gefragt? Oder den … Agenturbesitzer?«

»Beide.«

»Ganz direkt?«

»In meinem Job macht es wenig Sinn, um den heißen Brei herumzureden, und ich dachte mir, dass Sie auf jeden Fall in diesem Punkt Klarheit haben wollten.«

»Das ist sehr … nett von Ihnen und äußerst vorausschauend.«

Ihr Blick folgte jetzt einem kleinen Flugzeug, das zum Sinkflug über der Förde angesetzt hatte, um in Kiel-Holtenau zu landen. Es war ein idyllisches Bild.

»Was ist mit zweitens?«, fuhr sie ohne Übergang fort.

»Bitte?«, fragte ich verdutzt.

Sie sah mich an und lächelte schwach. »Sie haben mit ›erstens‹ angefangen, darauf folgt in der Regel ein ›zweitens‹.«

Da hatte sie recht.

»Ihr Mann wollte sich von Ihnen scheiden lassen, lauten meine Informationen.«

Sie zuckte kaum merklich zusammen.

»Eine der Damen von der Alibi-Agentur hat Ihnen das erzählt, nehme ich an? Oder jemand aus Reinholds Firma? Herr Orb, sein persönlicher Assistent vielleicht? Oder Gesa Strehlau, seine Sekretärin? Nein, wohl eher nicht. Ich tippe auf Frau Becker. Die Alte hat so viele Haare auf den Zähnen, wie ihr blödes Viech von Dackel Speckfalten hat, meinte Reinhold immer.«

»Wer was gesagt hat, ist momentan völlig unwichtig«, bügelte ich sie ab. »Wollte Ihr Mann Sie sitzen lassen, oder wollte er nicht?«

Sie begann so heftig an ihrer Wange zu saugen, dass eine unschöne Kuhle entstand.

»Er hat tatsächlich so etwas erwähnt, ja«, gab sie schließlich leise zu.

»Und hat Ihr Mann auch zufällig erwähnt, dass er vorhatte, Ihnen im Fall der Fälle so wenig Geld wie möglich zu lassen?«

Ein Spatz nahm im Rosenbeet ein Sandbad. Bettina Schmale

schien das ungeheuer faszinierend zu finden. Ihr Blick ruhte fest auf dem Vogel.

»Frau Schmale?«

Jetzt schwenkte der Kopf in meine Richtung. Ihre Augen glänzten zwar, aber keineswegs vor Tränen, obwohl ein derartiger Satz sie doch eigentlich hätte umhauen müssen. Tat er aber nicht. Ob das kleine Flugzeug beim Landeanflug auf Holtenau einen Tranquilizer versprüht hatte, der uns träge und abgeklärt in den Jugendstil-Möbeln hängen ließ? Chemtrails über der Kieler Förde? Ich kniff mir in den Oberschenkel. Es tat weh. Bleib auf dem Teppich, Hemlokk, rief ich mich zur Ordnung.

»Er wäre damit nicht durchgekommen. Wir waren fünfzehn Jahre verheiratet. Reinhold hätte zahlen müssen. Ich war bei einem Anwalt und habe mich beraten lassen, als ich den Eindruck hatte, dass es so mit uns nicht weiterging. Ich habe für ihn damals meinen Beruf aufgegeben. Es hätte für mich dicke gereicht.«

Der Spatz schüttelte sich und flog davon. Wir schauten ihm gemeinsam hinterher. Es war schon seltsam: Ich glaubte ihr.

»Haben Sie Ihren Mann eigentlich je geliebt?«, fragte ich in die Stille hinein.

»Am Anfang unserer Ehe schon, glaube ich«, entgegnete sie tonlos. »Ich habe darüber in letzter Zeit auch oft nachgedacht.«

»Aber am Ende war das nicht mehr der Fall?«

»Nein.«

Das war eine klare Aussage, die ohne jegliches Zaudern erfolgte.

»Was ist passiert, Frau Schmale?«, drängte ich behutsam. »Weshalb haben Sie mich mit den Ermittlungen beauftragt? Weshalb haben Sie mir den Giftzwerg verschwiegen? Haben Sie Ihren Mann getötet oder zumindest auf der Steilküste ein wenig nachgeholfen?«

»Nein. Es war ein Unfall«, wehrte sie ab.

»An den Sie jedoch nicht glauben, haben Sie mir weismachen wollen.«

Jetzt schaute sie mir direkt ins Gesicht. »Halten Sie mich für so blöd? Ich bringe doch nicht meinen Mann um, lasse es wie einen Unfall aussehen, die Polizei schluckt das, und dann beauftrage ich Sie, damit Sie mir nachweisen, dass ich ihn getötet habe? Meinen Sie, mich zieht's ins Gefängnis?«

»Nein«, sagte ich. »Das kann ich mir zumindest nicht vorstellen. Aber wenn Sie ihn nicht ermordet haben und Sie es tatsächlich für einen Unfall halten, weshalb haben Sie mich dann beauftragt?« Sie schwieg. »Frau Schmale, ich werde nicht eher lockerlassen, bis ich weiß, wie das alles zusammenpasst.«

»Vielleicht hat ihn ja jemand anders umgebracht.«

Seufz. Also gut, rollten wir die Sache eben von schräg hinten auf. Oder war es von quer unten? Wenn das denn der Wahrheitsfindung diente, sollte es mir recht sein.

»Weil Ihr Mann Reinhold nach Aussagen aller Zeugen, die ich befragt habe, ein Riesenoberarschloch war?«, schlug ich vor.

»Ja, das war er.«

Okay. Der erste Schritt war getan.

»Können Sie mir da vielleicht jemanden Konkretes nennen?«, stupste ich sie an. Ihr Blick ruhte nachdenklich auf dem Speerwerfer.

»Seinen persönlichen Assistenten vielleicht, den Herrn Orb. Oder seine Sekretärin, Gesa Strehlau. Reinhold war ein sehr ungeduldiger Chef, fürchte ich.«

»Und das ist noch untertrieben«, sagte ich freundlich. Sie schaute mich überrascht an.

»Sie haben tatsächlich mit all den Leuten gesprochen?«

»Das gehört zu meinem Job. Natürlich habe ich das getan. Ihr Mann war in seiner Firma richtig verhasst.«

»Das wusste ich nicht. Reinhold hat nie viel erzählt. Er hat das Private und das Geschäftliche streng voneinander getrennt.« Der Anflug eines Lächelns huschte über ihr Gesicht. »Na ja, wem sage ich das, wenn Sie mit allen geredet haben.«

Urplötzlich kam mir ein Gedanke, bei dem sich mir auf der Stelle der Magen zusammenzog. Doch eigentlich lag er nahe, wenn man diese total zurückgezogene Lebensweise der Schmales sowie das Hausfrauendasein von Bettina in Betracht zog. Das war doch entschieden nicht normal. Jeder Mensch braucht Freunde. Ich hatte keine Ahnung, ob und wie mein Verdacht etwas mit diesem vertrackten Fall zu tun haben könnte. Trotzdem fragte ich behutsam: »Frau Schmale, hat Ihr Mann Sie vielleicht geschlagen oder in irgendeiner anderen Form misshandelt? Das braucht Ihnen nicht peinlich zu sein. So etwas kommt … äh … überall vor. In allen Gesellschaftsschichten.«

Sie blickte mich erstaunt und auch ein wenig erschrocken an.

»Nein, ich muss Sie enttäuschen. Reinhold hat nie die Hand gegen mich erhoben.«

Sie seufzte. Ich wartete, denn irgendetwas schwang da mit, das mich stutzig machte. Hatte er sie vielleicht wochenlang eingesperrt oder jeden Tag vergewaltigt, wenn er nach Hause kam? Hatte er ihr das heiße Essen ins Gesicht geschleudert und ihr jeglichen Umgang außerhalb des Hauses verboten? Es gibt viele Möglichkeiten, wie man jemanden unter der Knute halten kann. Und eine ist widerlicher als die andere.

»Was hat er Ihnen angetan, Frau Schmale?«, drängte ich.

»Es war Folter. Und es war Misshandlung.«

Die Stimme klang so trocken und knarzig, dass ich mich unwillkürlich räuspern musste. Ihr Blick wanderte jetzt zu Michelangelos David hinüber und saugte sich an ihm fest, als könnte er ihr helfen. Ich hatte dieses geniale Kunstwerk in Originalgröße bei einem meiner Londonbesuche gesehen; in einem Saal des Victoria & Albert Museums, wo unzählige Gipskopien aus dem 19. Jahrhundert von diversen berühmten Statuen, Skulpturen und Fresken aus allen Jahrtausenden präsentiert werden. Ich war allein dort gewesen und hatte mich über eine Stunde vor den David gesetzt. Er war perfekt. Und das traf es noch nicht einmal. Er war ein Wunder an Eleganz, Kraft und Proportionalität. Ich war völlig hin und weg gewesen von dem Kerl.

»Reinhold hatte bei sich eine Vasektomie durchführen lassen.« Bettina Schmale schwieg kurz nach diesem Geständnis. Ich überließ ihr das Tempo und drängte sie nicht. »Heimlich, verstehen Sie? Er hat mir nichts davon erzählt und mich auch nicht gefragt«, fuhr sie schließlich kaum hörbar fort.

Plötzlich rollte eine Träne über die linke Wange. Eine Vasektomie? Himmel, was war das bloß genau? Gehört hatte ich den Begriff schon einmal, aber was er bedeutete … Sie erlöste mich aus meiner Unwissenheit.

»Er hat sich sterilisieren, sich die Samenleiter durchtrennen lassen, damit er keine Kinder mehr zeugen konnte«, klärte sie mich auf. »Dabei wusste er genau, wie sehr ich mir welche gewünscht habe. Aber er war dagegen. Kinder machen viel Ärger und Unordnung, hat er immer gesagt. Am Anfang seien sie ja ganz süß, aber wenn sie größer würden … Er hat meine Sehnsucht nie verstanden. Natürlich, Kinder hätten sein ganzes Leben durcheinandergebracht. Und das wollte er nicht. An mich hat er dabei keinen Gedanken verschwendet. Meine Träume, meine Sehnsüchte waren ihm gleichgültig.« Jetzt löste sie ihren Blick vom David und schaute mich an. »Reinhold hat mein Leben zerstört, meine Zukunft. Mit zwei kleinen Schnitten. An dem Abend, als er es mir beiläufig zwischen Hauptgericht und Nachspeise mitteilte, hätte ich ihn erschlagen können. Es gab gebackenes Hühnchen und hinterher eine Mousse au Chocolat. Die habe ich dann nach ihm geworfen. Er hat nur gelacht.« Sie schien selbst jetzt noch fassungslos über die Reaktion ihres Mannes zu sein. »Stellen Sie sich das vor: Wir hatten Hochzeitstag, den fünfzehnten, und er zertrümmert mein Leben und lacht dabei auch noch. Als sei ich ein Nichts.«

Sie legte die Arme um ihren Oberkörper, hielt sich an sich selbst fest und begann sacht hin und her zu schaukeln.

»Wann war das? Wann hat Ihr Mann es Ihnen erzählt?«

»Genau drei Tage vor seinem Tod. Danach habe ich kein Wort mehr mit ihm gesprochen. Und als die Polizei kam, um mir die Nachricht von seinem Unfall zu überbringen, habe ich eine Flasche Sekt aufgemacht, nachdem die wieder weg waren.« Jetzt schaukelte sie heftiger. »Ob ich jemanden hätte, der mir in den ersten Tagen beistehen könne, haben die Beamten mich gefragt. Sie waren sehr nett und sehr besorgt. Ich habe ›Ja‹ gesagt, aber ich brauchte niemanden. Weil ich so froh war. Aber das sagt man doch nicht in einer derartigen Situation. Das gehört sich einfach nicht.«

»Nein«, stimmte ich zu. »Das würden viele nicht verstehen. So etwas macht man besser mit sich allein ab.«

»Genau das habe ich mir auch gedacht. Ich habe die Vorhänge zugezogen und nur ein Mal auf das Klingeln reagiert. Als da so eine junge Polizistin vor der Tür stand, die vor Mitleid fast zerflossen ist. Die wollte mit mir über diesen Giftzwerg sprechen, aber ich wusste ja nichts. Da hat sie mich in Ruhe gelassen. Dabei habe ich wirklich keine Sekunde um meinen Mann getrauert. Stattdessen habe ich seinen Schrank ausgeräumt und seine Sachen in den Keller gebracht. Und dabei habe ich Musik gehört. Jazz. Den mochte er nicht.« Sie weinte jetzt lautlos, was weitaus gespenstischer war, als wenn sie wie ein Klageweib gekreischt hätte. »Ich habe Reinhold den Tod von ganzem Herzen gegönnt. Am liebsten hätte ich ihn selbst umgebracht. Aber das Schicksal hatte kein Einsehen und ist mir zuvorgekommen.«

Pathetische Worte. Doch entsprachen sie auch der Wahrheit?

»Ein letztes Mal, Frau Schmale«, sagte ich leise, »ich verstehe ja, dass Sie Ihren Mann zum Schluss gehasst haben, und offiziell war es ein Unfall, aber haben Sie ihn nicht doch ermordet? Glauben Sie mir, wenn Sie es getan haben, erleichtert in so einem Fall wie Ihrem ein Geständnis das Gewissen ungemein. Und auf mildernde Umstände können Sie sicher hoffen.«

Aber mein Hinweis ging ins Leere. »Ich habe ihm kein Haar gekrümmt. Leider. Dabei hätte es mir so gutgetan.«

Das war doch einmal ein Schlusswort auf das Ende eines Lebens: schnörkellos ehrlich und ohne jedes falsche Pathos. Trotzdem wusste ich noch immer nicht, weshalb Bettina Schmale mich mit der Ermittlung beauftragt hatte. Das Ganze ergab einfach keinen Sinn.

»Und wie passe ich in das Spiel hinein?«, fragte ich sie daher geradeheraus. »Das erschließt sich mir nach wie vor nicht.«

»Na ja«, sie ruckelte auf ihrem Stuhl herum, »wie ich bereits sagte, hat Reinhold nie viel erzählt. Aber jetzt nach der Vasektomie hatte ich plötzlich das Gefühl, sein Leben außerhalb dieser Mauern und des Gartens überhaupt nicht zu kennen. Kapieren Sie denn nicht, ich muss wissen, wie es aussah. Ich war schließlich seine Frau.«

Na und, hätte ich am liebsten gebrüllt. Das macht den Kohl jetzt auch nicht mehr fett. Ich konnte mich gerade noch zurückhalten und sah sie stattdessen lediglich an. Sie hielt meinem Blick stand. Ich glaubte ihr schon wieder nicht.

»Sie wollen wissen, ob er Sie betrogen hat?«, fragte ich.

»Auch, ja.«

»Und was möchten Sie *eigentlich* wissen?«

Himmelherrgott, wollte sie diese zähe Nummer etwa noch länger durchziehen? Mein Magen grummelte. Ich hatte Hunger. »Nun reden Sie schon, Frau Schmale. Schlimmer kann es doch nicht mehr kommen.«

Ihre Schultern strafften sich bei meinen Worten wie bei einem General, bevor er der Kavallerie das Zeichen zum Angriff gibt. Das Bild ist völlig out, schon klar. Heute geht es in derartigen Situationen weniger um den heroischen Aspekt, sondern nur noch um ein paar lässige, allerdings weitaus zuverlässiger den Tod bringende Mausklicks.

»Also gut.« Plötzlich sah sie alt und müde aus. Hatte ich die Schlacht gewonnen? »Ob er mich mit anderen Frauen betrogen hat, interessiert mich nicht im Geringsten. Reinhold ist tot und begraben. Aber ich muss wissen, ob er irgendwo eine andere Familie hat.« Sie schluckte. »Mit einem Kind oder sogar mehreren. Das muss ich einfach wissen.«

Ich war baff.

»Aber er war doch … ich meine, er konnte doch nicht mehr …«, stammelte ich.

»Die Vasektomie hat er erst vor einem Jahr vornehmen lassen. Vorher konnte er noch sehr gut, wie Sie es formulieren.« Sie klang so bitter, dass ich befürchtete, jeden Moment würde sie Gift und Galle spucken. »Ich will wissen, ob das Schwein Kinder in die Welt gesetzt hat, während er mir dieses Glück verweigerte. Genau das will ich wissen, ja.«

»Und wenn Sie es wissen? Was ändert das, Frau Schmale? Ihr Mann ist tot«, erinnerte ich sie vorsichtig. Was sie da vorhatte, konnte doch nur wehtun.

»Und das ist gut so. Aber zumindest in Gedanken würde ich ihn trotzdem mit Wonne teeren, federn, vierteilen, erhängen und ans Kreuz schlagen.« Sie holte Luft, bevor sie leise nachschob: »Und auf sein Grab pinkeln würde ich auch.« Ich starrte sie überrascht an. Weder die Wortwahl noch die Art der Schändung hätte ich dieser scheinbar so kühlen und beherrschten Mittelstandsgattin zugetraut. »Also, übernehmen Sie den Auftrag?«

»Unter einer Bedingung.«

»Ich zahle das Doppelte«, sagte sie rasch.

Ts, ts, ts. Dass solche Leute auch immer nur ans Geld denken können.

»Darum geht es mir nicht, Frau Schmale. Ich möchte wissen, weshalb Sie mir das nicht alles schon verraten haben, als Sie mir den Auftrag erteilten. Weshalb haben Sie diese Inszenierung mit der Mordermittlung durchgezogen, wenn Sie immer an die Unfallthese geglaubt haben?«

Jetzt war sie es, die mich fassungslos anschaute. »Das wäre doch nicht gegangen.«

»Und wieso nicht?« Ich verstand sie wirklich nicht.

»Na, was hätten denn die Leute da gedacht!«, rief sie ehrlich entrüstet. »Selbstverständlich führten Reinhold und ich nach außen hin eine glückliche Ehe. Und wenn ich gleich nach seinem Tod eine Detektivin beauftrage, die ihm nachspionieren soll … Also wirklich, was hätte das für einen Eindruck gemacht!«

»Dass die Ehe wohl doch nicht so glücklich war, wie es schien.«

»Eben. Und das wollte ich natürlich verhindern.«

Ach so, jetzt begriff ich. Wenn man derart gestrickt war, dann bot sich natürlich die Rolle der trauernden und gramgebeugten Witwe, die sich mit dem plötzlichen Unfalltod des Gatten nicht abfinden kann und deshalb fälschlicherweise überall Mord und Verrat wittert, geradezu an. Niemand würde das seltsam finden, alle würden die arme, vor Kummer halb wahnsinnige Frau lediglich bedauern – die auf diese Art und Weise ganz nebenbei zu ihren Informationen kam. Clever, das musste ich schon zugeben.

»Zufrieden?«, erkundigte sich Bettina Schmale. »Nehmen Sie jetzt den Auftrag an?«

»Nicht bevor ich weiß, um was es sich dabei genau handelt«, erwiderte ich vorsichtig.

Sie lachte. Es klang nicht fröhlich, sondern eher spöttisch.

»Keine Sorge. Ich spendiere Ihnen einen Kurztrip nach Schweden. Dafür hat er wohl auch manchmal die Alibi-Agentur benötigt, sonst wäre ich misstrauisch geworden. Dort fangen Sie mit Ihrer Suche nach einer anderen Frau, einer Familie und möglichen Kindern an. Reinhold besaß dort nämlich schon seit Jahren ein Ferienhaus. Nicht groß, wie er mir immer wieder versicherte, sondern eher so eine kleine Hütte an einem See. Mit Wasser aus dem Brunnen und ohne Strom.«

Die Frau war ja noch danebener, als ich dachte.

»Und da vermuten Sie die andere Familie Ihres Mannes?«, fragte ich vorsichtig.

»Es wäre möglich, ja.«

Wäre es nicht, nein. Ich musste wohl etwas deutlicher werden.

»Und wo hat er die Ihrer Meinung nach versteckt, wenn Sie mit Ihrem Mann dort Urlaub machten?«

Bettina Schmale verzog die Lippen.

»Ich bin nicht verrückt, falls Sie das meinen. Reinhold hat mich nie nach Schweden mitgenommen. Er hat mir zwar Bilder von der Hütte gezeigt, das ja. Aber mitgenommen hat er mich nicht. Es sei viel zu primitiv, hat er immer gesagt. Keine Dusche im Haus. Nichts für sein kleines Frauchen.«

Auf den Gedanken, dass er ihr das Foto einer mickrigen Butze untergejubelt haben könnte, das gar nicht die tatsächliche Schwedenimmobilie zeigte, war sie anscheinend nicht gekommen.

»Mir hat er dann jedes Mal als Ausgleich ein paar Tage in einem Fünf-Sterne-Hotel mit ausgedehntem Wellnessangebot spendiert, wenn er offiziell nach Småland fuhr. Und als ich nicht lockergelassen und immer wieder nachgefragt habe, hat er wohl nicht weitergewusst und eben auch dafür diese Alibi-Agentur bemüht. In den letzten Jahren musste er nämlich auffällig oft auf Geschäftsreise. Das machen die doch vermutlich auch. Solche … Auszeiten organisieren, meine ich.«

»Und das haben Sie sich gefallen lassen?«, entfuhr es mir, ohne auf Weinholds Freizeitarrangement weiter einzugehen. Lebten wir nicht mittlerweile im 21. Jahrhundert, oder hatte ich die Zeit verschlafen?

Bettina Schmale blickte mich kühl und unbewegt an.

»Ich nehme an, Sie sind nicht verheiratet. Man muss in einer Ehe nicht ständig zusammenhocken. Jeder braucht von Zeit zu Zeit seinen Freiraum.« Exakt Weinholds Worte. Sie wusste es bloß nicht. »Reinhold benötigte eben hin und wieder seine Auszeiten. Von mir, vom Job. Er laufe dort nur in alten abgetragenen Klamotten herum, gehe im Sommer im See baden, im Winter wälze er sich im Schnee. Manchmal stinke er sogar wie ein Iltis, weil er sich gar nicht wasche und rasiere. Er angele viel und rudere und unternehme endlose Trekkingtouren mit dem Mountainbike. Es sei, so hat er immer gesagt, eine echte Männersache und deshalb nichts für mich.«

»Und das glaubten Sie ihm nicht?«

»Doch, all die Jahre über habe ich das schon getan. Wieso auch nicht? Ich habe ihm vertraut. Erst im letzten Jahr habe ich Verdacht geschöpft. Weil er, wie gesagt, plötzlich so oft auf Geschäftsreise musste. Und seit er mir von der Vasektomie erzählt hat … muss ich einfach Gewissheit haben. Ob er mich auch in dem entscheidenden Punkt angelogen hat oder nicht. Und ob da womöglich Kinder von ihm herumlaufen. Also, übernehmen Sie den Fall nun unter diesen Bedingungen? Ich zahle Ihnen auch das Dreifache des üblichen Honorars.«

DREIZEHN

Wir hatten uns auf das Anderthalbfache geeinigt. Ich bin ja kein Blutsauger, und die Frau stand wirklich unter Strom. Außerdem war so ein Kurztrip nach Schweden auch nicht schlecht. Meine erste bezahlte Dienstreise. Mir ging es ausgesprochen gut, als ich zurück nach Bokau fuhr. So gut, dass ich mich nicht wie sonst in letzter Zeit möglichst rasch am Haupthaus vorbeimogelte, um Marga und ihren ewigen DePP-Plakaten nicht zu begegnen oder mich mit ihr über diese blöde Crowdfunding-Kampagne zu streiten. Es reichte mir schon, dass zwischen meiner Mutter und mir in letzter Zeit wegen dieser Sache Funkstille herrschte. Nein, ohne zu zögern, stiefelte ich zu Harrys und Daniels Wohnung hoch. Deren Eingangstür liegt bekanntlich direkt gegenüber Margas. Was mir in diesem Moment jedoch total egal war.

»Och Mönsch«, hörte ich Daniel durch die geschlossene Tür maulen, als ich auf dem Treppenabsatz stand. »Du hast ja absolut keine Ahnung. So schlimm ist es wirklich nicht.«

Harrys Bariton murmelte etwas, was ich nicht verstand.

»Nö, keinen Bock.« Der Junge war eindeutig noch nicht im Stimmbruch.

Harry murmelte wieder. Die beiden Knaben hatten sicher schon bessere Tage miteinander verbracht. Da kam mein Vorschlag bestimmt gerade recht. Ich klopfte schwungvoll. Die Stimmen verstummten.

Dann rief Harry: »Ist offen.«

Ich drückte die Tür auf.

»Hanna!«, sagte der Neffe überrascht. Allzu oft hatte ich mich bei ihnen noch nicht blicken lassen. Das stimmte schon.

»Hemlokk!«, rief jetzt auch Harry verdutzt.

»Auf den Namen höre ich. Habt ihr kurz Zeit? Ich will etwas mit euch besprechen.«

»Klar«, sagte Harry. »Setzen wir uns doch in die Küche.«

»Er will damit sagen, dass ich im Wohnzimmer nicht aufgeräumt habe«, übersetzte Daniel. »Wieder einmal.«

Darum war es also bei dem Streit gegangen. Von mir aus konnten sich die alten Socken auf Harrys Couch bis zur Decke türmen. Das war nicht mein Problem. Außerdem war der Onkel auch kein Muster an Ordnung gewesen, als er noch allein gelebt hatte. Wenn mich meine Erinnerung nicht trog, hatte es sogar heftigst gehümpelt, wenn er in der Villa übernachtet hatte.

Wir marschierten in die Küche, die zwar das Prädikat »klein«, jedoch nicht »fein« verdiente, wie ich nach einem Rundumblick feststellte. Zu Deutsch: Auch hier sah es eher rümpelig aus. Aber das war ebenfalls nicht mein Bier und störte mich nicht, solange bei mir alles seine Ordnung hatte.

»Ist noch nicht ganz fertig«, brummelte Harry verlegen.

»Ja, das sehe ich.« Wir setzten uns an den Tisch. »Hört zu, Leute. Ich muss demnächst für ein paar Tage nach Schweden. Daniel, wir wollten doch immer noch mal gemeinsam wegfahren. Es ist nicht Helgoland, wie damals versprochen, aber –«

»Schweden ist super«, sagte das Kind und begann zu strahlen, als habe man einen Schalter umgelegt.

Mir ging augenblicklich das Herz auf. Vielleicht lag mir die Tantenrolle doch mehr, als ich dachte?

»Er hat Schule, Hemlokk.«

Rums. Das Strahlen erlosch.

»Das weiß ich, Gierke«, schnauzte ich ihn an. »Ich lebe doch nicht hinterm Mond. Wenn wir aber Freitagabend die Göteborg-Fähre von Kiel aus nehmen und Montagabend zurückfahren, dann kann er Dienstagmorgen wieder in der Schule sein und verliert nur einen Tag.«

»Montags habe ich sowieso nur Sport und Kunst«, versicherte Daniel emsig.

Na ja. Ein bisschen Mathe, Deutsch und Englisch konnte möglicherweise auch dabei sein.

»Deine Mutter reißt mir den Kopf ab«, meinte Harry.

»Dann verrate ihr's doch nicht.« Das Kind besaß eindeutig eine äußerst pragmatische Ader. »Das ist doch ganz einfach.«

Der Onkel bedachte den Neffen mit einem strengen Blick. »Ich trage die Verantwortung für dich, Sportsfreund. Das hat mit deiner Mutter überhaupt nichts zu tun.«

»Aber du hast doch eben selbst gesagt –«

»Komm, gib deinem Onkelherzen einen Schubs, Harry«, bat ich leise.

Ich hatte gar nicht gewusst, wie sehr ich wollte, dass die beiden mich begleiteten. Aber unser gemeinsamer Trip nach Helgoland war einfach rundherum schön gewesen. Ich hatte meine Ermittlungen durchgezogen, und abends hatten wir zusammen Knieper, die leckeren Taschenkrebsscheren, gegessen, viel gelacht und Wein getrunken. Dort hatte es mit Harry und mir angefangen. Außerdem mochte ich den Jungen wirklich, seine unkomplizierte Art, seinen unbestreitbaren Witz; einmal ganz abgesehen davon, dass auch sein Onkel mir seit Helgoland mittlerweile mehr bedeutete als noch in den Jahren zuvor, als er lediglich ein guter Freund gewesen war.

»Na gut«, knurrte Harry schließlich. Daniel stieß einen lauten Schrei aus und boxte ihn in die Seite. Harry grinste breit. »Meinetwegen. Aber am Montag fahren wir beide auf jeden Fall wieder zurück, Kleiner. Wenn du mit deinen Ermittlungen dann noch nicht fertig bist, bleibst du allein in Schweden, Hemlokk.«

Er hatte schon schlimmere Drohungen ausgestoßen. Wir verabredeten uns für den morgigen Abend, um bei einer selbst gemachten Pizza alles Weitere zu besprechen, und ich hüpfte unbeschwert die Treppe hinab, nachdem Harry mir versichert hatte, dass Marga und Krischan bereits am Morgen losgezogen waren, um irgendeine Aidasonstwas mit einem Plakat zu beglücken. Es sei um den schwindenden Bestand der Dorsche in der Ostsee gegangen. Ob Marga sich vielleicht zufällig einmal über den Verlauf der Crowdfunding-Aktion ausgelassen habe, hatte ich Harry auf dem Treppenabsatz so ganz nebenbei gefragt. Dazu äußere sie sich schon länger nicht mehr, hatte seine Antwort gelautet. Er habe jedoch den Eindruck, dass sie ziemlich enttäuscht sei und mit weitaus schnelleren und größeren Erfolgen gerechnet habe. Ach ja?

Es war noch so warm, dass ich mein Abendbrot – ein Stück Käse aus Ziegen- und Schafsmilch sowie einen kräftigen Blauschimmel und dazu zwei Glas Merlot – draußen auf meiner Bank essen konnte. Hannelore und Gustav dösten zu meinen Füßen, eine Biene untersuchte brummend den Salbei, und Kuddel gab, von seinen Kuhdamen neugierig beäugt, mehrere heisere Brülltöne von sich. Keine Ahnung, was den Bullen umtrieb. Vielleicht saß ihm ein Grashalm quer. Mir war es gleichgültig. Daniel, Harry und ich fuhren nach Schweden, und Margas Crowdfunding-Experiment nahm offenbar nicht an Fahrt auf.

Wie Traute Hemlokks Tochter das fand? Super, um ehrlich zu sein. Dann bestand zumindest noch eine winzige Hoffnung, dass sich die Bank nicht irgendwann mein Elternhaus unter den Nagel riss, weil der Trawler mit Mann und Maus abgesoffen war oder in einem asiatischen Hafen wegen erheblicher Mängel verschrottet werden musste.

Ich schloss die Augen und genoss die abendlichen milden Sonnenstrahlen. Noch hatten wir eindeutig Sommer, aber in der nächsten Woche begann der September, und das heißt für unsere Breitengrade, dass zumindest die Abende und Nächte empfindlich kühl werden. Ob ich besser zwei dicke Pullover nach Schweden mitnehmen sollte? Ja, beschloss ich, als eine landende Taube mich aus meinen Betrachtungen riss. Elegante Flieger sind die Tiere wahrlich nicht. Gleiten weder lautlos noch stilvoll durch die Lüfte, sondern klatschen dabei permanent und lautstark die Flügel aneinander. Ich blinzelte zu ihr hinüber. Schwankend saß sie vor meiner Gartenpforte. Jetzt blinzelte sie zurück und fing an zu picken. Gab es ein schöneres Fleckchen auf dieser Erde als Bokau am Passader See? Nein, ganz sicher nicht!

Am nächsten Morgen machte ich mich gleich nach dem Frühstück auf den Weg nach Klein Gladebrügge, um die Zeit bis zum Schwedentrip sinnvoll zu nutzen. Dieses Mal wählte ich den weitaus malerischeren Weg über Preetz, Plön, Ascheberg, Damsdorf und Blunk. Es wurde eine gemütliche Fahrt, niemand drängelte, und die Landschaft war eine glatte Wucht: Seen, sanfte Hügel, Felder, Wiesen und Kühe.

Ich hatte mich telefonisch angemeldet, denn ich wollte sichergehen, dass ich Simone antraf. Sie war zwar überrascht gewesen, hatte aber nicht viele Fragen gestellt, sondern mir einfach diesen Termin genannt. Im letzten Moment hatte ich mir noch eine Plastiktüte in die Hosentasche gesteckt – für die DNA-Probe, falls Simone ihre egoistische Schwester tatsächlich portionsweise an die Sauen verfüttert haben sollte.

Niemand erwartete mich, als ich schwungvoll auf den Schott'schen Hof rumpelte. Na ja, damit hatte ich auch nicht gerechnet, um ehrlich zu sein. Die Familie gehörte nun einmal eher zur drögen Spezies Mensch und neigte nicht zum Überschwang. Also stieg ich aus, schloss den Wagen ab und fuhr herum, weil ich in den Augenwinkeln einen huschenden Schatten hinter den Büschen, die den Hof vom nächsten Feld trennten, zu sehen meinte. Ich äugte genauer hin. Doch da war nichts. Ich musste mich geirrt haben.

Gespannt schlenderte ich auf den riesigen Stall mit den Entlüftungsschächten zu. Seltsam, heute stank der nicht so. Vielleicht konnte ich unbemerkt einen Blick hineinwerfen, bevor ich mit dem Verhör Simones begann. Tatortuntersuchung sozusagen. Vorsichtig rüttelte ich an der Klinke, die Tür schwang auf, und ich lugte hinein. Doch der Stall war zwar riesengroß, aber leer. Keine Sau weit und breit.

Verdutzt zog ich meinen Kopf zurück, als jemand hinter mir sagte: »Wir haben umgestellt. Auf Bio. Die Tiere sind in der neuen Anlage. Dieser Stall wird abgerissen.«

»Wann?«, entfuhr es mir.

Unwillkürlich fingerte ich in meiner Hosentasche nach dem Plastikbeutel, während ich mich umdrehte. Das musste Simone sein, denn vor mir stand eine zierlich gebaute Frau in der zweiten Dreißigerhälfte in schmutzstarrenden Gummistiefeln und einer grünen Latzhose. In der Hand hielt sie eine Mistforke wie Neptun seinen Dreizack. Vielleicht sollte ich die nach unserem Gespräch unauffällig mitgehen lassen, um sie zum Abgleich samt den eventuellen Resten von Juliane ins Labor zu schicken, damit wir Simones DNA definitiv ausschalten konnten. Nein, zu auffällig. Ein einzelnes Haar reiche völlig aus, hatte Harry mir zudem versichert.

»Was wann?«, fragte Simone verständnislos.

»Seit wann steht dieser Stall leer, und wann wird er abgerissen?«, präzisierte ich. Womit dann alle Spuren einer möglichen Verfütterung ihrer Schwester beseitigt wären.

Sie blies eine Strähne aus ihrem sonnenverbrannten Gesicht. Ha! Löste sich da nicht etwas aus ihrem fest verwurzelten Haarschopf und segelte zu Boden? Rasch zückte ich mein Taschentuch, improvisierte einen Niesanfall, ließ es »versehentlich« fallen und bückte mich. Nein, da war nichts. Frustriert richtete ich mich wieder auf.

»Ich weiß zwar nicht, was Sie das angeht, aber die Schweine haben ihren neuen Stall Ende Juni bezogen, und abgerissen wird der hier, wenn wir es bezahlen können. Das ist nämlich nicht billig. Ich schätze mal, dass es erst übernächstes Jahr sein wird. Zufrieden? Sie sind die Detektivin, die nach Juli sucht.«

Wir schüttelten uns die Hände, als Simone plötzlich laut über meine linke Schulter hinweg sagte: »Fred, ich schätze es ganz und gar nicht, wenn du herumhuschst wie ein Gespenst. Komm raus, begrüße Frau Hemlokk, und dann verschwinde und lass uns allein.«

Jemand trat mit Wucht gegen etwas Blechernes. Dann bog der Junge um die Stallecke. Simone musste einen sechsten Sinn haben, denn ich hatte nichts gehört. Ihr Neffe stierte mit mürrischem Gesicht auf den Boden, während er mir die Hand gab.

»Hallo, Fred«, sagte ich freundlich.

»Tach«, erwiderte der Knabe ins kommunikative Nichts hinein.

Seine Tante seufzte in genau dem gleichen Tonfall, in dem Harry es tat, wenn Daniel sich nicht so benahm, wie er es erwartete.

»Frederick«, mahnte sie scharf.

Er warf ihr einen geradezu mörderischen Blick zu. »Ist sowieso gerade PC-Zeit. Ich geh mit meinen Kumpels spielen.« Dann trollte er sich ohne ein weiteres Wort.

»Es ist nicht immer einfach mit ihnen, hm?«, begann ich unsere Unterhaltung mit einer Floskel.

»Nein.« Simone rammte den Stiel der Mistgabel in den staubigen Boden und stand jetzt vor mir wie ein Wachsoldat eines Garderegiments. »Er ist dreizehneinhalb und damit in einem schwierigen Alter. Alles ist doof, alles ist peinlich, alles ist ungerecht.«

Sie schaute ihrem Neffen düster hinterher, der sich schlurfend und mit hängenden Schultern in Richtung Wohnhaus bewegte. Seine Hände waren zu groß, seine Beine zu lang, und der Kopf schien nicht auf den schmalen Hals zu passen. Harry stand mit Daniel eindeutig noch eine Menge bevor. Plötzlich erhellte sich Simones Miene.

»Aber da muss man als Tante eben durch. Eigentlich ist unser Fred nämlich ein Lieber, auch wenn er mich mit seiner Computerspiel-Manie langsam in den Wahnsinn treibt. Wir haben mittlerweile feste Zeiten vereinbart. Die muss er einhalten. Sonst würde er vierundzwanzig Stunden am Tag vor der Blechkiste hocken und mit seinen Kumpels ›League of Legends‹ spielen und Monster, Vasallen und gegnerische Champions jagen, um an ein Teil namens Nexus heranzukommen.« Sie seufzte. »Andere Eltern achten nicht so pingelig darauf, dass ihre Jungs nicht ständig vor dem Kasten hängen. Die lassen sie dauernd spielen. Doch das interessiert Sie sicher alles nicht. Ich bin gerade beim Ausmisten.« Sie hob den bestimmt über und über mit ihrer DNA kontaminierten Neptunzack. »Kommen Sie doch mit. Dann reden wir, während ich weitermache.«

»Ist mir recht.«

Für einen winzigen Moment durchzuckte mich der hässliche Gedanke, dass so eine Forke ja nicht nur für molekularbiologische Abgleiche zu gebrauchen war, sondern ebenfalls ein wunderbares Mordinstrument abgab. Doch das würde sie nicht tun, oder? Mich mit dem Ding an die Scheunentür nageln, wenn ihr meine Fragen zu unbequem wurden. Obwohl ja nur der erste Mord richtig schwerfallen soll. Beim zweiten geht es schon leichter. Aber der Junge hatte mich gesehen. Er war meine Lebensversicherung. Schweigend umrundeten wir den alten Stall. Und da stand es, das neue Heim der Schweine, das gar nicht so neu aussah. Im Gegenteil. Ich blieb stehen und schnupperte.

»Nanu, heute riecht es gar nicht sehr«, entfuhr es mir erstaunt. »Als ich mit Ihren Eltern gesprochen habe, dampfte es ganz anders.«

Simone lachte. Wie gebannt starrte ich auf ihre Schulter, denn ein Sonnenstrahl erleuchtete sie jetzt von hinten. Da lag doch eins. Ein Haar, meine ich.

»Der Dampf, wie Sie es nennen, kommt von unseren Nachbarn. Die arbeiten konventionell. Und wenn der Wind aus deren Richtung bläst, dann riecht man es halt, dass dort viele Schweine auf engstem Raum leben. Bei Bio ist das anders. Aber es war nicht billig. Ohne diese alte Scheune wäre es nicht gegangen«, sagte sie fast andächtig, während ich mich unauffällig neben sie schob, um ihr mit einer kontaktlosen Fast-Umarmung das Haar von der Schulter zu klauben. Sie bemerkte nichts. »Die haben wir zum Bioheim für die Tiere umgebaut. Meine Eltern waren nämlich zunächst komplett gegen die Umstellung, weil sie Angst vor den Kosten und dem Risiko hatten. Sie wollten deshalb den neueren Schuppen, wo die Schweine vorher drin gewesen waren, zur Sicherheit behalten. Na ja, in ihrem Alter ist man Veränderungen gegenüber grundsätzlich wohl nicht mehr sehr aufgeschlossen. Doch es hat sich gelohnt. Den Tieren geht es besser und mir auch. Kommen Sie.«

Wir traten an das solide, etwa hüfthohe dicke Metallgestänge einer der zahlreichen nach außen offenen Koben. Ich zählte sieben mittelgroße Tiere in einem Geviert, vier ganz helle und drei mit schwarzen Placken auf der Schwarte, die uns jedoch kaum beachteten. Zwei lagen mit geschlossenen Augen im Stroh, die anderen rüsselten auf der Suche nach etwas Essbarem durch den Käfig. Mein Blick wanderte weiter nach oben. Das total mit Spinnweben überzogene Dachgebälk wirkte geradezu romantisch. Darunter lagerte auf dem Heuboden das Stroh für die Tiere.

»Am besten warten Sie hier«, sagte Simone. »Ich bin gleich wieder da.«

Und damit verschwand sie. Ich blickte mich rasch um. Niemand in Sicht. Also zog ich eiligst das mitgebrachte Döschen für das Haar aus der Tasche, legte es sorgfältig hinein, um anschließend die Plastiktüte aus meiner Hosentasche zu zerren, auf links zu stülpen und mir den Büdel über die Rechte zu ziehen.

»Na, ihr Süßen«, zwitscherte ich leise und beruhigend, während ich in die Hocke ging, um zögernd die Hand samt Tüte auf einen richtig saftigen Klumpen im Inneren des Kobens zuzubewegen.

Ein Schwein quiekte empört. Es hatte ja recht. Was ich da tat, erfüllte schon irgendwie den Tatbestand des Hausfriedensbruchs. Von Mundraub konnte man allerdings nicht sprechen, weil es um das … nun … Endprodukt ging. Beherzt griff ich zu. Der Haufen war noch warm. Hastig zog ich meinen Arm mit der Beute wieder heraus, stülpte die Tüte erneut um, verknotete sie und steckte sie in meine Hosentasche. Keine Sekunde zu früh, denn jetzt erschien Simone im Koben.

»Die hier sind vier Monate alt«, sagte sie und deutete auf eines der schlafenden Schweine. »Die ganze Anlage ist wie ein Rund gebaut. Im Zentrum befindet sich der Wirtschaftsraum, von dem ich Zugang zu den einzelnen Boxen habe, und drum herum liegen die Koben, in denen sich die Tiere frei bewegen können und selbst entscheiden, ob sie draußen die frische Luft genießen oder drinnen im Ruheraum liegen wollen.« Sie deutete auf eine breite Klappe in ihrem Rücken, durch die die Schweine offenbar in besagten Rückzugsraum gelangten. Grundsätzlich fand ich ihre Erklärungen interessant, doch ich war nicht ganz bei der Sache, denn der Plastikbeutel mit seinem erlesenen Inhalt hatte sich mittlerweile warm und weich eng an mein Bein geschmiegt. So eng, dass ich bereits meinte, aus meiner Hosentasche ein schmatzendes, saugendes Geräusch zu vernehmen. Von den Dämpfen einmal ganz zu schweigen. Hoffentlich explodierte die Tüte nicht unvermittelt, wenn sich genügend Gase gebildet hatten und miteinander eine ungute Verbindung eingingen.

»Äh, aha, interessant, wirklich. Man hat da ja nicht so den Einblick. Als Verbraucher, also als Esser«, faselte ich. »Öhm, wie viele Boxen gibt es denn?« Auf Anhieb sah ich vier.

»Zehn.«

Zehn! So ein Mist, und zwar im wahrsten Sinne des Wortes. Denn damit die DNA-Aktion überhaupt einen Sinn machte, musste ich natürlich am besten aus jedem Koben eine Probe entnehmen. Oder nein, überlegte ich, während ich meinen Blick über die versammelten Sauen schweifen ließ. Die Schweine im rechten Koben waren deutlich kleiner als die direkt vor mir. Und die links wiederum deutlich größer. Simone bemerkte mein Interesse.

»Dort hinten rechts, die sind drei Monate alt. Wenn sie dann größer werden, wandern sie von Box zu Box«, ihre Hand deutete in die linke Richtung, »bis sie in der landen, in der sie mit etwa neuneinhalb Monaten schlachtreif sind. Und dann ist Ende.«

»Ja«, sagte ich nachdenklich.

Simone verstand mich falsch.

»Sind Sie Vegetarierin? Wenn nicht, dann ist es nun einmal so. Wir töten die Tiere, um sie zu essen. Und davor die Augen zuzumachen und an der Fleischtheke im Supermarkt nur Wurst zu bestellen oder abgepackte Stücke, wo man das Lebewesen nicht mehr erkennt, halte ich für feige.«

»Ja«, stimmte ich ihr zerstreut zu.

Ich brauchte gar nicht aus allen Koben eine Probe zu nehmen. Denn wer fraß mit ziemlicher Sicherheit am meisten und am schnellsten? Richtig, die größten Schweine. Also konnte ich die Ferkel und die Halbwüchsigen außer Acht lassen und mich auf die Prachtsauen konzentrieren. Allein, ich hatte keine weiteren Plastiktüten dabei. Mist!

Simone fing an, das verdreckte Stroh in eine Schubkarre zu schaufeln, als ich nicht antwortete.

»Also, weshalb sind Sie hier? Was wollen Sie wissen? Es geht um Juli, meinte Mama.«

»Ja«, sagte ich zum dritten Mal.

Aber waren diese blöden Proben überhaupt so wichtig? Ich starrte auf die sich füllende Schubkarre. Simone hatte die Boxen seit dem Streit mit ihrer Schwester bestimmt bereits mehrmals ausgemistet. Da konnte doch nicht mehr viel von Juliane drin oder dran sein. »Wir suchen nach winzigen Mikropartikeln, Hemlokk«, hörte ich Harry tadelnd sagen. »Die kriegst du nicht mit der Schubkarre weg.«

Das war auch wieder wahr. Trotzdem – mir fehlte das Behältnis.

»Frau Hemlokk?«

»Entschuldigung. Ich finde Ihre Schweine so faszinierend.« Was ja keine direkte Lüge war. »Aber um Ihre Frage zu beantworten: Ihre Schwester scheint verschwunden zu sein. Ich suche sie.«

Sie reagierte wie ihre Mutter.

»Ach, wieder einmal.« Sie wuchtete einen besonders großen Klumpen in die Höhe, was etwa dreitausend Fliegen in verstärkte Alarmbereitschaft versetzte, und ließ ihn auf die Karre rutschen. »Das ist nichts Neues. Juli geht ihre eigenen Wege. Sind Sie mit ihr befreundet?«

»Ich habe einen Auftraggeber.« Sie nahm es wortlos hin. »Sie wissen nicht zufällig, wo sich Ihre Schwester aufhält?«

Gleich würde die Schubkarre voll sein. Dann musste Simone sie rausbringen, und ich hatte freie Bahn.

»Nein.«

»Sie haben sich mit Juliane gestritten, hörte ich. Worüber?«

Simone erstarrte kurz und strich sich mit der Hand über die schweißfeuchte Stirn. Als sie sich aufrichtete, waren ihre Gesichtszüge starr. »Was geht Sie das an, wenn ich fragen darf?«

»Wie gesagt, ich suche sie.«

»Ja und? Hier ist Juli nicht, wie Sie sehen. Und es ging natürlich um das Übliche. Das ist kein Geheimnis. Sie hatte wieder einmal Freds Geburtstag vergessen. Das habe ich ihr vorgeworfen.«

Sie begann erneut zu schippen. Ich beobachtete sie. Die Muskeln am Hals traten mittlerweile vor Anstrengung hervor.

Sogar ihre Arme glänzten vor Schweiß. Jetzt klatschte sie nach einer Fliege, die sich auf ihre Lippen setzen wollte. Das Insekt endete wie die zig anderen, die sich an dem im Hintergrund aufgehängten Fliegenkiller verbrannt hatten.

»Ihre Schwester hat Ihnen das Leben gestohlen.«

Erneut hielt Simone in ihren Bewegungen inne, richtete sich auf – und fing an zu lachen.

»Da höre ich doch deutlich die Worte meiner Eltern heraus, stimmt's? Ja, sie sehen es immer noch so, und ich habe das auch mal gedacht. Aber das ist lange her. Inzwischen bin ich meiner kleinen Schwester dankbar für alles.«

»Wofür denn?«, entfuhr es mir verblüfft, während mein Blick unwillkürlich auf ihre dreckverkrusteten Gummistiefel, die stinkende Schubkarre und die sirrenden Fliegen fiel.

Simone lächelte mich offen an.

»Wofür? Das kann ich Ihnen sagen, auch wenn Sie es vermutlich nicht nachvollziehen können. Ich bin ein Landei. Und zwar durch und durch. Ich wäre in der Stadt als Sozialpädagogin über kurz oder lang eingegangen; das habe ich als junger Mensch natürlich nicht gesehen. Mit achtzehn floh man selbstverständlich in die Stadt. Hinaus ins Leben. Aber ich liebe die Natur. Ich liebe Schweine. Ich finde nichts schöner, als morgens über meine Äcker zu streifen und zu sehen, wie alles wächst. Hier gehöre ich hin. Ich empfinde ein ganz großes Gefühl der Zufriedenheit und der Verbundenheit, wenn ich auf unsere Ländereien schaue. Nein, es ist sogar mehr: Es ist Glück.« Sie nickte heftig, um ihren Worten Gewicht zu verleihen. »Ich bin wie ein Baum, der in seinem Boden verwurzelt ist.«

»Das ist ein schönes Bild«, sagte ich. »Und ich denke, ich habe zumindest eine Ahnung, wie es in Ihrem Inneren aussieht.«

Denn ich glaubte ihr. So redete niemand, der sich und anderen etwas vormachen will. Nein, ihre Begeisterung war echt.

»Schauen Sie«, fuhr Simone fort, weil sie offenbar sah, wie es bei ihren Worten in mir arbeitete, »ich bin Juli außerdem unendlich dankbar für Fred, auch wenn der Junge momentan nichts anderes als seine blöden Computerspiele im Kopf hat und für das Erreichen eines höheren Levels alles um sich herum vergisst. Ich bin seine Tante, aber er ist wie ein Sohn für mich.« Sie schmiss die Mistgabel auf die randvolle Schubkarre. »Ich kann nämlich keine Kinder bekommen. Juli hab ich's gesagt, meinen Eltern nicht. Deshalb hat sie ihn mir überlassen. Sicher, sie wollte ihr Leben leben, und Fred war eine Panne. Aber Juli wusste ganz genau, dass ich mich um ihn kümmern würde. Und sie wusste ebenfalls genau, dass ich es gern tun würde. Ich bin gleich wieder da.«

Und damit verschwand sie samt Karre im Inneren der Anlage, und ich war allein. In Windeseile schlüpfte ich aus meinem rechten Schuh, zog mir die Socke vom Fuß und eilte zu den ausgewachsenen Sauen, deren Leben bald ein Ende haben würde.

»Hallo«, grüßte ich höflich, während ich erneut in die Hocke ging, den Arm und die Hand mit der Socke durch die Stäbe schob, nach einem schönen fetten Brocken Schweinekacka mit Stroh angelte, ihn fest mit den Fingern umschloss, um anschließend alle vier – Arm, Hand, Socke, Mistklumpen – wieder herauszuziehen, bevor eine der Riesensauen auf die Idee kam, in meiner Extremität einen Knabberstick zu vermuten. Anschließend erhob ich mich, zögerte eine Sekunde, doch es half nichts. Angeekelt, denn Baumwollfasern sind im Gegensatz zu Plastik ziemlich durchlässig, verfrachtete ich die Socke samt Inhalt in meine andere Hosentasche. Manchmal forderte der Beruf einer Privatdetektivin wirklich die ganze Frau.

»Ah, Sie haben sich die Großen angeschaut.« Simone winkte mir vom nächsten Koben aus zu. Die Schubkarre war leer, und sie begann erneut zu schaufeln. Der neue Mistkloß an meinem Bein fühlte sich zwar ebenfalls warm und weich an, doch wenn ich mich bewegte, pikte einer der Strohhalme in meinen Oberschenkel. Und ich duftete.

»Sie … also …« Ich hatte Mühe, mich zu konzentrieren. »Sie sind Ihrer Schwester Juliane also überhaupt nicht böse, weil Sie Ihr früheres Leben hinter sich lassen mussten? Trotz der Plackerei, den alten Eltern und der ganzen Verantwortung, die nun allein auf Ihren Schultern lastet?«

»Nein, bin ich nicht. Das hab ich Ihnen doch gesagt.« Sie warf mir einen ungeduldigen Blick zu. »War's das jetzt? Juli ist wirklich nicht hier.«

»Das sehe ich«, gab ich knapp zurück. »Was mich allerdings auch noch interessieren würde, ist dieser Streit zwischen Ihnen beiden. Ging es dabei tatsächlich nur um den vergessenen Geburtstag von Fred?«

Eher unbewusst nahm ich wahr, dass jemand hinter dem alten Stall heftig die Luft einsog. Der Junge zweifellos; offenbar fand er das Belauschen unseres Gesprächs weitaus spannender als die Monsterjagerei mit seinen unsichtbaren Kumpels am PC. Simone, die ihren Neffen dieses Mal nicht gehört zu haben schien, verharrte bei meinen Worten mitten in der Bewegung, richtete sich auf und musterte mich unfreundlich.

»Ich habe wirklich keine Ahnung, was das alles soll. Aber ich denke mal, das geht Sie rein gar nichts an.«

»Ihre Schwester ist verschwunden«, erinnerte ich sie.

»Na und? Ich habe Ihnen doch bereits gesagt, dass das nichts Neues ist. Juli taucht schon wieder auf. Das hat sie bislang immer getan. Außerdem kann ich absolut nicht erkennen, was das alles mit Freds Geburtstag zu tun haben könnte.«

Also gut, dann ließen wir es zunächst dabei bewenden.

»Wann genau war der Streit? Entsinnen Sie sich?«, fragte ich stattdessen.

»Keine Ahnung«, lautete die gleichgültige Antwort. »Ich streiche mir so etwas nicht im Kalender an oder füttere mein Smartphone damit.«

»Es könnte wichtig sein. Denken Sie bitte nach«, drängte ich. Wohl um mich möglichst bald loszuwerden, tat sie mir den Gefallen.

»Na ja, es muss logischerweise nach Freds Geburtstag gewesen sein, nicht wahr? Der ist am 4. Juli.«

Jetzt kam es darauf an. Am ersten Wochenende im August hatten sich nach Aussage dieses St.-Germain-Spezialisten aus Eckernförde die beiden Engelsmusen im Bokauer Kornfeld die Schädel ramponiert. Krahwinkel, genau, so hatte er geheißen.

Dr. Reiner Krahwinkel. Als Beamter und Oberstudienrat war der sozusagen schon von Berufs wegen zuverlässig.

»Geht es nicht noch ein bisschen genauer?«

»Phht«, machte sie. »So Mitte Juli könnte es gewesen sein, schätze ich mal. Es war auf jeden Fall bald nach dem Geburtstag. Ich hatte Freds Mutter angerufen und sie herbestellt. Und da wusste sie schon, was die Uhr wieder einmal geschlagen hatte. Es ist ja nicht das erste Mal passiert.«

»Mitte Juli?«, wiederholte ich.

»Oder Ende. Möglich wäre auch das. Aber bestimmt nicht später.«

Okay, damit waren wir endlich einen Schritt weiter. Ich brauchte nur noch einen Zeugen für diese Angabe, dann war Simone aus dem Schneider, und ich konnte mich wieder getrost Froja und der esoterischen Gemeinde zuwenden. Doch wie sagt man so schön? Sicher ist sicher. Und man hat schon Pferde kotzen sehen, auch wenn es sich in diesem Fall um Sauen und Eber handelte.

Kurz entschlossen schlüpfte ich aus meinem linken Schuh und zog mir die Socke vom Fuß, während ich mich gleichzeitig humpelnd und hüpfend auf den Koben der zweitältesten Sauen zubewegte. Simone beobachtete mich erstaunt. Und ihr entfuhr ein erstickter Laut, als ich lässig die DNA-Sicherungsnummer wiederholte.

»Man sieht sich«, sagte ich höflich und wedelte ihr mit der gefüllten und verknoteten Socke zu. Dann schlüpfte ich wieder in meinen Treter und wandte mich ohne ein weiteres Wort zum Gehen. Wow, starker Abgang, Hemlokk.

VIERZEHN

»Doch ich kam nicht weit«, berichtete ich Daniel und Harry, die meinen Worten am nächsten Abend voller Interesse lauschten. »Als ich in meinen Wagen steigen wollte, drückte sich der Junge beim Auto in den Büschen herum.«

»Fred«, nuschelte Daniel und schob sich noch ein Stück der selbst gemachten Pizza in den Mund. Sie schmeckte aber auch wirklich verdammt lecker mit ihrem Belag aus Scampi, Muscheln, Sardellen und Tintenfischringen samt dem Büffelmozzarella on top.

»Genau«, sagte ich.

Irgendwie waren wir an diesem Abend über die Anzahl der für Schweden einzupackenden Pullover, mitzunehmenden Hosen, Stiefel und Jacken auf meine Ermittlungen in Sachen Juliane Schott gekommen. Und weil ich Onkel und Neffe die Art meines Auftrags in Schweden sowieso schlecht verschweigen konnte, hatte Daniel beschlossen, dass er dann auch gleich alles von dem anderen Fall erfahren könne. Er sei bereits ein ganz, ganz großer Junge, hatte er mehrmals versichert und mich dabei so treuherzig wie ein Hundebaby angesehen, das ein Stück Kassler vom Tisch gemopst hat. Und was tat Tante Hanna? Vergaß alle pädagogischen Grundsätze und war zur Freude von Onkel Harry dahingeschmolzen.

»Fred hat also keineswegs mit seinen Kumpels am Computer abgehangen, sondern uns anscheinend trotz Simones Verbot die ganze Zeit über heimlich belauscht«, fuhr ich fort und legte eine Kunstpause ein, indem ich einen Schluck Barolo zu mir nahm, den Daniel und Harry für unser Abendessen gestiftet hatten.

»Ja und? Nun erzähl schon, Hemlokk«, knurrte Harry, während er jeden Finger einzeln genüsslich ableckte, obwohl das gar nicht nötig war.

»Na ja, wir haben also ein bisschen geplaudert. Über Computerspiele und darüber, dass seine Tante keine Ahnung davon hat, wie man sich in diesen Welten verlieren kann. Und dass er ein Spiel wie ›Minecraft‹ toll findet.«

»Das ist was für kleine Kinder«, erklärte der total erwachsene Daniel naserümpfend. »›League of Legends‹ ist besser. Das spiele ich auch oft mit meinen Freunden.«

»Ach ja?«, sagte Harry, dem sich in diesem Moment ein ganz neues pädagogisches Feld erschloss. »Wie oft denn, wenn ich fragen darf?«

»Nein, darfst du nicht«, entgegnete Daniel patzig. »Das gehört zu meiner Privatsphäre.«

»Ein großes Wort«, meinte Onkel Harry langsam und drohend. »Na, wir sprechen uns noch.«

Es war eindeutig Zeit, einzugreifen, sonst würde die bislang so harmonische Atmosphäre in meiner Villa schneller vereisen, als wir uns Jacken überziehen konnten.

»Also, Frederick war natürlich brennend daran interessiert, was ich mit den Socken vorhatte«, berichtete ich entschlossen weiter. »Das trieb ihn wirklich um. Na ja, und ich wollte von ihm wissen, ob es stimmte, dass sich seine Mutter und seine Tante lediglich über seinen Geburtstag gestritten hatten. Oder ob da nicht doch viel mehr dahintersteckte.«

»Und was hat er gesagt?« Harry hatte das Konfliktthema Datenschutz und Erziehung zunächst zurückgestellt.

»Im Großen und Ganzen hat er die Aussage seiner Tante bestätigt«, musste ich zugeben. »Es seien allerdings ordentlich die Fetzen geflogen.«

»Und was hast du zu den Socken gesagt?«, platzte Daniel heraus.

»Ermittlungsgeheimnis«, entgegnete ich würdevoll. »Und deshalb top secret.«

»Und das hat der Blödmann geschluckt?« Daniel blickte mich fassungslos an. »Wie dämlich ist der denn?«

»Es sind ja nicht alle so aufgeweckte Kerlchen wie du, Neffe«, kam mir Harry zu Hilfe. »Vielleicht sitzt der arme Junge doch mehr vor dem Computer und daddelt mit seinen Freunden herum, als ihm guttut. Außerdem soll es auch Jungs geben, die einen nicht ständig mit Fragen löchern und ein Nein für ein Nein nehmen. Einfach so.«

»Aber nicht in meinem Alter«, belehrte Daniel seinen Onkel. »So kannst du einen Fünfjährigen unterdrücken, aber doch nicht –«

»Es geht noch weiter«, unterbrach ich ihn. Derartige Dauerscharmützel konnten sie in ihren eigenen vier Wänden austragen. »Ich habe Fred nämlich auch gefragt, ob er wisse, wann sich die beiden Frauen gestritten hatten.«

»Umb?«, fragte Daniel nunmehr mit vollem Mund.

Er hatte sich das letzte Stück Pizza geschnappt. Von draußen erklang jetzt ein schnarrendes Geräusch, so eine Art Kratzen, das ich nicht zuordnen konnte. Leise zwar, doch ich hörte es, beachtete es allerdings nicht weiter. Im Gegensatz zu dem Jungen.

»Da klaut doch nicht etwa einer deine Socken, Hanna!«, rief er alarmiert, schoss hoch und sauste zur Tür.

Wir hatten den Plastikbeutel sowie meine beiden Fußbekleidungen mit dem Stroh und den Hinterlassenschaften der Schweine unter der Gartenbank deponiert, weil es immer noch ein wenig, na ja, roch. Harry sollte sie mitnehmen und dem Fachmann zur Analyse übergeben.

»Nö, die Luft ist rein. Niemand da«, verkündete Daniel jetzt. Er hatte sich wegschmeißen wollen vor Lachen, als ich ihm die möglichen Beweisstücke gegen Simone präsentierte. »Voll krass, Hanna«, hatte er gejauchzt. »Du hast wirklich bescheuerte Ideen.«

»Wenn man nichts anderes zur Hand hat, muss sich eine gute Ermittlerin eben in jeder Situation zu helfen wissen«, hatte ich ihn hochtrabend belehrt. Woraufhin Harry mich in den Arm genommen hatte, um mir einen nicht gerade jugendfreien Kuss zu versetzen. Dabei hatte er in mein Ohr geraunt: »Bist schon eine heiße Braut, Hemlokk.«

Mhm. Im Prinzip wusste ich das selbstverständlich. Trotzdem tat es einfach nur gut.

»Also«, sagte ich nun und blickte streng in die Runde, »die

Mascarponecreme gibt es erst, wenn ich zu Ende erzählt habe. Hört zu.« Daniel setzte sich wieder. »Frederick meinte nämlich, seine Tante erinnere sich falsch an das Datum des Streits. Es sei vielmehr das erste Wochenende im August gewesen. Also genau das, an dem seine Mutter sich mit dieser Froja geprügelt hat.«

»Wieso war er sich da so sicher?«, wollte Harry wissen.

»Sie haben an dem Nachmittag alle gemeinsam gegrillt: Simone, der Opa, die Oma und er. Das kommt in *der* Familie wohl nicht allzu oft vor. Deshalb entsinnt er sich. Er wusste nur nicht genau, ob es nun der Samstag oder der Sonntag gewesen war.«

Harrys rechte Augenbraue schoss in die Höhe.

»Und diese Simone erinnert sich nicht an die Grillfete? Merkwürdig, wenn das in der Familie so ungewöhnlich ist.«

Das fand ich bei ruhiger Überlegung ebenfalls. Was hatte eigentlich mein Oberstudienrat zum genauen Datum der Prügelei gesagt? Irgendetwas von seinem Enkel und dass seine Frau an dem Tag auf ihn aufpassen sollte, hatte er mir in diesem Zusammenhang erzählt. Aber hatte er das erste Augustwochenende explizit erwähnt? Ja, jetzt fiel es mir wieder ein. Hatte er. Doch war es der Sonntag oder der Samstag gewesen? Keine Ahnung. Ich wusste lediglich, dass er von dem Streit überaus beeindruckt gewesen war. Verdammt!

»Mhm.« Harry überlegte, während Daniel aufmerksam nach draußen horchte.

Ich tat es ihm nach, vernahm jedoch nichts außer dem Geschnatter einer Ente. Der Junge hörte eindeutig Gespenster, denn Fred würde doch nicht auch hier ums Haus schleichen, um uns zu belauschen?

»Das heißt also«, meinte Harry schließlich bedächtig, »Simone behauptet zwar, nichts gegen ihre Schwester zu haben oder ihr sogar dankbar für all die Last und Mühe zu sein, die sie ihr aufgebürdet hat. Aber wenn man den Zeitpunkt des Streits betrachtet, steht Aussage gegen Aussage: nämlich die der Tante gegen die des Neffen.«

»So ist es.«

»Wem glaubst du?«

»Tja, wenn ich das wüsste … Ich kann es nicht sagen. Simone wirkte äußerst glaubwürdig mit ihrem Bekenntnis zum Landleben und zu Fred. Aber der Junge hat keinen Grund, seine Tante in die Pfanne zu hauen.«

»Und so ist alles wieder offen«, zog Harry die unbefriedigende Bilanz. »Man kann nämlich nicht mit Sicherheit sagen, ob diese Froja Juliane nur verprügelt oder anschließend auch getötet hat. Dann wäre Simone logischerweise aus dem Schneider. Oder ob Simone die Letzte war, die Juliane gesehen und umgebracht hat. Beides ist möglich.«

»Und Juliane kann sowieso auch noch leben«, warf Daniel ein, was zwar stimmte, aber wenig hilfreich war. »Vielleicht ist sie ja mit irgendjemandem nach Schweden gesegelt, um sich Lappland anzugucken. Die ganzen Rentiere dort oben, die in riesigen Herden umherziehen. Ich habe da mal Bilder gesehen im Netz. Geil. Vielleicht könnten wir, wenn Hanna ihre Ermittlungen abgeschlossen hat, ganz in den Norden –«

»Daniel«, stöhnte Harry.

»Aber toll wär's schon«, entgegnete der Junge störrisch. »Hört ihr nichts?«

»Nein«, sagten Harry und ich wie aus einem Mund. Daniel stand auf und ging zum Fenster.

»Glaubst du nun der Schwester oder diesem Fred?«, fragte mich Harry leise. »Weiß er, was auf dem Spiel steht? Vielleicht will er sich nur an seiner Tante wegen irgendetwas rächen?«

»Da ist jemand«, verkündete Daniel in diesem Moment triumphierend. »Hab ich's doch gewusst.«

»Das glaube ich eigentlich nicht«, flüsterte ich in Harrys Richtung. Und laut zu dem Jungen: »Wo?«

»Im Vorgarten. Jetzt kommt sie her.«

Es war die Wurz.

»Störe ich?«, fragte sie, als Daniel ihr höflich die Tür öffnete.

»Ja«, fauchte ich. »Sehr sogar.«

»Ach, das tut mir leid«, sagte sie, rührte sich jedoch kein Jota von der Stelle, während ihre Augen suchend in meiner Villa umherirrten, um endlich an dem achtlos auf meiner Küchenzeile abgelegten Manuskript hängen zu bleiben. Tja, Daniel hatte für unser Abendessen die Tomatensoße angerührt und dabei weder auf die Wände noch auf das kostbare Stück Literatur allzu viel Rücksicht genommen. Auf der ersten Seite der Wurz'schen Schmonzette prangte daher unübersehbar ein hübscher roter Tomatenfleck. »Ich dachte nur, vielleicht hast du ja schon mal einen Blick in meine Geschichte –«

»Nein«, schmetterte ich sie ab.

»Doch«, sagte Harry zu meiner Überraschung. Er kannte die Wurz flüchtig von meinem früheren Fall und wusste, was Sache war. »Hat sie. Und Hem… äh … Hanna ist to-tal begeistert von der Story. Diese Charaktere, diese … mhm … Spannung und diese Leidenschaft … das ist der absolute Wahnsinn.«

Daniel, der sich wieder gesetzt und in Ermangelung der Mascarponecreme nach einem Apfel gegriffen hatte, vergaß vor lauter Schreck, hineinzubeißen. Er kannte seinen Onkel mittlerweile ebenso gut wie ich. Was hatte der vor? Wir tauschten einen ratlosen Blick.

»Deshalb hat Hanna sich auch gleich an ihren Agenten gewandt«, fuhr Harry mit ernster Miene fort, »und der war genauso entzückt von der Geschichte wie sie. Ach, was rede ich? Er war hingerissen und hat Ihr außerordentliches Talent sofort erkannt.« Harry gönnte sich einen Schluck Wein. »Tja, und was soll ich sagen?« Passgenau zwischen Rotweinkaraffe und Salatschüssel donnerte er wie weiland Heinz Schott mit der flachen Hand auf den Tisch. Erschrocken zuckten wir alle vier zusammen. Ich würde darauf achten müssen, dass er sich diese Marotte keinesfalls angewöhnte. »Sie, Renate, werden jetzt Profi.« Er blickte mit unbeweglicher Miene zu mir herüber. »Wo ist der Vertrag, Hemlokk?«

»Äh … der …? Oh, hier. Moment.«

Langsam dämmerte mir, was das sollte. Rasch angelte ich daher die Gebrauchsanweisung für meinen Herd aus der Schublade und drückte sie ihm in die Hand. Er tat so, als studierte er das Kapitel zur Oberhitze aufmerksam. Renate gaffte ihn an. Wahrscheinlich hatte die in Ehrfurcht vor dem eigenen Genie erstarrte Pilcherine vor lauter Aufregung bereits vergessen zu atmen. Was genau genommen auch nicht schlecht wäre.

»Also«, begann Harry nun, »wir haben ja jetzt bekanntlich Ende August, Ende September ist Abgabetermin für das komplette Textpaket. Was für ein Luxus! Da haben Sie satte vier Wochen Zeit für läppische dreihundert Seiten«, erklärte er neidvoll, die »dreihundert« dabei sehr schön betonend. Renatchens Augenbraue fing vor Schreck an zu zucken. Harry tat, als bemerkte er es nicht. »Das Buch soll nämlich noch vor Weihnachten erscheinen, damit die Käufer es ihren Lieben auf den Gabentisch legen können, klar.« Er blätterte umständlich um. »Ah. Na, das ist aber wirklich großzügig. Mit dem Frühjahrsmanuskript können Sie sich dann noch ein bisschen mehr Zeit lassen. Das will der Verleger erst im Februar haben. Und eine fünfwöchige Lesereise ist auch geplant, sehe ich gerade. Wunderbar, die powern richtig los. Ja?«

Jetzt suchte nicht nur die Wurz'sche Rechte Halt und Trost in der Linken, sondern bei seinen letzten Worten hatte Renate zudem angefangen, nervös von einem Fuß auf den anderen zu treten, als müsste sie einmal ganz dringend Pipi.

»Das ist mir, fürchte ich, ein bisschen zu viel für den Anfang.« Sie piepste richtig. Ich strahlte sie an. »Zeitlich, meine ich. Na ja, und auch so. Ich bin doch noch Anfängerin.«

»Ach was.« Mit einer Handbewegung wischte Harry ihre Bedenken vom Tisch. »Keine Bange. Wenn Sie nicht pünktlich liefern, ist das auch nicht weiter schlimm. Die Konventionalstrafe beträgt … Moment«, er blätterte erneut, murmelte unverständlich vor sich hin und schüttelte dabei immer wieder den Kopf. Es war eine beeindruckende Vorstellung. »Ah ja, da haben wir es ja: Sie beträgt lediglich zehntausend Euro.«

»Zehntausend Euro«, hauchte Renate entsetzt, »wenn ich den Abgabetermin nicht einhalte?«

Sie stand kurz vor dem Kollaps. Mir hingegen ging es geradezu wunderbar. Ja, ja, in der Welt des Schreibens und der Bücher herrschen nun einmal raue Sitten. Je eher diese Möchtegern-Literatin das begriff, desto besser.

»Pro Monat selbstverständlich«, setzte Harry volltönend hinzu. »Die haben wirklich Großes mit Ihnen vor. Sonst sind die Summen erheblich niedriger, nicht wahr, Hemlokk?«

»Wie?« Ich riss mich zusammen. »Oh ja, erheblich. Ganz erheblich sogar. Renate«, ich atmete übertrieben tief durch, »du hast es geschafft. Ich beneide dich irgendwie. Und irgendwie auch nicht. Das ist Stress pur.«

Daniel biss endlich krachend in den Apfel. Es war eine Notmaßnahme, sonst hätte er laut losgeprustet. Das sah ich ihm an.

»Aber so richtig total geschafft«, legte Harry noch eine Schippe drauf, während er die angehängte Adressenliste der Reparaturbetriebe für den Herd sorgfältig studierte. »Dazu noch bummelige zwei bis drei Kurzgeschichten mit exakter Anschlagzahl in der Woche für die Yellow Press, steht hier …«

Die Linke der Wurz wanderte hilfesuchend zum Griff meines Kühlschranks. Ich lachte sie an, ganz die erfahrene Kollegin, die dem aufgehenden Stern am Literaturhimmel uneigennützig zur Seite steht, weil sie weiß, dass sie ihm nicht das Wasser reichen kann.

»Da brauchst du dir überhaupt keine Sorgen zu machen, Renate. Das ist alles total easy«, behauptete ich kühn. »In unserem Gewerbe gibt es ja nur fünf oder sechs Grundmuster für die Geschichten. Du weißt schon, die O-Struktur: Sie lieben sich, gehen auseinander und lieben sich zum Schluss wieder. Oder die V-Version: Sie lernen sich erst kennen und nach einigen Verwicklungen ebenfalls lieben. Oder die –«

»Das weiß Renate doch alles«, unterbrach Harry mich ungeduldig. »Und genügend Kreativität, um auf diese Vorlagen immer wieder und wieder etwas draufzupacken, hat sie auch. Das hat sie bewiesen. Da kommen schon mal im Laufe der Jahre fünfhundert Geschichten zusammen. Minimum. Hier«, er begann mit der kompletten Gebrauchsanweisung in dreiundzwanzig Sprachen einschließlich Kisuaheli drohend in Richtung der Wurz zu wedeln, »Sie müssen das nur noch unterschreiben. Dann geht die Luzie ab.«

Sie war regelrecht geflohen. Hatte sich bleich wie ein Grottenolm das Manuskript geschnappt und war mit einem keuchenden »Das muss ich mir alles noch einmal gründlich überlegen« abgezischt. Auf Nimmerwiedersehen?

Harry meinte ja, die sei ich endgültig los. Daniel und ich waren da nicht so sicher. Uns trieb nach dem ersten Siegesgeheul eher die Frage um, ob wir zu fies gewesen waren. Nein, entschied ich nach einem kräftigen Schluck Wein. Harry hatte zwar maßlos übertrieben, aber grundsätzlich war schon etwas dran an seiner Darstellung der Bedingungen, Voraussetzungen und des Termindrucks in der Schreibbranche.

Das alles existierte nicht, solange man als Amateur in den Tag hineinformulierte und sich dabei vorkam wie Hemingway, Goethe und Truman Capote in einem. Doch sobald ein Werk oder treffender gesagt Produkt auf den Markt kam, sah es anders aus. Dann dominierten plötzlich wirtschaftliche Aspekte. Und zwar knallhart und absolut vorrangig. Das machte einem jede Agentur und jede Verlags-Marketingabteilung als Erstes klar.

Bald darauf waren Onkel und Neffe aufgebrochen. Daniel musste in die Heia, am nächsten Tag fing die Schule wieder pünktlich um zehn vor acht an. In Schleswig-Holstein hatten die Sommerferien in diesem Jahr früh begonnen, deshalb waren wir schon mit den sechs langen Wochen durch. Ohne Murren hatte er sich Harrys Anweisung gefügt und mir zum Abschied einen schmatzenden Kuss auf die Wange versetzt. Ach Kind. Es war eine entschieden gute Idee gewesen, die beiden mit nach Schweden zu nehmen.

Während ich mich um Reinhold Schmales geheimes Leben kümmerte, sollten sie sich doch mit einem Boot auf dem See vergnügen oder sich in den endlosen Wäldern mit der Beobachtung von Elchen und der Suche nach Steinpilzen und Pfifferlingen beschäftigen, hatte ich ihnen vorgeschlagen. Woraufhin mir Daniel noch an der Tür voller Begeisterung einen Vortrag über das geniale unterirdische und damit unsichtbare Myzelgeflecht der Pilze gehalten hatte. Denn das, was man als Mensch von der Pflanze sehen könne – nämlich nur die wie Leuchttürme aus der

Erde herausragenden Fruchtkörper –, sei nur ein winziger Teil des Ganzen, habe er soeben in Bio gelernt. So richtig gehe die Post unter der Erde ab, eben im besagten Myzel, wo die diversen Teile der Pilzpflanze einen regen Austausch pflegten. Essbar sei dieses dauerkommunizierende Wunderwerk der Natur allerdings nicht, hatte er abschließend mit einem bedauernden Blick auf Harry und mich festgestellt. Was wirklich jammerschade war, denn frische, zarte Pfifferlinge sind in Butter gebraten eine glatte Wucht. Da hätte ich gern ein wenig gegraben, um das gesamte Myzel in die Pfanne hauen zu können.

In der Nacht träumte ich von Fred und Daniel. Fred hockte im Schneidersitz im heimischen Schweinestall, und Daniel saß in Margas Küche. Die beiden Jungs spielten am Computer miteinander »League of Legends« und versuchten, mit Pilzen Punkte zu machen, um ins Myzel zu gelangen, was gar nicht so leicht war. Denn das unterirdische Geflecht besaß keinen Breitbandanschluss, und außerdem quatschte irgendwer permanent dazwischen.

»Plopp«, machte es auf Freds Bildschirm, als ein wütender Fliegenpilz erschien und Juliane mit Simones Stimme »Gift!« kreischte. »Er ist ein Giftwesen!« »Pling«, machte es bei Daniel, als ein missgelaunter Knollenblätterpilz auftauchte und wissen wollte, wieso Rumpelstilzchen – ich vermute mal, dass es sich darum handelte, denn das pilzköpfige Wesen trug einen Rauschebart, hatte einen schiefen langen Hut auf, war klein wie ein Zwerg und stand ständig im Wald auf einer Lichtung herum –, wieso also Rumpelstilzchen auf und ab hüpfte wie ein Gummiball, während der vollverkabelte, eine müffelnde Duftwolke hinter sich herziehende Reinhold Schmale an allen Pilzen vorbeirannte, dabei das gesamte Myzel mit Füßen trat und pausenlos piepte, weil irgendein Gerät schon wieder etwas an ihm maß.

Du liebe Güte, was für eine Story. Nicht nur die Wurz wäre da kollabiert!

Trotzdem fühlte ich mich erstaunlich gut, als ich am anderen Morgen aufstand. Ich duschte, bereitete mir das Frühstück, setzte mich mit meiner letzten Tasse Tee auf meine Gartenbank und winkte zu Silvia und ihren Mitschwestern nebst Kuddel hinüber, die hinter dem Gatter direkt neben einem trockenen Dungfladen lagerten und gemächlich wiederkäuten. Durch die graubraune Masse hatte sich ein Pilz gekämpft, der jetzt stolz und aufrecht der Sonne entgegenwuchs. Ich musterte ihn nachdenklich. Ein Pilz, schon wieder.

Unwillkürlich suchte ich nach einem zweiten Exemplar, denn einer kam niemals allein, wie ich von Daniel gelernt hatte. Und tatsächlich, da war er. Und noch einer. Und noch einer. Ich betrachtete sie sinnend. Sie waren Teil einer Pflanze, verbunden durch ein unterirdisches, unsichtbares Netz- oder Myzelwerk. Sollte mir das etwas sagen?

Einen kurzen Moment war ich versucht, die bräunlichen Gesellen mit den schlanken Stielen als geheimnisvolle Zeichen aus der Geistwelt zu interpretieren. Juliane? Wiedergeboren in Pilzgestalt? Aber wer waren dann die anderen? St. Germain, Mozart und Nofretete? Nein, das war selbstverständlich kompletter Unsinn. Trotzdem rumorte da etwas in meinem Inneren, was ich nicht genauer benennen konnte. Verdammt.

Wie ein Mantra murmelte ich vor mich hin: »Pilze, Myzel, Gift, Rumpelstilzchen, Zwerge.« Und noch einmal: »Rumpelstilzchen, Gift, Zwerge, Pilze, Myzel …«

Langsam ließ ich meine Teetasse sinken. Manchmal funktionierte das Unterbewusstsein wirklich auf geradezu wundersame Art und Weise. Ich war wirklich blind und taub gewesen. Dabei waren die Zeichen doch ziemlich eindeutig gewesen. Ja, so konnte es in der Tat gewesen sein.

Ich entschied mich für Gesa Strehlau, weil sie mir die Schwächste im Bunde zu sein schien.

»Ja?«, meldete sie sich atemlos. Im Hintergrund fiel etwas um.

»Hanna Hemlokk. Sie sind der Giftzwerg«, sagte ich ihr auf den Kopf zu und hörte sie nach Luft schnappen. »Aber Sie sind es nicht allein. Wer hat da noch mitgemacht?«

»Ich weiß gar nicht, wovon Sie reden.«

Ich fing an, mit dem Zeigefinger die Löcher meiner Telefonschnur zu durchbohren.

»Frau Strehlau. Ich habe keine Zeit für Ausflüchte. Ich weiß, dass da mehrere Leute beteiligt waren. Also, wer hat Reinhold Schmale die Giftzwerg-Mails geschrieben?«, herrschte ich sie an.

»Ich kann jetzt nicht …« Im Hintergrund jauchzte das Kind. Irgendetwas polterte. »Ach Benni. Nein! Du hast da schon wieder nicht aufgepasst. Wir haben geschworen …« Sie verstummte erschrocken.

Aha. Ich hatte sie.

»Die Situation hat sich geändert, Frau Strehlau. Aber wir können es von mir aus auch ruhig andersherum machen«, schlug ich ihr vor. »Dann kneift Sie Ihr Gewissen nicht so.«

»Nein, also ich kann auf keinen Fall –«

»Ich vermute mal, Herr Orb war dabei, richtig?«

Benni kreischte. Es klang wie eine Sirene auf Speed.

»Lass das«, brüllte Gesa Strehlau. »Leg das sofort wieder hin.«

»Frau Strehlau. Wenn Sie mir nicht antworten, komme ich bei Ihnen vorbei. Ich lasse mich nicht einfach abwimmeln.«

»Ja«, flüsterte sie entnervt. »Benni, bitte!«

Es geht doch nichts über unsere lieben Kleinen.

»Also neben Ihnen hat Herr Orb bei der Giftzwerg-Sache mitgemacht«, vergewisserte ich mich.

»Ja.«

»Und wie steht es mit Fru … äh … Frau Becker? Ich vermute mal, die war ebenfalls mit von der Partie.«

»Ja«, hauchte Gesa Strehlau.

Und damit waren wir schon einmal drei. Ich hatte allerdings das untrügliche Gefühl, dass da noch jemand bei dieser Combo fehlte. In den Kommentaren meinte ich, einen zusätzlichen anderen Ton vernommen zu haben. Wer könnte das gewesen sein? Natürlich!

»Ihre Cousine, Melanie Kuhn, war auch dabei.«

Sie schwieg.

»Frau Strehlau!«

»Melanie hat nur einmal mitgemacht. Nein, zweimal. Dann wurde ihr das unheimlich.« Sie seufzte. »Schauen Sie, es hat sich einfach so ergeben. Frau Becker und ich haben Bodo besucht, und irgendjemand hat damit angefangen. Ich weiß nicht mehr, wer. Erst war es auch nur Spinnerei, aber dann nahm das immer konkretere Formen an.« Aha, möglicherweise haargenau wie bei den Bokauer Kornkreisen. Ein Wort gibt das andere, ein Grog kommt zum nächsten, und fertig ist die Touristenattraktion. »Und dann hat es sogar richtig ... Spaß gemacht. Weil Schmale wirklich ein Mistkerl war. Und wir uns doch nicht wehren konnten.«

»Davon haben Sie dann Ihrer Cousine erzählt.«

»Ja, auf einem Geburtstag, als ihre Mutter, also meine Tante, fünfundfünfzig wurde. Melanie konnte den Schmale auch nicht ausstehen und hat immer fürchterlich über ihn gelästert. Und das machen doch heute alle! Alle! Da ist doch nichts dabei! Benniiii! Nein!«

Und damit purzelte das Telefon mit einer Wucht auf den Boden, dass die Eisschollen in Spitzbergen schepperten. Sanft drückte ich Gesa Strehlau weg. Mission accomplished, wie es der gewesene US-Präsident Schorsch Dabbelju Bush formulierte, nachdem er Saddam Hussein aus dem Amt gejagt hatte.

Zur Feier des Tages gönnte ich mir zwei Kartoffelpuffer mit Räucherlachs und ein wenig Crème fraîche. Dazu gab es ein schönes großes Glas Wasser, schließlich war es helllichter Tag, und ich hasse es, beschäuselt und völlig undynamisch im Stuhl zu hängen, was unweigerlich geschieht, wenn ich tagsüber Wein oder Bier trinke. Ich hatte den, nein die Giftzwerge entlarvt. Und das war doch immerhin etwas, auch wenn es meine Auftraggeberin nicht mehr interessierte.

Nach einem kurzen Verdauungsnickerchen machte ich mich schwungvoll und tatendurstig auf die Suche nach Froja, um ihr noch einmal wegen des Prügeltermins auf die Pelle zu rücken. Ich hatte so ein unbestimmtes Gefühl, dass ich auch diesen Fall einen entscheidenden Schritt voranbringen konnte, bevor ich auf Dienstreise ging. Und wo begann man bei einem ausgewiesenen Engelmedium mit der Suche? Im, am und um das Kornfeld herum, klar. Also schnappte ich mir mein Rad und strampelte los.

Bokau war heute noch voller als sonst. Mittlerweile hatte aber auch jede Hühnerzüchterpostille im bundesrepublikanischen Süden und jeder TV-Spartensender über den geheimnisvollen Kreis berichtet. Wenn das so weiterging, würde der Gemeinderat bald über den Bau einer achtspurigen Zufahrtsstraße beraten müssen. Ob Fritjof Plattmann und seine Mitstreiter das gewollt hatten?

Am Kornkreis schob ich mein Rad auf das ehemalige Grundstück des alten Rathjen. Der Mann war vor einigen Monaten gestorben – ich hatte damit beruflich zu tun gehabt, es war ein hässlicher Fall gewesen –, und die Erbengemeinschaft hatte das Haus verkauft. Die neuen Besitzer hatten die alte Kate ruckzuck abreißen lassen und wollten uns nun, so munkelte man im Dorf, einen Glas- und Chrompalast hinstellen, den sie komplett mit alternativen Energien zu heizen gedachten: Sowohl die Sonnenenergie als auch die Erdwärme wollten sie nutzen. Berliner oder Hamburger eben mit viel Geld. Wir waren alle gespannt, ob das klappte.

Ich schloss mein Velo am Betonmischer an. Die Baufirma hatte bislang das Fundament gegossen. Jetzt härtete das Ganze aus, sodass man lediglich den Grundriss erkennen konnte. Der war zwar in der Tat beachtlich groß, doch alles Weitere blieb reine Spekulation und damit sozialer Schmierstoff für so eine Dorfgemeinschaft wie die Bokau'sche.

Einen kurzen Moment beäugte ich widerwillig das bunte Treiben am Kornfeld. Doch es half nichts. Wenn ich Froja finden wollte, musste ich mich in die Menge stürzen. Also dann, auf in den Kampf!

»Frau Hemlokk, nicht wahr?«

Ich war keine dreißig Meter weit gekommen, als er mich ansprach. Er saß auf einer windschiefen Bank am Rand des Feldes und beobachtete offenbar das Geschehen.

»Herr Dr. Krahwinkel«, sagte ich hocherfreut. Der Oberstudienrat in Rente kam mir gerade recht. Denn wenn ich jemanden nach dem exakten Termin der Prügelei aushorchen oder nach der geheimnisvollen Tätowierung auf Frojas Oberarm fragen konnte, dann ihn. »Sind Sie auf Besichtigungs- und Forschungstour?« Ich blinzelte ihm zu. »Oder haben Sie sich hier mit dem Grafen von St. Germain verabredet?«

Er erhob sich höflich, und wir gaben uns die Hand. Dann wies er auf die Bank.

»Nehmen Sie doch einen Moment Platz. Haben Sie die Dame gefunden, die Sie suchten?«, erkundigte er sich, ohne auf meine alberne Frage einzugehen. »Diese … ich habe ihren Namen vergessen.«

»Juliane Schott«, sagte ich und setzte mich neben ihn. »Nein, habe ich nicht. Aber ich habe die Frau gefunden, mit der sie sich gestritten hat.«

»Nun, das ist ja auch ein Erfolg.« Er zögerte einen winzigen Moment, dann gab er sich sichtbar einen Ruck. »Darf ich wissen, worum es bei dem Streit ging? Ich meine«, beeilte er sich hastig zu versichern, »ich möchte keineswegs neugierig erscheinen. Aber es war schon ein unvergesslicher Anblick, als die beiden Damen sich … also als sie sich körperlich attackierten.«

Das glaubte ich ihm unbesehen.

»Es ist kein Geheimnis«, beruhigte ich ihn. »Beide arbeiten in der Esoterik-Branche als Engelmedium.«

»Du meine Güte.« Krahwinkel schien wirklich erschüttert zu sein.

»Sie waren also schlicht und ergreifend Konkurrentinnen und warfen sich gegenseitig vor, Betrügerinnen im Channel-Geschäft zu sein. Und deshalb hat es Prügel gesetzt.«

Krahwinkel sah mich ungläubig an. »Das ist nicht wahr.«

»Doch, ist es«, versicherte ich.

Er schüttelte den Kopf. »Es gibt schon eine Menge Dinge auf dieser Welt, die wir nicht verstehen. Der Mensch ist manchmal wirklich ein kleines Licht. Meiner bescheidenen Meinung nach haben jedoch in diesem Fall beide Damen recht, was?«

»Sie halten sie also beide für Betrügerinnen?«

»Aber ja. Sie nicht?«

»Ganz eindeutig«, stimmte ich ihm zu. »Obwohl ich ihnen zubilligen würde, dass sie selbst an ihre Channel-Fähigkeiten und guten Drähte in die Geistwelt glauben.«

Sein Blick blieb skeptisch, jeder Zoll der Wissenschaftler, der von einer derartigen Spökenkiekerei aus Prinzip nichts hält. Ich wechselte das Thema.

»Herr Krahwinkel, ich habe zwei Fragen an Sie.«

»Ja bitte. Wenn ich Ihnen behilflich sein kann.«

Er war wirklich ein ausnehmend höflicher und liebenswürdiger Mensch.

»Die Frau, mit der sich Juliane gestritten hat, trug auf dem linken Oberarm ein Tattoo, das den Grafen von St. Germain zeigt. So weit, so gut. Aber rechts hat sie sich so ein Ding mit etlichen Zacken stechen lassen, sagen meine Zeugen. Und darunter steht eine Zeile mit Zahlen. Niemand kann mir erklären, um was es sich dabei handelt. Vielleicht ist es auch ganz unwichtig und hat mit dem Fall überhaupt nichts zu tun. Ich habe keine Ahnung. Handelt es sich möglicherweise um irgendein Geheimzeichen, das vielleicht mit dem Grafen zu tun hat?«

Nach einem kurzen Moment des Überlegens schüttelte Krahwinkel nachdenklich den Kopf.

»Zacken, sagen Sie? Um wie viele handelt es sich denn? Das könnte wichtig sein. Manche Zahl ist magisch. Oder wird als magisch betrachtet«, verbesserte er sich rasch.

»Das weiß ich nicht«, musste ich zugeben.

Er dachte erneut nach, strich sich dabei immer wieder über das sauber rasierte Kinn. Ich ließ ihn in Ruhe.

»Nein«, sagte er schließlich langsam, »bedaure. Aber da kann ich Ihnen nicht weiterhelfen. Mit St. Germain hat das allerdings meines Erachtens nichts zu tun. Ein Zackensymbol ist mir bei meinen Forschungen nicht untergekommen.«

»Schade. Es war einen Versuch wert. Können wir dann gleich zum zweiten Punkt kommen?«

»Sicher.«

»Der genaue Zeitpunkt der Prügelei interessiert mich außerordentlich. Der ist nämlich wichtig, weil …« Doch er hörte mir nicht zu. Sein nachdenklicher Blick glitt über die bunte Mischung von Menschen, die an uns vorbeiwogte: große, dicke, dünne, hagere; salopp gekleidete, aufgebrezelte und die in Wallegewändern steckenden; schwarzhaarige, weißblonde, mit und ohne Irokesenschnitt oder abenteuerlicher Färbung; mit erwartungsvollen Mienen, gedrückt vor sich hin starrend oder hemmungslos lachend.

»Es ist schon eine Schande, wie schamlos manche Leute diesen Hunger der Menschen nach Erkenntnis und Spiritualität ausnutzen. In der Szene wimmelt es nur so von Scharlatanen, Lügnern und Betrügern. Sicher, es gibt auch andere, wahrhaftige Sinnsucher und ernst zu nehmende Schwarmgeister, die sich spirituellen Fragen widmen. Selbstverständlich gibt es die. Doch sie sind selten, und man muss sie erst einmal finden. Die Nadel im Heuhaufen. St. Germain ist da eindeutig ein anderes Kaliber.« Ein versonnenes Lächeln stahl sich auf sein Gesicht. »Na ja, es ist eine Binsenweisheit, doch es kommt eben auch auf diesem Gebiet darauf an, die Spreu vom Weizen trennen zu können.«

Genau. Unbestritten hatte der Eckernförder Graf in puncto Zauberei und Hokuspokus eindeutig mehr auf dem Kasten gehabt als so viele andere damals wie heute. Sonst beeindruckte man nicht fast den kompletten Hochadel seiner Zeit mit seinen Künsten und scharte auch heute noch eine erkleckliche Anzahl von Jüngern um sich. Doch die unzweifelhafte Faszination St. Germains sowie die Motive seiner Anhängerschaft interessierten mich im Moment weniger.

»Herr Krahwinkel, wenn wir noch einmal über den genauen Zeitpunkt der Prügelei sprechen könnten?«, versuchte ich ihn in die mir wichtige Richtung zu schubsen, als sich zwei Gestalten zwischen uns und die Sonne schoben.

»Hallo, Hanna. Ich hätte jetzt nicht gedacht, dich ausgerechnet hier zu treffen.«

Wie aus heiterem Himmel stand Lulu vor uns, mit Vik im Schlepptau, dessen widerwillige Miene verriet, dass er es vorgezogen hätte, mich nicht zur Kenntnis zu nehmen. Dieses Mal sah er Jesus obenherum noch ähnlicher als bei unserem letzten Zusammentreffen, zumal er kurz die Arme weit ausgebreitet hatte, um eine vorbeihuschende Mit-Esoterikerin zu herzen.

»Sie hat Juliane nach deren Verschwinden in der Welt der Geister erblickt und mit ihr eine Weile geplaudert«, erklärte ich Krahwinkel.

»Verstehe«, sagte er dermaßen staubtrocken, dass ich Mühe hatte, ernst zu bleiben.

»Ich weiß, dass du mir nicht glaubst, Hanna.« Lulus Augen blitzten. Sie war nicht dumm. Unsere Reaktion hatte sie sehr wohl bemerkt und zutreffend interpretiert. »Aber ich bin ein richtig gutes Medium, weitaus besser als Klara oder Juliane –«

»Ist sie. Aber hunderpro«, steuerte Vik wenig hilfreich, doch dafür umso eifriger bei. Lulu beachtete ihren tüffeligen Gefährten überhaupt nicht.

»*Ich* habe mich nämlich weitestgehend von meinen negativen Persönlichkeitsanteilen befreien können.« Na, da schau her. Richtete sich diese Spitze nun gegen Klara, Juliane oder mich? Nein, das war zu eng gedacht. Lulu hatte vermutlich den gesamten Erdkreis im Blick. »Selbstmeisterung, capito?«, fuhr sie hochnäsig fort. »Nee, nix capito, ich sehe schon. Doch nur deshalb konnte ich die eigenen Energien transformieren und völlig klar die mediale Botschaft des Meisters über Juliane empfangen.«

»Tatsächlich«, ätzte ich.

Die Frau hatte doch eindeutig einen an der Waffel! Vik trat drohend einen Schritt auf mich zu; sein Gesichtsausdruck war überhaupt nicht mehr jesuslike, sondern höchst menschlich, nämlich stinkwütend.

»Ja, tatsächlich«, äffte Lulu mich nach. »Du kannst es mir glauben oder nicht, aber der Graf höchstpersönlich hat mir eine Botschaft gesandt, die ich so klar vernommen habe, als würde Juliane –«

»Welcher Graf?«, unterbrach Krahwinkel Lulu mit unheilvoller Stimme.

Ich unterdrückte nur mit Mühe ein Stöhnen. Wusste der

Mann denn immer noch nicht, dass das zu nichts führte? Auf diesem unterirdischen Niveau trennen Wissenschaft und Glauben nun einmal Welten, das musste er doch begriffen haben. Mit Lulu konnte man nicht diskutieren. Sie kannte nur eine Wahrheit – ihre eigene.

»Ich spreche von dem Grafen von St. Germain«, verkündete sie auch schon triumphierend. »Den Sie natürlich nicht kennen.«

»Das ist kompletter Unsinn und außerdem gelogen«, widersprach Krahwinkel scharf, während er Lulu von oben bis unten mit stahlhartem Blick musterte. »St. Germain spielt in einer anderen ... Liga als Sie.«

Oh nein! Wollte er ihr jetzt wirklich klarmachen, dass es einerseits schlichte, unbegabte Pseudo-Engelmedien gab, wie sie sich in diesen Tagen hier zuhauf tummelten, und andererseits geschickte Großscharlatane, wie eben zum Beispiel St. Germain einer gewesen war? Die aber letztlich beide in den betrügerischen Bereich gehören? Vergessen Sie's, Herr Dr. Krahwinkel!

»Ach nee, aber mit dir spricht er, was?«, fauchte Lulu ihn auch schon an. »Was soll das denn wohl heißen, wie? ›St. Germain spielt in einer anderen Liga als Sie‹? Was meinst du denn wohl damit, heh?« Vik grunzte drohend in Krahwinkels Richtung. »Dass ich nicht laut lache. Was weißt du denn schon? Mit Selbstmeisterung hast du doch nichts am Hut, Opa. Oder mit Hingabe. Und Demut.«

»Lulu«, sagte ich warnend und dann: »Herr Dr. Krahwinkel, bitte ...«

Doch beide nahmen mich überhaupt nicht zur Kenntnis und beäugten sich wie zwei Kampfhähne.

»Lulu«, rang sich jetzt auch Vik zu einer Reaktion durch, breitete die Arme aus wie der Gekreuzigte höchstselbst und trat auf sie zu. Doch sie hielt ihn mit einem raschen, derart kalten Blick auf Abstand, dass es mich fröstelte. Resigniert ließ er die Arme wieder sinken und trat entmutigt einen Schritt zurück.

»Hören Sie, junge Frau, ich rate Ihnen nur eins«, sagte Krahwinkel nun sehr energisch, »und das ist mein voller Ernst. Lassen Sie den Grafen aus dem Spiel. Benutzen Sie ihn weder für Ihr … Brimborium noch für Ihre Spielchen.« Lulu entwich ein würgender Laut, Vik ballte zwar die Rechte zur Faust, doch es wirkte nicht sehr bedrohlich. Krahwinkel ließ sich nicht beirren. »Der Mann ist nämlich eine Klasse für sich und befindet sich auf einem anderen Niveau als all diese … also als Sie und Ihresgleichen. Sein unbestreitbares Können –«

»Was soll denn das jetzt schon wieder heißen? Hat der sie nicht mehr alle?«, wandte Lulu sich wutschnaubend an mich. »Ist der vielleicht der persönliche Botschafter von St. Germain auf Erden? Wie der Papst?«

»Lulu …«, versuchte Vik sie erneut zu beschwichtigen.

»Ach, halt doch die Klappe«, fauchte sie ihn an. »Der Typ spielt sich hier auf wie ein Busenfreund des Grafen, und das lasse ich mir nicht gefallen.« Krahwinkel presste den Ober- und Unterkiefer so sehr zusammen, dass seine Wangen wie gemeißelt wirkten, was Lulu nur noch mehr reizte. Sie stemmte die Hände in die Hüften und funkelte ihn an. »Redet St. Germain mittlerweile etwa nur noch mit dir? Willst du das etwa behaupten, Opa? Ihr beide seid die allerbesten Kumpels, was? Eine echte spirituelle Männerfreundschaft. Dass ich nicht lache. Du lügst doch. Und alle anderen gucken in die Röhre, wie? Das würde der Graf nie zulassen, der ist eher demokratisch und für alle da. Was ist das bloß für ein Mist. Am liebsten würde ich dir eine scheuern, alter Mann!«

»Lulu«, sagten Vik und ich warnend wie aus einem Mund, aber die Frau war nicht zu bremsen.

»Wenn ihr zwei zusammen channelt, beömmelt ihr euch über die ganzen doofen Trottel um euch herum!« Sie verzog verächtlich die Lippen. »Ich sag dir was: *Du* tust das, er nicht. Dazu ist der Graf viel zu nobel. Aber was rege ich mich überhaupt auf? Du bist wirklich nur ein armer alter Mann. Impotent, aussortiert, kurz vor der Gruft, wo dich die Würmer fressen.« Sie spuckte Krahwinkel die Worte regelrecht ins Gesicht. Er saß da wie ein Buddha. »Demut und Hingabe sind bekanntlich die Voraussetzungen, um mit der Lichtwelt überhaupt in Kontakt treten zu können.« Sie ließ ein hartes Lachen hören. »Da hat so ein aufgeblasener Wicht wie du natürlich überhaupt keine Chance. Denn über beides verfügst du ganz bestimmt nicht.«

»Nicht in dieser Form, nein«, konterte Krahwinkel, das Kamel.

Himmelherrgott, konnte er denn nicht einfach weiter stumm dasitzen wie der Erleuchtete und den Mund halten? Das führte doch zu nichts.

»In welcher Form denn? Na los, sag schon!«, kreischte Lulu. So in etwa musste es zugegangen sein, kurz bevor sich Juliane und Froja im Kornfeld aufeinander gestürzt hatten. »Kuschelt ihr zwei etwa zusammen? Oder nimmt dich St. Germain mit in die Römerzeit? Scheißt er dich mit Geld und Gold und Diamanten zu? Hast du Julius Cäsar schon die Hand gegeben, oder wandert ihr gemeinsam im Jahr 2122 auf dem Mars herum? Das ist doch für den Grafen alles kein Problem, nicht? Aber ob er ausgerechnet dich alten Blödmann da mitnimmt, wage ich zu bezweifeln.«

Krahwinkel sprang auf. Auf seinem bleichen Gesicht glänzte ein feiner Schweißfilm.

»Noch ein Wort und ich … vergesse mich. Vergreifen Sie sich ja nicht an dem Grafen oder schänden sein Ansehen, sonst … ich …«

»Es reicht jetzt wirklich, Lulu«, griff ich hastig ein. Krahwinkel schien wirklich völlig von der Rolle zu sein. Vik schnappte sich Lulus Arm und hielt ihn fest.

»Komm, Schatz. Wir verziehen uns. Er ist es nicht wert.«

Sie schlug nach seiner Hand, doch er war stärker. In diesem Fall fand ich das ausgesprochen gut.

»Lass mich los«, brüllte sie so laut, dass sich eine ältere Damentruppe erschrocken nach uns umdrehte.

Ich winkte den Frauen freundlich zu. Und da wuchs diese Lusche von Vik doch tatsächlich über sich hinaus. Wortlos ließ er seine Partnerin los, breitete erneut die Arme aus, umschlang Lulu mit einem Klammergriff und zerrte sie davon. Uff.

»Es tut mir leid«, wandte ich mich an Krahwinkel, als wir den beiden hinterherschauten, wie sie in der Menge verschwanden. Er schwer atmend, ich genervt.

»Ist schon gut«, sagte er und setzte sich wieder. »Es tut mir leid, dass ich kurzzeitig die Beherrschung verloren habe. Wenn die Rede auf den Grafen kommt ...« Er warf mir ein entschuldigendes Lächeln zu. »Da bin ich empfindlich.«

Ich nickte verständnisvoll. Solche Leute kannte ich noch aus seligen Uni-Zeiten. Die verschmolzen über kurz oder lang mit ihrem Forschungsgegenstand und verstanden alles als Angriff, was nicht in ihr sauberes wissenschaftliches Erklärungsmuster passte.

Und wenn dieser Graf, der für ihn durchaus eine bedeutsame und unbestritten faszinierende historische Persönlichkeit darstellte, von Leuten wie Lulu für ihren aus seiner Sicht esoterischen Unsinn vereinnahmt wurde, brannten eben irgendwann die Sicherungen durch.

Ich setzte mich neben ihn. Eine Weile schwiegen wir in schönster Harmonie und beobachteten die herumwuselnden Leute um uns herum. Das heißt, Krahwinkel beobachtete die Leute, ich beobachtete ihn. Und langsam, ganz langsam entkrampften sich seine Gesichtszüge. Er atmete mehrmals tief und geräuschvoll durch, und das schien tatsächlich in seinem Inneren etwas zu lösen.

»Na, geht's wieder?«, fragte ich.

Er nickte lächelnd.

»Meine Frau ist schon ein bisschen eifersüchtig auf den Grafen, weil ich mich so viel mit ihm beschäftige. Verzeihen Sie nochmals. Das ist sonst gar nicht meine Art.«

»Schon vergessen«, erklärte ich großzügig. »Könnten wir dann jetzt noch einmal kurz zu dem genauen Zeitpunkt kommen, an dem Sie die beiden Frauen bei ihrem Streit beobachtet haben? Wann genau war das, Herr Krahwinkel? Erinnern Sie sich?«

FÜNFZEHN

Das erste Mal meinte ich sie zu sehen, als Harry, Daniel und ich am folgenden Abend in der Warteschlange für die Göteborg-Fähre standen. Simone Schott. Es war lediglich ein flüchtiger Eindruck, wie sie da im verglasten Treppenhaus des Terminals zum Schiff rauschte, mehr nicht. Und ehe ich dem nachgehen konnte, winkten uns die Einweiser Spur für Spur in den Schiffsbug.

Außerdem war das natürlich kompletter Unsinn. Nur weil die Frau wieder zu den Hauptverdächtigen im Channel- und Engelfall gehörte, geisterte sie noch lange nicht durch den Kieler Stena-Terminal. Das wäre wirklich ein ganz besonderer Zufall gewesen. Nein, sie spukte lediglich in meinem Kopf herum. Denn Krahwinkel hatte nach einigem Nachdenken Freds Erinnerung bestätigt: Den Streit zwischen Juliane und Froja habe er definitiv Anfang August beobachtet. Daran erinnerte er sich so deutlich, weil seine Frau doch an diesem Wochenende bei ihrer Tochter Lydia eingehütet und er deshalb freigehabt habe. Und es sei wohl der Sonntag gewesen.

Genau könne er das jedoch nicht mehr sagen. So ganz kleine Kinder seien nämlich nichts für ihn, hatte er mir unter dem Siegel der Verschwiegenheit anvertraut. Er fände erst zu größeren Kontakt. Und damit war Simone wieder im Rennen, was das geheimnisvolle Verschwinden ihrer Schwester Juliane betraf. Der Fall schien mich doch mehr zu beschäftigen, als ich wahrhaben wollte.

Na, das würde sich in den nächsten Stunden rasch ändern. Denn jetzt waren erst einmal Reinhold Schmale, Schweden und ein bisschen Urlaub dran.

»Boah, ist der Kahn groß«, meinte Daniel anerkennend, als wir uns aus dem Auto wuchteten, unser Gepäck schnappten und loszogen.

Eine zugewandt lächelnde Angestellte, passagierfreundlich

an der eisernen Ausgangstür vom Autodeck postiert, wies uns den Weg, als wir ihr unser Ticket zeigten. Unsere Kabine lag auf Deck zehn. Trotzdem nahmen wir – gefolgt von einer strohblonden schwedischen Familie mit drei hopsenden Kindern, deren Teddys sowie fünf prallvollen Taschen – die Treppe, denn mit dem Aufzug hätte es ewig gedauert. Auf Deck zehn erwartete uns erneut eine auskunftsbereite Kraft. Aha, also zweimal rechts abbiegen, und schon würden wir unser Ziel erreicht haben. Ganz einfach.

Im Gänsemarsch schoben wir uns die engen Gänge entlang, an denen die Kabinen lagen. Bei Gegenverkehr war es ratsam, den Bauch einzuziehen. Wir hatten eine Dreibettkabine mit Fenster gebucht. Sie war klein, aber höchst funktional eingerichtet: Mini-Bad, Garderobe, ein Pullmanbett oben, ein Doppelbett unten, ein Tisch, ein Stuhl, ein Fernseher, ein Abfallkorb. Perfekt. Wir deponierten rasch unsere Taschen, eilten aufs Sonnendeck und stellten uns an die Reling, weil wir keinesfalls die Ausfahrt verpassen wollten. Pünktlich um neunzehn Uhr legte die Stena Germanica ab, und wir bewunderten das Kunststück, wie der Mensch auf der Brücke dieses Riesentrumms im engen Kieler Hafenbecken auf der Stelle drehte, damit wir mit dem Bug voran nach Göteborg dampfen konnten.

»Einfach schön, nicht?«, flüsterte Harry mir ins Ohr, während wir uns langsam der Schwentinemündung näherten und gemeinsam auf die Kräne und Docks der Ostufer-Werften blickten.

Das Schiff fuhr im gefühlten Schneckentempo, damit die Wellen nicht mit Getöse ans Ufer klatschten und alles kaputt machten. Erst als die Förde breiter wurde, legte es etwas zu. Die Villen in Kitzeberg, Laboe und das Ehrenmal zogen an uns vorbei. Ich sah das Hochhaus des Holm in seiner eckig-klotzigen Siebziger-Jahre-Schönheit und –

»Da!«, brüllte Daniel aus voller Kehle, während er gleichzeitig aufgeregt mit dem Arm auf einen winzigen Punkt an Land deutete, der eher ein Pünktchen war. »Da stehen sie!«

Was war los?

Ich beschirmte meine Augen mit der Hand. Und tatsächlich, mit äußerster Anstrengung erspähte ich an der Steiner Steilküste zwei Winzlinge, zwischen denen etwas Weißes hing. Marga und Krischan. Daniel hüpfte mittlerweile auf und ab wie ein Flummi und winkte dabei aus Leibeskräften. Keine Reaktion an Land.

»Ich erkenne nicht die Bohne, was da geschrieben steht«, knurrte ich aufgebracht. »Geht's gerade um DePP oder um Offshore-Parks oder um Katalysatoren für Schiffe?«

»Unser Dampfer hat Methanolantrieb«, meinte Harry beschwichtigend. »Er war das erste Fährschiff der Welt, dem sie so etwas verpasst haben.«

Marga wusste das bestimmt. Also widmete sie sich höchstwahrscheinlich toten Fischen, den Gefahren von Schleppnetzen oder unkontrollierten Verklappungen – nur lesen konnte es keiner!

Ich hämmerte mit voller Wucht auf die Reling. Und stöhnte schmerzerfüllt, denn die war beinhart. Das durfte doch nicht wahr sein! Da standen Marga und Krischan tagein, tagaus, bei Regen, Sonne und Wind am Steiner Ufer oder sonst wo und hielten irgendwelche Parolen hoch, die man jedoch zumindest von den Riesenpötten aus überhaupt nicht erkennen konnte. Wenn dieser bekloppte Crowdfunding-Coup genauso dilettantisch geplant war, musste er zwangsläufig in die Hose gehen! Wahrscheinlich kampierten meine Eltern bereits in einem Zelt. Nein, da war es wirklich kein Wunder, dass sowohl Marga als auch Traute keinen Ton mehr darüber verloren.

»Hemlokk«, mahnte Harry.

»Ich rede mit ihr, sobald wir wieder zu Hause sind«, sagte ich laut. »Was hat sie sich bloß dabei gedacht!«

Ich war enttäuscht, wütend und frustriert. Was für eine Verschwendung von Kraft, Zeit und Mut. Marga hätte ich mehr zugetraut. Und meiner Mutter auch.

»Komm runter von der Zinne, Mädchen«, sagte Harry heiter. »Jetzt kannst du doch nichts tun. Frische Luft ist außerdem gesund für die beiden. Und außerdem haben wir Urlaub. Den wir genießen wollen.«

»Aber so doof kann man doch nicht sein«, schäumte ich. »Sag doch selbst, das ist einfach unmöglich. Ich mache mir ja wohl vorher mal Gedanken darüber, ob man so ein Plakat entziffern kann. Das tue ich doch, oder?«

Verschreckt über meinen Ausbruch schlenderte ein junges Pärchen hastig weiter, das sich eigentlich mit seinem Picknickkorb hinter uns an einem der hölzernen Tisch-Sitzbank-Ensembles hatte niederlassen wollen. Ich blickte ihnen sauer hinterher – und hätte mich fast verschluckt.

Du lieber Himmel. Ich litt eindeutig unter Halluzinationen. Denn ich hätte schwören können, dass dort hinten auf der Treppe zur tiefer gelegenen Sun-Deck-Bar Froja verschwand. Erst Simone, nun Froja?

»Das glaube ich jetzt nicht«, murmelte ich.

Hatte mir etwa jemand heimlich eine Droge ins Essen gemischt? Doch ich hatte heute Mittag lediglich ein Müsli zu mir genommen und später noch zwei Äpfel gegessen, weil wir gegen Abend schlemmen gehen wollten. Und niemand hatte meines Wissens meine Küche betreten. Trotzdem ging hier irgendetwas entschieden nicht mit rechten Dingen zu.

»Hemlokk?« Harry blickte mich fragend und ein bisschen besorgt an. »Du siehst aus, als würdest du Gespenster sehen.«

»Tja«, sagte ich. »Das tue ich wohl auch. Ich dachte eben tatsächlich … also es ist natürlich völliger Quatsch, aber da kann man mal sehen, was der Kopf einem doch für Streiche spielt.«

»Geht es auch ein bisschen konkreter?«, bat Harry liebenswürdig.

Wir verließen jetzt die Kieler Bucht, und die Stena legte einen Zacken zu. Daniel, dem es neben uns zu langweilig geworden war, stromerte derweil über die Decks und besah sich das Schiff.

»Simone und Froja«, sagte ich langsam. »Ich habe die eine vorhin im Terminal, die andere eben hier auf dem Schiff gesehen. Sie ging runter zur Sun-Deck-Bar. Das heißt, ich meinte, sie zu sehen«, korrigierte ich mich hastig und schob ein beruhigendes Lachen hinterher. Fragte sich nur, wem es galt: Harry oder mir? »Wahrscheinlich führt die dauernde Beschäftigung mit der Esoterik-Szene und den Lielis dazu, dass man hin und wieder Erscheinungen hat. Kein Grund zur Sorge also.«

»Lielis?«, echote Harry.

»Liebevolle Lichtwesen«, übersetzte ich geistesabwesend. Denn komisch war es schon, da ließ sich nichts dran rumdeuteln.

Und einmal angenommen, also nur einmal angenommen, ich halluzinierte nicht: Was zum Teufel machten die beiden dann ausgerechnet auf der Stena Germanica? Was wollten die in Schweden? Und wieso kannten sich die beiden Frauen überhaupt? Und was hatte das alles mit Juliane zu tun? Welch ein Kuddelmuddel, wie mein Freund Johannes zu sagen pflegte.

Aber ich hatte mich ja geirrt, beruhigte ich mich, weil ich einfach ein bisschen überarbeitet und gestresst war. Die dauernervende Wurz, die vielen spinnerten Leute in Bokau und der Knatsch mit Marga hatten mich ein wenig aus der Bahn geworfen; sowohl Froja als auch Simone existierten hier an Bord nur in meiner überhitzten Phantasie.

Trotzdem schoss mir prompt ein aberwitziger Gedanke durch den Kopf: Und wenn die beiden Kumpanösen nun Julianes Asche nach Schweden brachten, weil das deren ausdrücklicher letzter Wunsch gewesen war – bevor Simone und Froja sie ebenfalls auf Verlangen gemeinsam umgebracht und verbrannt hatten, weil Juliane mit dem Tod von Reinhold Schmale nicht fertiggeworden war? Oh, oh, ich war eindeutig komplett unterzuckert.

»Harry an Hemlokk«, hörte ich meinen Liebsten sagen. »Hier an Deck spielt die Musik. Lass uns lieber das Kind aufsammeln und etwas essen gehen. Das erdet.«

Auf einem Schiff? Nee, Gierke, das klang für meine Landrattenohren eher bedrohlich; von wegen immer eine Handbreit Wasser unterm Kiel, wie es schließlich zu Recht heißt. Aber ich schwieg und folgte meinen beiden Jungs brav zum »Taste-Büfett« auf Deck sieben. Dort, so hatten sie mir bereits im Auto erklärt, gebe es alles, was Herz und Magen eines Nordlandfahrers begehrten, Bier und Wein inklusive, was allerdings nur Harry erwähnenswert fand. Wir hatten Glück, ergatterten einen Tisch an einem der Fenster, weil es noch relativ früh war, und stiegen mit Krevetten, Muscheln, Lachsvariationen und Fischbuletten ein.

»Räkor, Musslor, Gravad Lax, Fiskbullar«, psalmodierte Daniel mit einer derart drolligen Aussprache, dass ich breit grinsen musste. Der Junge war einfach gut für mich. Und das Bier, das Harry und ich dazu tranken, tat ein Übriges, um mich von Simone und Froja abzulenken.

Nach und nach füllte sich der Saal mit schwedischen Rückkehrern aus dem Süden Europas, Kegelbrüdern und -schwestern aus dem bundesrepublikanischen Osten und Kurztripreisenden, die sich Göteborg angucken, einfach nur auf die Wellen schauen und die Fährfahrt genießen wollten. Neben uns nahm eine Familie mit zwei Mädchen Platz. Das jüngere war vielleicht neun, das ältere dreizehn. Daniels Miene verdüsterte sich schlagartig.

»In meiner Klasse sind die jetzt alle ganz merkwürdig geworden«, raunte er in Harrys und meine Richtung, während sein Blick kurz und nachdenklich auf der Dreizehnjährigen ruhte. »Früher waren die Mädchen echt voll in Ordnung, aber jetzt ... irgendwie nicht mehr so.«

Verloren starrte er auf sein angebissenes Räucherlachsbrot, das er geistesabwesend auf seinen Teller gelegt hatte, was mir deutlicher als alle Worte signalisierte, dass ihn das Thema wirklich beschäftigte. Ich hätte den Jungen knutschen können. Er war nie ein Vertreter der Alle-Mädchen-sind-ja-sowieso-doof-Fraktion gewesen. Dafür traf ihn diese Entwicklung der zeitweisen altersbedingten Entfremdung zwischen den Geschlechtern umso härter, denn er verstand die Welt nicht mehr.

»Tja, das Rätsel Weib«, brummte Harry gemütlich und deutlich amüsiert, während er sich sein zweites Bier eingoss. Oder war es bereits sein drittes? »Mit der Pubertät fängt es an. Da werden die Mädels komisch.«

»Gierke.« Derartige Plattheiten konnte er sich für den Stammtisch aufheben.

»Aber es stimmt doch, Hemlokk, oder etwa nicht?« Harry schenkte mir ein strahlendes Lächeln, während Daniels Blick irritiert zwischen seinem Onkel und mir hin- und herpendelte.

»Die Pubertät ist nun einmal eine schwierige Zeit«, erklärte ich an den Knaben gewandt. Er hatte eine vernünftige Erklärung verdient, fand ich. »Und Mädchen sind damit früher dran als Jungs. Deshalb kommen sie dir gerade so komisch vor. Wenn die Zeit vorbei ist, dann kriegen sie sich wieder ein, keine Bange.«

»Haha«, wieherte Harry. »Glaub ihr kein Wort. Die kriegen sich nämlich höchstens ein bisschen wieder ein. Zickig bleiben sie weiter, und kichern tun sie auch dauernd ohne Grund.«

Sprach's, biss krachend in ein doppelt belegtes Knäckebrot und spülte das Ganze mit einem kräftigen Schluck Bier hinunter. Okay, das würden wir später klären, denn in diesem Moment sah ich sie erneut: Simone *und* Froja, in voller Lebensgröße und in echt. Die beiden Frauen schoben mit ihren randvollen Tellern suchend durch den Saal. Und wirkten dabei ziemlich vertraut. Wie vom Donner gerührt starrte ich ihnen hinterher, als sie ganz dicht an uns vorbeigingen.

»Hemlokk. Huhu.« Harry rülpste leise. »Siehst du schon wieder fliegende Untertassen?«

Statt ihm eine Antwort zu geben, stand ich abrupt auf. Mit dem bierseligen Gierke war weder zu reden noch zu rechnen. Außerdem war das hier ganz allein meine Angelegenheit.

»Entschuldigt mich, ich muss auf die Toilette.«

Damit hängte ich mich an Froja und Simone, die immer noch auf der Suche nach einem freien Tisch umherirrten. Und was jetzt? Ich konnte doch nicht einfach auf sie zugehen, kurz »Hallo« sagen und dabei so ganz nebenbei fragen, ob eine von ihnen vielleicht Julianes Asche dabeihatte. Nein, meine einzige Chance bestand darin, ihr Gespräch möglichst unauffällig zu belauschen, um zumindest ansatzweise herauszufinden, was Sache war. Denn dass hier nichts, aber auch gar nichts mit rechten Dingen zuging, war ja wohl so klar wie Kloßbrühe.

Endlich fanden sie zwei freie Plätze, setzten sich, fingen genüsslich an zu essen und waren sogleich in ein intensives

Gespräch vertieft. Verdammt. Wenn ich weiter wie ein Leuchtturm in der Gegend herumstand, würde das über kurz oder lang auffallen.

Also lächelte ich einem älteren Paar huldvoll zu und nahm ungefragt an seinem Tisch Platz. Meine neuen Nachbarn waren nicht beglückt über den Zuwachs, das entnahm ich ihren missbilligenden Mienen. Egal. Der Tisch stand in Hörweite von Simone und Froja, und nur darauf kam es an.

»Was tust du da, Hanna? Ich denke, du musst aufs Klo.«

Mein Kopf schoss herum. Daniel. Er musterte mich erstaunt, aber auch ein wenig gekränkt. Fast hätte ich ihn genervt zum Teufel geschickt, doch das tat ich ihm natürlich nicht an.

»Och ... ich schaue mich nur ein bisschen um. Von wegen eine andere Perspektive und so.«

Na, wenn das keine zündende Ausrede war. Der Junge ließ sich nicht hinters Licht führen.

»Ist es Harry? Bist du von ihm genervt? Er meint es nicht so.«

»Das weiß ich«, beruhigte ich ihn. »Lass mich nur einen Augenblick allein und –«

»Geht es um einen Fall?«, fragte er mit heller durchdringender Knabenstimme. Himmelherrgott! Ich schielte zu Froja und Simone hinüber, doch sie reagierten glücklicherweise nicht. »Du hast doch gesagt, dass du die eine Frau gesehen hast.«

»Geh bitte wieder zu Harry!«, zischte ich ihn aus den Mundwinkeln an. Meine Nachbarn musterten mich wie ein schleimiges Insekt. Gottchen, sollten sie doch denken, was sie wollten. Rabenmutter. Stieftante. Dumme Pute. Dann gähnte ich demonstrativ. »Ich komme gleich, Daniel. Wirklich. Ich brauche nur ein bisschen Zeit für mich. Mensch, bin ich müde.«

Der Junge warf mir einen unergründlichen Blick zu, zögerte, doch dann trollte er sich gehorsam. Das hätte mich stutzig machen sollen. Daniel war nicht Fred, wie ich selbst festgestellt hatte. Aber in diesem Moment war ich anderweitig beschäftigt.

»... verstehen unsere Position nur ganz wenige Menschen. Es ist ja sowieso nur eine Minderheit, die heutzutage ihren Verstand benutzt«, hörte ich Simone jetzt energisch sagen. »Nichts als

Zerrbilder, wohin man auch guckt. Die Medien, eine einzige Katastrophe. Die befeuern das allgemeine Gejammere nur noch. Wie ich diese ganzen pseudoliberalen Gutmenschen und Emotionalisten hasse. Und sie sitzen überall.«

Mir wurde ganz flau im Magen. Das hatte mit Juliane eindeutig nichts zu tun, oder? Das klang eher nach … Politik. Planten die beiden etwa einen Anschlag? Gehörten sie in die dunkelbraune rechte Ecke? Sollte ich vielleicht den Zahlmeister warnen? Oder besser gleich zum Kapitän eilen?

In diesem Moment standen die beiden Frauen auf und steuerten erneut das Büfett an. Ich folgte ihnen unauffällig, nur um zu sehen, dass sie ebenfalls auf Fisch standen. Mhm. Reichlich durcheinander trabte ich hinter ihnen her, als sie zum Tisch zurückkehrten.

Meine Nachbarn hatten mittlerweile das Feld geräumt, statt ihrer hatte sich eine auf Wochenendtrip befindliche Bowlingtruppe aus Wanne-Eickel an meinem Tisch niedergelassen: laut, ausgelassen und bierselig. Ich verstand kein Wort von dem, was zwischen Froja und Simone gesprochen wurde, obwohl die sich angeregt unterhielten.

Endlich hatten sie ihre Teller geleert und schickten sich an, das Restaurant zu verlassen. Bitte, bitte, lass sie zunächst zu ihrer Kabine gehen und später erst zu ihrem Abendspaziergang auf Deck aufbrechen, betete ich. Dann besaß ich zumindest einen Anhaltspunkt, wenn sie mir durch die Lappen gehen sollten.

Und ich hatte tatsächlich Glück, obwohl es zunächst gar nicht danach aussah. Denn wir nahmen die Treppe hinauf zum Sonnendeck. Doch den beiden Schnückelchen stand der Sinn nicht nach einem Verdauungsspaziergang an frischer Meeresluft, vielmehr hatten sie sich eine Kabine ganz oben mit eigenem Balkon gegönnt. Donnerwetter. Eine der beiden Damen besaß offenbar eine Menge Knete, denn diese Suiten kosteten richtig Geld.

Ich bezog Posten, sodass ich ihre Tür im Auge behalten konnte. Ein Blick auf die Uhr zeigte mir, dass Harry und Daniel sich bestimmt langsam Sorgen um mich machten. Doch was half es? Eigentlich unternahm ich diese Dienstreise ja einzig und allein wegen Reinhold Schmale und dessen Doppelleben, Juliane und ihr geheimnisvolles Verschwinden hatte ich ebenso eigentlich zu Hause gelassen. Andererseits und uneigentlich ist eine Privatdetektivin jedoch immer im Dienst und nimmt die Fälle, wie sie kommen. Ich zückte mein Smartphone.

»Ja«, meldete sich hellwach das Kind.

»Daniel, ich müsste rasch mit deinem Onkel sprechen. Gibst du ihn mir mal bitte.«

Ein Rasseln klang an mein Ohr, na ja, es war mehr so ein Sägen, wenn man es genau nahm, als sich die Tür von Frojas und Simones Nachbarkabine öffnete. Ein mittelaltes Paar schob sich an mir vorbei. *Sein* Nicken war kaum wahrnehmbar, als er meiner ansichtig wurde, *sie* schaute glatt durch mich hindurch. Snobs.

»Das geht nicht«, teilte Daniel mir mit. »Harry ist sauer auf dich, weil du dich verdrückt hast. Außerdem schläft er nach dem ganzen Bier. Aber ich bin wach und lese. Was ist denn?«

Tja, nun lass dir was einfallen, Hemlokk. Sollte er Harry wecken? Das machte wenig Sinn, entschied ich. Es reichte, wenn ich ihm morgen in groben Zügen erzählte, was los war.

»Beschattest du jemanden?«, platzte Daniel in meine Gedanken. »Hat es mit unserem Fall zu tun?«

»Nein«, sagte ich wahrheitsgemäß. Gelogen war das schließlich nicht, es handelte sich ja um eine andere Angelegenheit. Mein Job war nun einmal nichts für Kinder.

»Aber du bist doch hinter jemandem her. Das hat Harry zumindest behauptet. Er meint allerdings«, Daniel zögerte, »dass du ein bisschen spinnst.«

»Unsinn«, entfuhr es mir. Na warte, Gierke! Wir sprechen uns noch.

»Dann verfolgst du also tatsächlich jemanden, Hanna?«, bohrte das Kind weiter.

Der Junge war wirklich hartnäckig. Ts, ts, ts, von wem er das wohl hatte?

»Ja, tue ich«, gab ich widerwillig zu. Leugnen half ja doch

nicht weiter. »Aber momentan warte ich nur vor einer Tür. Das ist ziemlich langweilig.«

»Ich könnte dir Gesellschaft leisten«, bot Daniel eifrig an. »Mein Buch ist gerade nicht so spannend.«

»Auf keinen Fall«, wehrte ich ab. »Wenn Harry aufwacht –«

»Tut er nicht. Der schnarcht wie ein Walross. Und ich schreibe ihm einen Zettel, wo wir sind.«

Ich sah Harrys Gesicht bildhaft vor mir, wenn er den las.

»Nein, Daniel«, sagte ich energisch, als ein Kellner mit einer Flasche Schampus um die Ecke bog und dezent an Frojas und Simones Kabinentür klopfte. »Ich muss jetzt Schluss machen.«

Die Tür ging auf, der Kellner verschwand und kam zwei Minuten später ohne Flasche, dafür jedoch mit einem außerordentlich zufriedenen Gesichtsausdruck und einem Schein in der Rechten wieder heraus. Und was jetzt, Hemlokk? Ich überlegte. Die Damen wollten sich also nicht ins Nachtleben stürzen, sondern zogen einen ruhigen Abend in der Kabine vor. Na ja, teuer genug war sie ja. Da galt es einiges abzusitzen oder -zuliegen. Ob sie ein Liebespaar waren? Egal. Denn das wäre natürlich ausgesprochen blöd für mich und meine Lauschaktion. Es sei denn … ja, es sei denn, sie genehmigten sich den Champagner stilecht auf der eigenen Terrasse oder zumindest bei offener Balkontür.

Rasch sauste ich aufs Deck hinaus und schlich mich so vorsichtig an das Objekt meiner Begierde heran wie ein Indianer auf dem Kriegspfad. Und ich hatte tatsächlich Glück. Die Balkontür stand sperrangelweit offen. Ich bezog erneut Posten, sodass ich sie zwar hören, sie mich aber nicht sehen konnten.

Es war ein ausgesprochenes Déjà-vu-Erlebnis: Bei meinem letzten Fall hatte ich auf der Fähre von Esbjerg nach Harwich ermittelt. Eine ganze Nacht hatte ich dort vor der Kabinentür eines Verdächtigen ausgeharrt – mit zweifelhaftem Ergebnis. Doch die beiden Frauen hier waren von anderem Kaliber. Der Korken knallte.

»Prost«, hörte ich Simone wenig später sagen. »Auf uns, meine Liebe. Und darauf, dass dies eine ganz spezielle Woche wird.«

»Und auf den Guide und die Hunde«, ergänzte Froja rätselhaft. »Mögen sie ihren Job verstehen.«

Ich hingegen verstand nur Bahnhof. Aber war das ein Wunder? Du meine Güte, in dieser merkwürdigen Story spielten offenbar verkorkste Liberale, mehrere Hunde sowie ein Führer mit. Was braute sich da bloß zusammen? Beklommen hauchte ich in meine eiskalten Hände. Es war wirklich kühl geworden. Der Wind ist auf einem Schiff nie zu unterschätzen. Außerdem hatten wir Anfang September, und es war bereits seit zwei Stunden dunkel. Und ich stand hier wie eine Büfettmaus in T-Shirt und leichter Hose, während der Gierke selig in seinem warmen Kissen schlummerte. Irgendwie fand ich das ungerecht.

»Wieso ham wir bloß so einen ausgeschprochen miesen Ruf? Ich verschteh das nich. Duuh?« Simones Stimme klang weinerlich und schon etwas schleppend. Wie Harry hatte sie das All-inclusive-Angebot für Wein und Bier offenbar weidlich genutzt. Und darauf kam jetzt noch der Champagner. »Scheit ich auf Bio-Schweine umgeschtiegen bin, isses ein büsschen besser geworden, aber diese ganzen Veganer, Vegetarier und Körnerfresser machen einen richtig fettich.«

»Leben light«, stimmte Froja aus tiefstem Herzen zu. Der Fachfrau fürs Channeln schien der Alkohol nichts anzuhaben. Ihre Stimme klang immer noch so klar und frisch wie der junge Morgen. »Das ist nichts für mich. Ich will alles. Mit allen Konsequenzen. Pur und unverfälscht. Das war schon immer so.«

Samt Engeln, Jenseitskontakten und Ausflügen in die Welt der Geister, fügte ich klappernd hinzu. Die Kälte schien den beiden Frauen nichts anzuhaben. Na ja, Champagner wärmt. Aber mir war saukalt. Wenn das so weiterging, fiel ich irgendwann um wie ein schockgefrorener Pinguin. Dann mussten die beiden nicht einmal Hand an mich legen, sondern nur warten, bis ich über die Reling kullerte. Das war ihnen nicht zu gönnen. Mit zitternden Fingern klaubte ich mein Smartphone hervor und verschwand rasch um die Ecke.

»Ja, hier ist Daniel.«

»Hanna«, flüsterte ich und ignorierte den interessierten Blick, den mir ein Endsechziger zuwarf, der an der Reling stand und an einer Zigarette sog, als inhalierte er die reine Gesundheit. »Hör zu, ich bin auf Deck elf. Ganz oben hinten bei den Luxuskabinen. Ich kann hier nicht weg, aber ich brauche dringend meine Jacke und alle Pullover, die wir dabeihaben. Schläft Harry?«

»Wie ein Murmeltier.«

»Packst du das, Daniel?«

»Okidoki«, trällerte das Kind. »In fünf Minuten bin ich da. Deck elf. Ganz hinten. Luxuskabinen. Kein Problem. Roger und over.«

Bibbernd starrte ich auf das Smartphone. Sprachen die heutigen Netflix-Detektive so? Keine Ahnung. Ich schlich mich wieder an den Balkon heran.

»... das Ferienhaus hoffentlich nicht wieder so eine kleine Butze wie beim letzten Mal. Ich hab's gern ein bisschen luxuriöser, wie du weißt.«

Das war Frojas Stimme. Die Frau kam mir immer unesoterischer vor. War das Spirituelle also nur Fassade? Obwohl – wieso sollten nicht auch Geistwelt-Enthusiasten den Luxus lieben? Weil sie es, zumindest offiziell, mehr mit den inneren Werten haben, gab ich mir selbst die Antwort.

»Nee, ich hab's Haus gekugelt«, sagte Simone und hickste laut. »Schieht ssiemlich grosssügig aus. Zwei Bäder, fumpf Ssimmer un' eine morsmäschige Terrasche.«

Ich gönnte es ihnen ja, bloß was wollten die beiden ausgerechnet im September in einem schwedischen Ferienhaus? Sonnen bestimmt nicht, dafür war es zu kalt. Nein, es wurde immer ominöser, weil kein Wort einen Sinn ergab. Und das lag nicht nur daran, dass mein Hirn langsam einfror. Wenn Daniel nicht bald auftauchte ... In diesem Moment legte sich von hinten eine Hand auf meine Schulter, und ich zuckte erschrocken zusammen.

»Ich begrüße euch mit dem Spruch der Weisen, mit dem Gruß der Magier, mit dem Abrakadabra des unsterblichen Serenus Sammonicus! Hier.« Breit grinsend hielt mir Daniel einen Stapel mit Pullovern und meine Jacke hin. »Wusstest du, dass Kalle May einen Nervenzusammenbruch hatte und an einer Schwermetallvergiftung gestorben ist?«

»Pscht!«, gelang es mir zu zischen.

Nein, zumindest Ersteres hatte ich nicht gewusst. Und es interessierte mich momentan auch nicht sonderlich. Stumm lotste ich meinen Retter an die Reling und zog mir so schnell, wie es meine steifen Glieder zuließen, drei Schichten Wärmendes über. Und zum Schluss noch die wind- und wasserdichte Jacke. So. Jetzt war ich zumindest wieder halbwegs Mensch.

»Bleirohre«, sagte ich klappernd. »Damals kam das Wasser noch aus Bleirohren. Deshalb die Schwermetallvergiftung. Den Mann hat keiner abgemurkst, falls du das denkst. Aber was war das denn für ein heißer Spruch, Daniel?« Zumindest diese Nachfrage hatte er für seinen Einsatz verdient.

»Karl May. ›Aqua benedetta‹, zu Deutsch: ›Das Zauberwasser‹«, lautete die prompte Antwort.

»Nie gehört.«

»Das ist kein Wunder. Es ist auch lange nicht so berühmt wie Winnetou oder Kara Ben Nemsi. Ich finde das Buch eher langweilig. Es handelt von so einem Magier, der vor Urzeiten gelebt hat. St. Germain heißt der und –«

»Den kenne ich«, sagte ich verdutzt. Mein Gott, in gewisser Weise war der Typ ja wirklich unsterblich. Alle Welt schien plötzlich nur noch von diesem Eckernförder Grafen zu reden. Ich deutete mit dem Kopf in Richtung Balkon.

»Sie da drinnen hat sich St. Germain sogar auf den Oberarm tätowieren lassen.«

»Echt?« Daniels Augen wurden groß und kugelrund. »Aber der war ein Schwindler und Betrüger. Das sieht zumindest Karl May so.«

»Nicht nur der«, knurrte ich. »Komm, wir müssen zurück auf unseren Posten. Aber du solltest …«

»… den Mund halten. Schon klar.«

Wir schoben uns an den Balkon heran.

»Aber wenn ich essoch schage«, schallte uns Simones erregte Stimme entgegen, »bis ssu sechs Schpitzen ssind im Preisch mit drin.«

»Sechs Spitzen«, wiederholte Froja gedehnt, »was ist das schon. Ich will mehr. Und ich bin bereit, zu zahlen. Hast du ihm das gesagt?«

»Ja doch.« Simone seufzte.

Dann schwiegen beide. Die Stimmung in der Luxuskabine schien sich im freien Fall zu befinden. Wir warteten. Doch nichts tat sich.

»Hör mal«, flüsterte ich schließlich Daniel direkt ins Ohr, das Rauschen des Fahrtwindes tat ein Übriges, »sagt Karl May zufällig auch etwas zu so einem Zeichen?« Ich beschrieb ihm die Zacken-Tätowierung auf Frojas rechtem Oberarm. Versuchen konnte man es ja einmal.

»Nee«, raunte Daniel. »Kenne ich nicht.« Dann fing er leise an zu kichern. In der Kabine war es immer noch still. Die beiden Damen ließen sich offenbar schweigend zulaufen oder sahen sich mittlerweile tief in die Augen. »Pass mal auf. Kennst du den, Hanna?« Seine helle Stimme wurde feierlich. »Wer in die Geheimnisse des Artechius und Sandivaye eingeweiht ist, wer die Theorie der planetarischen Stunden und die Talismane des Polyphilos und des Grafen von Trier kennt, der mag seinen Genius ersuchen, mit mir zum Merkur, vom Merkur zum Mond, vom Mond zum Jupiter und vom Jupiter zur Sonne zu gehen. Es ist dies der magische Kreis des Zoroaster, den die Wissenden Zendascht nennen; er überspringt den Saturn und den Mars, und ich zeichne ihn mit schwarzen Charakteren auf diese weiße Tafel.«

Wie bitte? Ging es dem Jungen nicht gut?

»Toll, was? Ich habe den ganzen Abend gebraucht, um das auswendig zu lernen. Kann ich sicher noch mal gebrauchen.«

»Wenn du meinst.« Ich klang arg zweifelnd, das hörte ich selbst. Aber er ließ sich nicht irritieren.

»Doch, doch, ganz bestimmt«, versicherte er eifrig. »Das ist ein total irrer Satz. Karl May lässt das den Grafen sagen, als der dem Fürsten seine Tricks mit der Unsterblichkeit und mit dem Goldmachen vorführen soll. Totaler Quatsch natürlich. St. Germain stirbt auch am Schluss des Buches. Und von Gold und Diamanten ist sowieso nix zu sehen. Aber er hat's geglaubt, der Fürst in dem Buch, meine ich.«

»Gehen wir ins Bett?« Froja klang gelangweilt und auch ein bisschen genervt. Romantische Liebe hörte sich anders an.

»Wenn du meinst. Morgen wird ein langer Tag.« Simone, die plötzlich wieder nüchtern geworden zu sein schien.

»Ich nehme die Couch. Du kannst dich ins Bett legen«, bot Froja großzügig an.

»Danke«, sagte Simone. »Du bist ein Schatz. Ich schlafe so schlecht auf Couchen. Die sind mir meist zu hart.«

»Weiß ich doch.« Es raschelte. Dann meinte Froja träumerisch: »Vielleicht hab ich gleich morgen schon Glück. Ich kann es jedenfalls kaum erwarten. In mir kribbelt alles. Das ist irgendwie … total thrilling. Stellst du den Wecker auf sieben und machst die Tür zu?«

Simone schloss die Balkontür, und Daniel und ich blickten uns an. Dann zuckte er ratlos mit den Schultern.

»Ich hab keinen Schimmer, wovon die geredet haben. Du?«

»Nein«, musste ich einräumen.

Das ergab alles wirklich keinen Sinn: Sie hatten ein Ferienhaus gemietet, okay, aber was sollte zum Beispiel das Gerede von den sechs ominösen Spitzen – nicht Spritzen! –, die jedoch nicht ausreichten? Wofür nicht ausreichten?

»Weshalb beschattest du die beiden eigentlich?«, fragte Daniel, als wir zurück zur Kabine trabten.

Ich würde meinen Wecker auf sechs stellen. Dann konnte ich mir die Nachtschicht vor der Kabinentür sparen. Ich erklärte es ihm in dürren Worten.

»Da drinnen sitzt die Schweinefrau?«, rief das Kind begeistert, als ich geendet hatte. »Wie geil ist das denn!«

»Daniel!« Das war ich Harry und seinen Erziehungsbemühungen schuldig. »Das ist nicht deine Sache. Lies du lieber den Grafen von St. Germain zu Ende.«

»Hab ich doch schon. Er stirbt. Weil Karl May ihn für einen Betrüger hält.« Wir standen vor unserer Kabine, aus der gleichmäßige Schnarchgeräusche tönten. »Aber wenn man an den ganzen Hokuspokus glaubt, wie diese Froja, die sich St. Germain sogar auf den Arm tätowieren ließ, dann ist das schon ein astreines Mordmotiv, nicht?«

»Wieso?«, fragte ich überrascht. »Wie meinst du das?«

Es lag zum einen eindeutig an der Kälte, dass ich dermaßen auf der Leitung stand, zum anderen fehlte mir Daniels blühende Phantasie. Er hätte einen guten Fantasy-Autor abgegeben. Das Kind legte ohne Umstände los mit einer Räuberpistole, die sich gewaschen hatte.

»Na, denk doch mal verschärft nach, Hanna! Wenn der Graf von St. Germain tatsächlich noch leben sollte«, ich konnte einen skeptischen Blick nicht vermeiden, »ja, ja, ich glaube das auch nicht. Aber es gibt bestimmt eine Menge Leute, die das tun. Diese Froja zum Beispiel. Die hat sich den Grafen doch nicht umsonst stechen lassen.« Womit er zweifellos recht hatte. Die Frage war mittlerweile nur, ob Überzeugung dahintersteckte oder nichts als reiner Geschäftssinn. »Also, nur einmal angenommen, er lebt noch, dann muss man ihn nur zum Reden bringen. Oder er hat meinetwegen das Geheimnis, wie man Gold macht und nicht stirbt, auch irgendwo in Geheimschrift aufgeschrieben, dann muss man den Zettel finden oder ihm den wegnehmen. Jedenfalls ergibt das doch ein astreines Mordmotiv. Richtig reich sein wie diese russischen Milliardäre oder die saudischen Prinzen und leben, bis die Erde explodiert oder verglüht oder was immer mit ihr geschieht, das wollen doch ganz viele Leute. Also, ich nicht, aber mein Kumpel Matthis würde schon ganz gern mit so einem sauteuren Turboteil durch die Galaxien rauschen, wenn irgendwann mal überall Menschen oder Extraterresten leben. Nur so zum Spaß. Wenn ich also das mit der Unsterblichkeit und dem ganzen Gold glauben würde, würde ich den Grafen entführen und foltern, um an sein Geheimnis heranzukommen.« Daniels Gesicht fing vor Aufregung an zu glühen. »Zettel her oder schreib es auf, Herr Graf, sonst bist du so tot wie … wie … Napoleon. Den hatten wir letztens in der Schule. Ob die Schweinetante und ihre Komplizin genau das vorhaben? Ihn abmurksen und foltern, meine ich. Was glaubst du, Hanna? Das könnte doch sein.«

SECHZEHN

Hatte ich etwa auf zumindest ein bisschen Schlaf gehofft? Pustekuchen. Daran war nicht zu denken. Nachdem Harry mich mit einem bierselig-verschnarchten »Mhmmm, Hemlokk« begrüßt hatte, als ich zu ihm unter die Decke geschlüpft war, drehte er sich um und ließ mich blitzwach liegen. Daniel tat es seinem Onkel auf der Stelle nach.

Und so grübelte ich allein heftigst über Julianes Engelmedium-Konkurrentin Froja sowie über ihre kleine Schwester Simone nach, während ich dem gleichmäßigen Wummern der Schiffsmaschinen lauschte.

Meine beiden Hauptverdächtigen kannten sich offenbar gut, das war Fakt. Aber woher? Wo lag die Verbindung? Tatsächlich bei Juliane? Die beiden Frauen verstanden sich sogar so hervorragend, dass sie gemeinsam verreisten, um ein paar Tage zusammen in einem schwedischen Ferienhaus zu verbringen. Wobei geheimnisvolle Spitzen eine Rolle spielten und die magische Zahl sechs. Mhm.

Sagte mir das alles auch nur irgendetwas? Ergab sich daraus vielleicht ein so glasklares Mordmotiv wie in Daniels St.-Germain-Spinnerei? Ganz klar nein, ich sah zumindest keins. Doch. Ich verschränkte die Arme unter dem Kopf und stupste Harry mit der Hüfte sanft an, damit er seinen Hintern ein bisschen mehr einzog. Er kam meiner Aufforderung brummelnd nach.

Eines zumindest wurde immer deutlicher, nämlich dass es bei dem plötzlichen Verschwinden von Juliane tatsächlich nicht mit rechten Dingen zugegangen war, einmal abgesehen von Klaras Visionen und geheimnisvollen Botschaften aus der Lichtwelt. Und dass die arme Juliane definitiv tot war, spürte ich gegen drei Uhr nachts so deutlich, als würde sie bleich und aufgebahrt vor mir liegen.

Ich weckte Harry gegen vier. Zunächst war er einfach nur wütend und knurrig. Aber als ich ihm flüsternd die Sachlage schilderte, um Daniel nicht zu wecken, erwachten seine Lebensgeister zusehends, und er wurde immer hellhöriger.

»Das ist ja ein starkes Stück, Hemlokk.« Ein Gähnen nahm den Worten umgehend ihren dramatischen Charakter. »Aber wie willst du die beiden Damen verfolgen? Wir haben da doch nur eine vage Chance, wenn wir vor ihnen die Stena verlassen können. Hast du denn überhaupt eine Ahnung, auf welchem Deck ihr Auto im Schiff parkt?«

»Nein«, musste ich gestehen. »Aber ich habe da einen Plan. Hör zu.«

Daniel, so hatte ich mir überlegt, würde sich während des Auscheckens an den Ausgang für Fußgänger stellen und den überwachen. Harry würde sich über die Autorampe an Land schleichen, um sich an der Ampel zu postieren, die die allmorgendlichen Wagenladungen aus Kiel tröpfchenweise in den Großstadtverkehr Göteborgs entließ. So konnte er zumindest sehen, in welche Richtung die beiden Frauen fuhren: nach Süden, Norden oder Osten. Und ich würde unser Verfolgungsmobil steuern und meine beiden Kompagnons aufsammeln, sobald ich schwedischen Boden unter den Rädern spürte.

»Alles klar?«, fragte ich Harry und Daniel, der mittlerweile aufgewacht war und aus seiner oberen Liege zu uns herabschaute.

»Nee«, sagte Harry. »Nix ist klar. Denn mal angenommen, ich sehe ihr Auto, sie biegen nach Norden ab, und du stehst noch in der Schlange. Soll ich dann hinter den beiden herrennen, bis du Daniel eingesackt hast und ich dir platt wie eine überfahrene Beutelratte nach dreißig Kilometern vor die Räder kippe? Außerdem laufe ich keine achtzig Stundenkilometer oder wie schnell die hier fahren dürfen. Das ist Quatsch, Hemlokk.«

»Hast du eine bessere Idee?«, fauchte ich ihn an. »Die schwedische Polizei können wir ja wohl schlecht alarmieren. Dafür ist alles zu vage. Und vielleicht haben wir dieses Mal Glück, und ich rolle vor den beiden vom Schiff. Sei doch nicht immer so ein oller Miesmuffel, Gierke.«

Aus dem Pullmanbett gnuckerte es.

»Alter Schwede, jetzt sag bloß nichts Falsches«, knurrte Harry in Daniels Richtung.

»Nö«, erwiderte der Junge vergnügt. »Aber den ollen Miesmuffel werde ich mir merken. Für später.«

»Gut«, sagte ich sehr energisch und schälte mich aus der Decke. »Nachdem dann jetzt alles geklärt ist, machen wir es so.«

Tja, was soll ich sagen? Der Plan ging von Anfang an grandios in die Hose. Harry wurde von ein paar stämmigen Stena-Leuten festgehalten, als er die Fähre zu Fuß über die Autorampe verlassen wollte. Und bis er erklärt und geklärt hatte, dass er weder ein Terrorist war, der es auf den schwedischen König abgesehen hatte, noch ein Drogenschmuggler oder Illegaler, steuerten wir bereits stramm auf das Mittagessen zu.

Daniel wurde von einem wohlmeinenden älteren Ehepaar abgegriffen, das ihn für einen jugendlichen Ausreißer hielt und lediglich finnisch sprach. Oma und Opa meinten es gut, ließen ihn weder aus den Augen noch mit sich handeln und übergaben ihn schließlich nach längerem Hin und Her einer eilends herbeizitierten Frau für Soziales.

Und ich? Wurde mit dem Auto als Einzige von der Zollkontrolle herausgewunken und gründlich durchsucht: Sämtliche Taschen, alle Spalten hinter und zwischen den Sitzbänken, jeder nur denkbare Hohlraum unter der Motorhaube, in den Radkappen und an der Wagenunterseite erfuhren eine gründliche Inspektion. Manchmal würden sie halt Stichproben durchführen, erklärte mir einer der freundlichen Herren in Uniform in ausgezeichnetem Deutsch. Es tue ihm leid, wenn sie mir Umstände machten, aber so sei es nun einmal. Als sie fertig waren, wünschten sie mir eine gute Fahrt und einen wunderschönen Aufenthalt in ihrem Land. Scheiße!

»Scheiße«, wiederholte ich völlig entnervt, als wir uns endlich so gegen sechzehn Uhr durch den beginnenden Feierabendverkehr von Göteborg quälten. Die Kiel-Fähre legt im südlichen Teil der Stadt an, die Autobahn nach Westen zweigt weiter nördlich ab.

»Tja, der gute alte Murphy gilt offenbar auch in diesem Land«, bemerkte Harry mit solch einer provozierenden Heiterkeit, dass ich ihn mir am liebsten in bester Kornkreisfighterin-Manier zur Brust genommen hätte. »Wieso auch nicht? Was schiefgehen kann, geht eben schief.«

»Ich kenne Murphys Gesetz«, knurrte ich und wechselte in einem riskanten Manöver im letzten Moment die Spur, sonst wären wir zum Nordkap durchgestartet.

»Ich hab Hunger«, meldete sich Daniel schüchtern von der Rückbank.

»Kekse«, sagte Harry. »Sind in der roten Tasche. Die müssen fürs Erste reichen.«

»Schon klar«, nuschelte das Kind mit vollem Mund, um sich fortan schweigend seinem kärglichen Mahl zu widmen. Braver Junge.

Reinhold Schmales Hütte lag südwestlich von Göteborg in der Nähe einer Kleinstadt namens Tranemo. Bettina hatte mir die genaue Beschreibung für den Anfahrtsweg mitgegeben. Und so fuhren wir zunächst über die vierspurige Autobahn nach Borås, bogen dann nach Süden auf eine asphaltierte Landstraße Richtung Tranemo ab, um uns unserem Ziel für den Rest des Weges auf Schotterpisten zu nähern.

»Hier rein?«, fragte ich Harry zweifelnd, als wir mitten im Wald an einer Weggabelung standen, von der lediglich eine zugewachsene Treckerspur abging. »Ist das dein Ernst?«

Stumm hielt er mir daraufhin Bettinas Zeichnung unter die Nase. Ich schaute und nickte. Tatsächlich, hier hinein, so sah es aus. Vorsichtig legte ich den ersten Gang ein und hätte wegen des Modders zum ersten Mal in meinem Leben etwas für einen Wagen mit Vierradantrieb gegeben. Am besten gleich einen SUV mit Bullenfänger vornedran. Denn Bären und Elche bevölkern dieses Land bekanntlich in rauen Mengen. Doch es war gar nicht so schlimm, wie ich befürchtet hatte, und nach etwa fünfzig Metern machte der Weg einen Knick und gab den Blick auf eine Landzunge frei, die direkt in einen See hineinragte. Auf ihr standen ein kleines rotes Holzhaus mit weißen Fensterrahmen und ein windschiefer Schuppen. Im Schilf dümpelte ein vollgeregnetes Ruderboot. Es war ein idyllischer Anblick, und mir ging augenblicklich das Herz auf.

Mhm. Ich überlegte. Sowohl das Haus als auch die Umgebung sahen ganz genau so aus, wie Schmale es Bettina beschrieben hatte: abgelegen, winzig und im Inneren wahrscheinlich ziemlich primitiv. Von einer anderen Frau, geschweige denn von einem oder gar mehreren spielenden Kindern war nichts zu sehen. Nein, hier lebte zurzeit niemand. Dafür war das Gras viel zu hoch und unberührt. Und trotzdem hielt ich es nicht für klug, wenn wir uns wie x-beliebige Touristen benahmen und alle drei sorglos auf die Hütte zustürmten.

»Ihr wartet hier«, befahl ich daher den beiden Jungs. »Ich schaue mich rasch um.«

Daniel hob schicksalsergeben die Hände gen Himmel, Harry grunzte nur und winkte ab.

»Nun mach doch nicht so ein Theater, Hemlokk. Hier gibt's außer uns drei Hübschen weit und breit keine Menschenseele. Die Hütte ist leer. Oder es müsste sich jemand von einer Drohne aus auf die Terrasse abgeseilt haben. Das Gras …«

»… ist kniehoch. Ich sehe es, Harry.«

Wir blickten uns an. Das hier war mein Job, und möglicherweise fand ich im Inneren der Hütte eine Leiche, die sich in einem nicht mehr präsentablen, weil ziemlich unappetitlichen Zustand befand. Was schon an sich schlimm genug wäre, aber wir hatten zusätzlich noch ein Kind dabei. Außerdem war ich von der vermasselten morgendlichen Froja-Simone-Verfolgung immer noch ziemlich angepestet. Und in solchen Fällen ziehe ich mein Ding lieber allein durch. Selbst ist die Frau, das war und bleibt mein Motto immerdar!

»Na, dann leg los, Hemlokk«, sagte Harry, der mich manchmal besser durchschaute, als mir lieb war. »Daniel und ich genießen derweil die Aussicht und verlassen den Wagen erst, wenn du pfeifst.«

Ich nickte und fummelte in meiner Tasche nach dem Schlüssel, stieg ohne ein weiteres Wort aus und umrundete als Erstes langsam das Haus. Es lag wirklich toll, wenn man Natur und

Einsamkeit zu schätzen wusste. Als überzeugte Großstadtpflanze gab man sich hier allerdings mit ziemlicher Sicherheit nach spätestens drei Stunden die Kugel. Der dunkle, fast schwarze See war nicht sehr groß und von Wald umgeben. Nur auf der anderen Uferseite befand sich ein weißes Bauernhaus, vor dem eine Herde Schafe graste. Eines der Tiere schickte ein Blöken übers Wasser. Ansonsten herrschte eine fast überirdische Stille. Kein Motorengeräusch war zu hören, keine Musik, keine menschliche Äußerung störte diese Ruhe. Nur die sich an den Bäumen bereits gelblich färbenden Blätter rauschten und raschelten im Wind.

Vorsichtig betrat ich eine an zwei Seiten offene überdachte Veranda. Sie war ziemlich groß, jedoch bis auf einen in der Ecke vor sich hin rostenden Kugelgrill und einen deutlich besser erhaltenen pilzförmigen Heizstrahler leer. Kein Leben, nirgends. Neugierig linste ich durch eines der schmutzigen Fenster – und prallte erschrocken zurück. Da war doch jemand! Eine Frau saß in einem Lehnstuhl und rührte sich nicht.

Automatisch trat ich einen Schritt zurück. Sollte ich klopfen oder besser rufen? Ich klopfte. Doch sie reagierte nicht. Ich spürte, wie mir der Schweiß ausbrach. Ob sie tot war? Dabei hatte sie noch gar nicht so alt ausgesehen, sondern eher jung, wenn ich das auf die Schnelle richtig erkannt hatte. Aber auch junge Leute bekommen manchmal einen Herzinfarkt oder sterben an irgendetwas anderem.

Ich klopfte noch einmal, dieses Mal lauter. Dann rief ich. Stille. Was sollte ich tun? Einbrechen? Schließlich schien es sich um einen Notfall zu handeln. Ich linste erneut durch die verdreckte Scheibe. Irgendetwas war mit dem Gesicht der Frau nicht in Ordnung. Es wirkte maskenhaft-starr. Nicht wie tot, das nicht, aber auch nicht wie lebendig. Ich begann an die Tür zu hämmern. Nichts rührte sich. Nur eine Fliege brummte emsig an mir vorbei.

Jetzt zögerte ich nicht länger, sondern rammte entschlossen den Schlüssel ins Schloss, drehte ihn um, schubste die Tür auf und rief: »Hallo!«

Allmächtiger! Unwillkürlich schnappte ich nach Luft. Das Haus war tatsächlich nicht leer. Ich zählte sieben. Sieben lebensgroße Puppen, die sich im ganzen Zimmer verteilt befanden. Es waren zweifellos Sexpuppen; für jeden Wochentag und für jeden Geschmack eine; mit wallendem brünetten Haar, mit langer blonder Mähne, mit Bubikopf und schwarzhaarig. Sie waren üppig und zierlich gebaut, hatten einen Schmollmund oder auch keinen und besaßen in der Überzahl Brüste, für die man einen Waffenschein benötigt hätte. Einige waren gertenschlank, andere mollig, doch die Proportionen waren immer perfekt. Auch Orangenhaut oder Cellulitis kannten die Plastikdamen nicht. Allerdings war einigen bereits ein Teil der Luft ausgegangen, sodass sie merkwürdig verrenkt auf den Stühlen und dem Sofa herumhingen. Ich trat einen Schritt näher, um Reinhold Schmales Gespielinnen näher unter die Lupe zu nehmen. Manche trugen deutliche Gebrauchsspuren; die Farbe war abgeblättert, und die Lippen zeigten Risse. Der Mann war offenbar ein ausgiebiger Knutscher gewesen. Schritte erklangen draußen auf der Veranda.

»Hem… ach du großer Gott! Daniel, du wartest draußen. Schöpf doch schon mal das Boot leer, damit wir nachher noch eine Runde rudern können, ja?« Harry stand in der Tür und verdeckte glücklicherweise die Sicht auf das makabre Innenleben des Hauses.

»Habt ihr etwa eine Leiche entdeckt?« Daniel schnüffelte laut. »Kann nicht sein. Es riecht gar nicht. Und Tote stinken.«

»Bitte tu, was ich dir sage.« Harrys Tonfall war weder autoritär noch onkelhaft, doch es lag etwas in ihm, das Daniel nicht ignorieren konnte.

»Okay«, gab sich der Junge denn auch lammfromm. »Ihr erzählt's mir dann später in der geschönten Version für Kids.« Er trollte sich hastig.

»Du hättest nicht –«, begann ich.

»Du hast recht«, unterbrach er mich. »Ich hätte mit Daniel draußen im Auto warten sollen, wie du es wolltest.« Dann ließ er seinen Blick schweigend durch das Zimmer schweifen. Der Anblick der Puppen war einfach nur gruselig und so verdammt armselig. »Tja«, sagte Harry schließlich gedehnt, »was wirst du seiner Frau nun sagen? Hat Reinhold sie betrogen oder nicht? Hat er ein zweites Familienleben geführt oder nicht?«

Gute Frage. Und gar nicht so leicht zu beantworten.

»Das muss sie für sich entscheiden«, entgegnete ich nach kurzer Überlegung. »Zumindest hatte er keine Kinder. Weder in echt noch aus Plastik. Das wird sie vielleicht trösten. Und was sie von den Sexpuppen hält, ist allein ihre Sache. Wenn sie es als außergewöhnliches Hobby betrachten kann, würde ich ihr das gönnen. Wenn sie es als Betrug an ihrer Ehe sieht, würde ich sie verstehen. Ich kann ihr da nicht helfen.«

»Nein«, stimmte Harry mir zu. »Dieser Reinhold Schmale muss ein wirklich seltsamer Mensch gewesen sein.«

»Das war er zweifellos. Und ein Unsympath war er wohl auch, wie ausnahmslos alle behaupten. Aber der Mann war definitiv einsam, würde ich sagen. Ziemlich einsam sogar. Er war ganz auf sich und seinen Körper fixiert.« Mein Blick blieb an dem Hightech-Trimmrad hängen, auf dem ebenfalls eine plastiline Liebhaberin thronte. Ihr starrer Blick war auf die am Boden liegenden Hanteln gerichtet. »Schmale wird von allen Zeugen als richtig mieser Typ beschrieben. Er hatte erhebliche Probleme mit Menschen und mit deren Gefühlen. Mit seinen eigenen, vermute ich mal, allerdings ebenfalls. Und diese Frauenhüllen hier«, ich drehte mich mit ausgestrecktem Arm langsam um die eigene Achse, »widersprechen nicht, müssen nie überredet, verführt oder beflirtet werden, sind stets sexwillig, wenn er nur will, kennen keine Migräne, sind für alle Praktiken offen und …«

»… kalt und aus Gummi«, grummelte Harry, das Gesicht vor Abscheu verzogen. »Ha! Oral, anal, vaginal, ganz egal. Für alle Praktiken offen, das hast du schön gesagt, Hemlokk.« Dabei blickte er mich so ernst und traurig an, dass ich ihm am liebsten tröstend durchs Haar gewuschelt hätte. »Weißt du, als Mann schäme ich mich fast ein bisschen, wenn ich so etwas sehe. Da lässt sich so ein Kerl wie der Herrgott persönlich ganz nach seinen Vorstellungen und der Größe seines besten Stücks eine Frau basteln: Augenfarbe, Haarfarbe, Haarlänge, Busengröße, eng gebaut oder weit, völlig nach Belieben. Es reicht ein Klick auf dem Bestellzettel, und ein paar Tage später geht's maßgerecht zur Sache. Nur das Innere ihres Kopfes ist für ihn kein Thema. Wahrscheinlich gibt es dafür auch keine Rubrik zum Ankreuzen. Es interessiert ihn weder, ob sie Witz, Verstand, Charakter noch eine Seele hat. Das braucht er alles nicht. Stört nur. Eine Möse, in der er seinen Schwanz versenken kann, ist ihm als Kunde genug und sogar lieber als ein fühlendes Wesen.«

»Harry«, sagte ich sanft und machte Anstalten, ihn in die Arme zu nehmen. »Du urteilst sehr hart über deine Geschlechtsgenossen. Vielleicht geht es ihnen ja gar nicht immer nur um das eine.«

Mein Liebster hob abwehrend die Hand. Draußen platschte es mächtig. Daniel hatte begonnen, das Ruderboot leer zu schaufeln.

»Meinst du das ehrlich, Hemlokk?« Er stieß ein unfrohes Lachen aus. »Dann schau dir doch einmal an, wie die Porno-Industrie heutzutage künstliche Intelligenz nutzt. Habe ich gerade letztens einen Artikel drüber gelesen. Da deutet rein gar nichts in eine andere Richtung. *Sie* gibt sich natürlich gerade als Wunsch-Roboterwesen stets willig und jederzeit verfügbar. Es bleibt also alles beim Alten, nur mit einem Computer als Hirn für die gewünschten Stöhngeräusche und mit drehbaren Gelenken.«

»Na ja, das wundert mich jetzt nicht direkt«, gestand ich. »Die Sexindustrie geht eben auch mit der Zeit und nutzt die technischen Möglichkeiten, die sich ihr bieten. Das ist ein Milliardenmarkt. Da lohnt es sich, zu experimentieren und eine Menge Geld zu investieren.«

»Aber ja.« Harry klang bitter. »Feuchte Männerträume werden eben noch einen Zacken wahrer und schöner, wenn die Plastik-Gespielin nicht nur steif wie ein Ladestock daliegt, sobald er sie berammelt. Nein, versehen mit künstlicher Intelligenz, rekelt sie sich jetzt voller Entzücken unter jedem tumben Trottel und schreit ihm ihre Lust ins Ohr, weil er sich für einen obergeilen Stier hält. Oder sie säuselt ihm stöhnend ›Ja, jaa, jaaaa!‹ ans Trommelfell, weil ihr Herr und Meister einen anschmiegsamen oder schüchternen Charakter bestellt hat und nicht so einen wilden. Ein Zuviel an Weiblichkeit hat schließlich schon so manchen harten Kerl umgehauen. Macht das etwa einen Unterschied?«

»Nein.«

Da hatte er recht. Das Frauenbild war haargenau das gleiche, nur mit Ton und mehr Verrenkungen, was wiederum zeigte, dass man von den Segnungen der künstlichen Intelligenz nicht mehr erwarten sollte als von der natürlichen.

»Verdammt, was hab ich denn davon, wenn so eine Kautschuk-Mieze ›Oh Harry!‹ in mein Ohr stöhnt, wenn ich ihr zufällig auf den Zeh trete!«

Er steigerte sich jetzt richtig in seine Wut hinein. Da half nur eins.

»Nichts, vermute ich mal«, sagte ich. »Dann ist sie falsch programmiert. Dann darfst du sie umtauschen. Es sei denn, du hast eine Podologin bestellt.«

»Haha. Bezeichnet man nicht so den ehrbaren Beruf der Fußpflegerin? Mir ist nicht nach blöden Witzen zumute, Hemlokk. Mir ist das wirklich unangenehm.«

Ach Harry. Ich verstand ihn gut, und das sagte ich ihm auch, während ich gleichzeitig auf ihn zutrat und ihn endlich fest in die Arme schloss. Eine ganze Weile schwiegen wir einträchtig, während es draußen gleichmäßig platschte und klatschte. Daniel schien einen kompletten Luxusliner leer zu schaufeln und nicht nur ein popeliges Ruderboot.

»Dieser Schmale muss ein ganzes Vermögen für seinen Gummi-Harem ausgegeben haben«, murmelte Harry in mein Haar. »Diese Bräute sind nicht gerade billig.«

»Geld hatte er genug«, gab ich ebenso leise zurück. »Bei den Freunden haperte es.«

Und prompt dachte ich an den Giftzwerg, vielmehr an die Giftzwerge. Ob die Combo auch nur vage etwas von dieser schwedischen Puppensammlung ihres allseits verhassten Chefs geahnt hatte? Weil er sich die luftlosen Kautschuk-Damen möglicherweise in neutralen schwarzen Geschenkkartons ins

Büro hatte liefern lassen? Nein, bestimmt nicht, sonst hätte ich Andeutungen auf seiner Homepage gefunden. In ihrer Wut auf Schmale hätten die vier die Trostlosigkeit der ganzen Angelegenheit wahrscheinlich gar nicht sehen können. Sie hätten mordsmäßig gelästert und sich heftig darüber amüsiert, ganz klar. Und Schmale hätte zwar nach und nach jeden in seiner Firma verdächtigt, wäre aber nie auf die Idee gekommen, dass seine gesamte Mannschaft dahinterstecken könnte.

Behutsam löste ich mich von Harry und warf rasch einen Blick durch das Fenster auf seinen emsig schaufelnden Neffen. Der Junge würde noch eine Weile beschäftigt sein. Eines interessierte mich noch.

»Was meinst du, was Schmale bei den Damen suchte?« Harry öffnete bereits den Mund zu einer scharfen Erwiderung. »Außer Sex natürlich«, präzisierte ich. Er schloss ihn wieder und überlegte.

»Außer Sex. Tja, das ist schwer zu sagen. Der Mann war bestimmt einsam, das würde ich ebenfalls vermuten. Dann wird er so etwas wie Wärme, Nähe oder Trost in dieser Kunstwelt gesucht haben. Das Gefühl, gemocht zu werden, vielleicht sogar geliebt zu werden, in Ordnung zu sein, so verkorkst, wie er war. Oder es ging ihm um totale Macht und Kontrolle. Aber im Grunde genommen weiß ich es nicht und kann es mir auch nicht richtig vorstellen. Denn Schmale muss natürlich gewusst haben, dass er seine Sehnsüchte in hohle Körper hineinprojizierte. Ein aufblasbarer Kautschuk-Klumpen hat selbst keine. Als erwachsenem und geistig intaktem Menschen müsste ihm das klar gewesen sein. Aber ich vermute mal, dass der Mann sich von Frauen nie verstanden gefühlt hat. Vielleicht machten sie ihm sogar Angst.«

»Ja«, stimmte ich nachdenklich zu. »Möglich.«

Ich nahm die Brünette mit den rissigen Botoxlippen näher in Augenschein. Sie starrte unbewegt zurück.

»An ihren Kleidern hat er wirklich nicht gespart.« Sie trug ein hauchzartes Negligé, das nur notdürftig einen Busen von der Größe zweier vollreifer Wassermelonen verbarg. Ihre Füße steckten in dunkelroten Stilettos, mit deren Absätzen man problemlos ein Attentat auf Kalle Blomquist und Pippi Langstrumpf hätte begehen können. Beides musste richtig Kohle gekostet haben. Wie er diese Ausgaben wohl vor Bettina gerechtfertigt hatte? »Ach weißt du, Schatz, es ist wirklich furchtbar, aber diese Angelruten werden auch immer teurer«? Oder gehörte sie zu den Ehefrauen, die selbst im 21. Jahrhundert keinen Schimmer hatten, wie viel ihr Gatte verdiente? Für völlig unwahrscheinlich hielt ich das nicht. Ein schüchternes Pochen riss mich aus meinen Überlegungen.

»Habt ihr die Leichen weggeräumt?« Daniel. Er blieb brav vor der Tür stehen. »Ich bin fertig mit dem Boot.«

»Moment noch«, riefen Harry und ich in schönstem Gleichklang, wobei er mich fragend anblickte.

»Luft rauslassen und ab in die Schränke«, kommandierte ich.

Wir hatten Daniel zwar in dürren Worten von unserem Fund erzählt, merkten jedoch sehr schnell, dass er damit überfordert war. Mit zwölfeinhalb gehören Sexpuppen im Normalfall ja auch nicht in die eigene Welt und lösen daher lediglich Verblüffung und Verlegenheit aus. Deshalb aßen wir nur noch rasch etwas zusammen, dann schickten wir den Jungen ins Bett und setzten uns mit einem Glas Beaujolais sowie angetan mit dicken Pullovern und warmen Socken auf die Veranda unter den mit Gas betriebenen Heizstrahler. Um uns herum herrschte eine tiefe friedvolle Stille. Bullerbü, auch wenn Schmales Hinterlassenschaft in den Schränken von einer anderen Welt zeugte.

»Es gibt so etwas in der Art auch für Frauen«, sagte Harry leise, nachdem wir den Wein probiert und bisher schweigend einen Graureiher beobachtet hatten, der im Schilfgürtel des Sees direkt zu unseren Füßen bewegungslos wie eine Statue auf einen abendlichen Bissen wartete. Ich verstand sofort, obwohl ich das Thema lieber fallen gelassen hätte. Doch Harry war anscheinend immer noch nicht damit durch.

»Sexpuppen meinst du?«

Wie hatte ich mir die denn vorzustellen? Als stramme Burschen mit Waschbrettbauch, breitem Kreuz und größen- und höhenverstellbarem Dauerständer? Ich nippte an meinem Beaujolais.

»Nein, nein. Keine Liebesdiener fürs Bett. Bei euch sind die rein fürs Gefühl. Zum Betütern und so.« Harry lachte leise. »Deshalb sind diese Puppen als kleine Kinder ausgestaltet. Aber natürlich kann man oder besser frau ihnen auch alles anvertrauen. Weil ihr doch immer und ewig meint, euch hört niemand richtig zu. Also vor allem die Männer nicht.« Da war zweifellos etwas dran. »Und bei diesen Geschöpfen können die Damen naturgemäß alles abladen. Die Püppis lächeln stets, sind aufmerksam und nerven nicht, indem sie alles besser wissen.«

Trotzdem – was für eine bizarre Vorstellung. Da plapperte ich völlig enthemmt auf ein in Taiwan oder Vietnam am Fließband hergestelltes Stück Press-Plastik, umhüllt von einem Stück Stoff, ein, erzählte ihm davon, dass bei Marga mittlerweile der gesamte Schraubenkasten klapperte, dass meine Eltern auf der Straße lebten und dass mir Harry manchmal gründlichst auf die Nerven ging, und fühlte mich danach besser? So weit kam es noch! Da plauderte ich lieber mit Gustav, der doofen Hannelore oder schnackte mit Silvia gepflegt einen über den Gartenzaun aus.

Harry gönnte sich ein zweites Glas Beaujolais.

»Die Puppen sollen für diese Frauen so etwas wie ein zweites Ich, eine Art Selfie sein, das magische Kräfte besitzt, sagen die Anthropologen«, fuhr er nachdenklich fort. Der Reiherhals schnellte ruckartig nach vorn. Treffer. Ein Winzling von Fisch zappelte im Vogelschnabel. Und aus die Maus. So schnell ging das. »Die Frauen tragen sie wie echte Babys herum, legen ihnen Windeln an oder stecken sie in schicke Klamotten. In Restaurants gibt es inzwischen schon Extrastühle für sie und spezielle Büfetts. Und in den Urlaub fliegen diese ›Mütter‹ mit ihrem Plastiknachwuchs selbstverständlich auch, auf eigenen Sitzen wohlgemerkt. In Thailand sollen die schon sehr weit verbreitet sein. Engelskinder nennt man die dort.«

Ich seufzte tief und schicksalsergeben. Engel. Schon wieder. Die Welt war voll von ihnen. Noch vor wenigen Wochen hatte ich das nicht einmal geahnt. Doch jetzt schien ich von diesen Wesen zwischen Himmel und Erde einfach nicht mehr loszukommen. Puppige Engelskinder im fernen Osten, konkurrierende Engelmedien im nahen Bokau. Wobei ich prompt wieder bei dem Dreigestirn Juliane, Froja und Simone landete. Verdammt, woher kannten sich die beiden Frauen bloß? Und was zum Teufel verband alle drei miteinander? Es war schon ein Jammer, dass wir sie in Schweden aus den Augen verloren hatten.

»Hemlokk«, sagte Harry. »Ich spendiere dir auch noch einen Schluck Wein, wenn du mir verrätst, was in deinem klugen Köpfchen just in diesem Moment vor sich geht.«

Ich hielt ihm das Glas hin.

»Ach, ich ärgere mich über die Pleite von heute Morgen«, gab ich zu, während er nachschenkte. Harry wackelte mit dem Kopf.

»Das ist nicht sehr sinnvoll, hm? Geschehen ist geschehen ist vorbei.« Manchmal neigt der Gierke zu reichlich banalen philosophischen Anwandlungen, die niemand braucht. Ich am allerwenigsten. »Wir sollten besser überlegen, was wir tun können, um die Scharte auszuwetzen. Das bringt mehr.«

»Sehr schön. Aber ich fürchte, uns sind die Hände gebunden«, entgegnete ich knatschig.

Was sollten wir wohl in dieser schwedischen Einöde tun? Interpol anrufen? Eine Elchpatrouille losschicken? Einen Satelliten anfunken, damit der Steine auf Froja und Simone regnen ließ? Urplötzlich patschte Harry mir auf den Unterarm, sodass mein Wein ins Schwappen kam. Himmel, das kostbare Nass. Mit dem ging man besonders in einem skandinavischen Land sorgsam um.

»Pass doch auf, Gierke.«

Mein Liebster lächelte mich trotz des Anranzers sonnig an.

»Weißt du, das schätze ich so an dir, Hemlokk. Immer positiv, immer dynamisch, immer gut gelaunt, auch wenn es mal nicht so läuft. Hast du zufällig die Handynummer einer der Frauen dabei?«

»Nee, hab ich nicht.«

»Könntest du sie vielleicht mit ein bisschen Mühe herauskriegen?« Harry war die Geduld in Person, was ich gar nicht abkonnte.

»Nee.«

»Dann streng gefälligst deine Birne an, Hemlokk«, befahl mein charmanter Lover. »Hopp, hopp, du bist doch nicht zum Vergnügen hier. Das ist eine Dienstreise, schon vergessen?«

Das war nun auch wieder wahr, selbst wenn es mir auf der Veranda inmitten der schwedischen Wildnis gar nicht so vorkam. Ich überlegte. Und überlegte noch einmal.

»Na ja, vielleicht doch. Versuchen könnte ich es.«

Und zwar bei Simones Eltern. Die hatten die Notfallnummer ihrer Tochter bestimmt parat, allein schon für den Fall, dass mit Fred etwas passieren sollte. Ich schnappte mir mein Smartphone und warf einen Blick in das bundesdeutsche Telefonbuch. Und wenig später prangte die Festnetznummer von Dorothee und Heinz Schott auf dem Display.

Es tutete. Dann meldete sich Heinz Schott mit knarziger Stimme. Ich holte tief Luft. Hatte ich einen Plan? Nein, hatte ich nicht. Deshalb legte ich einfach ohne Punkt und Komma los und ließ den armen Mann überhaupt nicht zu Wort kommen, sondern quasselte auf ihn ein, als gäbe es kein Morgen. In meiner Geschichte ging es um Bio-Schweine, schwerste Krankheiten und Seuchen, drohende Gefahren, unangemeldete Kontrollen von missgelaunten Veterinären, dräuende Konkurse sowie verbaute Ställe, die keinerlei modernen Ansprüchen der Tierhaltung genügten. Im Laufe der Story wurde es jedenfalls immer dringlicher, dass ich sofort und am besten noch vorgestern mit Simone sprechen musste. Der arme Mann verstand hörbar kein Wort, versicherte mehrmals, dass er sich da nicht einmische und dass das ganz allein Simones Ding sei, aber als ich noch einmal betonte, wie überaus wichtig ein sofortiges Gespräch mit seiner Tochter sei, um Schaden vom Hof, den Schweinen, der Familie, dem Abendland und Fred abzuwenden, rückte er mit ihrer Nummer heraus.

»Mein Gott, Hemlokk«, meinte Harry geradezu ehrfürchtig,

als ich triumphierend den Zettel mit der entscheidenden Zahlenreihe vor seiner Nase schwenkte, »das war ja zum Fürchten. Eine derartige Story kriegt man auch in zehntausend Jahren mit künstlicher Intelligenz nicht programmiert. Hättest du den armen Mann nicht einfach höflich nach der Nummer fragen können?«

SIEBZEHN

In dieser Nacht schlief ich tief und traumlos durch und erwachte erst so gegen neun, als es in der winzigen Küche zu klötern und zu klappern begann. Wir hatten alles an Lebensmitteln eingepackt und mitgenommen, weil wir unsere kostbare Zeit nicht mit Einkaufen vertun wollten, und so roch es bald äußerst verführerisch nach Kaffee, Eiern und Speck. Ich schwang die Beine aus dem Bett. Ein kräftiges Frühstück war genau das, was ein Private Eye im Auslandseinsatz unbedingt benötigte.

Ich duschte ausgiebig und trällerte sogar ein bisschen dabei, danach tafelten wir einträchtig zusammen und beglückwünschten uns zu dem zwar kühlen, aber trockenen Morgen. Es fühlte sich glatt ein wenig so an, als wären wir eine Familie, und ich fand das schön.

Anschließend schnappte ich mir das Smartphone und ging auf die Terrasse. Harry und ich hatten am Abend zuvor kurz überlegt, ob die Möglichkeit bestünde, Simone über ihr Handy orten zu lassen, sodass ich einen Überraschungsangriff starten konnte. Doch Harrys BKA-Kumpel, der da was hätte machen können, weilte auf irgendeiner hochgeheimen Sicherheitskonferenz zur Terrorabwehr irgendwo im Asiatischen, und außerdem war das illegal.

Also blieb mir nichts anderes übrig, als schlicht und ergreifend bei der Frau anzurufen. Wenn Froja und Simone mittlerweile in einem Ferienhaus in Lappland saßen, um mit einer Rentierherde eins zu werden, hatte ich Pech. Ich würde keine tausend Kilometer hinter ihnen herjagen. Dann musste es anders gehen. Wenn das aber nicht der Fall sein sollte und sie sich zufällig in der Nähe aufhielten, hatten *sie* Pech, denn unter der Voraussetzung war ich schwer entschlossen, den beiden Damen alles andere als einen Höflichkeitsbesuch abzustatten.

»Ja?« Simone klang misstrauisch und verhalten, als sie sich meldete.

»Hanna Hemlokk hier. Wo seid ihr momentan? Du und Froja?« Die gute alte Überrumpelungstaktik würde doch auch bei Heinz Schotts Tochter greifen, hoffte ich. Und das kumpelhafte Du täte vermutlich ein Übriges.

»In Schweden«, lautete die verblüffte Antwort.

»Na, das weiß ich doch«, erklärte ich lässig. »Ihr seid gestern mit der Stena in Göteborg angekommen, und jetzt sitzt ihr in eurem Ferienhaus. Ist es denn dieses Mal komfortabel genug? Oder hat Froja wieder etwas zu meckern?«

Stille. Von der Art, die man nur als sehr, sehr tief bezeichnen konnte. Ich wartete geduldig, bis alles sackte. Dummdidumm.

»Woher … aber … Sie können doch nicht … beschatten Sie mich etwa?«, quiekte Simone schließlich fassungslos. »Das gibt's doch nicht. Weshalb denn nur?«

»Wer ist denn da?«, hörte ich Froja aus dem Hintergrund rufen.

»Kennst du nicht«, sagte Simone mit abgewandtem Kopf, denn ihre Stimme wurde leiser. »Eine Hanna Hemlokk. Sie ist Privatde–«

»Und ob ich die kenne!« Ts, ts, ts, die liebe Froja klang gar nicht begeistert. »Was will die denn? Gib mal her. Hier ist Froja.«

»Auch Ihnen einen wunderschönen guten Morgen«, grüßte ich höflich. »Ist bei Ihnen das Wetter ebenfalls so herrlich wie bei mir? Hier scheint die Sonne.« Verwirren, durcheinanderbringen, lautete die Taktik.

»Was wollen Sie?«, schnappte Froja.

»Oh, ich würde ganz gern wissen, wo genau Ihre Ferienhütte steht«, zwitscherte ich.

»Ach du liebe Güte …«, hörte ich Simone im Hintergrund jammern. Offenbar verstand sie jede Silbe, die ich sagte.

»Wozu?« Ein Wort wie ein Schuss. Froja war aus härterem Holz geschnitzt als ihre Freundin. »Sind Sie etwa auch in Schweden?«

»Aber ja«, erwiderte ich herzlich. »Weil ich doch mit Ihnen beiden reden muss. Und zwar dringend.«

»Sie nerven. Hat Ihnen das schon mal jemand gesagt? Worum

geht es denn? Und kommen Sie mir jetzt nicht mit einer Botschaft von unserer lieben Klara.« Das sollte spöttisch klingen, verfing bei mir jedoch nicht.

»Es geht um nichts weniger als um Leben und Tod«, sagte ich schön laut und sehr deutlich. Im Hintergrund schepperte es ganz mächtig. Zu diesem Zeitpunkt hatte ich null Ahnung, wie dicht ich mit dieser dramatischen Aussage am Geschehen dran war.

Ihr Ferienhaus lag etwas nördlich von Karlstad an einem See namens Gapern. Ich schaffte es in zwei Stunden dorthin und fand es ohne Probleme. Harry und Daniel hatten gar nicht versucht, mich zu begleiten, sondern wollten den Tag als Jäger und Sammler verbringen, damit wir heute Abend etwas Essbares auf den Tisch bekamen: Der Vormittag sollte den Barschen und Hechten im See gehören, der Nachmittag dem Steinpilz im Wald, denn der schmeckt wunderbar und heißt auf Schwedisch Karljohan, was Daniel zum Schießen komisch fand. Na ja, wir würden sehen, was die beiden Großstadtkerle von ihrem Ausflug in die Steinzeit tatsächlich mitbrachten. Ich war trotzdem beruhigt losgefahren. Zur Not würden wir das Abendessen eben aus den Vorräten der Kühlbox bestreiten.

Das saubere Pärchen erwartete mich bereits, denn die Haustür öffnete sich wie von Zauberhand, bevor ich klopfen konnte – und vor mir stand Froja mit einem Gewehr in der Hand. Upps. Instinktiv taumelte ich zwei Schritte zurück und hob die Hände.

»Sachte«, gelang es mir, hervorzuquetschen. »Ganz sachte, Herzchen. Entspann dich. Ich will nur mit euch reden. Kein Grund, gleich zu schießen.«

Froja starrte mich an, die Knarre in ihren Händen bewegte sich nicht. Sicher, der Lauf war nicht direkt auf mich gerichtet, sondern auf den Boden, doch dass es sich bei dem Teil keineswegs um eine Spielzeugwumme handelte, sondern um einen echten Schießprügel, erkannte ich auf Anhieb, da ich so ein Ding durchaus schon einmal von Nahem gesehen hatte.

Eine gefühlte Ewigkeit standen wir reglos und stumm da

wie eine in Marmor gemeißelte Figurengruppe, zumindest ich vermutlich so käsig bleich.

Dann löste sich Froja aus ihrer Erstarrung und prustete los: »Simone, komm doch mal schnell her. Das ist ein Bild für die Götter.«

Simone erschien, glotzte mich ebenfalls fassungslos an, wie ich mit erhobenen Händen und entsetztem Gesichtsausdruck dastand, und fing schallend an zu lachen. Woraufhin ich langsam die Arme sinken ließ und mir dabei ziemlich dämlich vorkam.

»Und was ist daran so erheiternd?«, knurrte ich aufgebracht, während das Blut in meinen Ohren rauschte und meine Knie schlotterten und zitterten wie ein enthemmter Wackelpudding.

»Alles«, erklärte Froja vergnügt und schwenkte dabei die Waffe, dass mir schon wieder angst und bange wurde. »Das ist ein Jagdgewehr, meine Liebe. Ich war gerade dabei, es zu reinigen. Ich bringe keine Leute um, auch wenn Sie zu glauben scheinen, dass es sich dabei um mein bevorzugtes Hobby handeln könnte.«

»Ein Jagdgewehr?«, echote ich dümmlich.

»So ist es. Heute Nachmittag geht es los.«

Auf ihrem Gesicht lag jetzt ein merkwürdiger Ausdruck. Nur mühsam gezügelte Vorfreude? Kaum zu unterdrückende Erregung?

»Elche«, assistierte Simone, als sie meine ratlose Miene sah. »Im September startet die Jagd in Schweden. Es sind mittlerweile so viele, da muss man etwas tun, sonst nehmen sie überhand und kommen in die Städte. Deshalb sind wir hier.«

»Ihr … äh … Sie gehen gemeinsam auf Elchjagd?«, ächzte ich idiotisch. Auf alles wäre ich gekommen, nur darauf nicht. Eine Bio-Landwirtin und ein Kanal für göttliche Energien frönten zusammen der Lust am Töten? »Das glaube ich jetzt nicht.«

Froja maß mich mit einem verächtlichen Blick und zuckte mit den Schultern.

»Dann lassen Sie es bleiben. Wahrscheinlich würden Sie es sowieso nicht verstehen.« Sie machte Anstalten, im Haus zu verschwinden.

Nö, so nicht, meine Liebe. Ich trat einen Schritt vor. Dafür war ich nicht zwei Stunden gefahren und opferte meinen freien Tag. Außerdem reagiere ich auf derartige Plattitüden zuverlässig allergisch.

»Probieren Sie's doch erst einmal«, stichelte ich. »Dann können Sie immer noch kneifen. Vorher nicht.«

Die beiden Frauen sahen sich stumm an. Dann zuckte Froja erneut mit den Schultern. »Also gut, kommen Sie rein, wenn Sie schon einmal da sind. Dann versuchen wir es Ihnen zu erklären.«

Und das taten sie äußerst wortreich und mit zunehmendem Eifer, wobei sie ganz vergaßen, mich zu fragen, weshalb ich sie eigentlich sprechen wollte. Stattdessen schwärmten sie mir in den höchsten Tönen von ihrer Sache auf Leben und Tod vor. Simone beschwor den respektvollen Umgang mit Natur und Tier, den man als Jägerin pflege, Froja stimmte das Lob der bewussten Ernährung an und betonte mehrfach, dass sie beide beileibe keine Exotinnen mehr seien, sondern dass der Anteil der Frauen in der Jagdzunft in letzter Zeit stetig zugenommen habe. Er sei dermaßen gewachsen, dass es mittlerweile sogar Waffen gäbe, die speziell für die Bedürfnisse des weiblichen Körpers angefertigt würden, also weniger klobig und leichter seien.

»Soll ich uns einen Kaffee machen?« Simone, die freundliche Hausfrau.

Ich stimmte zu. Es sei für einen Außenstehenden, der sich mit der Materie noch nicht befasst habe, vielleicht ein bisschen schwer zu begreifen, weil es ja bei all dem auch ums Töten gehe. Froja mit nachsichtiger Betonung. Aber im Kern gehe es ihnen als Jägerinnen eindeutig und ohne jeden Zweifel um die Verantwortung für Natur und Umwelt. Simone mit glockenheller Stimme aus der Küche.

Ich nahm das mal so hin. Die ganzen schönen Worte mochten zutreffen, ich glaubte den Frauen sogar, dass sie das glaubten, doch das erregte Glitzern in Frojas Augen, als sie von der Elchjagd gesprochen hatte, kam aus tieferen Schichten, die eher dem Jäger- und Sammlertrieb im Menschen zuzuordnen waren als dem Verstand. Gleich heute Abend würde ich Harry und Daniel einmal zu diesem Thema befragen, wenn der Hecht und die

Pilze auf der Küchenzeile lagen und sie vor Stolz auf die Beute platzten. Simone und sie, erklärte Froja weiter, hätten sich im Jagdverein »HH«, was für »Hubertus Halali« stehe, kennengelernt und auf Anhieb gut verstanden. So gut, dass sie vor drei Jahren das erste Mal gemeinsam in Schweden auf Elchjagd gegangen seien. Eine ganze Woche gönnten sie sich dafür alle zwölf Monate.

Simone erschien mit dem Kaffeetablett, verteilte die Tassen und schenkte ein. Dann setzte sie sich wieder. Milch und Zucker gab es nicht.

»Sie sollten es wirklich einmal selbst probieren«, sagte sie. »Es ist ein unvergleichliches Gefühl. Wenn Sie wollen, könnten wir … nicht, Froja?«

»Sicher.«

»Äh, danke, nein.«

»Das hätte mich auch schwer gewundert«, sagte Froja. Es klang verächtlich und ganz so, als hielte sie mich für ein absolutes Weichei.

Na, da würde sie mich kennenlernen. Wir waren noch lange nicht fertig miteinander.

»Was ist mit den Spitzen?«, fragte ich. Zu ihrem Konkurrenzkanal Juliane würden wir später kommen.

»Was für Spitzen?« Froja runzelte die Stirn. Dann fiel bei ihr der Groschen, und das Wangenrot wich aus ihrem Gesicht. Ha! »Sie haben uns gestern Abend belauscht.« Sie sagte das nicht aggressiv, nur ziemlich erstaunt. »Wieso …? Also, das stammt aus der Jägersprache. Damit sind die einzelnen Enden am Elchgeweih gemeint. Die bezeichnen wir so.«

Aha. Damit war zumindest das schon mal geklärt: Je mehr Spitzen oder Enden, desto teurer. Klar. Wie beim Hirsch. Ein kapitaler Bock kostet eben auch kapitales Geld. Mhm. So weit, so gut. Spitzen. Ich beäugte Froja nachdenklich, die unter meinem forschenden Blick sichtlich nervös wurde und auf ihrem Stuhl hin- und herzurutschen begann. Konnte man die nicht auch als Zacken bezeichnen, wenn man vom Waidwerk und seiner Sprache keine Ahnung hatte? Ich hätte das zumindest getan. Neugierig betrachtete ich Frojas rechten Oberarm. Er war bedeckt, sie trug einen langärmeligen Pullover.

»Was ist?«, fragte sie aggressiv.

»Die Tätowierung, die Sie da haben, also nicht St. Germain, sondern die auf dem anderen Arm, ist das etwa ein Elchgeweih?«

Es war wirklich ein Geistesblitz der besonderen Art. Doch er lag nahe, wenn man den Hintergrund kannte.

»Ein Zwölfender«, bestätigte Froja prompt voller Stolz. »Vor drei Jahren bei Gävle geschossen. Am 12. September, ich weiß es noch wie heute. Ganz früh am Morgen. Alles war ruhig, im Wald hing der Nebel zwischen den Bäumen, Tau lag auf den Sträuchern und Blättern, und da trat plötzlich dieser Riese auf die Lichtung. Majestätisch wie ein König. Und bumm. Ich habe ihn mit dem ersten Schuss niedergestreckt. Das war ein total irres Gefühl.«

Besser als jede spirituelle Erfahrung? Oder zumindest gleichwertig? Aber vielleicht hatte sie ja den Schuss und den Tod des Tieres als solch eine mentale Erbauung erlebt? Ich konnte mich nicht zurückhalten.

»Ich hätte nie gedacht, dass man als Engelmedium Freude daran haben kann, Tiere zu töten und in die Geistwelt zu schicken«, bemerkte ich an Froja gewandt, während ich einen Schluck von meinem Kaffee nahm. Er war wirklich gut, das musste man Simone lassen. »Ihre Konkurrentin Juliane Schott«, setzte ich sehr gezielt hinzu, »ist da sicher von ganz anderem Kaliber.«

Wollten wir doch einmal sehen, was die zwei Hübschen mit diesem Namen anfingen. Deshalb war ich schließlich hier. Tja, was soll ich sagen? Ich hatte einen Volltreffer gelandet.

»Juli?«, wandte sich Simone verwirrt an Froja, die bei meinen Worten zunächst hart schluckte, dann jedoch schwieg. Ihre Lippen waren zu einem festen Strich zusammengepresst, auf dass ihr kein falsches Wort entfleuchte. »Woher kennst du denn Juli?«

Hatte ich es mir doch gedacht, dass die beiden Flintengenossinnen zwar in ihrer Jagdleidenschaft vereint waren, aber nicht mit offenen Karten spielten, wenn es um ihr übriges Leben ging. Es war, um sprachlich beim Thema zu bleiben, ein Schuss ins Blaue gewesen, doch das Ergebnis konnte sich sehen lassen. Entspannt lehnte ich mich im Sessel zurück, um das sich anbahnende Schauspiel zu genießen. Froja hüstelte geziert.

»Oh, wir hatten einmal beruflich Kontakt, Juliane und ich«, erwiderte sie leichthin.

Falsche Antwort, Herzchen. Ich klatschte daher nicht und schaute lediglich stumm zu Simone hinüber. Julianes kleine Schwester verstand keinen Ton.

»Aber Juli …«, begann sie zögernd. Dann gab sie sich einen Ruck. »Juli hat nie normal gearbeitet. In einer Firma oder so. Sie war immer … anderweitig beschäftigt. Ich meine, was war das denn für ein beruflicher Kontakt?«

Ihre Jagdkameradin schwieg mit finsterem Gesicht. Am liebsten hätte sie wahrscheinlich auf mich angelegt. Bumm.

»Froja?«, sagte Simone mit überhöhter Drehzahl in der Stimme. »Ich möchte eine Antwort von dir haben, hörst du.«

»Das ist nicht so einfach, weißt du.« Es war ein schwacher Versuch.

Simone stellte klirrend ihre Tasse ab. Ihr Gesichtsausdruck war mittlerweile starr vor Zorn. »Probier's trotzdem. Ich höre dir zu.«

»Ja, versuchen Sie es, Froja«, assistierte ich. »Mir haben Sie es doch auch erklärt.«

»Was erklärt?«, fragte Simone. Froja schwieg. Also erklärte ich es ihr.

»Ihre Freundin ist in der Esoterik-Szene tätig«, informierte ich sie. »Sie arbeitet als Kanal für göttliche Energien sowie als Engelmedium, ganz wie Ihre Schwester Juliane. Stellt Kontakte zur Welt des Geistigen her und gibt Botschaften an die Lebenden weiter. Froja ist in der Szene ein richtiger Star.« Meinte ich da etwa, ein leise gezischtes »Dumme Kuh!« von der derart Gepriesenen zu hören? Die Frau kam mir in dem Moment keinesfalls wie ein besonders liebendes, freies und sinnerfülltes Wesen vor. Eher wie ein Anti-Engel mit mächtig viel unterdrückten Energien und einer Scheiß-Aura.

»Na ja, und letztens haben sich Ihre Schwester und Ihre Freundin hier so richtig doll im Bokauer Kornfeld geprügelt, weil sie sich gegenseitig für Betrügerinnen halten. Falsche Botschaften aus dem Jenseits und nichts als heiße Luft. Der Konkurrenzdruck in dem Metier ist einfach groß, verstehen Sie?«

Simones Unterkiefer war bei meinen Worten in Zeitlupe heruntergeklappt wie die Ladeluke der Stena Germanica kurz vor der Abfahrt.

»Engelmedium? Kanal für göttliche Energien?«, hauchte sie fassungslos und starrte Froja an, als sei der just auf der schwedischen Ikea-Couch ein Geweih mit mindestens achtzehn Spitzen gewachsen und dessen Trägerin zum Abschuss freigegeben. »Aber du hast doch immer behauptet, du seist Unternehmerin. Ich dachte, du hättest irgendwas mit Wirtschaft studiert. Du hast doch auch eine Firma. Deshalb hast du immer so wenig Zeit. Weil du selbstständig bist.«

»Ich bin Unternehmerin«, gab Froja unbehaglich zurück. »Ich bin selbstständig. Ich habe dich nicht angelogen.«

Stimmt, so direkt nicht. Aber die ganze Wahrheit hatte sie ihrer Jagdgenossin auch nicht verraten.

»Ich hab noch nie gehört, dass jemand ein Engelmedium eingestellt hat.« Simone klang dumpf. »Und wieso hast du mir nie gesagt, dass du Juli kennst?«

»Ich hatte doch keine Ahnung, dass sie deine Schwester ist«, verteidigte sich Froja. »Ich wusste nur ihren Vornamen. Ehrenwort. Das ist … bei uns in der Branche so. Nachnamen sind unwichtig.«

Die vormaligen Schwestern im Geiste beäugten sich kriegerisch und äußerst misstrauisch. Wenn ich in den kommenden Stunden der Rottenführer, Jagdchef oder Oberförster der beiden Damen gewesen wäre, hätte ich den zwei Hübschen bestimmt kein Gewehr anvertraut. Oder wäre sicherheitshalber immer schön hinter ihnen geblieben.

»Habt ihr Juliane vielleicht gemeinsam beseitigt?«, fragte ich gar nicht einmal unfreundlich.

»Also bitte«, knirschte Froja. »So ein Unsinn.«

»Juli?«, hauchte Simone mit käsigem Gesicht. »Sie glauben, weil wir … ich … ich glaube, mir wird schlecht.« Und damit schoss sie hoch, presste sich die Hand vor den Mund und sauste ins Badezimmer.

Die folgenden Geräusche waren eindeutig. Froja maß mich mit kaltem Blick. Sie würde mir nicht einmal mehr verraten, ob es draußen regnete oder nicht. Also stand ich auf, als mein Smartphone eine SMS meldete. Harry.

»Keine DNA von J. Alles S. Und Hemlokk. Sonst nur Männer-DNA. Wahrscheinlichkeit, dass S. verfüttert, nahezu gegen null«, lautete die eindeutige Nachricht.

Mhm. Ich überlegte angestrengt, während ich, dicht gefolgt von Froja, zum Flur trabte. Waren die beiden Elchjägerinnen damit, was Juliane betraf, aus dem Schneider? Die Schweine waren es ganz sicher, aber sie? Nein, das sollte man sauber trennen. Doch diese Frage, entschied ich, würde ich endgültig klären, wenn wir allesamt wieder zu Hause waren.

Erst einmal würde ich die beiden Damen schmoren lassen. Sollte zwischen ihnen zunächst gesagt werden, was gesagt werden musste. Das Haus lag einsam, da konnten sie brüllen, so laut sie wollten. Und nach dieser reinigenden Woche war es dann gar nicht so unwahrscheinlich, dass zum Beispiel die liebe Simone reden würde wie ein Buch. Weichkochen nennt man so etwas unter Private Eyern.

»Einen schönen Tag noch«, wünschte ich Froja in der Diele. Ich erhielt keine Antwort, stattdessen donnerte sie die Tür hinter mir in den Rahmen, dass die Wand Risse bekam. Sehr schön. Und die Elche hatten einen weiteren Tag zu leben.

Am Dienstagmorgen setzten wir einen wenig begeisterten Daniel zunächst vor seiner Schule ab, dann zuckelten Harry und ich in friedlichem Einvernehmen gen Bokau. Trotz des holperigen Starts und meines Ermittlungstages war es schön gewesen in Schweden. Onkel und Neffe hatten tatsächlich einen mittelgroßen Hecht gefangen und eine Riesenmenge Karljohans gefunden, die wir in Scheiben geschnitten, in Butter gebraten und mit etwas Salz und schwarzem Pfeffer gewürzt hatten. Himmlisch. Und gerudert hatte ich auch noch.

»Kommst du mit hoch?«, fragte Harry hoffnungsvoll, als wir vor dem Haupthaus standen und nach unseren Taschen griffen. Dabei blinzelte er mir zu wie einer dieser ölig pomadisierten Helden aus den Filmen der dreißiger und vierziger Jahre des vergangenen Jahrhunderts und raunte: »Ich hab 'ne sturmfreie Bude, Baby.«

Das Angebot war wirklich verlockend, aber bevor ich es annehmen konnte, öffnete sich die Haustür, und Marga erschien mit Johannes im Schlepptau. Nanu? Was machte der denn hier? Eigentlich war Krischan doch ihr ständiger Begleiter.

»Hallo, Hanna. Harry«, begrüßte uns Johannes.

Er sah gar nicht gut aus, der arme Kerl. Irgendwie müde und ausgelaugt. Na ja, die immer noch de facto verschwundene Juliane drückte bestimmt schwer auf seiner Seele; da half auch Lulus optimistische Gegen-Geister-Vision zu Klaras düsteren Channel-Infos nichts. Ich musste ihm auf der Stelle von Froja und Simone erzählen. Marga hingegen war immer noch sauer.

»Ach nee«, sagte sie spitz in unsere Richtung. »Die Urlauber sind wieder da.« Dabei wusste sie ganz genau, dass es eine Dienstreise gewesen war.

»Ich muss mit dir reden«, begann ich umstandslos.

»Nicht jetzt, Schätzelchen. Wir müssen los.« Sie pikste mit dem zusammengerollten Plakat in meine Richtung. »Die Ozeane vor dem Würgegriff des Menschen retten und ein bisschen Reklame für DePP machen. Aber das interessiert dich ja nicht sonderlich.«

Bitte, wenn sie es so haben wollte!

»Hemlokk«, versuchte Harry, der meine Miene ganz richtig deutete, begütigend auf mich einzuwirken. Doch ebenso wenig wie Lulu bei dem Krach mit Krahwinkel ihren Vik eines Blickes gewürdigt hatte, beachtete ich jetzt ihn.

»Das könnt ihr euch sparen«, fauchte ich Marga an. »Weil ihr da nämlich seit Wochen ein Laken in die Höhe haltet, auf dem niemand etwas lesen kann. Harry und Daniel können es bezeugen. Zumindest von den großen Pötten aus ist auf diesem winzigen Stofffetzen nichts zu erkennen.«

Bumm. Nun war es gesagt. Und zwar schonungslos. Eigentlich hätte ich etwas behutsamer vorgehen wollen, aber wenn sie mir gleich wieder so kam, hatte sie keine Rücksichtnahme verdient, fand ich.

»Harry?«, sagte Marga nach einer Schrecksekunde alarmiert.

»Hemlokk hat recht«, sprang Harry mir bei. »Wir haben es auf der Hin- und Rückfahrt versucht. Keine Chance. Man kann wirklich nichts lesen. Tut mir leid.«

Meine Freundin spitzte die Lippen, was sie immer tat, wenn sie angestrengt nachdachte. In ihrem Kopf arbeitete es sichtbar, während Johannes neben ihr stand, als ginge ihn das alles nichts an. Er schien sich in einer anderen Welt zu befinden. Mir schwante nichts Gutes.

»Was habt ihr heute vor? Schätzelchen? Harry?« Marga war hörbar zu einem Entschluss gelangt.

»Na ja …«, murmelte Harry unbestimmt, während sein Blick unwillkürlich zu den Fenstern seiner Wohnung wanderte.

»Och …«, brummte ich zögernd.

»Also nichts Besonderes. Prima!«, fasste Marga mit stahlharter Stimme unser Gestammel zusammen. »Das trifft sich gut. Johannes, wir verdoppeln die Plakatgröße. Schätzelchen, du hilfst ihm beim Kleben. Harry, du besorgst einen oder besser gleich zwei Eimer von der roten Leuchtfarbe. Und ich denke mir einen richtig zündenden Slogan aus.«

Wenn unsere Freundin Marga derart drauf war, machte Widerrede wenig Sinn. Das wussten Johannes, Harry und ich aus Erfahrung. Also ade, Schäferstündchen. Außerdem konnte ich Bettina Schmale auch noch heute Abend anrufen, um ihr von Reinholds schwedischem Plastikleben zu berichten und ihr die Rechnung zu präsentieren. Und was den Fall Juliane Schott betraf, stand Johannes, mit dem ich sowieso hatte sprechen wollen, direkt neben mir. Daher eilte ich ohne Widerrede kurz hinab zu meiner Villa, um nach Gustav, Hannelore und den vier Strandknackern zu schauen. Alles paletti. Sie machten mir nicht den Eindruck, als seien ihre Herzen vor Kummer über meinen Ausflug aus dem Takt geraten.

Als die Vorbereitungen abgeschlossen waren, düsten wir in meinem Wagen nach Stein. Die Steilküste sei demonstrationstechnisch gesehen einfach der beste Platz, hatte Marga erklärt und in der Eile auf einen altbewährten Slogan zurückgegriffen: »Wem die Meere lieb und teuer, der geht für sie durchs Feuer – DePP, Die echte PiratenPartei«. Na ja. Wir stellten das Auto auf dem Steiner Großparkplatz ab und nahmen den Fußpfad zur Steilküste.

»Wer mit wem?«, fragte Marga, während sie ihre Liste mit Datum, Uhrzeit, Bruttoregistertonnen, Reederei, Flagge, Passagier- und Besatzungszahlen aller Kreuzfahrer konsultierte, die diesen Sommer im Kieler Hafen festmachten. »Nachher läuft die Costa Pacifica ein, aber … oh, Mein Schiff 5 kommt erst morgen. Mist, ich hab mich verguckt. Na, egal. Dann gehört die erste Stunde heute eben den Ausflugsdampfern, den Badenden, den Surfern und Seglern, denn Kleinvieh macht bekanntlich auch Mist. Aber wir müssen uns ja nicht alle vier gleichzeitig die Beine in den Bauch stehen.«

Johannes stach emsig wie ein Erstklässler mit dem Zeigefinger seiner Rechten in die Luft.

»Hanna und ich übernehmen die erste Runde«, sagte er hastig und schnappte sich das gerollte Plakat. »Geht ruhig so lange frühstücken.« Mir war es recht. Dann konnte ich in aller Ruhe mit ihm reden.

»Das ist eine ausgezeichnete Idee.« Marga strahlte ihn so zufrieden an wie die Grundschullehrerin, deren Schüler den ersten Satz tatsächlich unfallfrei gelesen hat, und wandte sich zum Gehen. »Komm, Harry. Erzähl mir von eurem Ausflug nach Schweden.«

»Ach Marga«, stoppte ich sie.

Es war ein guter Zeitpunkt, fand ich. Und ich musste es einfach wissen, weil mein Magen bereits einen Salto machte, wenn ich nur daran dachte. Sie drehte sich zu mir um.

»Ja?«

»Nur ganz kurz: Was macht eigentlich eure Crowdfunding-Kampagne? Für den Trawler, du weißt schon.«

Einen kaum wahrnehmbaren Moment verdüsterten sich ihre Züge. Hätte ich sie nicht so gut gekannt, wäre es mir nicht aufgefallen. Dann glätteten sie sich wieder, und sie zuckte mit den Schultern.

»Dich wird es freuen, Schätzelchen. Traute und ich haben beschlossen, es gut sein zu lassen.« Halleluja! Ich unterdrückte nur mit Mühe einen erleichterten Seufzer. »Weißt du, so manches, was sich erst vielversprechend anhört, verläuft im Sande, wenn man in die Details geht. Da ergeben sich Probleme, die man nicht vorhergesehen hat. So ein Liegeplatz für ein Schiff kostet zum Beispiel eine Menge Geld.« Ach was. »Und so einiges mehr kam auch noch dazu. Das ist ganz normal. Zunächst klingt es großartig, wird immer wichtiger und bedeutsamer, und dann … Na ja, man redet sich da wohl selbst auch allzu leicht etwas ein.«

»Ja, das kenne ich.« Harry seufzte verständnisvoll. »Das kann ich auch gut.«

Danke, Gierke.

»So etwas hat wohl jeder schon mal erlebt«, stimmte ich voller Erleichterung in den Chor der Einsichtigen ein. »Und es freut mich überhaupt nicht, Marga. Ich meine, es freut mich schon, dass ihr das Haus meiner Eltern nicht länger aufs Spiel setzt, aber was das Engagement betrifft … Ich habe dich dafür immer bewundert.« Und das war keineswegs gelogen.

»Danke«, sagte Marga schlicht, doch meine Anerkennung freute sie sichtbar. »Komm, Harry.«

Sie trabten los. Johannes und ich blickten uns an.

»Was ist los mit dir?«, fragte ich ihn ohne Umschweife, während wir mit dem Plakat zügig in die andere Richtung marschierten.

»Wie war's in Schweden? Bist du dem Grafen von St. Germain begegnet?«, versuchte er, mit einem schwachen Witz Zeit zu schinden. »Den hat man nämlich ein paar Jahre nach seinem offiziellen Tod dort noch gesehen.«

Ich ging nicht darauf ein, sondern wiederholte meine Frage.

»Ach, es wird einfach immer schlimmer«, gestand er bedrückt. »Die behandeln mich langsam, als hätte ich Aids oder Syphilis. Alle meinen, ich hätte etwas mit Julianes Verschwinden zu tun. Dabei ist das totaler Quatsch. Und Lulus Vision hilft da komischerweise überhaupt nicht. Irgendwie hat sich das Ganze verselbstständigt. Man glaubt Klara, nicht Lulu.«

Ich nicht, ich glaubte weder noch.

»Ich tue, was ich kann, Johannes. Stell dir vor, ich komme doch gerade aus Schweden, und ausgerechnet dort –«

»Das weiß ich ja, Hanna«, unterbrach er mich ungeduldig. »Aber langsam wird meine finanzielle Lage wirklich dramatisch. Drei dicke fette Aufträge, auf die ich fest gebaut hatte, sind in der letzten Woche storniert worden. Eine Truhe, ein Schrank und der Entwurf nebst Einbau einer neuen Küche. Ich bin mittlerweile ein Aussätziger in der esoterischen Gemeinde. Und irgendwie strahlt das inzwischen auch auf andere potenzielle Kunden ab, hab ich den Eindruck.«

Das war wirklich hart für ihn. Triumphierend erzählte ich ihm deshalb von meinen neuesten Erkenntnissen über Froja und Simone.

»Auf Elchjagd?« Johannes' Reaktion schwankte zwischen Ungläubigkeit und Empörung. »Das muss ich Lulu und Vik erzählen. Die stehen nicht wieder auf. Und du meinst, die beiden Frauen haben tatsächlich etwas mit Julianes Verschwinden zu tun?«, fragte er begierig.

»Es könnte sein, ja«, sagte ich. »Ich finde schon, dass es in diesem Fall ein paar Zufälle zu viel gibt.«

»Aber warum sollten sie das getan haben? Ich verstehe das nicht.«

Ich auch nicht, hätte ich am liebsten geantwortet. Noch nicht. Aber warten wir es ab, bis sie gar geschmort wie ein zartes Gulasch aus Schweden zurückkommen.

Gleich hinter der Treppe, direkt an der Stelle, wo Schmale verunglückt war, entrollten wir das Plakat. Die reißfeste Papierplane wand sich zwischen uns wie ein lebendiges widerspenstiges Wesen. Der Wind war ganz ordentlich und die Angriffsfläche groß. War es pietätlos von mir, ausgerechnet hier zu stehen? Nein, war es nicht, denn das Leben ging weiter. Unten am Strand flanierten zwei Damen mit fünf Kleinsthunden kopfschüttelnd an uns vorbei, und Johannes strahlte eine Mutlosigkeit aus, die mich grauste.

»Vielleicht wäre es wirklich besser gewesen, ich hätte nicht Froja und Simone, sondern tatsächlich den Grafen von St. Germain in Schweden getroffen. Der hätte mir bestimmt weitergeholfen und seine guten Drähte ins Jenseits bemüht. Oder wäre mal kurz in Gestalt eines Geiers oder Kondors über Indien gekreist, um zu schauen, ob Juliane sich vielleicht dort aufhält und wir hier einen Affenzirkus um sie veranstalten, der gar nicht nötig ist.«

Doch meine locker dahingeworfenen Worte zauberten kein Lächeln auf Johannes' Gesicht, wie ich gehofft hatte, sondern zu meinem Erstaunen fing er jetzt an, so nervös von einem Fuß auf den anderen zu treten, als habe er Hummeln im Hintern.

»Ich habe mir etwas ausgedacht, Hanna«, stieß er hervor. »Darüber wollte ich mit dir reden. Es muss einfach mehr Geld reinkommen, sonst kann ich Hollbakken nicht mehr lange halten. Ich habe letzte Woche mit dem Bankfuzzi gesprochen. Die helfen mir nicht. Na ja, Geldinstitute sind ja keine ausgesprochenen Wohltätigkeitsorganisationen. Die wollen Knete sehen.«

»Ja und?« Ich war sofort misstrauisch, denn Johannes war kein Geschäftsmann, und bislang waren alle seine Ideen zur Rettung des Familienbesitzes grandios in die Hose gegangen.

»Was hältst du davon, wenn ich Ritterspiele auf Hollbakken organisiere?«, sprudelte es aus ihm heraus. »Und dabei in mittelalterliche Küche mache? Gekochter Schwan, gebratener Dachs, Kranich am Spieß, Walragout oder so was. Keine Sterneküche natürlich. Das würde doch super zueinander passen und zieht immer!«

Tja. Da hatte der Junge, wie Marga und Traute mit ihrem Trawler, wohl eindeutig nicht weitergedacht.

»Es könnte ein klitzekleines bisschen schwierig sein, das Fleisch zu besorgen«, wandte ich vorsichtig ein. »Ich meine, woher willst du wohl einen Dachs kriegen? Oder einen Schwan? Bei Feinkost-Edeka in Schönberg? Und Wale sind geschützt. Da müsstest du mit den Norwegern oder Japanern verhandeln. Die harpunieren die immer noch. Ganz zu schweigen von Margas Reaktion auf deinen Plan.«

Sein Gesicht war bei meinen Worten immer länger geworden.

»Auch wieder wahr.«

Ich nutzte seine Zweifel und beschwor ihn wortreich, sich ja von unabhängigen Fachleuten helfen zu lassen, was das genaue Konzept und dessen Finanzierung anging. Johannes war nicht dumm.

»Du traust es mir nicht zu, hm? Es ist ja auch nicht leicht. So als Unternehmer, meine ich.« Er verzog das Gesicht. »Aber ich kann mir doch keinen St. Germain aus den Rippen schneiden und ihn auf Hollbakken den Grüßaugust machen lassen. Dann würden mich die Massen natürlich überrennen. Das wäre die absolute Sensation. Leute aus aller Welt würden kommen und die Kasse klingeln lassen. Hollbakken wäre auf ewig saniert.«

Fast hätte ich mit den Augen gerollt wie Lulu, wenn sie genervt war. Der Graf. Schon wieder. Himmelherrgott, auch wenn der Körper dieses Mannes bereits verrottet war, sein Geist führte in der Vorstellungskraft der Menschen offenbar ein munteres Leben. So munter, dass mit St. Germain wirklich alle Probleme der Jetztzeit lösbar schienen: Die Welt per Gedankenkraft retten, den Klimawandel umdrehen, Hollbakken sanieren, Juliane finden oder Simone und Froja überführen. Da war es völlig Banane, ob der Typ nun tatsächlich tot in der Eckernförder Erde ruhte oder als Wiedergänger und liebevolles Lichtwesen in den schwedischen Wäldern herumgeisterte. Dieser barocke Superman konnte wahrscheinlich sowieso locker beides gleichzeitig, überlegte ich angepestet, während sich ein hoch beladenes Containerschiff aus dem Kanal heraus majestätisch an uns vorbeischob.

Es war schon ein imposanter Anblick. Doch schaute jemand von der Besatzung zu uns herab, las unser Plakat und beschloss fortan, immerfort und immerdar DePP zu wählen, auf dass die Meere schnellstmöglichst gerettet wurden? Das Schiff fuhr bestimmt unter irgendeiner Billigflagge, und die Besatzung stammte von den Philippinen und konnte kein Deutsch. Nein, ich musste noch einmal ein ernstes Wörtchen mit Marga reden.

Solche Aktionen brachten einfach nichts, selbst wenn man den Text auf dem Plakat lesen konnte. Das menschliche Denken war eben wie einer dieser Ozeandampfer: behäbig und mit einem erschreckend langen Bremsweg ausgestattet. Wenn man voll auf den Stempel stieg, wohlgemerkt. Nein, eine rasante Wunderheilung der Ozeane fiel zweifellos nicht in die menschliche, sondern eher in die gräfliche Zuständigkeit.

Ich verlagerte meinen Schwerpunkt, indem ich Spiel- und Standbein wechselte. Unser Riesenplakat nahm anscheinend an Gewicht zu, und langsam wurde mein Arm kraftlos. Ich schielte zu Johannes hinüber. Ihm schien es nichts auszumachen. Regungslos stand er da und träumte mit offenen Augen vor sich hin. Wahrscheinlich sah er bereits eine verzückte riesengroße Gesellschaft auf Hollbakken vor sich, in deren Mitte St. Germain in Kniebundhosen und mit gepuderter Perücke thronte und die Hand aufhielt, die ihm Johannes in regelmäßigen Abständen leerte.

Himmel, heute kam ich einfach nicht von diesem adligen Superhelden los. Er hatte wirklich etwas, zweifellos. Denn ich war ja beileibe nicht als Einzige von dem Mann fasziniert. Froja trug sein Konterfei sogar auf dem Oberarm, wo es allerdings, der Natur gehorchend, bis zu ihrem Ende unerbittlich vor sich hin welken würde. Dagegen hatte Karl May diesem Glücksritter und Hochstapler mit seinem Roman echte Unsterblichkeit verliehen.

Tja, und wenn man es so sah, hatte der Graf doch zumindest eines seiner wahnwitzigen Versprechen für sich erreicht: Die Welt sprach und schrieb noch heute über ihn. Also war er unsterblich. Gut, mit dem Reichtum hatte es zu seinen Lebzeiten nicht so recht klappen wollen. Er war arm gestorben, und sein fürstlicher Gönner, der Landgraf Carl von Hessen, musste seine Beerdigung bezahlen, meinte ich mich zu erinnern. Hatte Krahwinkel nicht so etwas damals in der Kirche erzählt?

»Guck mal, Hanna, der Eigner von dem Kahn da hat keine Geldprobleme. Doch, hat er, aber nur insofern, als er nicht weiß, wo er seine ganzen Aktien, Dollars und Euros lassen soll. Vielleicht bei mir?«, brüllte Johannes plötzlich so laut, dass eine Möwe, die unten am Strand nach Essbarem gesucht hatte, kreischend aufflog.

Meinem Freund lag Neid grundsätzlich fern. Doch jetzt schaute er mit finsteren Zügen einer Mega-Jacht hinterher, die sich auf einer ihrer medienwirksamen Probefahrten zügig Richtung Außenförde bewegte und die irgend so ein russischer Multimilliardär für zig Millionen auf einer der Kieler Werften bauen ließ. Mit vermutlich drei Hubschrauberlandeplätzen, zwei Golfanlagen und einem Pinkelpark für die Hunde.

Ob so etwas glücklich macht? Protz und Prunk im Überfluss? Ich war mir da nicht sicher. Vielleicht ärgerte sich der Herr trotz all seiner Milliarden maßlos über jede Fliege an der Wand. Gönnen würde ich es ihm.

Aber davon einmal abgesehen, waren unermesslicher Reichtum sowie Unsterblichkeit wirklich zwei Themen, die die Menschheit umtrieben, seit die ersten Höhlenmenschen ihre Behausungen mit Bildern von Tieren und Jagdszenen verschönert hatten. Daniel hatte schon recht gehabt. Wenn man nur fest daran glaubte, dass jemand tatsächlich für beides ein Geheimrezept besaß, dann schlug man jedem die Rübe ein, um an diese Tinktur heranzukommen. Das war zweifellos ein bombenstarkes Mordmotiv. Ich nahm mich da ebenso wenig aus wie den hochgelehrten und ach so wissenschaftlich-zurückhaltenden Oberstudienrat Krahwinkel.

Eine Barkasse hieß die Jacht mit lautem Getröte willkommen. Das Schiff grüßte tieftönig zurück. Ein feines Geräusch; es klang so schön nach Fernweh, Wellen, Meer und unendlichen Weiten. Sehnsuchtsklänge. Na ja, wenn ich dermaleinst in Rente ging, würde ich zu einer Weltumrundung aufbrechen. Ob zu Fuß, auf dem Rad oder per Schiff, war noch nicht ganz klar. Aber mich zog es eindeutig mehr zum Himalaja oder in die Anden und nicht zu irgendwelchen toten Grafen und verstaubten Akten wie etwa besagten Krahwinkel. Obwohl man so eine Forschung offenbar auch mit viel Herzblut betreiben konnte. Der Oberstudienrat hörte es sicher nicht gern, aber eigentlich hatte er nur bei unserem ersten Gespräch so richtig überzeugend den reservierten Wissenschaftler gegeben, überlegte ich. Bei dem Streit mit Lulu hatte das alles schon eine Nuance anders geklungen.

Verdammt, das Plakat drückte mittlerweile wirklich zentnerschwer auf meine verkrampfte Muskulatur. Ich drehte mich um, wechselte erneut den Haltearm und starrte fortan über die abgemähten Felder. Johannes schien von meinem Manöver überhaupt nichts mitbekommen zu haben und döste weiter vor sich hin. Vielleicht sah er St. Germain im Hollbakken'schen Garten bei einem Kampf mit einem Kreuzritter? Oder beide Männer an einer Festtafel, ein schönes Pferdegulasch verspeisend? Ich hoffte wirklich, dass er diesen zum Scheitern verdammten Plan so schnell wie möglich fallen ließ.

Vielleicht sollte ich ihm anbieten, gemeinsam mit ihm etwas auszuhecken, was Hollbakken retten konnte. Ja, das war eine gute Idee. Ich würde ihm ein wenig Zeit lassen und ihm dann diesen Vorschlag unterbreiten. Harry würde sicher auch mittun. Harry. Hoffnungsvoll schielte ich Richtung Stein, denn langsam reichte es mir, doch von meinem Liebsten und Marga war nichts zu sehen.

Also gut, wo war ich? Ein bisschen hin und her zu denken hatte noch nie geschadet und war allemal interessanter als die öde Plakat-Hochhalterei. Richtig, bei der Unsterblichkeit, dem Reichtum, bei Lulu und bei Krahwinkel. Der Oberstudienrat schien auch schon von St. Germain infiziert zu sein. Denn als Viks Gefährtin am Kornfeld auf ihn losgegangen war, hatte er den Grafen vehement gegen sie verteidigt. Ob ihm das überhaupt bewusst gewesen war? Wahrscheinlich nicht. Da hatte er wohl eher ganz spontan aus dem Bauch heraus auf Lulus unverschämte Art reagiert. Aber hatte er sich nicht sogar dazu verstiegen, dem Grafen ein »unbestreitbares Können« zu attestieren? Sieh an, sieh an. Oder hatte er nur die besondere und weit größere Begabung St. Germains als Scharlatan im Vergleich zu diesen heutigen Engelmedien gemeint? Dann war das aber zumindest missverständlich rübergekommen.

Darauf musste ich ihn bei Gelegenheit einmal hinweisen. Denn auf der Kirchenbank in Eckernförde hatte er ja deutlich anders geklungen. Ob ihm dieser Ausraster am Kornkreis peinlich war? Ich nahm es schwer an.

Inzwischen wurde auch mein linker Arm entsetzlich lahm. Wenn Marga und Harry nicht bald auftauchten …

»Ich glaube, wir sind hier fertig«, rief Johannes in diesem Moment zu mir herüber. Erleichtert drehte ich mich um. Wir rollten das Plakat ein und wollten uns schon auf den Weg nach Stein machen, als ich Marga und Harry auf uns zukommen sah. Na endlich.

»Schichtwechsel«, rief mein Lebens- und Liebesabschnittsgefährte gut gelaunt. »Die Brötchen sind total lecker. Wir haben euch schon angekündigt.«

Ich hatte seltsamerweise keinen Hunger, was bekanntlich nicht allzu häufig vorkommt. Doch das Frühstück auf der Fähre war reichhaltig gewesen und dazu noch nicht lange her.

»Ich bleibe hier und setze mich ein bisschen auf das Feld«, erklärte ich spontan. Harrys Verwirrung war mit Händen zu greifen.

»Hemlokk, bist du krank?« Er klang aufrichtig besorgt.

»Nee, mein Zustand heißt satt«, informierte ich ihn freundlich.

»Aber du bist doch nie –«

»Dann bleibe ich auch hier«, unterbrach Johannes ihn. »Hanna, kann ich dich noch mal sprechen?«

»Klar«, sagte ich erstaunt. Um Himmels willen, er kam mir doch jetzt nicht mit noch so einem idiotischen Hollbakken-Rettungsvorschlag? »Komm, wir setzen uns ins Feld. Oder hast du deine Ausgehhose an?«

Wir sahen uns nach einer passenden Stelle um, während

Marga und Harry mit dem Plakat Richtung Campingplatz schlenderten, weil dort die Förde enger war.

»Ich hab da nämlich noch eine andere Idee«, begann Johannes, kaum dass wir saßen. »Für Hollbakken.«

»Ja?«, sagte ich abgelenkt, weil mein Blick auf etwas Glänzendes im Gras zu meinen Füßen gefallen war. Ich stupste das glitzernde Ding mit dem Schuh an, um es freizulegen.

»Was ist das?«, fragte Johannes irritiert.

»Ein Smartphone.«

Ich bückte mich und hob es auf.

Es handelte sich um ein meganeues Teil, und es funktionierte noch tadellos, als ich es anschaltete. Irgendwie musste ich dabei eine ungeplante Wischbewegung gemacht haben, denn auf dem Display erschien ein Bild aus dem Fotospeicher. Vor Überraschung stieß ich einen lauten Schrei aus. Denn ich blickte direkt in die panisch geweiteten Augen und den aufgerissenen Mund Reinhold Schmales, der rückwärts über die Steiner Abbruchkante kippte.

ACHTZEHN

»Ein Selfie«, sagte ich erschüttert. »Der Mann hat tatsächlich von seinem eigenen Tod ein Selfie geschossen. Was für ein selbstverliebter Idiot.«

»Da ist er nicht allein«, meinte Harry trocken, der ebenso wie Marga auf meinen Schrei hin umgedreht und herbeigesprintet war. »In der Ukraine haben sich vor einiger Zeit ein paar Männer mit Handgranate fotografiert. Übrig blieb nur das Smartphone. Und in Wales ist ein Blitz in einen Selfiestick geschlagen. Ergebnis: Wanderer tot, Bild tadellos. Kieler Nachrichten: Aus aller Welt.«

»Bekloppt«, kommentierte Marga kopfschüttelnd. »Und irgendwie bedauernswert. Theo meinte letztens, dass diese Leute gar nicht so selbstverliebt sind, die sich dauernd fotografieren, sondern dass die umgekehrt eher zu den Schüchternen und Unsicheren gehören, die sich pausenlos ihrer selbst versichern müssen.«

»Ich schaue in die Kamera, also bin ich, wenn ich das Bild poste und das der Welt kundtue«, bemerkte Harry nachdenklich. »Ja, da könnte etwas dran sein.«

»Und die Möglichkeit, sich ständig der Öffentlichkeit so zu präsentieren, wie man sich selbst gern sehen will, spielt dabei auch eine zentrale Rolle, denke ich«, meinte Johannes. »Stets gut drauf, in einer super Location. Total erfolgreich eben. Denn wer postet schon Bilder von sich, wenn er depressiv auf der Couch abhängt?«

Richtig, niemand. Auch Reinhold Schmale musste sich der Welt als oberfitter Mittvierziger vor strahlend schöner Ostsee präsentieren. Dumm nur, dass er dabei offenbar den einen, in seinem Fall entscheidenden Schritt zu viel getan hatte. Aber waren wir damit nun mit allen Theorien zum Selfie-Unwesen durch? Ich denke schon, befand ich ungeduldig.

»Ich mache eigentlich nie Selfies«, erklärte Johannes. »Ihr?«

»Krischan tut es hin und wieder, glaube ich«, sagte Marga. »Und letztens haben wir eins zusammen gemacht. Für die Homepage von DePP.«

»Klar, das ist auch so ein Generationendings. Die Jungen tun es alle, die Alten eher nicht. Kennt ihr den Darwin Award?«, platzte Johannes unvermittelt heraus. Seine Laune hatte sich erkennbar gehoben, die maroden Meere und seine Pläne zur Rettung Hollbakkens waren momentan vergessen. »Da wird alljährlich nach dem bescheuertsten Tod auf der Welt gesucht. Also wo die Jury zugegeben etwas zynisch meint, das Opfer habe der Welt unter dem Aspekt der natürlichen Auslese mit seinem Tod etwas Gutes getan. Ich finde ja den Zoowärter am schönsten, der einem Elefanten ein Abführmittel verabreicht hat und dann nach hinten ging, um zu sehen, ob … tja, es hat dann wohl schneller und stärker gewirkt, als er vermutete.« Johannes' Mundwinkel zuckten verdächtig. »Der Mann ist unter dem Riesenhaufen begraben worden.«

»Das gibt's nicht«, dröhnte Marga los und fing lauthals an zu lachen.

Und auch auf Harrys Gesicht lag ein breites Grinsen. Der Tierpfleger konnte einem selbstverständlich leidtun, das war ein schrecklicher Tod. Trotzdem … Ich grinste ebenfalls.

»Tja, da kann so ein Selfie, durch das man mit einem einzigen Schritt über die Steiner Abbruchkante dem ewigen Frieden näher kommt, nicht mithalten. Trotzdem ist es saublöd, sich auf diese Weise ins Jenseits zu befördern«, befand Harry, als wir uns wieder beruhigt hatten.

»Weil es so gewöhnlich ist«, assistierte Marga. »Ich sterbe ja lieber mit einem großen Knall und nicht durch einen unspektakulären Schritt.«

Klar. Etwas anderes hätte ich auch nicht von ihr erwartet.

»Hört mal, wieso hat die Polizei das Smartphone eigentlich nicht gefunden? Und vor allen Dingen: Wer hat es ausgeschaltet? Der Schmale doch bestimmt nicht mehr«, meinte Harry.

Das Plakat war endgültig vergessen; heute würden die Massen nicht mehr von der DePP-Werbung mitgerissen werden.

Ja, das war tatsächlich eine gute Frage. Das Smartphone musste hier seit Schmales Tod gelegen haben. Und die Polizei hatte den Unfallort sicherlich gründlich untersucht. Trotzdem gab es meiner Meinung nach eine völlig unspektakuläre Antwort.

»Unten liegt der Hundestrand. Vielleicht hat es ein übereifriger Vierbeiner noch vor der polizeilichen Untersuchung apportiert, und der Acker hier ist erst vor Kurzem gepflügt worden«, bot ich meine Erklärung an. »Da verschwindet leicht mal kurzzeitig was unter der Scholle und kommt erst später wieder hoch.«

»Na ja …«, meinte Harry gedehnt.

»Es war definitiv ein Unfall, Harry«, sagte ich ruhig. »Niemand glaubt mehr an einen Mord, weder die Polizei noch seine Frau. Und das Bild auf dem Smartphone ist der allerletzte Beweis. Deshalb muss es so sein. Alles andere ergibt keinen Sinn. Und ob es nun Krähen, der pflügende Bauer, ein Hund, eine Katze oder ein Kind war, ist doch letztlich egal.«

»Und dabei wurde das Smartphone durch Zufall ausgeschaltet?« Harry blieb skeptisch. »Denn das muss passiert sein, sonst hätte die Batterie nach der ganzen Zeit längst den Geist aufgegeben.«

»Es war aus. Ich habe es erst wieder eingeschaltet.«

Ein älteres Ehepaar marschierte stumm an uns und dem auf dem Boden liegenden Plakat vorbei. Normalerweise hätte Marga etwas Passendes zu den beiden gesagt. Heute hatte selbst sie Wichtigeres im Kopf.

»So muss es einfach gewesen sein, Harry«, beharrte ich. »Alles spricht dafür. Sämtliche Fakten. Und wenn man das Unmögliche ausgeschaltet hat, bleibt eben nur noch das Mögliche nach.«

»Der alte Pappkamerad Sherlock Holmes?«, fragte er anzüglich. »Oder stammt das von Miss Marple?«

»Ich mache keine Witze, Harry«, wies ich ihn scharf zurecht. »Wir werden nie herauskriegen, wie genau das mit dem Smartphone gelaufen ist. Gut, es ist nicht mit ihm hinuntergefallen. Das kann man wohl sagen. Er hat es im Hinabstürzen noch unbewusst weggeschleudert. Aber das ist auch nicht mehr wichtig. Denn am Tod von Reinhold Schmale ist nichts Geheimnisvolles dran. Das ist der Punkt. Es gibt keinen Mörder, sondern ein Selfie hat dem bestgehassten Mann in ganz Schleswig-Holstein das Genick gebrochen. Ich werde das Smartphone seiner Frau Bettina geben, wenn ich ihr Bericht erstatte. Sie soll dann sehen, was sie damit anfängt.«

»Vielleicht rahmt sie sich ihren toten Gatten ja auch und hängt ihn sich übers Bett«, meinte Harry sarkastisch. »Wenn ich Künstler wäre, würde ich das Bild entweder ›Und tschüss‹ oder ›Ich bin dann mal weg‹ nennen. Das ist zwar nicht sehr originell, aber es hat was.«

Wir fuhren schweigend nach Hause. Jeder hing seinen Gedanken nach. Was hatte Marga doch gleich vorhin im Zusammenhang mit der missglückten Crowdfunding-Aktion gesagt? So manches, was groß angelegt ist und zunächst ungemein aufregend klingt, verläuft einfach im Sande. Reinhold Schmales Tod gehörte eindeutig in diese Kategorie. Nichts als heiße Luft, auch wenn der Mann Mordmotive auf sich gezogen hatte wie kein anderer. Und wenn ich weiter in seinem Leben herumgewühlt hätte, wäre ich bestimmt auf noch mehr Leute außer den Giftzwergen und seiner Frau gestoßen, die Reinhold Schmale den Tod gewünscht hatten.

Es war ein schönes Gefühl, zumindest einen Fall komplett und bis zum Ende gelöst zu haben. Okay, den letzten Baustein hatte ich durch Zufall gefunden, aber trotzdem war in der Schmale-Sache die Bokauer Privatdetektivin ohne Gewerbeschein weiter gekommen als die Polizei. Und das war schon etwas. Ich war stolz auf mich.

Vor dem Haupthaus verabschiedeten Johannes und ich uns herzlich von Harry und Marga und trabten zur Villa hinunter. Das musste man meinem Liebsten lassen: Er merkte immer, wenn er nicht erwünscht war. Und das war er nicht, denn durch den Smartphone-Fund waren Johannes und ich ganz vom eigentlichen Thema abgekommen. Zum Dank für sein Verständnis hatte ich Harry mit Aplomb auf die Wange geküsst, was er mit einem geraunten, nur für mich bestimmten »Oh, là, là, mon dieu!« quittierte.

»Moin, Silvia«, begrüßte ich meine kühische Nachbarin aufgeräumt, als ich die Gartenpforte öffnete. Heute Morgen hatte sie auf dem anderen Ende der Weide gegrast. »Wie war das Wochenende?«

Sie antwortete mit einer leichten Krümmung des Rückens, hob anschließenden in einer fließenden Bewegung den Schwanz und setzte einen heißen Strahl ab. Ich nahm das nicht persönlich. So war sie eben. Ganz Kuh.

»Setz dich doch draußen auf die Bank«, sagte ich zu Johannes. »Bist du auch am Verdursten? Ich koche uns rasch einen Tee. Dann reden wir.«

»Ach, es ist eigentlich gar nichts Dolles.«

Er war mir gefolgt und stand jetzt in der Tür, die Hände tief in den Taschen vergraben und den Kopf an den Rahmen gelehnt. Ich stellte meine Tasche ab, füllte den Wasserkocher und schaltete ihn an. In der Villa roch es ein wenig muffig. Also öffnete ich rasch ein Fenster.

»Das werden wir gleich sehen. Moment, ich muss nur noch mal schnell auf Klo. Kümmerst du dich um den Tee?«

Das tat er. Als ich erfrischt zurückkam, zog unser Heißgetränk bereits.

»Weißt du«, begann er, »ich habe über deine Worte von vorhin nachgedacht. Und du hast ja irgendwie recht: Ritterspiele und all so was werden mittlerweile überall angeboten. Das ist kein Knaller mehr.« Hoffentlich kam er mir jetzt nicht mit Indianerüberfällen oder Thingtagen. Die gab's ja ebenfalls wie Sand am Meer. »Und das Fleisch dieser exotischen Tiere zu besorgen wird wohl wirklich schwierig«, fuhr er fort.

Klar, welcher Schlachter hatte schon Schwan im Angebot? Oder Dachse. Bei denen half eher ein scharfer Blick auf den Seitenstreifen der Landstraße.

»Deshalb habe ich mir vorhin überlegt …«, er zögerte, bevor er herausplatzte: »Was hältst du von einer zünftigen Schnitzeljagd auf

Hollbakken, Hanna? Und zwar von so einer richtig altmodischen. Keine mit Smartphone und GPS und dem ganzen Hightech-Krams. Das finden die Leute zwar erst toll, aber das wird sich auch schnell wieder geben. Und da kann ich sowieso nicht mithalten. Nein, ich stelle mir eine mit handgemalten Billetts vor, die du suchen und finden musst. In denen stehen dann die Anweisungen für den nächsten Schritt. Vielleicht kann man die sogar in Reimform präsentieren. Oder sie in Worträtsel verpacken, an denen sich dann die Teams die Zähne ausbeißen. Das wäre doch was, nicht? Das hätte Charme. Was meinst du dazu?«

»Bitte? Oh, entschuldige, ich habe für einen Moment den Faden verloren.«

Zu Deutsch, ich hatte ihm nicht zugehört. Und das lag an einem Wort: Billett. Als er es eben benutzte, hatte irgendetwas in meinem Kopf zu schnackeln begonnen. Und zwar ziemlich heftig. Wo und in welchem Zusammenhang hatte ich diesen altertümlichen Begriff bloß erst letztens gehört?

»... eher in Versform oder eher in Rätseln?«, fragte Johannes mit eifrigem Gesicht. »Was kommt deiner Meinung nach besser an?«

»Beides«, antwortete ich zerstreut.

Ich brauchte nicht lange zu überlegen. Das Wort war natürlich im Zusammenhang mit diesem verdammten Grafen von St. Germain gefallen. Der Mann brachte mich wirklich langsam, aber sicher um den Verstand, was für einen Toten eine reife Leistung ist.

»Der Tee ist fertig«, sagte Johannes beleidigt. »Soll ich die Beutel herausnehmen?«

Ich nickte geistesabwesend. Krahwinkel. Er hatte diesen antiquierten Ausdruck damals in der Kirche von Eckernförde benutzt. Als er mir auf der Bank etwas über den ollen Landgrafen erzählt hatte. Carl hatte der geheißen, jetzt fiel es mir wieder ein. Und von St. Germains Tod hatte der Oberstudienrat ebenfalls berichtet. Was in den Akten stand, die er studierte. Und in diesem Zusammenhang war das Wort »Billett« gefallen. Genau. Ich kannte sonst auch niemanden, zu dem es passte.

»Hanna?«

Ich schüttelte abwehrend den Kopf.

»Moment. Jetzt nicht.«

Dr. Reiner Krahwinkel. Der am Kornfeld ganz starr und steif geworden war und angefangen hatte zu schwitzen, als Lulu den Grafen beleidigte. Der also doch nicht so angefasst gewesen war, weil sie ihn, den pensionierten und promovierten Oberstudienrat, angepöbelt hatte, sondern weil St. Germain von ihr nicht die ihm gebührende Ehrerbietung zuteilgeworden war.

Krahwinkel, der aus der Haut gefahren war, als Lulu St. Germain für sich reklamierte. Der dem Grafen also keineswegs so skeptisch gegenüberstand, wie er behauptete, sondern der den barocken Hochstapler Lulu gegenüber ernsthaft und vehement verteidigt hatte als einen Mann, dessen Können außer Frage stünde. Genau dies waren seine Worte gewesen, wenn mich meine Erinnerung nicht trog. Krahwinkel hatte St. Germain in dem Streit mit Lulu entgegen meiner Deutung keineswegs mehr als begnadeten Scharlatan bezeichnet, sondern allen Ernstes als Könner. Mir war es nur nicht aufgefallen, weil ich lediglich Lulu gesehen hatte. Doch wenn ich mir die Szene noch einmal vergegenwärtigte, hatte Krahwinkel ihr zwar zweifellos etwas entgegensetzen wollen, aber – und das war der viel entscheidendere Punkt – mir war dabei völlig entgangen, dass sich seine Haltung entweder komplett gewandelt oder er mir die ganze Zeit mit seinem wissenschaftlichen Blick etwas vorgemacht hatte, weil er im Laufe seiner Forschungen zum gläubigen Jünger St. Germains mutiert war. Wie Lulu und Vik. Wie Froja. Wie Juliane und all die anderen Esoteriker, zu denen er auf keinen Fall gehören wollte.

Beides war möglich, wobei Letzteres die wahrscheinlichere Variante war. Anfangs hatte sich der Mann dem Grafen bestimmt mit der gebotenen Zurückhaltung genähert und dann im Laufe der Jahre immer mehr den Boden unter den Füßen verloren – bis, ja bis St. Germain auch sein Denken und Fühlen fest im Griff hatte. Doch wie dem auch sei, es war gleichgültig. Denn nur wenn man den Oberstudienrat in Sachen St. Germain als

Gläubigen betrachtete, ergab plötzlich in der Juliane-Sache alles einen schrecklichen Sinn.

»Hanna? Was ist denn los mit dir?«

»Jetzt nicht. Bitte, Johannes, setz dich draußen hin. Ich komme gleich nach. Ich muss über etwas nachdenken.«

Kopfschüttelnd schob er ab.

Denn einmal angenommen, das wissenschaftlich-distanzierte Gehabe Krahwinkels bei unserem ersten Gespräch war nichts als Makulatur und der Mann glaubte tatsächlich an die Versprechen St. Germains, bei denen es bekanntlich um unermesslichen Reichtum, massenhaft Gold und die eigene Unsterblichkeit ging.

Dann würde er doch auf Teufel komm raus versuchen, an die »Rezepte« heranzukommen. Das würde praktisch jeder tun. Einfach weil es zu verlockend war. Na ja, ein Heiliger wäre vielleicht immun dagegen. Doch ein Normalsterblicher, zu denen nun einmal auch ein pensionierter Oberstudienrat gehörte, war es definitiv nicht.

Draußen fing Johannes voller Ungeduld an zu summen. Ich ignorierte ihn, schließlich befand ich mich auf dem besten Weg, seinen Ruf in der Esoterik-Gemeinde wiederherzustellen. Er wusste es nur nicht.

Wie bei Millionen anderer Menschen waren es also die beiden ewig gültigen Zauberworte gewesen, die den Verstand des gewesenen Pädagogen umnebelt hatten. Daniel hatte mich durch Karl May und dessen »Zauberwasser«-Erzählung geradezu mit der Nase darauf gestoßen. Zu dem Zeitpunkt hatte ich bloß nicht geschaltet, weil alles nichts miteinander zu tun zu haben schien. Bei Julianes Verschwinden schien es lediglich lauter lose Enden zu geben.

Jetzt entwirrten sich diese Enden, und die bisher unzusammenhängenden Informationen fielen wie Puzzlesteine an ihren richtigen Platz. Denn es war eindeutig Krahwinkel gewesen, der mir damals in der Eckernförder St.-Nicolai-Kirche von einem versiegelten Billett erzählt hatte, das St. Germain nach seinem Tod seinem Gönner, besagtem Landgrafen Carl von Hessen, hinterlassen wollte. Mit all den hochgeheimen Rezepten und Tinkturen, um mehr als so alt wie Methusalem und mindestens so reich wie Bill Gates zu werden. So stünde es in den Quellen.

Mhm. Geistesabwesend schenkte ich mir eine Tasse Tee ein, setzte an und verbrühte mir prompt die Lippen. Merde. Johannes hatte seinen Gesang oder besser seine Töne eingestellt und plauderte nun mit Gustav und Hannelore. Hatte der Oberstudienrat allerdings nicht auch gesagt, dass niemand dieses mysteriöse Billett je zu Gesicht bekommen habe? Weil es nicht existierte? Oder weil es zwar vorhanden, aber seit Urzeiten verschollen war? Keine Ahnung. Ich erinnerte mich nicht. Ergab das Ganze dann überhaupt noch einen Sinn?

»Ich gehe dann jetzt«, rief Johannes von draußen. »Wir reden später. Es ist auch nicht so wichtig.«

»Ist gut. Tut mir leid«, brüllte ich hinter ihm her, hielt ihn jedoch nicht zurück. Der Durchbruch war nah, ich spürte es mit jeder Faser meines Körpers.

Okay, also einmal angenommen, dieses versiegelte Billett existierte entgegen aller Wahrscheinlichkeit tatsächlich. Hatte Krahwinkel es dann etwa durch seine intensiven Forschungen aufgespürt? Vielleicht in irgendeinem verstaubten Karton, der in einer der hintersten Ecken in einem Archivkeller lagerte? So etwas gab es ja nicht nur in Hollywoodfilmen. Aber was machte das für einen Sinn? Krahwinkel besaß dann doch, was er ersehnte, und hätte das Zauberwasser auf der Stelle für sich anrühren oder die Rezeptur meistbietend versteigern können. Das wäre der Ebay-Knaller des Jahrhunderts geworden. Wieso …?

Die Erkenntnis traf mich wie ein Schlag. *Er* war offenkundig nicht der Finder und Entdecker gewesen, nein, er nicht. Aber weiter angenommen, er wähnte aus irgendeinem Grund, den ich noch nicht kannte, das Billett mit den geheimen Rezepturen St. Germains im Besitz Julianes. Dann hätte er todsicher alles getan, um seiner habhaft zu werden, oder?

Er saß tatsächlich auf der Bank am Kornfeld, wie mir seine Frau telefonisch mitgeteilt hatte, beschattet und beschirmt von der

Weide, und glaste ins Leere. Ein von Weitem gepflegt aussehender Mitt- bis Endsechziger, dem, wie ich nun wusste, das Ausscheiden aus dem Beruf zu schaffen machte und der auf einen Scharlatan hereingefallen war, der seit über zweihundert Jahren tot war. Er schaute nicht auf, als ich mich stumm neben ihn setzte.

Eine ganze Weile blickten wir beide auf das abgemähte Feld vor uns. Wir waren allein.

»Der Spuk ist vorbei«, bemerkte er. »Ich würde zu gern wissen, wer da seine Finger im Spiel hatte.«

»Mein Vermieter, Fritjof Plattmann«, sagte ich schroff. »Oder ein Reh. Aber beide sprechen nicht darüber. Wir werden also nie erfahren, wer für die Kornkreise verantwortlich war. Doch deshalb will ich nicht mit Ihnen reden. Ich bin wegen Juliane Schott hier. Sie ist tot. Und Sie haben sie umgebracht. Wie konnte das passieren, Herr Krahwinkel?«

Zunächst reagierte er nicht. Erst als aus der Neubausiedlung ein Kinderlachen zu uns herüberwehte, löste er sich aus seiner Erstarrung und wandte mir in Zeitlupe das Gesicht zu. Seine Wangen waren eingefallen, tiefe Ringe lagen unter seinen Augen, und er hatte sich heute Morgen nicht rasiert. Die weißen Stoppeln passten überhaupt nicht zu ihm. Keine Frage, der Mann litt.

»Weil sie es besaß«, sagte er einfach, als wäre damit die Sache völlig klar.

Offenbar hatte ich unbewusst die Luft angehalten, was mir nur dadurch zu Bewusstsein kam, dass ich jetzt bei seiner Antwort geräuschvoll ausatmete. Spiel, Satz und Sieg.

»Sie sprechen von dem versiegelten Billett, das der Graf von St. Germain dem Landgrafen Carl nach seinem Tod hinterlassen wollte, richtig?«, tastete ich mich behutsam vor.

Wir kamen keinen Zentimeter weiter, wenn wir uns nur in Andeutungen ergingen. Die Sache gehörte ausgesprochen, schließlich ging es hier um einen Mord.

»Ja, natürlich.« Krahwinkel bedachte mich mit einem irritierten Blick, der eindeutig besagte, dass es in seiner Welt mittlerweile nichts anderes als diesen verdammten Grafen gab.

»Aber dieses Billett ist nie gefunden worden. Weil es höchstwahrscheinlich überhaupt nicht existiert. Das haben Sie mir damals in St. Nicolai selbst erzählt«, wandte ich ein.

»Das ist natürlich Unsinn. Selbstverständlich existiert es.« Seine Schultern strafften sich bei diesen Worten, und er musterte mich ernst. »Sie haben mir damals geglaubt, nicht wahr? Ja, haben Sie, ich sehe es Ihnen an. Ich kann in diesem Punkt äußerst überzeugend wirken, wenn es darauf ankommt. Das sage ich in aller Bescheidenheit. Und ich konnte doch keinen weiteren Mitwisser dulden. Das hätte die ganze Angelegenheit nur noch weiter verkompliziert.«

»Herr Krahwinkel –«

Er hob die Hand.

»Lassen Sie mich bitte ausreden, meine Liebe. Natürlich hat der Graf seine Geheimnisse schriftlich niedergelegt, bevor er starb. Das kann gar nicht anders gewesen sein. Er wusste doch um deren bahnbrechende, die Welt in ihren Grundfesten erschütternde Bedeutung. Und St. Germain war zweifellos ein äußerst kluger Kopf, ja, ich würde ihn heute sogar ohne Abstriche ein Genie nennen. Ein Genie, ja.«

Seine Stimme hatte bei den letzten Worten den Klang und die Lautstärke angenommen, mit der er mühelos vierzig Jahre lang jede siebte Klasse in Schach halten konnte.

»Sie selbst haben ihn noch vor wenigen Wochen einen Betrüger und Scharlatan genannt«, wandte ich ein.

»Ach was.« Er wischte meinen Einwurf mit einer ärgerlichen Handbewegung beiseite. »Das war Tarnung. Weil die Leute es nicht verstehen. Nein, es gibt dieses Billett, keine Frage. Sein Diener Niels hat es an sich genommen.«

Bei diesen Worten begannen sich seine Wangen rötlich zu färben. Der Mann wirkte plötzlich gar nicht mehr grau und bartstoppelig, sondern eher, als habe er das gräfliche Lebenselixier doch aufgespürt und eingenommen.

»Ach«, sagte ich.

Das schien ihm nur noch mehr Auftrieb zu geben. Streng schaute er mich an.

»Sie glauben mir nicht? Wollen die Tatsachen nicht anerkennen? Nein, natürlich nicht. So habe ich es ja am Anfang in meiner Unkenntnis ebenfalls gesehen. Aber die Fakten sprechen eine eindeutige Sprache.«

Fakten? Welche Fakten? Glaub ihm kein Wort, Hemlokk, hörte ich Harry rufen.

»Na, ich weiß nicht«, stachelte ich den Oberstudienrat noch ein bisschen an.

»Passen Sie auf, ich erkläre es Ihnen, meine Liebe. Niemand, der bei Verstand ist, kann es dann noch leugnen«, versicherte er eifrig. Seine Augen leuchteten jetzt, der Mann schien geradezu wie elektrisiert. »Der Graf ist am 27. Februar 1784 gestorben. So steht es im Kirchenbuch von St. Nicolai. Andere Quellen geben zwar den 26. Februar an, aber ich denke, das Kirchenbuch hat recht. Also, der 27. ist unser Datum. Gleich am nächsten Tag begann das Gericht, sich mit dem Nachlass zu befassen. Der Stadtsekretär, ein Mann namens Claussen, beschlagnahmte St. Germains Habe und schickte dessen Diener Niels mit dem Silber zum Hofagenten Bruyn. Das ist alles aktenkundig und kein Hirngespinst.« Er hob den Zeigefinger. »Merken Sie was? Da hätte diese treue Seele von Diener bereits das erste Mal das Billett an sich nehmen und herausschmuggeln können. Niels hat doch bestimmt gewusst, wo der Graf es aufbewahrte. Also ist dies Möglichkeit Nummer eins. Dann wurden die Stube und das Laboratorium zwar versiegelt. Aber es dauerte einige Tage, nämlich bis zum 2. März, bis besagte Stube in Gegenwart des Major von Motz sowie des Hofagenten Bruyn amtlich geöffnet wurde. Drei Tage, merken Sie sich das! Das ist nämlich eine Menge Zeit für einen echten Kerl, um ein Siegel so zu lösen, dass niemand es hinterher merkt. Hier haben wir die zweite Möglichkeit für den Diener Niels, das Billett in Sicherheit zu bringen. Erst am 9. Oktober warf dann der Landgraf höchstpersönlich – er war erst Anfang des Monats von einer Reise zurückgekommen – einen Blick auf den Nachlass. Er fand das versprochene Billett bekanntlich nicht. Nein, natürlich nicht. Und wissen Sie, warum nicht?« Krahwinkels Pupillen waren jetzt stark vergrößert. »Das kann ich Ihnen sagen, meine Liebe. Weil St. Germain nämlich noch einen Schritt weiter gegangen ist, um den versammelten Hofschranzen Sand in die Augen zu streuen. Alles in allem kostete seine Beerdigung dreihundertneunundzwanzig Reichstaler und siebzehn Schilling. Das steht ebenfalls in den Akten. So viel Geld wurde jedoch in St. Germains Stube nicht gefunden, sodass der Landgraf gezwungen war, sich an den Beerdigungskosten mit hundertzweiundvierzig Reichstalern und dreizehneinhalb Schilling zu beteiligen. Schlau, nicht?«

Krahwinkel nickte zufrieden und lockerte seine Krawatte.

Du lieber Himmel, was zum Teufel sollte daran schlau sein? Dass der Graf so arm tat, obwohl er doch nur einmal sein eigenes Diamantenrezept hätte anrühren müssen, um sich eine Beerdigung leisten zu können, die jeden Pharao vor Neid hätte erblassen lassen? Was für ein krauses Zeugs. Und vor noch nicht allzu langer Zeit, nämlich auf besagter Kirchenbank in St. Nicolai, hatte derselbe Mann ohne Probleme das glatte Gegenteil behauptet: Es gäbe keinen besseren Beweis für die Nichtexistenz des Billetts als die Tatsache, dass der Graf von St. Germain erstens arm und zweitens überhaupt gestorben sei. Und auch wenn diese Aussage Krahwinkels nach seinem jetzigen Bekunden lediglich als Tarnung seiner wirklichen Überzeugung hatte dienen sollen, schien sie mir doch um Ecken überzeugender.

Nein, die geheimnisvolle Rezeptur gab es eindeutig nicht, und sie geisterte lediglich in manchen Träumen und Sehnsüchten der esoterischen Gemeinde sowie in Dr. Reiner Krahwinkels Kopf herum. Niemand hatte dieses mysteriose Billett je in den Händen gehalten, und niemand auf dieser Welt hatte bislang durch unermesslichen Reichtum und Unsterblichkeit geglänzt. Man weiß, woher die Gates-Milliarden kommen, und kann sie zählen, und selbst Methusalem hat es eines Tages dahingerafft. Doch machte es Sinn, Krahwinkel zu widersprechen? Nein. Der Mann hatte augenscheinlich nicht mehr alle Latten am Zaun. Dagegen verblassten sogar die zahlreichen losen Sparren der Bokauer Pilcherine.

»Gut«, sagte ich deshalb. »Nehmen wir also an, dass das Billett existiert. Um noch einmal auf –«

»Aber ja«, versicherte Krahwinkel. »Das haben meine Forschungen eindeutig ergeben. Man muss bei St. Germains Diener Niels ansetzen. Ich werde bald einen Artikel darüber veröffentlichen. Damit die Welt Bescheid weiß.«

»Tun Sie das«, sagte ich freundlich. Eines der zahlreichen Esoterik-Blättlein würde das Elaborat wohl nehmen. »Um noch einmal auf Juliane zurückzukommen: Warum genau haben Sie sie getötet?«

Ich konnte es mir zwar denken, doch ich wollte es aus seinem Mund hören.

»Das habe ich Ihnen doch gerade erklärt. Sie hatte es. Das Billett.« Julianes Mörder hatte seine Stimme jetzt zu einem verschwörerischen Flüstern gesenkt. »Das hat sie ja zugegeben. Sie sei nämlich über tausend Ecken mit dem Diener Niels verwandt, hat sie gesagt. Auf diesem Weg sei das Billett, das noch nie geöffnet worden sei, in die Hände ihrer Familie gelangt.«

Krahwinkel blickte mich dermaßen triumphierend an, dass ich unwillkürlich schlucken musste. Juliane hatte sich da mit dem Oberstudienrat offenbar einen kleinen Scherz erlaubt – der für sie tödlich ausging, weil sie nicht sehen konnte, wie ernst der Pädagoge die ganze Sache in Wahrheit nahm. Vielleicht war ihr seine demonstrativ zur Schau getragene Skepsis allem Esoterischen gegenüber auf die Nerven gegangen und sie hatte es ihm auf diese Weise heimzahlen wollen. Oder sie fand es einfach witzig, ihn wie einen hechelnden Jagdhund hinter einer Beute, die nicht existierte, herrasen zu sehen. Das würde ich nie herausbekommen.

»Ich wollte ihr nichts tun«, versicherte Krahwinkel.

»Aber sie ist tot.«

»Es war ein Unfall«, beteuerte er. »Ich wollte sie nicht umbringen. Ich wollte nur das Billett an mich bringen, weil diese Frau es nicht genug wertschätzte.« Er schüttelte den Kopf. »Ein derartiges Kleinod, ja eine Weltsensation in solch nichtswürdigen Händen. Unfassbar.« Er atmete jetzt schwer vor Erregung. »Selbstverständlich wollte ich es nicht für mich. Das können Sie mir glauben. Ich persönlich will weder reich noch unsterblich werden.« Ach nee? »Nein, nein, ich wollte es natürlich für die

Wissenschaft, für die Menschheit. Doch die Frau verstand das überhaupt nicht und hat über mein Ansinnen nur gelacht.« Das hätte ich an Julianes Stelle ebenfalls getan. »Diese dumme Frau«, setzte er erbittert hinzu. »Hätte sie auch nur einen Funken Verstand besessen, wäre das doch nicht passiert.«

Eine Gruppe von Alien-Freunden spazierte lärmend an uns vorbei. Offenbar war die Kunde, dass das wundersame Weizenfeld ganz schnöde von einem bäuerlichen Ignoranten gemäht worden war, noch nicht zu ihnen vorgedrungen.

»Das gibt es doch jetzt nicht!«, rief ein Jüngling immer wieder entsetzt und warf dabei die Hände in die Luft, als wolle er den Mann im Mond herbeibeten. Vom Äußeren her hätte man ihn eher für einen Preisboxer gehalten. Zwei Frauen klammerten sich aneinander wie Ertrinkende und schluchzten haltlos.

»Erschreckend, nicht?«, bemerkte Krahwinkel in völlig normalem Tonfall. »Was die Leute alles glauben!«

Ich blickte ihn scharf an. Doch der Mörder von Juliane Schott scherzte keineswegs, er meinte es bitterernst. Zwei Dinge musste ich noch wissen, bevor er es vollends über den Kopf kriegte.

»Die Prügelei hier im Kornfeld – haben Sie mir lediglich davon erzählt, um mich auf eine falsche Fährte zu locken?«

»Das ist doch gelungen, nicht wahr? Und gelogen war es ja nicht.« Er war sichtlich stolz auf sich.

»Herr Krahwinkel –«

»Man hatte Juliane und mich doch mehrmals in St. Nicolai gesehen. Dafür gab es Zeugen. Und Sie als Privatdetektivin suchten sie.« Er lächelte mich an. »Ich war gut, nicht?«

Nein, so gut war er nun auch wieder nicht. Um ihn zu zitieren: In aller Bescheidenheit, ich war besser.

»Weshalb haben Sie mir überhaupt von dem Billett erzählt? Das wäre nicht nötig gewesen.«

Er wackelte bedächtig mit dem Kopf.

»Ja, das war ein Fehler. Ein schwerer Fehler sogar. Die meisten Menschen vergessen die Story gleich wieder. Und wenn das nicht der Fall ist, halten sie sie lediglich für einen guten Witz der Geschichte. Tja, Sie haben das nicht getan.«

Darauf gab es keine Antwort.

»Was haben Sie mit Juliane gemacht, Herr Krahwinkel?«

»Wie es zu ihrem Tod kam, meinen Sie?«, fragte er freundlich. Und das war noch gruseliger, als wenn er geschrien hätte.

»Ja.«

»Wir haben uns hier getroffen.« Er klopfte neben sich auf die Bank. »Ich wollte nur noch einmal vernünftig mit ihr reden. Ihr noch einmal klarmachen, wie wichtig und kostbar das war, was sie und ihre Familie da in den Händen hielten. Wirklich einzigartig. Stellen Sie sich doch nur einmal vor, was St. Germains Mittel für die menschlichen Krankheiten bedeutet. Sie hat gelacht.«

Er schwieg und blickte der sich entfernenden Esoteriker-Gruppe hinterher.

»Und dann?«, schubste ich ihn an.

»Sie hat nichts verstanden. Gar nichts. Die Frau dachte nur an sich selbst und keinen Millimeter über ihren beschränkten Horizont hinaus. Sie wollte mir nichts verraten.« Er räusperte sich verhalten. »Nun ja, das hatte ich vorausgesehen. Als Lehrer besitzt man einige Menschenkenntnis, sonst hat man den Beruf verfehlt. Deshalb hatte ich einen Tee vorbereitet.« Er lächelte in der Erinnerung. »Es sei ein echter St.-Germain-Tee, habe ich zu ihr gesagt, nicht dieses Abführmittel, das die hiesigen Apotheken unter dem Namen des Grafen verkaufen.« Den hätte Juliane allerdings überlebt. »Eine Schande ist das. Aber die Leute wissen es ja nicht besser.«

»Nein«, stimmte ich ihm zu.

»So ging es jedenfalls nicht weiter. Die Frau hielt mich hin. Lächelte mich an und hielt mich hin. Da musste ich doch ein bisschen Druck machen.«

»Was war das für ein Gebräu, Herr Krahwinkel?«

Er schnipste sich einen nicht vorhandenen Fussel vom makellos sauberen Jackett.

»Erzählte ich bereits, dass meine Frau leidenschaftlich gärtnert? Ich kann ja einen Baum nicht von einem Strauch unterscheiden, aber Elsbeth hat den sogenannten grünen Daumen.

Bei uns wächst eine Engelstrompete im Garten. Meine Frau hat sie mir gezeigt, nachdem ich im Internet ein bisschen recherchiert hatte. Die Engelstrompete gehört zu den Nachtschattengewächsen wie der Stechapfel oder die Tollkirsche. Wenn man die Pflanzenteile kocht, bekommt man einen schönen Sud, der die Mundschleimhäute austrocknet und zu Atembeschwerden führt. Ich habe es in den Tee gerührt. Also, ich wollte Juliane ein bisschen Angst machen, zugegeben. Dann hätte sie mir verraten, wo sie das Billett versteckt. Tja, und dann ist das irgendwie aus dem Ruder gelaufen. Bedauerlich, zweifelsohne.«

Wollte der Knabe mich für dumm verkaufen? Da hatte er sich jedoch entschieden verrechnet!

»Weil Sie vorsichtshalber den Artikel im Internet nicht weitergelesen haben, Herr Krahwinkel?«

Meine Stimme klang hart und kompromisslos, aber was er sich da leistete, war wirklich eine Frechheit. Es gehörte zu meinem Job, zu wissen, dass besagte Nachtschattengewächse nicht nur zu harmlosen Übelkeiten führen, sondern ebenfalls zu Halluzinationen und Psychosen, und dass sich die Atembeschwerden zur Atemlähmung auswachsen können. Und dass ihm das alles nicht bekannt gewesen sein sollte, konnte er mir nicht weismachen. Er hatte diese möglichen Wirkungen knallhart einkalkuliert, als er Juliane den Tee anbot.

»Sie haben Juliane Schott ermordet.«

»Nein, nein, es war ein bedauerlicher Unfall«, beharrte er mit Unschuldsmiene.

War es nicht. Aber damit würden sich seine Richter auseinandersetzen müssen.

»Juliane Schotts Tod war nicht nur bedauerlich, sondern auch noch völlig unnötig, Herr Krahwinkel. Denn sie hatte das Billett natürlich nicht.« Ich sparte mir das logische »weil es gar nicht existiert«.

An den Oberstudienrat kam man in dieser Frage nicht mehr heran. Und auch das mussten seine Richter entscheiden: War der Mann schuldfähig oder mit seinem Billettfimmel dermaßen weggetreten, dass er als nicht mehr zurechnungsfähig galt?

Keine Ahnung. Ich wusste nur, dass es sowohl für Krahwinkel als auch für Juliane bitter war beziehungsweise werden würde. Das Engelmedium hatte sich lediglich einen Spaß mit einem zum glühenden Gläubigen mutierten St.-Germain-Jünger erlauben wollen. Ahnungslos hatte sie sich noch beim Tee über diesen Trottel mit der Weltverbesserungsmanie amüsiert. Und der Trottel, mittlerweile total mit dem Billett-Virus infiziert, hatte ihr Gebrabbel für bare Münze genommen.

»Sobald sich die Wogen geglättet haben, werde ich mich natürlich wegen des Billetts an ihre Familie wenden. Sicher weiß einer von denen etwas.«

Klar. Der Mann hatte einen Hau, eindeutig. Ich ging nicht weiter darauf ein.

»Wo ist Juliane jetzt, Herr Krahwinkel?«

»Sie meinen ihre Leiche?«, fragte er sehr vernünftig.

»Genau. Ihre Leiche. Man hat sie nicht gefunden.«

»Das kann man auch nicht mehr.«

Der Triumph in seiner Stimme war nicht zu überhören. Doch sein Kopf zuckte verräterisch Richtung Neubau. Natürlich!

»In der Betondecke?«, fragte ich.

»Nein, nein.« Er winkte ab, als sei das eine völlig skurrile Idee. »Es hat mit Geothermie zu tun. Pfahlgründung nennt man das, hat mir der Vorarbeiter erklärt. Die bohren ein tiefes Loch von zweiundfünfzig Zentimetern Durchmesser in die Erde, um an die Wärme dort unten heranzukommen und die nutzbar zu machen, was ich angesichts des Klimawandels sehr vernünftig finde. Bis zu zwanzig Meter sind drin, hat er gesagt. Ich finde das ja sehr sinnvoll, weil der Mensch –«

»Herr Krahwinkel«, mahnte ich ihn. »Julianes Leiche.«

»Ja, also ihr Körper glitt hinein, als sei dieses Loch extra für die Frau geschaffen worden. Das war ein Zeichen. Das Weib passte wirklich millimetergenau hinein. Und am anderen Morgen haben sie es mit Beton gefüllt.« Er lächelte mich sonnig an. »Da hatte ganz sicher St. Germain höchstpersönlich seine Hand im Spiel.«

Wenn ich den alten Knaben bei der Polizei abgeliefert hatte, würde ich mich in meinem ganzen Leben nicht mehr mit diesem verdammten Grafen beschäftigen. Das schwor ich in diesem Moment auf Gustavs Panzer.

»Und seitdem halten Sie hier die … nun ja … Totenwache?«

»So ist es.«

Ich erhob mich langsam und schaute auf ihn herab.

»Die Sie jetzt allerdings wohl verlegen müssen. Kommen Sie, Herr Krahwinkel.«

Doch er rührte sich nicht, sondern sah mich plötzlich kummervoll an.

»Sie hat mich belogen, nicht? Sie hatte das Billett gar nicht. Ob man mir im Gefängnis erlaubt, meine Forschungen über den Grafen fortzuführen? Ich denke, sie war gar nicht mit dem Diener verwandt. Aber der Bursche, dieser Niels, hatte es faustdick hinter den Ohren.«

Verstohlen schaute ich mich um. Wir waren allein. Würde er mir etwas antun? Befand ich mich in Gefahr? Nein. Solange in seinem verwirrten Geist nicht der Gedanke Gestalt annahm, ich könnte vielleicht dieser Niels sein, war ich sicher. Aber sobald es da oben erneut schnackelte …

Hastig griff ich nach seinem Arm, zog Krahwinkel entschlossen hoch und warf einen letzten Blick auf Julianes Betongrab. Ob sich die Seele eines Engelmediums und Kanals für göttliche Energien auch daraus befreien und gen Himmel schweben konnte? Ich hatte die Frau nicht gekannt, und ihr Metier war bestimmt nicht meins gewesen, trotzdem wünschte ich ihr, wo immer sie jetzt weilte, von ganzem Herzen das Beste.

Am Ende sind wir schließlich alle nichts weiter als Sterbliche – ganz gleich, ob wir unser Leben lang an die Kraft und Macht der Ratio und der Zahlen geglaubt haben und als selfieschießender Lifelogger gestorben sind oder ob wir als Engelmedium das Spirituelle suchten und dem schwer zu erfassenden Sinn des Lebens in anderen Sphären auf die Spur kommen wollten.